ハヤカワ文庫NV

〈NV1406〉

T2 トレインスポッティング

〔上〕

アーヴィン・ウェルシュ

池田真紀子訳

早川書房

7948

PORNO

by

Irvine Welsh

Translated by

Makiko Ikeda

First published as Porno by JONATHAN CAPE

Published 2017 in Japan by

HAYAKAWA PUBLISHING, INC.

This book is published in Japan by

arrangement with

JONATHAN CAPE

an imprint of THE RANDOM HOUSE GROUP LIMITED

through THE ENGLISH AGENCY (JAPAN) LTD.

次に挙げる人々に捧ぐ

ジョニー・ブラウン
ジャネット・ヘイ
スタン・ケイルティカ
ジョン・マッカートニー
ヘレン・マッカートニー
ポール・リーキー
ロージー・セイヴィン
フランク・ソゼー

そして
ジョン・ボイルの思い出に

残忍さなくして祝祭なし……

――ニーチェ『道徳の系譜』第二論文第六節

登場人物

サイモン・デヴィッド・〝シック・ボーイ〟・ウィリアムソン……ロンドンのクラブ従業員
マーク・レントン（レンツ）……アムステルダムのクラブ経営者
ダニエル（ダニー）・〝スパッド〟・マーフィー……元薬物常用者
フランシス（フランコ）・ベグビー……出所を控えた受刑者
ニコラ（ニッキー）・フラー＝スミス……映画・メディア専攻の大学生
コリン・アディソン……大学教授
ダイアン……大学院生。ニッキーのルームメート
ローレン……大学生。ニッキーのルームメート
ラブ・ビレル……ニッキーの同級生
〝ジュース〟・テリー・ローソン……セックスクラブ運営者。映画出演者
メラニー（メル）
ウルスラ
ジーナ
クレイグ
ロニー
……映画出演者
モーラグ（モー）……〈ポート・サンシャイン〉の従業員
トミー……地元の遊び仲間。故人

ラブ・〝セカンド・プライズ〟・マクローリン……地元の遊び仲間
アリソン（アリ）……スパッドの内縁の妻
ドード……スパッドのいとこ
カーティス……スパッドの友達
カトリン……レントンのガールフレンド
ペーター・〝ミズ〟・ミューレン……レントンのオランダの知人
レクソ・セタリントン……ベグビーの店の共同経営者
ケイト……ベグビーのガールフレンド
ジューン……ベグビーの元ガールフレンド
ショーン
マイケル｝……ベグビーの息子
ラリー・ワイリー……ベグビーの友達
チジー・ザ・ビースト……街のごろつき

目次

T2 トレインスポッティング〔上〕

第1部　裏ビデオ

1　悪だくみ　#18,732　　シック・ボーイ

やつにしては珍しく、ドラッグのやりすぎじゃなくて体を使ったせいで汗を流しながら、クロキシーがレコードの詰まった最後の箱を抱えて階段を上ってきた。俺はベッドに倒れこみ、クリーム色をしたウッドチップの壁紙をぼんやり見つめた。ため息をつきたくなる。ここが新居か。ちっぽけな部屋だ。広さは幅四メートルに奥行き五メートルくらい。短い廊下をはさんで、キッチンとバスルーム。部屋にあるのは扉のない造り付けのクローゼット一つとベッド、あとは椅子二脚にテーブル一つがどうにか置けそうな空間だけ。こんなところに長居したくない。これなら刑務所のほうがましってものだろう。このままエディンバラに帰って、せまいうえに冷蔵庫みたいに寒いこの部屋とフランク・ベグビーの監房を交換したいくらいだよ。

クロキシーが吸ってる煙草の匂いと一緒に窮屈な部屋に閉じこめられていると、息が詰まりそうになる。俺は三週間前から禁煙してるってのに、やつのおかげで、きっと一日三十本は受動喫煙してるだろうな。「引っ越しってのは喉が渇くもんだな、サイモン？　〈ピープ

ス〉に行って一杯やるか？」クロキシーが訊いた。やけに熱のこもったやつの言い方は、どことなく満足げだ。サイモン・デヴィッド・ウィリアムソン様の落ちぶれた暮らしを目の当たりにしてほくそ笑んでいる。

メア・ストリートの〈ピープス〉に行くなんて愚か者のすることだ。にやにやしながらこう訊かれまくるだけだろう。「なんだよ、ハックニーに戻ってきたのか、サイモン？」とはいうものの、話し相手はほしい。俺の話をありがたく拝聴する耳。鬱憤のはけ口。それに、クロキシーを少し新鮮な風にさらしておきたい。やつと一緒にいて禁煙するのは、ジャンキーだらけの空き家でヤクを断とうとするようなものだ。

「この部屋にもぐりこめてラッキーだったな」クロキシーが荷ほどきを手伝いながら言った。ふん、このあばら家のどこがラッキーなんだよ。俺はベッドに寝転がった。ハックニー・ダウンズ駅に向かうリヴァプール・ストリート行き特急列車がキッチンの窓からほんの五十センチ先を通り、部屋全体が豪快に揺れた。

こんな気分のままじっとしているくらいなら、出かけちまったほうがましだろう。そこで俺たちは、カーペットがすり切れて、氷河を下るのと同じくらい危険な階段を慎重に下りていった。外はみぞれが降っていた。メア・ストリートとタウンホール目指し、お祭り気分の名残が漂う通りを行く。皮肉のセンスなどまるで持ち合わせていないクロキシーが言った。

「イズリントンに比べりゃ、ハックニーのほうが住みやすいよな。イズリントンはとうの昔に終わってる」

いいかげんにおとなになれって。ハックニーで仲間と空き家を探して住みつくだの、パーティを企画するだの、そんなのはとっくに卒業して、クラーケンウェルかソーホーあたりでウェブサイトのデザイナーでもしてたっていい年齢《とし》だろう。俺はやつに世の中ってものを教えてやることにした。といっても、やつのためを思ってのことじゃない。いまこいつが言ったみたいなナンセンスが何の疑いも抱かれないまま社会に浸透していくのを黙って見てるわけにはいかないからだ。「いや、これは後退というものだな」俺は手に息を吹きかけた。指が冷え切って、茹でる前のポークソーセージみたいなピンク色に染まっていた。「二十五歳のパンク野郎なら、ハックニーで充分かもしれない。しかしな、三十六歳の上昇志向の起業家には」そう言って自分の胸を指さす。「イズリントンじゃなくちゃならないんだよ。だいたい、ソーホーあたりのバーで知り合った小股の切れ上がった女に、E8の住所なんか教えられるか？　〝最寄りの地下鉄駅は〟って訊かれて、何て答えるんだよ？」

「ふつうの電車が走ってりゃ充分だろ？」クロキシーは、どんより曇った空の下を走る鉄道高架橋を指さした。三八系統のバスが二酸化炭素を撒き散らしながらやかましい音を残して通り過ぎた。ロンドン交通局の野郎どもときたら、高い経費をかけた小冊子で自動車が環境に与える悪影響をめそめそと訴え、地下鉄の利用を促す一方で、バスを走らせて俺たちの呼吸器をずたずたにしやがる。

「充分じゃねえよ」俺は言い返す。「電車なんかクソだ」この界隈に地下鉄が通る日がいつか来るとしても、北ロンドンでは最後だろうな。いまじゃバーモンジーでさえ地下鉄が通ってるってのに。誰も行きたがらねえサーカス小屋みたいな街に地下鉄が通っても、ここには通らねえ。どうかしてるだろ。

クロキシーの面長の顔がひくついて笑みらしき表情を作り、落ちくぼんだでかい目が俺をまじまじと見た。「本日はご機嫌が麗しくないようで」

まあな。だから俺はいつもどおりのことをする。酒で悲しみをまぎらわし、パブに集まった全員――バーニー、モナ、ビリー、キャンディ、スティーヴィ、ディー――に、ハックニーは一時的な避難場所にすぎない、俺がフルタイムでこんなところに住むなんて勘違いするなよと言う。そうさ、一時的にいるだけだ。俺様にはな、諸君、もっとずっと壮大なプランがあるのだよ。それに、そう、俺は何度もトイレに立つが、排泄のためじゃない。摂取のためだ。

コカインを吸い上げながら、俺は悲しい真実を悟る。コカインは退屈だ。俺たち全員を退屈させる。俺たちは退屈しきってる。いまいましい街、憎悪さえ覚えるこの街で、自分たちこそ世界の中心だってふりをしている。生きるべき人生はここじゃ見つからないっていう確信を振り払うために、安物のドラッグで体を痛めつけている。そんなことをしても妄想や幻滅が深くなるだけだってどこかで気づいてはいるさ。それでも、無関心が勝って、やめる気にはならない。悲しいことに、やめたところで、代わりに関心を向けるようなものは一つもないからだ。しかも、ブリーニーが大量のクラックを調達したらしい、そのブツが早くもさかんに取引されてるみたいだって噂も飛び交ってる。

ふいに記憶は翌日に飛び、俺たちはどこかのフラットにいて、パイプでクラックをやっている。こいつは高かったんだぜとスティーヴィはしゃべり続け、鼻をつくアンモニアの臭いが部屋に充満して、あちこちから不満のうめき声が上がる。熱いパイプで唇に水ぶくれができるたび、俺は吐き気と敗北感に屈し、やがてその酔いが部屋の別の隅っこへと俺を追いやる。寒気、酔い、幸福感、自信に包まれ、くだらない話を垂れ流しながら、世界を掌中に収める計画を温める。

次の瞬間、今度は外の通りにいる。知らないうちにイズリントンに戻ってうろうろしていた。公園のほうを見ると、若い女がミトンをはめたまま地図を広げようと四苦八苦している。そこで俺は浮ついた口調で声をかけた。「道に迷っちゃったかな、ベイビー？」しかし、自分のその泣いてるみたいな声、感情と期待と、それに喪失感まではらんだ声に、自分でもどきりとした。体がぐらりと揺れたのは、その衝撃からなのか、無意識に缶ビールを一口あおったとたんにがつんときた酔いのせいなのか。いったいどういうことだ？　誰が俺に缶ビールを持たせた？　おいおい、いったいどうやってここまで来たんだよ？　ほかの連中はどこだ？　何人かがうめき声を漏らしながら帰っていったあと、俺は冷たい雨が降る通りに出て、それから……？

若い女は、俺のズボンに隠れた極太の棒キャンディーみたいに身を固くして嚙みついた。

「あっちいって……あたしはあんたのベイビーじゃない……」

「おっと、悪かった、可愛い子ちゃん《ドール》」俺は軽率な調子でそう言い直す。

「あたしはあんたのドールでもないから」女が言った。

「それは誰の視点に立つかによって変わるだろうな、スイートハート。俺の視点に立って考えてみてくれないか」考える前にそう切り返していた。他人の声みたいに聞こえた。次に俺は娘の目から俺を観察した。悪臭を漂わせる薄汚れた酔っぱらいオヤジ。ただし現実の俺にはちゃんと仕事があるし、女だって何人もいる。銀行の預金残高だってゼロじゃないし、いま着てる染みだらけで臭いフリースやすり切れたウールの帽子と手袋よりましな服だってほかに持っている。なのに、このざまは何なんだよ、え、サイモン？

「ほっといてよ、ヘンタイ！」女が俺に背を向けた。

「俺たちはどうやらスタートを誤っちまったみたいだね。だが、こう考えることもできる。あとはどん底から上昇するだけ。そうだろう？」

「ほっといてったら」女が肩越しに怒鳴る。

女って生き物はネガティブになりがちだ。女に関する自分の知識の浅さを呪うしかない。女を知らないわけじゃないが、いつだって股間のものが邪魔をする。俺と、世の女たちと、何かもっと深い何かを隔てようとする。

俺はヤク漬けになってオーバーヒートした自分の脳味噌をあらためて植民地化し、面積を拡大し、観点ごとに細分化して、記憶を再構成しようとした。どうやら俺はいったん家に帰ったらしいな。今朝、最後に一服したあと鬱な気分で新居に戻った。ヤクの効果が切れて汗が出始め、新聞を広げると、ニューヨーク州から上院議員選への立候補を表明したパワースーツ姿のヒラリー・クリントンの写真を見ながら一発抜いた。外野には好き勝手言わせとけばいいとヒラリーを励まし、あんたはいまでも充分きれいだ、モニカなんて勝負にもならないぜと慰めてやった。ただし、夫君のビルは頭を診てもらったほうがいいな。それから愛を交わした。ヒラリーが満足げに眠りに落ちると、今度はモニカが待つ隣室に行った。リース・ミーツ・ビヴァリーヒルズ。久しぶりに再会した恋人たちのめくるめく情事。次にヒラリーとモニカの二人をからませた。初めは渋っていた二人を俺はどうやら説き伏せたようだ。クロキシーからもらったすりきれた椅子にゆったりと腰を下ろし、ハバナ産の葉巻――ただしごく細巻きのやつ――をくゆらせながらショーを楽しんだ。

いたぶれそうな鈍くさい一般市民を探して、警察の車がサイレンを鳴らしながらアッパー・ストリートを疾走していく。俺は身震いとともに現実に返った。

下劣ながら刺激に欠けた妄想のせいで、少しばかり憂わしい気持ちになっていた。だがそんな妄想が頭にこびりつき、脳味噌の働きを鈍らせ、思考の大渋滞が起きているのも、いまの俺の落ちぶれぶりが招いたこと、一時的なものにすぎないと自分に言い聞かせた。コカインをやめるのは、だからだ。しばらくは新しいブツを買う金がないからじゃない。ヤクをやってるときは金の心配などちっぽけなものに思える。

俺はオートパイロットで動いていたが、どうやら自分はいまエンジェル・ストリートからキングスクロス・ロードに向かっているという現実が意識に忍びこみ始めていた。それ自体が自暴自棄の証と言うべきだろう。ペントンヴィル・ロードのノミ屋に寄ってみたが、知った顔は一つも見えなかった。このところのキングスクロス界隈は、どの角にもおまわりが立って目を光らせているおかげでごろつきどもの新陳代謝も加速している。おまわりは汚物の泥沼を突っ走るモーターボートみたいなもので、有毒な汚物を跳ね散らしたりかき回したりはするが、汚物を無害化するとか、いっそ根絶やしにするとか、そういう役割は果たさない。

そのとき、ターニャが入ってきた。明らかにヘロインでキメている。しなびた顔は灰みたいに真っ白だが、俺に気づいて目だけがぎらりと光を放った。「ダーリン……」そうつぶやいて俺に抱きつく。ターニャのうしろには痩せた男がいる。いや、違うな。こいつは男じゃない、女だ。「この子はヴァル」ロンドンのヘロ中に共通の鼻にかかった声でターニャが紹介した。「ずいぶん久しぶりじゃない？」

さて、それはどうしてだったかな。「まあね、しばらくロンドンを離れてたから。いまはハックニーに戻ってる。あくまでも一時的にだが。この週末はクラックをやってたら終わっちまった」俺はそう説明した。そのとき、今度は見るからにクラックでキマってる黒人のグループが入ってきた。警戒した顔つきをして、手足がひょろ長くて、全身から敵意を発散させている。ギャンブルをしに来たようには見えない。なんとなくいやな予感がして、俺たちは店を出た。不気味で死人みたいな顔をしたヴァルって女は、店を出る前に黒人の一人と何やら短い言葉をやりとりした。俺たちはキングスクロス駅の方角に向かった。ターニャは煙草が吸いたいと情けない声を出した。俺はよしておけといったが、ターニャはどうしてもと言い張り、俺はしかたなくポケットを手探りして小銭を探した。煙草を買って火をつけ、地下鉄の駅に下りると、ゲイのナチ突撃隊員って感じのロンドン交通局の新しい水色の制服を着た、生白くて太ったおせっかい男が、地下鉄構内では煙草を消せと言ってきた。そして壁の追悼プレートを指さした。どこかの考えなしがポイ捨てした吸い殻が原因で起きた大火災の死者数を刻んだプレートだ。「あれが読めないのか？　あれを見て何とも思わないのか？」

この馬鹿、俺を誰だと思ってる？　「ああ、何とも思わないね。自業自得だろう、地下鉄に火災のリスクはつきものだからな」俺はそう言い返した。

「俺の親友があの火事で死んだんだぞ、この野郎！」やつは頭から湯気を立てて怒鳴った。「あんたみたいなろくでなしが友達だったなら、そいつもやっぱりろくでなしだったんだろうよ」俺はそう言い捨てると同時に煙草をもみ消して、ホーム行きのエスカレーターに乗った。ターニャが笑った。ヴァルとかいう女は頭がもげ落ちそうなくらい大笑いしていた。

カムデン駅で降り、バーニーのフラットに向かった。「キングスクロスなんぞ、きみたちレディが行くところじゃない」俺はにやりとしながら言った。二人があそこにいた理由《わけ》はよく心得ている。「黒人どもと関わるのもいただけないね。連中の目的はただ一つだからな。きれいな白人の女をゲットして、その女のヒモになることだ」

ヴァルという女はそれを聞いて小さく微笑んだが、ターニャは目を吊り上げた。「よくそんなこと言えるよね。これからバーニーのとこに行こうってときに。バーニーはあんたの親友で、黒人だよ」

「知ってるさ。いいか、いまは俺の話をしてるんじゃない。やつらは俺の兄弟、俺の仲間だ。いや、それを言ったら、俺のロンドンの友達はみんな黒人だぜ。だが、これはきみらの話だ。俺に体を売らせて金を巻き上げようなんて誰も考えない。まあ、あのバーニーならやりかねないが」

　かわいいヴァルはまた小さく笑った。不思議と魅力的な笑い声だった。一方のターニャはむくれた。

　目的地の近くまで来たが、このみすぼらしいブロックのどの建物がバーニーのフラットだったか、とっさに思い出せない。陽の高いうちに来ることなんぞめったにないからな。階段の踊り場で、自分の小便に浸ってひとり伸びてる酔っ払いをまたいだ。「おはよう」俺は元気に朝の挨拶をしてやった。酔っ払いはうめき声ともうなり声ともつかない声を漏らした。「そうだな、言うは易しってやつだな」俺はからかった。女たちがそれを聞いてにやりと笑う。

　バーニーはまだ起きていた。やつもスティーヴィの家から帰ってきたばかりだという。どうしようもなくラリっている。金と黒の塊だ。チェーンに歯、コインつきの指輪。アンモニアの臭いがする。ああ、やっぱり。キッチンでクラックを吸っていたらしい。俺も一服した。目を血走らせたバーニーがライターでクラックをあぶり、俺は長く深く吸いこんだ。肺にいったんためておいてからゆっくりと吐き出す。煙たい焼けるような感覚が胸に広がって、膝の力が抜けた。俺はカウンターのへりをつかんで体を支え、倦怠感にも似た冷たい陶酔感《ハイ》を楽しむ。本当なら吐き気を催しそうなものなのに、不思議とそうはならない。パンくずの一粒一粒、アルミニウムのシンクに飛び散る水滴の一つひとつの輪郭がくっきりと視覚に迫り、手足が凍りついたようになって、俺の思考は部屋の冷えきった一角へと運ばれた。バーニーは早くも汚れた古いスプーンで新しくロックを作っていた。アルミホイルの上に灰を広げ、赤ん坊をゆりかごに下ろすみたいに優しく愛情のこもった手つきでそこにロックをそっと置く。俺はライターであぶってやりながら、バーニーがゆっくりと、だが勢いよく吸引する様子を魅入られたように見つめた。肺活量の向上のために、風呂にもぐって息を止めるトレーニングをしているとやつから聞いたことがある。俺はスプーンを見、道具一式をながめ、まるで他人事《ひとごと》みたいに考える――ヘロイン《スキャグ》時代にそっくりだな。いや、そんなことはない。あのころより年齢を重ねて賢くなった。それにヘロインはヘロイン、クラックはクラックだ。

俺たちは馬鹿話をする。敵のビームを食らって大揺れを始めた宇宙船のブリッジで必死に足を踏ん張ってる《スタートレック》の乗組員よろしくカウンターにしがみつきながら、互いに鼻先を突きつけ合うようにして大声でしゃべり続けた。

バーニーは女の話をする。やつの人生を狂わせた女《カント》の話。俺も同じ話をする。次に、俺たちを食い物にしたやつ《カント》（男）の話、いつか仕返しをしてやりたいという話をする。バーニーと俺は、同じ男を恨んでいる。昔は友達の一人ではあったが、いまは周囲の全員の恨みを買ってるクレイトンって野郎で、話題に困ったときにはおあつらえ向きのネタだ。そういう共通の敵がいなければ、その場で適当にでっちあげればいい。人生にはドラマ、足場、目的が必要だ。「あいつのビョーキは日ごとに悪化してる」バーニーが言う。その声は、本当に関心があるみたいな響きを帯びている。「毎日少しずつ悪化してる」自分の頭をとんとん叩きながらそう繰り返す。

「そうか……カーメルだっけ、あいつはまだあの女と寝てるのかな」俺は訊く。一度やってみたいと昔から思ってた女だ。

「いや、あの女なら実家に帰ったよ。ノッティンガムだったかどこだったか……」バーニーはジャマイカからブルックリン経由で北ロンドンに流れ着いたみたいなアクセントでそう言った。それから真っ白な歯をむき出して笑った。「なあ、スコットランド野郎、まったくおまえらしい話だよな。通りで女とすれ違うと、すぐにその女のことを知りたがる。カレシはどこのどいつかとか、そういうことをな。可愛い女房と子供がいて、金も手に入ったとしたって、それだけは変わらない。そういうやつなんだ」

「社会的関心が高い人物だと言ってもらいたいね。俺は地域社会に関心を失わないよう努めている、それだけだ」俺はにやりと笑い、隣の部屋に視線を投げた。ソファに女たちが座っている。

「地域社会か……」バーニーは笑いながら繰り返した。「ま、地域社会に関心を持つのが悪いとは言わねえよ……」

バーニーは次のクラックの用意に戻った。「ま、ここは自由世界だ、せいぜい楽しめよ」

俺は高らかに言い、隣の部屋に移動する。

部屋に入った瞬間、ターニャが服の上から腕をかきむしっていることに気づいた。ヘロインの禁断症状なのは間違いない。同時に、まるで目に見えない通信でも行われたみたいに、俺の目が震え始めた。セックスでもして一汗かき、毒素を体から追い出したいところだが、ジャンキー相手にやるのはどうも気が乗らない。相手が動かないからだ。男みたいな女のヴァルがどんなドラッグをやってるのか知らないが、俺はヴァルの腕をつかんで洗面所に引っ張っていった。

「ちょっと、何のつもり？」ヴァルは従順についてきたわけではないが、かといって抵抗もしなかった。

「おまえにしゃぶってもらうつもりだ」俺は片目をつぶってみせる。ヴァルは怯えるでもなくただ俺を見返した。まもなく、小さな笑みを作った。俺を悦ばせたがっている。そういう種類の女だからだ。ちょっと壊れた女、他人に好かれたくてしかたがないが、決して好かれない種類の女。人生劇場での彼女の役回りは――イカレた男のパンチを受け止める顔だ。

というわけで俺たちは便所に入る。俺は股間のものを引っ張り出す。たちまち固くそそり立った。ヴァルが床に膝をつき、俺はその脂じみた頭を股間に引き寄せた。ヴァルが口に含み、その感覚は……感想はとくにないな。いや、悪くはなかったが、ときどきこっちを見上げて俺の反応を確かめるあの小さな目が気になってしかたがなかった。その視線がいやで、しゃぶらせたこと自体を後悔した。何より、こんなことならビールでも持ってきておくんだったと思った。

灰色の頭と、表情をちらちらうかがって俺を萎えさせる目を見下ろした。あの歯が最悪だ。ドラッグと栄養不良と歯科治療の欠如から後退した歯茎に突き刺さってるみたいな歯。《死霊のはらわた3：キャプテン・スーパーマーケット》の未公開シーンのブルース・キャンベルにでもなったみたいな気分だ。ゾンビじみた女に口でしごかれてるブルース・キャンベル。ブルースなら女のヤワな頭蓋骨を一撃で粉砕するところだろう。同じようにしたい誘惑に屈する前に、そして萎えかけたモノがあの腐りかけた歯に食いちぎられる前に、やめさせないと危ない。

玄関が開く気配がした。聞こえてきた声の一つは——まずいぞ、クロキシーじゃないか。次をやりに戻ってきたらしい。ブリーニーも一緒かもしれない。俺は置いてきたビールのことを思い出す。誰かが考えなしにひょいと取って口をつけたらと思うと、気が気じゃなかった。そいつにとっては小さなことかもしれないが、俺にとっては一大事だ。連中が来たんだとしたら、即座に善処しないと、ビールとサヨナラするはめになる。俺はヴァルを乱暴に押しのけ、モノをしまってジッパーを上げるのもそこそこに洗面所を飛び出した。

ビールは無事だった。体からクスリはすっかり抜けていて、すぐにでもクラックがやりたかった。俺はソファに力なく腰を下ろす。来たのは思ったとおりクロキシーだった。完全にキマっている。ブリーニーはしゃんとしていて、自分だけ何かお楽しみを逃したらしいと疑っているような顔をしていた。ビールを手土産に持ってきたらしい。そうとわかっても俺の気分はなぜか高揚しなかった。俺の大事なビールが急に生ぬるく、気が抜けて、飲むに堪えなくなったように思えただけだった。

だが、そうさ、ビールはいくらでもあるんだぜ！

というわけでビールが消費され、無謀な取引が行われ、新しいロックが持ち出され、クロキシーはバーニーの働きに対する返礼としてレモネードの空きボトルでパイプを作り、まもなく俺たち全員が使い物にならなくなる。ヴァルという女はよろめきながら戻ってきていた。キャンプから追い出されてきた難民みたいな風情でいる。ヴァルはターニャに目配せをし、ターニャが立ち上がって、そろって挨拶もなく出ていった。

バーニーとブリーニーの議論がいよいよ熱を帯びていた。クラックを作るのに加えるアンモニアがなくなって、代わりに重曹を使うはめになっていた。それには高度なスキルが必要で、ブリーニーはバーニーが貴重なクスリを無駄にしていると言って責め立てた。「この野郎、ヘマしやがって」ブリーニーが罵る。半分欠けた黄色と黒の歯がちらりと見えた。

バーニーが何か言い返している。俺は、このあと仕事があるから少し眠っておいたほうがいいことを思い出した。廊下を歩いていって玄関を開けたところで、怒鳴り声と、ガラスの割れる聞き間違いようのない音が響いた。戻ろうかとも思ったが、俺が行けば、ただでさえこじれた事態がなおさら混乱するだろうと思い直す。忍び足で玄関を出てドアを閉め、怒鳴り声と脅し文句を遮断した。それから通りに出て歩きだす。

汗をかき、体を震わせ、自分の愚かさと弱さを呪いながらハックニーの肥溜め——これからは我が家と呼ばなくてはならない場所——にようやく帰り着くと、ちょうどリヴァプール

・ストリート発ノーウィッチ行きのグレート・イースタン鉄道が通りすぎ、建物がまたしてもがたがたと大揺れした。

2 「……くっついてくるもの……」

ニッキー

コリンが起き上がってベッドから下りた。出窓の前に立つ彼のシルエットが浮かび上がる。わたしの目は、力なくぶら下がった彼のペニスに吸い寄せられた。コリンがブラインドを開ける。三角形に射しこむ月明かりに照らされたペニスは、どこかやましそうにしているみたいに思えた。「理解できない」コリンが振り返る。青白い月光が褐色の巻き毛を銀色に輝かせた。彼の唇は、追い詰められたような苦しげな笑みを浮かべていた。月明かりは、彼の目の下のたるみと顎の下の見苦しい贅肉も際立たせている。

コリン。社交的、知的魅力が失われつつあるうえに、性的能力まで衰え始めた中年男。そろそろ潮時だと思う。そう、潮時だ。

わたしはベッドの上で伸びをした。脚にシーツの冷たさが触れる。欲求不満の最後の波を身をよじってやり過ごす。彼に背を向け、膝を胸に引き寄せた。

「月並みな言い訳かもしれないが、こんなことは初めてだ。その……今年度はゼミの担当を四時間も増やされたし、講義も二時間増やされた。ゆうべは徹夜で試験の採点だ。ミランダは口うるさいし、子供たちは手がかかる……ぼく自身でいられる時間がない。コリン・アディソンでいる時間がまったく取れないんだ。誰もそんなことは気にしないだろうがね。コリン・アディソンなど誰もかまっちゃいない」

勃起不全についてのその泣き言みたいな言い訳は、わたしの耳にはほとんど届いていなかった。わたしは意識のはしごを転がり落ちるようにして眠りに入りかけている。

「ニッキー？　聞いてるか？」

「う……ん……」

「思うに、きみとの関係を健全な状態にすべきなんだ。一時の思いつきで言ってるんじゃない。ミランダとはもう終わっている。きみがいま何と言おうとしているか、想像はつく。もちろん、これまでも愛人はいた。ほかの女子学生ともつきあった」コリンの声にうぬぼれが忍びこんだ。男の自尊心は壊れやすいものと見える。けれどわたしの経験から言わせてもらえるなら、修理にはそう時間がかからない。「……しかし、どの子もまだ十代の子供だったし、ただの火遊びにすぎなかった。だが、きみはおとなだ。二十五歳だろう。ぼくらの年齢差はさほど大きくない。それにきみは特別だ。きみとは……きみとぼくの関係は本物だよ、ニッキー。ぼくとしては本物にしたいと思っている。わかるだろう？　ニッキー？　おい、ニッキー！」

コリン・アディソンの女学生セックス工場の組み立てラインに乗せられた一人として、ついに本物の恋人に昇格するのなら、光栄に思うべきなんだろう。だが、なぜか喜べない。

「ニッキー！」

「何？」わたしはうめくように言い、ベッドの上で向きを変えて上半身を起こすと、顔に落ちてきた髪をかきあげた。「何の話？ セックスができないなら、せめて寝かせてよ。明日は朝一番の授業があるの。夜はサウナのアルバイトだし」

コリンはベッドの端に腰を下ろし、ゆっくりとした呼吸を繰り返していた。肩が持ち上がっては下がる。傷ついた珍しい小動物が、反撃すべきか退却すべきか暗闇の中で迷っているかのようだった。「あのアルバイトは辞めたほうがいい」すねたような、我が物顔の口調でコリンが言う。最近の彼はいつもこうだ。

その声音を聞いて思った。もう充分だ。潮時だ。何週間もずっと抑えつけていた不満が限界を超え、どう思われたってかまわないという領域に達しようとしていた。その力を借りれば、失せやがれとだって言ってやれる。「いまとなってはあのサウナが、まともなセックスを期待できる最後の望みの綱なのよね」わたしは冷ややかに言った。

凍りついたような沈黙があった。コリンの黒い輪郭は、わたしがついに痛いところを突いてしまったことを暗示していた。次の瞬間、彼がふいに動き始めた。ぎくしゃくした動きで肘掛け椅子に近づき、そこに置いてあった服を着た。暗闇で爪先が何かにぶつかる鈍い音がした。椅子の脚か、ベッドの角か。「いてて」猫の悲鳴みたいな声が聞こえた。いつもなら、ミランダ対策として、帰る前にシャワーを浴びる。でも今夜は早くここを出たくてたまらないらしく、シャワーは省略するようだ。今夜は体液は一滴たりとも体についていないから、それでも気づかれずにすむかもしれない。彼が明かりをつけないでいてくれたのがせめてもの救いだ。彼がジーンズを引っ張りあげる。わたしは彼のお尻を鑑賞する。これが見納めになるんだろう。インポテンツは困りものだし、しつこいのも苦手だけれど、その両方がそろうとたちまち我慢の限界を超える。年齢《とし》ばかり食った赤ん坊みたいな男の子のお守りなんてごめんだ。ただ、あのお尻とお別れするのはちょっぴり残念。男性の締まった形のいいお尻に、わたしは弱い。

「こういうときのきみには何を言っても無駄だとわかってる。また電話するよ」コリンはそう言ってセーターを着た。

「しなくていい」わたしは冷たく言い、キルトの掛け布団を引き上げておっぱいを隠した。なぜ隠さなくちゃいけないと思うの？ 彼に吸われ、谷間に彼のコックをはさみ、もみしだかれ、愛撫され、食べるように歯でもてあそばれたことだってあるのに。それを喜んで受け入れ、ときにはこちらから誘いさえしたのに。それなのに、この薄暗い中、彼の視線が何気なくそこに向けられることに抵抗を感じるのはなぜ？ 答えはたぶん、この関係はもう終わったと直感しているから。コリンとわたしは終わっている。そう、これが潮時なのだ。

「何だって？」

「しなくていいって言ったの。電話なんかしなくていいって。わざわざ電話なんかしてこないでいいから」煙草が欲しい。彼に煙草をねだりたかったけれど、この場面では不適切な行為だという気がする。

コリンが振り返った。剃ってよとわたしが何度も懇願したみっともない口ひげ、その下の唇。ブラインド越しに射しこむ銀色の光を浴びて、唇の輪郭が輝いて見えた。けれどその上の彼の目は、暗闇に隠されている。銀色に輝く唇が言った。「そうか、わかったよ！　この馬鹿女。傲慢な女だ、まったく。いまは許されるかもしれないがな、そのうち痛い目に遭うだろうよ！　少しはおとなになって、人類の仲間入りをするんだな！」

わたしの魂の奥で怒りとユーモアが戦闘を繰り広げていた。双方一歩も譲らずにいる。不協和音のはざまからこう言い返すのがせいいっぱいだった。「たとえばあなたみたいなおとな？　笑わせないでよ……」

しかしコリンは出ていき、寝室のドアが叩きつけられた。続いて玄関のドアが閉まる音がした。安堵から、体の力が抜けていった。だけど、錠を二重にかけなければいけないことをすぐに思い出して、うんざりした。ローレンは防犯にとてもうるさい。それにもしわたしたちの口論のせいで目を覚ましてしまっていたら、きっと猛烈に怒る。裸足で廊下を歩き出した。床板は冷たい。玄関の錠をかけて寝室に戻ったときにはほっとした。階段を下りて人気《ひとけ》のない通りに出ていくコリンの後ろ姿を窓から確かめようかと思ったけれど、やめた。わたしたちは互いの立場をはっきりさせた。それをもって絆は断ち切られた。その表現に大いに満足を覚えた。あの状態の彼のペニスを根元から断ち切って、郵便でミランダに送りつけてやりたいと冗談半分で考えた。送られてきたものを見ても、いったい何なのかわからないだろうな。どれだってみんな同じだもの。もちろん、〝締まりがなくてぶかぶかした弛緩しきった大穴〟の持ち主なら話は別かもしれないけど。でも壁に多少なりとも力があれば、どんなものとだってやれる。そうね、たいがいのものとできる。問題はペニスじゃなくて、それにくっついてくるもののほうよ。言うまでもなく、そっちの大きさもいろいろだ。サイズも人によりけり、そして迷惑度も人によりけりだ。

ローレンがいつものスカイブルーのドレッシングガウンを羽織って出てきた。目は眠そうで、髪はぼさぼさだった。レンズを拭ったあと、眼鏡をかけた。「何かあった？　大きな声が聞こえたけど……」

「更年期のインポ男が夜空に向かってみじめに吠えてただけ。あなたのフェミニストの耳には心地いい子守歌に聞こえたんじゃない」わたしは明るく微笑んでみせる。

ゆっくりと歩み寄ってくると、ローレンは腕を広げてわたしを抱き締めた。根は優しい子なのだ。わたしの言葉をいつも好意的に解釈する。心の傷を隠すためにジョークを言い、心の弱さを悟られないよう皮肉でごまかすと思っている。そしていつだって真剣な目で探るようにわたしを見つめる。建前の奥で身をひそめている本当のニッキーを見つけようとしているみたいに。ローレンはわたしも自分と同じだと思っているけれど、飾らない性格のローレンと違って、わたしはローレンには想像さえできないくらい冷たい女だ。主義主張は少し攻撃的でも、彼女は本当に気立てのいい子なのだ。すてきな香りがした。ラベンダーの石鹸のさわやかな香り。「かわいそうに……わたし、教授と秘密の関係を持つなんてどうかしてるなんて言っちゃったけど、それだってあなたが傷ついたらと心配したからなの……」

わたしはローレンの腕の中で肩を震わせていた。ローレンがなぐさめるように言った。

「大丈夫よ……大丈夫……何も心配しなくていいのよ……」わたしの肩が震えている理由をローレンは誤解している。肩が震えているのは、わたしの気持ちを勘違いしているローレンがおかしくて笑っているせいだとは気づいていない。わたしはちょっと顔を上げて笑った。でも、すぐに後悔した。ローレンみたいな優しい子を傷つけてしまったかもしれない。人間って無意識に残酷な行為をするものね。それを誇りに思うのは間違いだとしても、自覚を持つ努力はできる。

わたしはローレンを慰めるようにほっそりとした首筋に手を触れた。でも、やっぱり笑いは止まらない。「あははは……勘違いよ、ローレン。捨てられたのは彼のほう。傷ついてるのは彼のほうなの。〝教授と秘密の関係を持つなんて〟とか……あはは……やめてよ、彼みたいなこと言わないで」

「だって、ほかにどう言うのよ？　奥さんがいるんでしょ。不倫じゃないの……」

わたしはゆっくりと首を振った。「不倫？　違うわよ。セックスだけの関係。セックスしただけよ。それももうしないしね。さっきの騒ぎは、彼がもうわたしとセックスしていない声」

ローレンは笑みを浮かべた。ほっとしたような、でもどこか後ろめたそうな笑み。ローレンってば、いい子すぎる。お行儀がよすぎる。たとえ大嫌いな相手であっても、他人の不幸をあからさまに喜ぶことなんてできない。ついでに言えば、コリンもローレンを嫌っていた。

それはコリンのいやなところの一つだ。彼はローレンの表層しか知らないまま彼女を嫌っている。でも、彼はそういう人、洞察とは無縁の人なのだ。

わたしはキルトの掛け布団を持ち上げた。「入って。あなたが代わりに添い寝してよ」

ローレンはわたしの裸の体を見ないようにしながら言った。「よしてよ、ニッキー」恥ずかしそうな声だった。

「ぬくもりを感じていたいだけなのに」わたしはふくれ面を作ってローレンににじり寄った。わたしの裸体と自分の間は分厚いドレッシングガウンで隔てられていることを思い出して、レイプされることはないだろうと納得したのか、ローレンは遠慮がちにぎこちなくわたしを抱き締めた。わたしはローレンをしっかり抱き寄せたまま、キルトを引き寄せて二人をくるんだ。

「ちょっと、ニッキー」ローレンが小さく抗議したが、まもなくリラックスしたのが伝わってきた。わたしはラベンダーの香りに包まれて心地よい眠りに落ちた。

翌朝、目を覚ますと、ベッドの隣はもぬけの殻で、キッチンからあわただしい物音が聞こえていた。ローレンだ。世の女性はみな、若くてかいがいしい妻を持つべきよ。起床し、ドレッシングガウンを羽織ってキッチンに向かった。コーヒーメーカーがしゅうと音を立てていた。フィルターからポットにコーヒーが落ちていく。ローレンはシャワーを浴びているようだ。リビングでは留守番電話の赤いランプが点滅して、メッセージを再生するよう促していた。

わたしはコリンを過大評価したか、過小評価していたようだ。留守番電話に何件もメッセージが残っていた。

ピー。

「ニッキー。電話をくれ。こんなのは馬鹿げてる《ディス・イズ・ステューピッド》」

「もしもし、お馬鹿さん《ステューピッド》」わたしは電話に向かってつぶやいた。「こちらはニッキーです《ディス・イズ・ニッキー》」

コリンの電話はおかしい。コメディみたいで笑えるという意味で、おかしい。

ピー。

「ニッキー。悪かった。ついかっとなってしまって。きみを愛してる。本当だ。それだけが言いたくて電話した。明日、オフィスに来てくれないか。いいだろう、ニッキー?」

ピー。

「ニッキー。こんな終わりかたはよそう。教職員クラブでランチをご馳走するよ。きみもお気に入りだろう。頼むよ。オフィスに電話してくれ」

女は年齢を重ねればおとなになるが、男はいくつになっても子供のままだ。うらやましい。永遠に愚かで未熟でいられるなんて、本当にうらやましい。わたしもそうありたいと思う。でも、いつもその愚かさや未熟さを受け止める側に立たされるのはうんざりだ。

3　悪だくみ　#18,733

シック・ボーイ

そこはソーホーで最後に残ったクソったれな一角だ。窮屈なうえに薄汚い。安っぽい香水、揚げ油、アルコール、歩道に取り残された破けた黒いゴミ袋から漏れ出す臭いが染みついている。道路の両側を埋めた目障りなネオン群は、夕暮れのはかない霧雨の奥で、人の神経を逆なでしようとしているのかと思うくらいゆっくりまたたき、昔から変わらないむなしい宣伝文句を掲げていた。

そしてときおり、至上の快楽の取次人の姿が見える。がっしりした顎、きれいに剃り上げた頭、スーツの上にコートを着て玄関前に陣取った男たち。あるいは裸電球の黄色い光に照らされた病的な顔色で階段下に立つ、クラックを買う金目当てで体を売っている女たち。彼らの視線の先を、目をぎらつかせた客やそわそわした観光客、酔ってにやけた笑いを浮かべた若者が通り過ぎていく。

しかし俺にとっては、まるで故郷に帰ったみたいに感じさせる一角だ。クラブの入口をいつも守っているガタイのいい男の脇をふんぞり返って通り抜ける。質のよさそうなコートが風にはためいた。ここに来ると、リースのサウナでも採用されないような女を相手にしていたころを考えたら俺も出世したものだとしみじみ思う。あのころは、次の一服のためなら誰とだって寝るヘロ中の女どものポン引きをしていた。

ヘンリー・ザ・バスが軽くうなずいて言った。「よう、サイモン」俺は笑みを見せつつも得意げな顔をしないように気をつけた。頭の中身がお粗末な筋肉の塊を前にすると、どうしても鼻の穴が微妙に広がっちまう。だが連中に嫌われて困るのはこっちだし、やつらは相手の見下したような態度に敏感だ。だから俺は無理にでも笑顔を作る。「よう、ヘンリー。悪いな、いまちょっとぼうっとしててさ。あちこちでコックをしゃぶらせまくってたから」

ヘンリーはにこりともせずにうなずき、俺たちはしばらく何てことのない話をやりとりした。類人猿の頭にはめこまれた冷酷な瞳は、俺の背後で起きているらしい何かをときおりさっと確かめている。小さな火種が大きな炎に変わる前に消し止めようと見張っている、猛禽類の鋭いまなざし。

「今日はコルヴィルは？」

「来てねえ。ありがてえこった」ヘンリーが答える。いいぞいいぞ。俺もヘンリーも、この店のオーナーを心底嫌っていた。俺はヘンリーにまたなと告げ、マット・コルヴィルの女房のことを考えながらクラブに入った。鬼のいぬ間に……ターニャを呼んで商売を始めるか。

しかし携帯電話にかけてみると、おやおや、この番号は現在使われておりません、ときた。ヘロインとクラックをやりながら携帯電話の料金の支払いを忘れないようにするのは、たしかに難度が高いな。ただしおかげでこっちもちょっとしたチャンスを逃したわけで、俺の魂にうっすらと霜が降りた。他人の不注意が原因で間接的に俺が被害をこうむったときの、お馴染みの感覚だ。

しかしコルヴィルが不在で、デューリーが代理を務めている日は、俺の天下だ。それに今夜はマルコとレニーが店に出ている。どっちもまっとうで勤勉なバーテンダーだ。すなわち、俺の役割はただひたすら社交ということになる。勤務時間のほとんどをバーの右端に座って愛想をふりまき、有名人やサッカー選手、裏社会の大物、セクシーな女（もれなく）が来たときだけ立ち上がって、ご注文にお応えすればいい。勤務後は〈ランドルフ〉に寄ってゲイポルノ雑誌を買いこんだ。俺の旧友のための匿名の贈り物だ。次に適当なカフェバーに入ってビールを飲んだ。仕事が終わったらいつもさっさと職場を離れることにしている。ゆったりと風呂に浸かって疲れを取るようなものだ。このバーはそれにもってこいだ。人間の想像力の欠如を象徴するかのような、イケア・ブランドで統一された内装。ここはソーホーだが、いまとなっては没個性な界隈の一つにすぎない。

俺もさすがに少しばかり衰えた。だからこうして易々と世間を渡っている自分に驚いている。最悪のタイミングだと思っていた。無能で愚かな昔の自分に戻ったみたいな気がしていた。クロキシーに頼って自滅するほど情けない人間になったんだと思った。クロキシーのバンと家と筋肉を借りて引っ越しをすませるのと引き換えに、やつに俺の体をケミカルで冒す特権を与えたような気がした。あいつは役立たずだ。どいつもこいつも役立たずだ。せっかくこのクラブに呼んで、ちゃんと金を持った客を紹介してやろうってときに、キングスクロスあたりをほっつき歩いている役立たずの売女ターニャ。あれも弱い人間だ。年齢《とし》を重ねるにつれて、その種の弱さは贅沢品になっていく。

まあ、自己嫌悪はそのくらいにしておこう。勤務時間《シフト》は無難にこなしたし、いま俺はソーホーのバーにいて、スーツを着た脈のありそうな美人と近づきになりかけている。名前はレイチェル。広告会社に勤めている。大きなプレゼンが一つ終わったところだとかで、しこたま飲んでいた。やたらに「ほんとにもう」だの「あらやだ」を連発する女だ。俺はカウンターで彼女の視線をとらえ、そのあと儀礼的な挨拶と笑みを交わして、泥酔したグループから彼女を引き離すのにまんまと成功した。イズリントンにある俺の持ち家はただいま改装の真っ最中で、しかたなく友人の手狭なワンルームに居候していると話す。そうだ、アルマーニのスーツにも感謝しなくちゃな。値段に見合った効果を発揮してくれている。カムデンの彼女のフラットに場所を移そうかと何気なく誘うと、レイチェルは言う。「あらやだ、今日はルームメートがお友達を呼んでるのよ」

というわけで、俺は屈辱を堪え忍びながら、ミニキャブの運転手に恥ずべきE8の住所を咳でごまかしながら伝えた。運転手が黙って目的地へ車を走らせてくれたのがせめてもの救いだ。黒塗りタクシーの運転手だったら断られるところだろう。断るまではしなくても、まるでソーシャルワーカーみたいな同情のこもった目で見られていただろう。たった八キロや十キロ運んでもらうのと引き換えに二十ポンドもふんだくられたうえに、そんな扱いに耐えなくちゃならないとしたら、最悪だ。アラブだかトルコから来たこのミニキャブの運転手でさえ、十五ポンドも取りやがる。

会話がふと途切れた隙に横目でレイチェルって女の表情をうかがうと、信号を一つ過ぎるごとに期待度が低下し続けているのが丸わかりだった。それにしてもおしゃべりな女だ。週末のひどい二日酔いもあって、だんだん会話に集中しているのがつらくなってきた。それに、女を誘って成功したとたん、高揚感は急速にしぼむものだろう。ナンパが成功してどうやらヤれそうだとわかった瞬間から、うまく立ち回る必要はなくなって、今度はおきまりの手順を踏むのがおっくうになる。世間話から始めて、《ベニー・ヒル・ショー》（英国のコメディ番組）じみた下ネタに持っていく。だがいまは相手の話を聞くのが何よりつらい。反面、聞き手に徹するのは何より肝心なことだ。なぜかと言えば、これは社交の延長であるという建前と（少なくとも可能性として）単なるセックス、単なる動物的肉欲の発散以上のものにつながるという建前を女が貫きたがっているのがわかるからだ。だが俺としては、いいから黙ってさっさとパンツを下ろせとわめきたくなる。どうせ二度と会わないわけだし、偶然どこかで出くわすことがあったとしても、セックスの最中のよがり声や翌朝見た後悔の表情を思い出しながら、表情一つ変えずに無関心を装い通すことで気恥ずかしさを押し隠すだけのことだ。あとに残るもの、記憶に強く刻みつけられて忘れられないものは、ネガティブな要素だけだ。

だが、時すでに遅し。俺たちは階段を上って部屋に入り、俺は〝とっちらかっていて〟申し訳ないと謝ったり、酒はあいにくブランデーしかないと断ったりする。一方の女は延々としゃべり続け、俺は「鋭いな、レイチェル。そのとおり、出身はエディンバラだよ」と答え、まともなブランデーグラスを引っ越しの荷物から出してあったことにほっとしながら酒を注ぐ。

「エディンバラってすてきな街よね。おととしの夏のフェスティバルを見に行ったのよ。すごく楽しかった」女は箱に入ったレコードを一枚一枚めくりながら言う。

本当なら公団出身者の神経を逆なでするだけの愚かしい褒め言葉だが、グラスの中でブランデーをゆっくり回しながら聞くと、不思議なくらい耳に心地いい。彼女の美しさ、欠点のない肌、真っ白な歯がのぞく微笑みに見とれていると、女が言った。「……バリー・ホワイト……プリンス……音楽の趣味がいいのね……ソウルとガラージュハウスがひととおりそろってる……」

ブランデーの酔いのせいだけじゃない。染みのできたコーヒーテーブルから彼女がグラスを持ち上げると同時に、俺の下腹にある架空のジッパーがさっと開く。俺は〝これを待ってたんだ〟と考える。これぞ恋だ。腹のジッパーを全開にして、愛の熱で俺たち二人を包みこむ時が来た。荒れ狂う雄牛とさかりのついた雌牛がラブボートに乗りこみ、うっとりと見つめ合い、浮ついた言葉を交わす。しかし、俺はそこで思いとどまる。いつものように、セックスを道具に使って愛をぶち壊す。女を手荒に抱き寄せ、芝居がかった驚愕の表情をおもしろがりながらキスをし、服を脱いで、まさぐり、舌を這わせ、愛撫し、ファックする。

しかしそこに至る前に、女がもらっている給料、会社での地位、育ちなどを何気なく聞き出す。期待したほどの女じゃなかった。この女は一夜限定の遊び相手だ。それ以上の何ものでもない。相手を深く知ってしまわないよう必死に抵抗するほうがいい場面もある。

ひと眠りしたあと、朝、もう一戦交える。股間のものが勃ち上がるや、俺は女の中に戻り、俺たちはせっせと動く。まもなく七時二十一分のノリッジ行き特急列車がハックニーダウンズ駅を通過して、俺たちは東アングリアまでかっさらわれそうになる。女はこう繰り返す。

「ああ、すごい……サイモン……サイモーーーン……」

レイチェルが眠ってしまうと、俺は起き出して簡単な置き手紙をしたためる。今日は朝一番の仕事があるんだ、また電話するよ。それから通りの向かいのカフェに移動し、紅茶を飲みながら女が下りてくるのを待つ。レイチェルの美しい顔を思い出すと、ああ、涙がこぼれてしまいそうだよ。花でも買って階段を駆け上がり、この思いを打ち明け、永遠の愛を誓い、彼女の人生を特別なものにする妄想を描く。白馬に乗った王子。それは女の夢であると同時に、男の夢でもあったりする。しかし夢は夢だ。喪失感が胃を締めつける。その場にいない相手、深く知りもしない相手を愛するのは――それを言ったら憎むことだって――簡単だし、俺はそのエキスパートだ。難しいのは、相手が目の前にいる場合だな。

まもなく、張り込みをする刑事のごとく、俺は階段を下りてくる女の姿をめざとく見つける。女の動作はぎこちない。まるで巣から落ちたひな鳥みたいに、自分の居場所を確かめようときょろきょろしている。醜くて不格好で、野暮ったい。ゆうべ俺のベッドを――俺の人生のひとときを分かち合った、アルコールを味方につけてゴージャスに花開いた女とは別人だ。俺は目をそらして『サン』紙のスポーツ欄に向き直る。「イングランド代表はスコットランド人を監督にすべきだな」俺はカフェのトルコ人経営者イヴァンに怒鳴る。「ロニー・ファッキン・コーベット（コメディアン）とかさ」

「ロニー・コーベットか」イヴァンがにやりとして繰り返す。

「ハーツ・サポーターだぜ」俺はそう教えてやり、砂糖をたっぷり入れた熱い紅茶を口に運ぶ。

階段を上って部屋に戻ると、レイチェルの残り香がほのかに漂っていた。いいね。置き手紙もあった。こっちはあまりありがたくない。

　サイモン

　今朝は会えなくて残念。ぜひまた会いたいわ。

　電話してね。

　レイチェル　XX《キス》

ふむ。向こうがまた会いたいと言っているうちに縁を切るのが一番だ。いつの日か、二度と会いたくないと相手に言われて別れる日がくるからだ。早いうちに手を切っておけば、誰も傷つかずにすむ。俺は手紙を丸めてくず入れに放りこんだ。

俺の人生のマトリックス上にレイチェルの場所を作る気はしない。フォレストゲートの空き家からロンドン生活をスタートさせたとき、そこから西へ向けて開拓していくつもりでいた。エセックスのお嬢さん連中からロンドン北部のユダヤ娘へ、そこからスローン族（上流階級の裕福な若者、とくに若い女性）へ。だが女は世間をよく知っている。エセックスの女たちはセックスと引き換えに安物の装身具をほしがり、ユダヤ娘はこっちをノイローゼにさせる。そしてスローン族の性欲は飽くことを知らず、しかもその指で輝いているリングは、俺のためのものじゃない。どこかの軟弱男との婚約指輪だ。少数特権階級の生まれながらに恵まれた馬鹿娘には、もれなく親の決めた婚約者がくっついてくる。そこで俺は『デブレット貴族名鑑』をめくるのをやめ、ハムステッドに照準を定め直した。

で、俺の評価基準に従えば一塁にさえ出られないターニャから、赤い携帯電話に連絡があった。これからうちに来るらしい。俺はターニャを思い浮かべる。日光に当たっていない時間で勝負したらノスフェラトゥにも負けない、骨みたいに真っ白な顔、美容整形に失敗したように分厚く腫れた唇、ぴくぴく動いてばかりいる体、落ちくぼんだぎょろ目。ジャンキーの売春婦。そんなもの、俺の人生設計のどこに押しこめと？

グレート・イースタン鉄道の時刻表をベッドのヘッドボードに貼りつけた。ターニャが来るころには引っ越しの荷物はすべて片づいていた。ターニャはこの前の晩、くそブローカーのマット・コルヴィルにバーから放り出されたと打ち明けた。でかい目は、男のコックじゃなくヘロインを求めている。恩知らずな女だ、せっかくお膳立てしてやったのにと俺は言う。ソーホーの一流歓楽街のクラブで仕事に励むより、キングスクロスあたりの掘っ立て小屋で、ヘロイン一袋とかクラック一かけと引き換えにその辺のちんぴらにケツを差し出すほうがいいらしいなと言う。「おまえのためを考えてやっても無駄ってわけだ」俺は吐き捨てる。この女は数えきれないくらい繰り返し同じことを言われてきているだろう。両親、ソーシャルワーカー、福祉事務所の連中。ターニャはソファに座って背を丸め、胸を抱くようにしながら俺を見つめている。顎は力なく垂れていた。まるで頭蓋骨からはずれて、皮膚だけでぶら下がっているみたいな風情だ。

「でも、放り出されたんだよ」ターニャが不満げにうめく。「コルヴィルのやつに放り出されたんだよ」

「そりゃそうだろう。見てみろよ。いかにもグラスゴーから来たばかりですって顔だぜ。ここはロンドンだ。それなりの品位ってものが求められるんだよ。それとも、品位なんてものを信じてるのは俺だけか……？」

「ごめんね、サイモン」

「いいんだ、気にするな」俺は歌うように言うと、ターニャの腕をつかんで立ち上がらせ、その体の軽さに小さく驚きながら抱き寄せた。「ちょっといらいらしてるだけだ。今週はいろいろあったから。こっち来いよ……」俺はターニャをベッドに引き倒し、棚の上の時計を確かめた。十二時十五分。俺は愛撫を始める。ターニャの唇がわななく。服を脱ぎ捨て、ターニャにのしかかり、押し入った。ターニャの顔が苦しげにゆがんだ。おい、列車はどうした？

十二時二十一分。

アングリア鉄道だったか何だったたか、元国営鉄道の野郎どもはいったい何をやってる？……十二時二十二分。頼むよ……とっくに通過しててもいいはずだろうに……。「きれいだよ、ベイビー。ダイナマイト級だ」俺は大嘘をついて励ます。

「あああ……」ターニャがあえいだ。

やれやれ。この女、ハンバーガー屋にでも転職したほうがいいぜ。こんな程度じゃ、業界にしがみついたところで未来はない。

俺は歯を食いしばり、そこからさらに五分間、みじめに奮闘する。十二時二十七分。ようやく列車が駅を通過し、建物がいまにも崩壊せんばかりに揺れた。ターニャが不滅の愛を叫ぶ。

「いいフィニッシュだった」俺は感想を述べる。代表監督テリー・ヴェナブルズのコーチ哲学の実践だ。基本を大切にし、選手の優れた点を褒めて伸ばす。前向きな励ましの言葉だけをかけ、怒鳴ったりキレたりはしない。「しかし、もっと献身的に取り組んだほうがいいな。おまえの将来を思ってのアドバイスだ」

「ありがとう、サイモン」ターニャが微笑み、欠けたままの前歯がむき出しになった。

「さてと、追い立てるようで悪いが、帰ってくれ。俺は忙しいんだ」

ターニャはまたうつむいたが、すぐに服を拾い集め、哀れっぽい顔で手早く身支度を調えた。俺は交通費と煙草代として十ポンド渡してやり、ターニャはじゃあまたと言って出ていった。

ターニャが行っちまうと、ゆうべソーホーで買っておいたゲイポルノ雑誌を取り出し、緩衝材つきの封筒に押しこんで、宛名を書いた。

スコットランド　エディンバラ
ソートンメインズ
ソートン刑務所内
在監者番号６８９２ＢＫ
フランシス・ベグビー様

俺は旧友ベグビーが退屈しないよう雑誌を買い集め、スコットランドに帰省するたびに投函する。ベグビーは地元の消印が押された郵便物を受け取ることになるわけだ。あいつは送り主を誰だと思ってるだろう。おそらくロジアン州の全住民を疑っているだろうな。これも俺が故郷に挑んだささやかな戦争の一部だ。

ギブスSR歯磨きをたっぷり歯ブラシに塗りつけて、口の中のターニャの味をさっぱりと流す。それからシャワーを浴びて股間をよくよく洗い、ついさっきまでかき回してた病原菌の穴の名残をこすり落とした。くそ、こういうときにかぎって電話が鳴り出すんだよな。俺の弱点は、電話が鳴ったら出ずにはいられないことだ。しかも留守番電話がオンになっていない。タオルを腰に巻いて、電話を取った。

「もしもし？　サイモン？」

声の主にぴんとくるまで数秒かかった。エディンバラのポーラおばさんだ。

4……下手くそな手こき……

ニッキー

専攻を変えるたびに、挫折感が層をなしていく。でもわたしにとっては、大学の専攻は男みたいなもので、この世で一番魅力的だと思った一つを選んだつもりでも、興味は長く続かない。クリスマスが過ぎて、わたしはまた一人になった。けれど専攻を変えるのは、大学そのものや住む町を変えるほど大きなことじゃない。エディンバラ大学にまる一年在籍できてることに満足していた。正確にはほぼまる一年。文学から映画・メディア専攻に変えたきっかけは、ローレンの意見だった。映画は新時代の文学だとローレンは言った。きっと雑誌の受け売りだろうけど。もちろん、人が物語について学ぶのは書物からではなくなっているのはたしかだけど、だからといって映画から学ぶわけじゃないとわたしは言った。いまはゲームから学ぶ時代だ。細切れの物語。ヒップで革新的でありたい、流行の最先端にいたいなら、学校をサボって機械の中の宇宙に出かける無気力な若者に混じってサウスサイドの〈ジョニーズ・ゲームセンター〉で遊ぶのが一番だ。

ただ、文学の単位を一つは取らなくちゃならない。そこでスコットランド文学を時間割に残した。わたしはイングランド出身だから。へそ曲がりは、いつだって何か新しいことに取り組む動機になる。

教授のマクライモントは、愛国者とスコットランドかぶれの集まりを相手に講義をしている（わたしも去年まではスコットランドかぶれの一人だった。わたしが生まれる前に亡くなった曾祖母が、毎年の休暇をキルマーノックだかダンバートンだかで過ごしていたから……人は進化を続けていく。願わくば、速いスピードで……）。教授は国家主義的プロパガンダをとうとうと垂れ流す。背景でバグパイプが鳴っているのがいまにも聞こえてきそうだった。どうしてこんな講義を選んじゃったわけ？　これもローレンのせい。楽勝科目だって言うからだ。

口の中のガムは金属っぽい味がした。噛んでいるだけで顎が疲れて痛くなってくる。ガムを取り出して机の裏に貼りつけた。お腹が減って死にそう。ゆうべは下手くそな手こきで二百ポンド稼いだ。タオルの下で手を使っていかせる仕事だ。でっぷり太った赤ら顔の男たちが熱のこもった目でわたしを見つめる。わたしは客を見つめ返し、その表情から客の期待を読み取る。冷たいビッチ。子鹿みたいにあどけない目をしたうぶな少女。ありとあらゆる種類の女。心なんてこめていられない。まるで他人事だ。弟と一緒に犬のモンティのアレをしごいたときのことを思い出す。そのあとモンティはソファにこすりつけていこうとしていた。

手こきが得意だというのはいかに不自然なことか考え、男のペニスのことを考えた。まもなくマクライモントの講義が終盤にさしかかった。ローレンはスコットランド人のディアスポラについてノートをせっせと取っている。すぐ前の席の男子学生〝アメリカン・スキャット〟・ロスは、イングランド人の残虐行為と不正行為を何ページも何ページも書き留めている。きっとリーバイスのジーンズの股間は、石みたいに固く盛り上がっているだろう。学生たちはバインダーのリングを同時にぱちんと閉じて立ち上がる。教室を出ようとしたとき、マクライモントがわたしの視線をとらえた。あのフクロウみたいに取り澄ました顔。馬鹿みたい。鳥類学者がどう考えているかは知らないけれど、本当にワルな鳥を扱う専門家――たとえば鷹匠――はたぶん、フクロウは世間で言われているほど賢くない、それどころか猛禽類の中で一番愚鈍だと言うだろう。

「ミス・フラー＝スミス。ちょっとよろしいかな」マクライモントが形式張った言葉遣いでわたしを呼び止めた。

わたしはマクライモントに向き直り、髪を耳にかけた。たいがいの男はこのしぐさを見るなり鼻の穴を広げる。生け贄の生娘。花嫁のベールを持ち上げるようなしぐさ、相手を受け入れるしぐさ。マクライモントは皮肉屋のしなびたアルコール依存症の男だ。つまりこのしぐさに自動的に反応する。わたしはわざとちょっと近すぎる位置に立つ。内気なくせに実は肉食性の男には、この戦略はつねに有効だ。コリンにはてきめんに効いた。効きすぎたかもしれない。

いつ見ても怯えたような表情を浮かべた、眼鏡の奥の黒っぽい瞳がぎらりと輝く。感電したみたいにぼさぼさした、生え際が後退しかけた髪が少しだけ立ち上がったように見えた。

マクライモントは無意識のうちに胸を張り、滑稽なくらい分厚い肩パッド入りのスーツのジャケットが風をはらんだようにふくらんだ。「きみは第二学期のレポートをまだ提出していないのではなかったかね」その声はどこかいやらしかった。

「それは、まだ書いていないからです。夜はアルバイトがあるので」わたしは微笑む。経験が豊かすぎるのか（本人はそう装っている）、ホルモンが枯渇したせいで興奮することさえできなくなっているのか、マクライモントはいかめしい顔でうなずく。「では、来週の月曜日まで待とうか、ミス・フラー＝スミス」

「ニッキーと呼んでください」わたしは小首をかしげてにっこりしてみせた。

「来週の月曜日に提出しなさい」マクライモントはふんと鼻を鳴らしてそう言うと、机の上を片づけ始めた。骨張った節だらけの手がぎこちなく書類を拾い集め、まとめて鞄にしまった。

何かを勝ち取るには粘り強さが必要だ。わたしは粘る。「今日の講義は本当に、本当に、本当におもしろかったです」

マクライモントが顔を上げ、小さな笑みを浮かべた。「それはけっこう」そっけない口調だった。

わたしは小さな勝利に意気揚々としながら、ローレンと並んで食堂に向かった。「今度の映画研究セミナーグループのことだけど。参加者はどんな人たち？」

ローレンは陰気に顔をしかめた。トラブルが起きかねないと考えている。フラットに集まってくるかもしれない客人たち――ずぼらな人、遊び人、調子に乗ると何をするかわからない人。「中にはいい人もいる。わたしはいつもラブって人の隣に座るの。少し年は上だけど。三十くらいかな。でもいい人よ」

「寝る相手としてはどう？」わたしは訊く。

「ニッキー。あなたって人はほんとに」ローレンはあきれたように首を振った。

「だってわたし、いまフリーなのよ！」わたしたちはコーヒーを飲み干し、次の教室へ急いだ。

講師は細長い手をした熱意あふれる男性だ。華奢な体格となで肩のせいで、いつも自分のおへそをのぞいているように見える。柔らかく穏やかな南アイルランドのアクセントで話す。講義はもう始まっていて、発音できないタイトルがついたロシアの短篇映画をビデオで鑑賞した。くだらない映画だ。鑑賞の途中で、いかにもイタリア製といった感じの青いジャケットを着た学生が入ってきて、遅れてすみませんというように講師に軽くうなずいた。それからやあというように眉を吊り上げてローレンに微笑みかけ、隣の席に腰を下ろした。

わたしは彼を見る。彼もわたしを一瞬だけ見た。

講義のあと、この人がラブよとローレンから紹介された。親しみやすい雰囲気だけれど、おしゃべりというほどではなくて、なかなかいい感じの人だ。身長は百八十センチに少し届かないくらい。太りすぎではなく、明るい茶色の髪と茶色の目をしていた。学生会館に行って一杯飲みながら、講義のことを話した。ラブは人込みで目立つタイプではない。かなりハンサムなのに、ちょっと不思議だ。古典的な美男、決まった恋人がいないときにセックスフレンドにしたいタイプの男。一杯目のビールを飲み終えると、ラブはトイレに立った。「すてきなお尻」わたしはローレンに言った。「ね、あの人のこと好きなの？」

ローレンはまさかというように口をとがらせて首を振った。「彼女がいるし、もうすぐ赤ちゃんが生まれるらしいし」

「そんなこと訊いてないってば。あなたはあの人が好きなのかって訊いただけ」

ローレンは肘でわたしの脇腹を強くつつき、馬鹿なこと考えないでと言った。この子には妙に潔癖なところがある。少しばかり古風というか、時代遅れというか。ローレンの透けるようにきれいな肌にはほれぼれさせられるし、後ろにとかしつけた髪や眼鏡も、手の優美な動きも、すごくセクシーだ。ほっそりした体つきの、しとやかで控えめな十九歳の女の子だ。男性と深くつきあった経験はないかもしれない。深いつきあいというのは、セックスのことね。もちろん、わたしはローレンが大好きだから、ローレンがフェミニスト的な思想にかぶれてるのは、セックスの味を知ったらいきなり豹変しそうな、田舎町から来たお堅い娘だからだなんて、口が裂けても本人には言わない。

ローレンはよくあのラブって人と飲みに出かけて、映画の話をしたり、講座の不満を言い合ったりしている。つまり、今日からわたしたちは三角関係ということ。ラブは斜にかまえたような、〝俺はあらゆることを経験してきた〟みたいな雰囲気を漂わせている。ローレンのおとなびたところや知性を気に入っているらしい。ラブはローレンを好きなのかしらとわたしは考える。だって、ローレンは彼を好きみたいだから（それは一キロ先から見たってわかる）。彼の好みが成熟した女だとするなら――わたしはもうすぐ二十五歳になるおとなの女だ。

ラブが戻ってきて、三人分の飲み物を注文した。余分の現金収入がほしくて、自分のお兄さんのバーでアルバイトをしてるんだって。そこでわたしは、週に何日か午後と夜にサウナでアルバイトをしていると打ち明ける。ラブは興味を惹かれたみたい。たいがいの人が興味を示すけどね。彼は首をかしげ、探るような目をわたしに向けた。顔がすっかり変わったように見えた。「その仕事では……その……」

ローレンが薄い唇をすぼめて嫌悪を表明する。

「客とやるのかってこと？　いいえ、マッサージだけ」わたしは手刀で叩くようなしぐさをしてみせた。「でも、そう持ちかけてくる人もいなくはない。ただ、お店の看板には謳われてないし、労働条件にも入ってないから」わたしは、建前をとうとうと述べた。嘘だけど。「ただ、一度……」そう言いかけてわざと間をおく。二人が唇を開き、期待に満ちた目でわたしを見つめた。無邪気な孫たちに、寝る前のお話を聴かせるおばあちゃんにでもなった気分。ちょうど大きな悪いオオカミが登場する場面にさしかかったところみたいな。「一度ね、感じのいい年配の客に手でやってあげたことがある。死んだ妻が恋しいって切々たる話を聞かされちゃって。二百ポンドのチップなんて受け取れないって断わったけど、どうしてもって言われた。しかも、きみはとても優しいお嬢さんなんだね、こんなことをさせて申し訳なかったって謝られちゃった。とても感じのいい人だったわ」

「よくそんなことができるわよね、ニッキー」ローレンが泣きそうな声を出した。

「あなたはいいわよ、ローレン。スコットランド人だから、授業料は無料だものね」そこを突かれたらローレンが何も言い返せないことをわたしは知っている。でも本当のことを言えば、わたしはしょっちゅう男性を手でいかせていて、でもそれはお金のためじゃなければとうていやれないことだ。

5　悪だくみ　#18,734

シック・ボーイ

コルヴィルと対決する覚悟はできていた。ターニャからやつが何をしたかあらかじめ聞いていたおかげだ。コルヴィルはずいぶん前から俺を厄介払いしたがっていたが、これで口実ができたわけだな。むろん、俺はおとなしく引き下がるつもりはない。そのためにこの一年、ホロウェイの〈コルヴィル〉内部にせっせとコネを作ってきたんだ。

コルヴィルはシフトの終わりまで待つに決まっている。今夜は暇だった。遅くなってから、ヘンリーとゲンジスが仲間を引き連れて入ってきた。どいつもすでに相当でき上がっていた。別のグループと一騒ぎ起こしてきたらしく、勝利に酔いしれて武勇伝を語り合っている。アバディーンとトッテナムのサポーターが手を組んだって噂だった。「そういうことなら、誰が酒代をもつ？　バーテンダーだよ」俺はそう言って笑い、何人かが一緒に笑った。俺はやつらを周囲に呼び集め、店のおごりで何杯か注いでやった。この店での俺の時代の終焉を察したからだ。

どこかさびしい気持ちもあった。ここは第二の家と呼ぶべき場所だった。俺が不思議と縁があるらしいタイプの連中に出会える場所だった。だが、さびしいばかりじゃない。そろそろ次の一歩を踏み出す時機が来ている。こういう店に雇われている間は勝ち組にはなれない。自分で店を持たなきゃだめだ。視界の隅にリンジーが現われ、俺にウィンクをしてからステージの準備を始めた。

この店はどっちを向いてもプラスチックとクロームでできたぴかぴかの内装だが、くつろいだ雰囲気に混じって、煙草の臭いや、男のフラノのズボンに染みついた精液の臭い、女たちの安物の香水、水で薄めたビールの匂い、反吐《へど》の出るような絶望がこびりついている。

リンジーはしっかりした女だ。世事に明るく、男にひどい目に遭わされたあと、こういう店でくだを巻くようなみじめな被害者になることはない。リンジーみたいに頭がよくて教養のある女なら、こんな店に集まる客や、おそらく俺に対しても、軽蔑を抱いているはずだろうが、それを顔に出すことは絶対にしない。自分は特別だ、人生について自分なりの理解を確立している、逆境を跳ね返す力を持っていると誰だって信じたがるものだ。リンジーはたいしかにほかの連中とは違う。目的意識を持っている。名前を売るためにポルノ映画に何本か出演したり、自分のウェブサイトを運営したりしている。このラップダンスクラブでも大人気だ。俺の知るかぎりではヒモはいない。顔にいつも笑みを浮かべているが、相手が一線を踏み越えようとしたとたん、その笑みは瞬時に氷に変わる。リンジーは決して他人に踊らされない。自分のダンスを踊る。俺向きの女じゃない。

残念だ。俺はステージに目を向けた。腰を突き出して激しく踊るリンジーをながめながら

――ターニャみたいなヤク漬けの女に同じことをやらせたら、たちまち集中治療室に担ぎこまれるだろう――俺は金を払って見ている客に負けないくらい真剣なまなざしを小麦色の太ももから銀色のミニへと這わせ、リンジーの出演ビデオをぜひ探して見なくちゃなと考える。

予想どおり、シフトが終わると、デューリーが近づいてきた。先生に告げ口した子供みたいに得意げな笑いを顔に張りつけていた。「コルヴィルがオフィスにお呼びだよ」クソ野郎はうれしそうに言う。

用件はわかっていた。だからオフィスに入るなり、勧められる前からコルヴィルの真正面の椅子にどっかりと腰を下ろした。青白い嘘つきの顔をしたコルヴィルの細い目がせわしなく動いて、俺を池の魚か何かみたいにながめ回した。それからテーブルの上を滑らせるようにして封筒をよこした。趣味の悪い灰色のジャケットの襟に染みがついている。ふん、女房の気持ちもわかろうってものだ……

「解雇通知と未払い分の給料だ」いつもの気持ちの悪い声でコルヴィルが言った。「在職期間が百四週には二週届かないから、解雇に当たって補償金を支払う義務はない。疑うなら調べてみるんだな。完全に合法だ。恨むなら法律を恨め」そう言ってにっと笑った。

俺はまっすぐな目でやつを見つめた。「なんでだよ、マッティ?」傷ついた表情を作って訊く。「長いつきあいじゃないか!」

だめだ。哀れっぽく見つめても効果はなさそうだ。マッティ・ボーイは無表情のまま椅子の背にもたれ、ゆっくりと首を振った。

「遅刻早退については注意したはずだろう。店に必要なのはちゃんと店にいてくれるヘッドバーテンダーだ。それに、おまえの友達だっていうあの小汚い売女のことも言ったはずだぞ。うちの店で客を引っかけるのをやめさせろとな。あの女、先週はお巡りにまで声をかけた」コルヴィルはうんざりしたようにまた首を振った。デューリーが鼻を鳴らす。コルヴィルと同じくらい面白がっていやがる。

「お巡りにだってコックはあるだろうよ。少なくとも俺はそう聞いてる」俺はにやりとした。

背後からまたしても含み笑いが聞こえた。

コルヴィルは真剣な顔つきで椅子から身を乗り出した。これはやつのショーだ。脇役がスポットライトを浴びるのは気に入らないというわけだな。「いい気になるなよ、ウィリアムソン。おまえは大した人物のつもりでいるらしいがな、俺に言わせりゃ、掃いて捨てるほどいるスコットランドのクズ野郎にすぎない。おまえにはハックニーがお似合いだよ」

「イズリントンだ」俺はすかさず言った。最後の一言がぐさりときた。

「どこだっていい。とにかく、俺が欲しいのはちゃんと仕事をするヘッドバーテンダーだ。うちの店をあさましいサイドビジネスに利用するようなやつはいらない。このところ、妙な連中が出入りするようになってる。売春婦、小悪党、フーリガン、ポルノマニア、ドラッグの売人。いいか、ここ二年で客の質が変わったんだ。おまえがこの店に来てからな」

「ふん、たかがラップダンスクラブだろうが。ただのストリップ小屋だろう。怪しげな客が集まるに決まってる。そもそもが低俗なんだよ！」俺は憤慨して言い返した。「俺のおかげで常連客だってついただろう！　金を使う客がついただろうが！」

「いいから出て行け」コルヴィルはドアを指さした。

「それだけか。俺はクビか」

マット・コルヴィルの笑みはなおも大きくなった。「そうだ。こう認めるのはプロらしからぬことかもしれないが、おまえにクビを言い渡すのはじつに痛快だよ」

背後のデューリーがまた忍び笑いをした。こうなったら切り札を出すしかない。俺は顔を上げてコルヴィルの目をまっすぐに見据えた。「わかった、そういうことなら、洗いざらい白状させてくれないか。八カ月くらい前からずっとあんたの女房と寝てた」

「何……」コルヴィルが俺を見つめる。背後でデューリーが衝撃に凍りつくのがわかった。デューリーは言い訳をもごもごと口走りながら逃げていった。コルヴィルは驚きのあまり言葉も出ないといった様子だったが、まもなく一つ身震いすると、薄い唇に用心深い笑みを浮かべた。それから嫌悪と憎悪を露わにして首を振った。「まったく救いようのない男だな、ウィリアムソン」

「おいしい思いをさせてもらったぜ」俺はコルヴィルを無視して続けた。「女房のビザカードの請求明細を見てみろよ。ホテル、デザイナーズブランドの服、その他もろもろ」俺はヴェルサーチのシャツを指でもてあそんだ。「この店の給料で買ったものじゃない」

やつの目の奥で恐怖がまた震えるのが見えたが、それはすぐに嘲笑まじりの怒りに変わった。「つくづく情けない男だな。そんな作り話でこの俺がびびるとでも思ったか。哀れな……」

俺は立ち上がりざまにジャケットの内ポケットからポラロイド写真を何枚か取り出してテーブルに放った。「それを見たらさすがのあんたも落ち着いていられないだろうな。こういうこともあろうかと思って大事にキープしておいた。千の言葉より説得力があるよな。そうだろう？」俺は片目をつぶってみせ、もったいぶりながらも急ぎ足でやつのオフィスをあとにし、店を横切った。通りに出たところで不安の波に襲われて、つい小走りになった。だが、誰も追ってきていない。俺は大きな声で笑いながらソーホーの裏道をたどった。

チャリングクロス・ロードまで行った。トラブルから逃れられたという安堵でそれを相殺しようという実感が湧いて、軽く落ちこんだ。そこでようやく最大の収入源を失ったんだという実感が湧いて、軽く落ちこんだ。

メリットとデメリットを頭の中で箇条書きにし、この新たな状況が提示するチャンスと脅威のバランスを検討した。セントラル線のリヴァプール・ストリート駅まで戻り、地下鉄じゃない通常の列車でハックニー・ダウンズ駅へ向かった。ダウンズ駅で降りると、プラットホームの塀の向こうに自分の部屋の裏窓が見えた。汚れたガラスに手が届きそうだ。脂や塵がべったりこびりついている。そのせいで室内は見えない。グレート・イースタン鉄道が費用をもってガラスを掃除してくれたっていいはずだ。そこにくっついてるのは、やつらのディーゼル列車が吐き出した汚れなんだから。駅から出るとき、本日改定されたばかりの新時刻表を一枚もらった。

部屋に戻ると、ワンルームアパートの窓から外をながめた。不動産業者はスタジオアパートメントなぞと呼ぶ。そういう〝オシャレな〟表現が大好きな業界だからな。だいたい、公営団地を〝なんとかエステート〟なんて大げさに呼ぶ野郎がほかにどこにいる？　俺はリースのバナナ・フラット・エステート出身のサイモン・デヴィッド・ウィリアムソンってところか。窓から下の通りを見た。薬局の前を若い母親がベビーカーを押しながら行く。目の下のたるみ具合からすると、モデルにでもなれそうだ。たとえばサムソナイトのな。その風景は同時に、故郷から八百キロも南に離れた大都会に出てきたあげく、クソみたいなグレート・ジャンクション・ストリートに住んでいるという現実を俺に突きつける。ふいに建物ががたがたと揺れ、裏窓のすぐ下を特急列車がノリッジに向けて通過した。時計を確かめる。六時四十分。鉄道オタクの言い方にならえば、十八時四十分。定刻どおりだ。

投資の機会があったら投資すべきだ。この間もそう言ってバーニーを説得しようとしたばかりだ。ちょっとばかりハイになりすぎていて、説得力をやや欠いていたかもしれないが。とはいえ、それが鍵だ。勝ち組と負け組の線引きをするのは投資だ。本物の実業家と、新聞やテレビでありきたりな苦労話を視聴者読者のケツにねじこむ呼び売り商人上がりとの差は、そこにある。マスコミはいわゆるサクセスストーリーを華々しく取り上げる。しかし現実の社会では、成功する人間は氷山の一角にすぎない。失敗例だって数多く目にするだろう？　バーで隣合わせになった馬鹿から、誰々さえいなければ、あのクソ野郎さえいなければ、あのクズどもにさえ関わらなければ、いまごろ金持ちになっていたはずだって大ボラを聞かされる。口さえうまけりゃトップにのし上がれるって大嘘を信じたのは自分の責任じゃない、周囲のせいだと思いたがる愚か者たち。バーニーもそろそろ自覚して気をつけたほうがいい。

その手のあほうどもと言うことがそっくりになってきているからな。そんなのは長続きしない。（幸運にもそれなりの資金が手もとにあるなら）それを気前よく使い果たしちまう前に運用すべきだ。さもないと、あのときこうしていればと前と同じことをめそめそ繰り返すか、もっと悪いとクラックパイプか紫色のビール缶を握り締めることになる。

投資する先が必要だ。だがさしあたってアマンダに会いに行かなくちゃならない。投資する金を無尽蔵に持っている不感症の女、それでもまだ俺から搾り取れるだけ搾り取ろうとする女。

ポーラおばさんの申し出は――電話で聞いたとき、俺はもう少しで笑いだしかけたよ、気の毒なおばさんの耳もとで低い笑い声を漏らしそうになった――どんどんおいしい話に思えてくる。

しかし、その前に果たさなくちゃならない義理がある。俺はバスと列車を乗り継いで、ハイゲートのマンディ・〝俺は発射するだけあとはよろしく〟の家に寄り、子供を拾って、週四十ポンドの養育費を渡す。その金は全額食い物になって子供の顔に開いた口という名の穴に消える。いやはや、ものすごいデブちんなんだよ。この前、孫の顔をおふくろに見せてやるかと思ってスコットランドに連れて帰ったら、おふくろはイタリアとスコットランドの二つがごっちゃになったアクセントでこう言った。「あんらの子供のころとそっくりらね」――あんたの子供のころとそっくりだね。ちょっとぶつけただけで痣ができる、丸々太った子供。校庭やストリートで、痩せっぽちで意地の悪いいじめっ子連中の餌食にされる子ブタくん。俺は思春期とホルモンにデブ地獄から救われて本当によかったと思うよ。俺がこのガキに対して矛盾する二つの感情を抱いているのは、こいつを見てると、いまよりはるかにクールじゃなかった幼いころの俺自身を思い出すからかもしれない。ただ、自分が本当にこんなだったとはとても信じられないな。それより、ユダヤ系のじいちゃんの遺伝じゃないかって気がする。もちろん、俺じゃなくて母方のじいちゃんだ。

俺は子供を連れてウエストエンド界隈をとぼとぼ歩き、おもちゃのデパート〈ハムリーズ〉にクリスマスプレゼントを選びに出かける。言うまでもなく、クリスマス前の熱狂はとうに過ぎて、いまは一月のセールでごった返していた。俺はガキに商品券をプレゼントした。できるだけ早いうちから選択の自由という概念を学ばせようと考えてのことだ。ところがアマンダは、その商品券をガキから取り上げた。俺が一緒に行っておもちゃを選ぶのを手伝うべきだからだそうでね。外の風は、たしかに、肌を刺すように冷たいとはいえ、オクスフォードサーカス駅で降りてから大して歩いていないうちから、ガキは寒いと文句を言ってとろとろ歩きながら脚をさすっている。ビデオゲーム世代のぐうたらは、部屋にこもってプレイステーションでもやっているほうがいいらしい。街が華やぐ季節だっていうのに、俺はこのガキにとって罰ゲームみたいなものというわけだ。ま、お互いさまだがな。〈ハムリーズ〉に入ってからも、俺は子供と会話を続ける努力をおずおず続けながら、好色な目でとっくり拝むだけの価値のある女をぬかりなく探す。

冬の問題はそれだな。女たちが厚着だってことだ。家に持ち帰って包装をといてみるまで、何が入っているかわからない。だが、いったん開封しちまったら、返品は受け付けてもらえなくなる。クリスマスか。まず白の携帯電話のメッセージをチェックした。まだ寝ていない女には白の電話番号を教えることにしている。中古物件には赤のを教え、仕事関係には緑のを教える。メッセージはなかった。

店にも買い物客にも、くだらないおもちゃを抱えて歩くことにも、すぐにうんざりした。子供について言えば……絆みたいなものはまるきり感じない。努力はしている。威張れるようなものじゃないが、俺としては最大限に努力している。俺にとっても子供にとっても忍耐の時間になりそうだ。ようやくその時間が終わるころには、ジャンクフードの食いすぎで腹はぱんぱん、手は脂ででろでろ、そのうえ一文無しになっていた。まったく何のためにこんな苦労をしなくちゃならない？　親としての義務？　父と子の心の触れ合いか？

こんなことして、いったい誰の利益になる？

女を見て、何週間か前にベン（名前をつけたのはアマンダだ）をマダム・タッソー蠟人形館に連れていったときの苦い記憶が蘇った。アマンダってのはつくづく手前勝手な女だ。俺がベンを預かってくれると、理想のカレシ、利己的なヤッピーのろくでなしと二人きりでゆっくりする時間が持てるからありがたいと言う。俺が週四十ポンド支払ったうえに子供を連れ出すおかげで、あの女は平和にセックスが楽しめるというわけだ。俺は額にタトゥーを彫っとくべきかもしれないな。〝お人よし〟ってさ。

子供を家に送り届けたとき、アマンダがずいぶんと輝いて見えたことは認めざるをえない。

この一年くらい、ベンの出産以来初めて、まともな体型を維持して過ごしていた。家族のほかのメンバーに倣ってデブ街道を一直線に走るものと思っていたが、なかなかどうしてスリムになった。つきあっていたころ、いまみたいにちゃんと運動して食事にも気を遣っていたら、別れようとは思わなかったかもしれないな。俺は野心に満ちた男だ。まるまる肥えた女を腕にぶら下げて歩いているところを人に見られて喜ぶほど自尊心に欠けちゃいない。

しかし、肥えた女にもそれなりの使い道がある。たとえばおばさんとしてだな。ぽっちゃりした気の優しいおばさん。ポーラおばさんは、昔から俺の一番お気に入りの親戚だった。まあ確かに、ちょっとした不運には見舞われたな。哀れなポーラおばさん。おばさんはパブを相続した。なのに、愚かにも大酒飲みと結婚した。おばさんは店が潰れかけてようやく役立たずをお払い箱にした。芯が強くて頑固なあのポーラおばさんにも弱点はあるんだと思うと、なんだかほっとする。俺みたいな人間でもやっていけそうな気がする。しかもおばさんは、二万ポンドでパブの経営権を買わないかと俺に持ちかけてきていた。

最大の問題の一つは、俺にはそんな大金の持ち合わせがないってことだ。そして次の問題は、そのパブはリースにあるってことだ。

6 ……淫らな秘密……

ニッキー

ラブの瞳は冷たい光を放っている。表情には表れない何かをほのめかすようなきらめき。彼は言葉を慎重に選ぶ。近所のパブの几帳面なバーテンダーがお酒を量るみたい。ラブはローレンの本心を探ろうとして、その周囲をそっと歩き回っている。ローレンは、追い詰められた野良猫みたいに、いまにもしゃあと牙をむきそうな状態でいるからだ。だからラブは慎重にアプローチのしかたを探っている。ローレンは、ラブがいるせいで緊張しているのは当然だと自分に言い訳しようとしている。本当なら、ローレンとわたしだけ――女の子同士――か、ラブと自分だけで過ごすはずだったのにと思っている。ローレンと一緒に暮らしてるわたしにはわかる。ラブはローレンの月経前症候群《PMS》の割を食っているだけのことだ。わたしとローレンの月経周期は、血のつながった姉妹のようにぴたりと一致していた。そしてローレンは、緊張を嫌悪に変える口実を探している。

かわいそうなラブ。不機嫌な雌牛二頭の相手をさせられて。わたしは頭痛がしているし、下腹はずんと重たくて、顎にニキビができかけている。ローレンもわたしもちょっぴり神経質になっていた。明日、新しいルームメートが引っ越してくることになってるから。名前はダイアン。ちょっと会ったかぎりでは感じのいい人だった。心理学の修士課程に在籍している。わたしたちの心理を分析しようなどと思いついたりせずにいてくれれば、うまくやっていけそう。今日は早めに帰って部屋を片づけておこうねとローレンと言い合ってはいたけれど、二杯目を飲んだところで、どうやらその計画は立ち消えになりそうだと悟った。学生会館は込み合ってきていた。といっても、暴飲している学生はいない。みんなグラスを大事に抱えてちびちび飲んでいるだけ。バーテンダーのロジャーはのんびりと煙草をくゆらせている。ビリヤードをやっている二人がわたしのほうを見た。一人がもう一人を肘でつつき、つつかれたほうがわたしに笑いかけた。どこにでもいそうな男の子だ。それでも、気のあるふりをしてみようかと考えた。ラブやローレンとの会話のなりゆきが気に入らない、それだけの理由で。

「もし俺が女だったら、たぶんフェミニストになってただろうな」ラブがそう言ってローレンの猛攻撃をかわす。今夜の学生会館にはフェミニストが少なくない。そのせいでローレンの最悪の部分が表に出たようで、攻撃的になっている。でも実際、ここにいるフェミニストのほとんどは、休暇で帰省したら急におとなしくなるだろうな。得意げに自説を披露するのは、安全地帯にいるから、現実社会の実験室みたいな大学という場所にいるからこそだ。

学生会館じゃ気分が出ないということで、カウゲートのパブに場所を移すことにした。穏やかな夕暮れだった。それでも街の暗い奥深くに分け入るにしたがって夕陽は建物にさえぎられてしまい、今日の空の美しさの証は、細く切り取られたようにのぞく青空だけになった。〝最新流行の店〟に入った。ただし、〝最新〟だったのは二週間くらい前の話だったかもしれない。その店を選んだのは間違いだった。わたしのボーイフレンド、または元ボーイフレンドの文学の学士号（主席卒業）、修士号、博士号をお持ちのコリン・アディソン氏が先客としていたからだ。

フリースを着たコリンはまるで学生みたいに見えた。それについては誇らしい気持ちになった。わたしとつきあう前、コリンはそんな服は一度も着たことがなかった。まあ、もちろん、コリンが着るとちょっぴり滑稽に見えたけれど。わたしたちが飲み物をもらって席に着くなり、コリンがテーブルに近づいてきた。「話があるんだ」

「話すことなんてないと思うけど」わたしはグラスについた口紅の跡を見つめた。

「このままというわけにはいかないだろう。ちゃんと説明してくれないか。そのくらい当然だと思うが」

わたしは首を振って顔をしかめた。〝そのくらい当然〟か。見下げたやつ。こういうのって退屈なうえに気まずい。その二つはまったく別種の感情のはずなのに。「ほっといてくれる？」

コリンはかっとなった様子で、怒りに満ちた一言ひとことを強調するようにわたしの顔に指を突きつけながら言った。「少しはおとなになれよ、このあばずれ。そうやって……」

「この子はいま、ほっといてくれって言ったよな」ラブが立ち上がった。コリンの目がぎらりと光った。ラブに見覚えがあるらしい。相手はたかが学生だし、万が一ラブが手を出してくるようなことがあっても、自分には大学の教授会と退学処分という強力な味方がついていると高をくくっている。でもこの場合、自分にどんな処分が下るかを心配するべきよね。だって学生と関係を持った、あるいは関係を持とうと迫ってるわけだから。わたしに捨てられた瞬間から、わたしがおとなになるべきだというテーマに固執しているみたい。でもわたしたち、つい先週まで、成熟した穏やかな関係を楽しんでいたじゃない？

わたしが爆発しかけたちょうどそのとき、ローレンまで割りこんできた。険悪な顔をして眉を吊り上げている。ローレンのタフな一面がちらりと見えた気がしたけれど、たった一言でそれは台なしになった。「わたしたち、プライベートで飲みに来てるんです」パブリックハウスでプライベート。思わず酔っ払った馬鹿っぽい笑い声が出てしまった。

でも、二人に加勢してもらうまでもない。コリンを黙らせるくらい、わたし一人で充分だ。

「あのね、あなたには心底うんざりしてるのよ、コリン。あなたのアルコール漬けの中年のふにゃちんにはもう飽き飽き。その自己憐憫にもうんざりしてる。だってあなたの賞味期限はもう過ぎちゃってるんだもの。搾り取れるものはもう全部搾り取った。だから、ひからびた殻は捨てることにしただけ。それにね、いまは友達とお酒を楽しんでるところなの。だからあっち行って」

「このあばずれ……」コリンは顔を真っ赤に染めて店内を見回した。周囲の視線を気にしている。

「このあばずれ……」わたしは彼の情けない声を真似た。「もう少しましなことは言えないの?」

ラブが口を開きかけるのが見えたけど、わたしはそれをさえぎるようにしてコリンに向かって続けた。「議論のレベルを引き上げようって気はないってこと? たかがパブの議論なのに? だったら、お願いだから消えてよ」

「ニッキー……その……」コリンはなだめるような調子で言った。自分を知っている学生がいないか、また店内に視線を巡らせている。「……話をしたいだけだよ。もう終わりだということなら、それはそれでいい。しかし、まともな話し合いもないままでというのは、どうにも納得がいかない」

「そうやって情けない声出さないでよ。誰か代わりを探したら? あなたに心酔してくれそうな世間知らずな子を探せばいい。来年の新入生が入ってくるまで大学にいられればの話だけど。あいにく、わたしはあなたとつきあうほど自尊心が欠如した女じゃないの」

「このあま」コリンは吐き捨てるように言った。「このくされまんこ!」そして急ぎ足で出ていった。店の扉が重い音を立てて閉まる。一瞬、ちょっとかっとなったけれど、すぐに三人で笑い出した。女性バーテンダーがこっちを見た。わたしは肩をすくめた。

「あなたってたくましいわよね、ニッキー」ローレンが笑いながら言った。

「まあね、ローレン」わたしはラブに向かって言った。「大学の教師とつきあうなんて……楽しくもなんともない。実を言うとこれで二度目なの。一人目はロンドンにいたころの英文学の教授だった。おもしろい人ではあったけど、究極の変わり者って言うほうが当たってるかも」

「ニッキー、その話はよして……」ローレンが言った。前にも同じ話を聞かせたことがあるからだ。

わたしはおかまいなしにマイルズの話を続けた。ローレンは頰を真っ赤にしてうつむいた。「筋金入りの文学馬鹿でね。『ユリシーズ』のブルームみたいに、おしっこ風味の腎臓料理が大好物だった。生の腎臓を買ってきて、わたしに小さなボウルにおしっこをさせるの。そのおしっこに腎臓を一晩漬けて、次の日の朝食にするわけ。すごく洗練された変態だった。よくブティックに買い物に連れていってくれたわ。わたしの服を選ぶのが好きだったのよ。若くて流行に敏感な女性店員がつくとよけい興奮するみたい。若い女が別の女に服を着せてるシチュエーション、それも店員と客という組み合わせにぞくぞくするって言ってた。勃っちゃってるのが傍で見ててもわかったし、パンツの中でいっちゃうこともあったのよ」

怒ったときのローレンはすごくかわいい。顔の内側で電球がともったみたいに光り輝いて、いつも以上に魅力的になる。頰がほんのり赤らんで、目がきらきら輝く。みんながローレンを怒らせたがるのはそのせいだろう。セックスのさなかの表情はきっとこうなんだろうって思わせるから。

ラブは驚いたように両方の眉を吊り上げて笑い、ローレンは眉間に皺を寄せていた。「ねえ、ローレンってきれいだと思うでしょ、ラブ？」わたしは尋ねた。

ローレンはそれを聞いてむくれた。頬がいっそう鮮やかに紅潮して、瞳が潤んだ。「よしてよ、ニッキー。よけいなこと言わないで。馬鹿みたい。わたしやラブを困らせるのはやめて」

でもラブはちっとも困っていないらしく、意外な行動に出てわたしたちを驚かせた。ローレンは見るからにどぎまぎしていたし、わたしは顔にはさほど出さなかったけれど、内心ではびっくりした。ラブは片腕をローレンに、もう片方をわたしに回すと、一人ずつ頬にキスをした。ローレンは身をこわばらせて顔を真っ赤にした。わたしはお腹の底のほうがざわざわするのを感じた。と同時に反射的に身構えてもいた。「二人ともきれいだよ」ラブは如才なくそう言った。それとも思いやりかな。いずれにせよ、的を射た行動だった。彼はわたしが予期していなかった冷静さ、思慮深さ、表現力の豊かさをかいま見せた。でも、それは次の瞬間には消えていた。彼は腕を引っこめると、淡々とした口調で続けた。「きみたちが一緒じゃなかったら、この講座は途中でやめてたと思う。だって、自分でカメラを回したこともないのに批評家ぶって映画を分析してるわけだろう？　教える側にしたって、自分で撮った経験がないって点では同じだ。俺たちが教わってるのは、実際にやってみる度胸を持った連中が作ったものに、好き勝手な文句を言ったり、おべんちゃらを言ったりする方法だ。芸術関連の学科はみんな似たようなものだね。他人に寄生するごくつぶしを次々世の中に送り出すことしかしていない」

わたしは落胆を感じた。当人が意識しているかどうかわからないけれど、この男は焦らし屋だ。何か美しいものをちらりと見せたかと思うと、次の瞬間にはわたしたちを学生ランドにまっすぐ送り返す。

「ということは」ローレンがいらだった様子で言い返す。ラブの愛情表現があれだけですんでほっとしているだろうに。「芸術文化を貶めて何もかもただの職業と見るサッチャー主義的パラダイムをあなたは支持するってことね。知識のための知識を否定するなら、現代社会で起きているできごとを分析して批評することも……」

「違う……違うよ」ラブが反論する。「俺が言いたいのは……」

議論は続いた。激論が延々と続いた。二人の見解に大きな隔たりはあっても、基本的なスタンスはそう変わらないと互いに認め合ったかと思えば、些細でペダンチックな論点をことさら大げさに取り上げて激しく言い争ったりした。要するに、いかにも学生らしい論争を繰り広げた。

わたしはこの手の議論が大嫌いだった。とくに男女間で行われるとき、しかも片方がわざわざハードルを引き上げるような真似をしているとなるとなおさらだ。二人の鼻先でこうわめきたくなった。**そうやってファックしない理由を必死になって探すのはやめにしたら?**

グラスをいくつか空けるころになると、視界はいい感じにソフトフォーカスがかかったようになって、物事がゆっくりと進んでいるように思えて、誰もがそこにいるだけで楽しそうに見えた。他愛もない会話ができるのはいい。わたしはラブをかなり気に入っていた。一目惚れではなかった。ゆっくり時間をかけて好きになるような感じ。ラブには清潔感やスコットランド人的な何か、気高さやケルト人らしさがある。同年代のイングランド人にはめったに見つからない清教徒的な潔癖さ、レディングの男たちにはまず見つからないもの。それにしてもスコットランド人は議論好きだ。議論に討論に論争。イングランドなら、都市部の有閑階級くらいしかこんなことはしないだろう。「つまらない議論はそのくらいにしたら」わたしは気取った声で言った。「わたしはさっき淫らな秘密を打ち明けた。あなたには何かそういう秘密はないわけ、ローレン？」

「ないわよ」ローレンはまた頬を染めてうつむいた。ラブがわたしに向かって、よせよというように眉を吊り上げている。ローレンの困惑に共感しているみたい。わたしも同じように共感できたらいいのに。

「あなたはどうなの、ラブ？」

ラブはにやりと笑って首を振った。初めて彼の目にいたずらっぽい光がよぎったのが見えた。「ないな。テリーって名前の友達なら、いくらでも話せそうだけどね」

「テリー？　その人にぜひ会ってみたいな。ね、ローレン、あなたはテリーに会ったことあるの？」

「ない」ローレンの返事は素っ気ない。冷たい声だけれど、さっきよりはいくらか解凍されたように聞こえた。

ラブがまた眉を吊り上げる。テリーと会うのはあまりいい思いつきじゃないと言いたそうだった。わたしはかえって興味をそそられた。そうよ、そのテリーという人にぜひ会ってみたい。ラブが会わせたくないと思っているなら、なおさら。「で、その人はどんな淫らなことをしてるの？」

「あいつは」ラブは言葉を選ぶようにしながら答えた。「セックスクラブを運営してる。そこで裏ビデオや何かを製作してるんだよ。俺は関わってないけど、テリーはその手のことをやってる」

「何それ、もっと詳しく話して！」

「テリーはあるパブの常連でね、ほかの店が閉まると、特例でそのままいさせてもらえるその店に昔から通ってた。知った女が何人かいて、その中には観光客も一人二人いたかな。ある晩、ちょっと酒が過ぎて、はしゃいじまって、そこでおっぱじめたわけだ。その晩を境に、それが恒例になった。ある晩、一部始終が監視カメラに撮影されてた。テリーは偶然だって言い張ってるが」ラブはあやしいものだというように目を回した。「それがきっかけになってアマチュアビデオを作り始めた。本番ビデオを撮って、宣伝用の短いバージョンをネットで公開して販売したり、似たような裏ビデオを製作してる連中と交換したり。パブの常連を相手に一人五ポンド取って、上映会も開いてる。たしか……毎週木曜の夜だ」

ローレンは露骨に不快そうな顔をした。ローレンの中でラブの評価がじりじり下がっていくのが目に見えるようだった。ラブ当人もそれを察している。けれどわたしのテンションは上がり始めていた。明日は木曜だ。「明日も上映会はある？」

「ああ、たぶん」

「わたしたちも行っていい？」

ラブは迷っているようだった。「そうだな……あらかじめテリーに話しておかないと。プライベートな上映会だから。テリーはその……きみたちも出演させようとするかもしれないし。もし行くことになっても、あいつの言うことは聞き流してくれ。何を言い出すかわからないやつだから」

わたしは髪をかきあげて胸を張った。「出演するのっていいかも！　ローレンも一緒に！」わたしは付け加えた。「セックスって、相手を知る絶好の手段だから」

ローレンは突進してくる雄牛も倒せそうな目でわたしを見た。「スケベな中年男のいるあやしげなパブで裏ビデオを見るなんてごめんだから。出演するなんてもってのほか」

「堅いこと言わないの。きっと楽しいわ」

「楽しいわけがない。不潔で、気持ち悪くて、汚らわしいに決まってる。わたしとあなたでは〝楽しい〟の定義が違うみたい」ローレンは嚙みつくような勢いで言い返した。

ローレンがいらいらしているのはわかっていたし、喧嘩になるのはいやだったけれど、この点は譲れない。わたしは首を振った。「ねえ、わたしたちって映画の研究をしてるわけでしょ？　文化の研究をしてるのよね？　たったいま、ラブがせっかく教えてくれたのよ。目と鼻の先にアンダーグラウンドの映画製作文化があるって。見学に行かない手はないでしょ。学術的な理由から。それに、セックスのチャンスだってあるかもしれないのよ！」

「そんな大きな声出さないで！　酔っぱらってるのね」ローレンはちらちら周囲の様子をう

かがいながらきいきい声で言った。

ラブはローレンの狼狽ぶりを見て笑っている。もしかしたら、そうやって自分の狼狽を隠そうとしているのかもしれない。「爆弾発言をして人を驚かせるのが好きらしいな、きみは」

「まあね」わたしは言う。「あなたはどうなの？　撮影に参加したことある？」

「ない。ほんとに、俺は関係ないんだって」ラブはまたそう強調した。どこか後ろめたそうな口調だ。

わたしは出演するのが好きだっていうテリーという人のことを考えていた。どんな人だろう。ラブとローレンがもう少し冒険心に富んでいたらよかったのに。そうしたら、３Ｐを楽しめたのに。

7　悪だくみ　#18,735

シック・ボーイ

俺は(ついに)故郷の街に戻ってきた。かつて四時間半だった鉄道の旅は、いまでは七時間かかる。何が進歩だ。何が近代化だ。所要時間が長くなるのに正比例して、運賃も跳ね上がっている。ベグビー宛ての封筒を駅の郵便ポストに投函した。まあ、せいぜい楽しんでくれたまえ、模範囚くん。タクシーを拾ってリース・ウォークの北端に向かう。大通りは昔とどこも変わっていない。リース・ウォークは、最高級のアクスミンスター絨毯みたいなものだ。薄汚れて色褪せても、人間の営みにつきもののクズを吸い寄せて抱えこむ特性を失わない。ポーラおばさんのフラットの前でタクシーを降り、請求された冗談みたいなぼったくり運賃を支払い、壊れたオートロックを素通りして、小便臭い階段を上った。

ポーラおばさんは俺を軽く抱き締め、フラットに招き入れると、居心地のいい客間の椅子に案内して、紅茶とダイジェスティブビスケットを出してくれた。おばさんの名誉のために付け加えると、元気そうではある。ただ、昔と変わらず、交通事故でぺしゃんこに潰れた物体がピアノみたいに細い脚に乗っかってるように見えた。おばさんのフラットには長居しなかった。といっておばさんのパブ、かの有名な〈ポート・サンシャイン・タヴァーン〉に向かうわけでもない。せっかくの休日に、自分の店には行きたくないとおばさんが言うからだ。そこで〈スペイ・ラウンジ〉に一杯やりに出かけた。知った顔は一つも見えず、俺は高揚すると同時に落胆した。

ポーラおばさんはグラスをもてあそんでいる。たるみのきた大きな顔には満足げな笑みが浮かんでいた。「あの店にこもりきりだったでしょ。でもこれからは自分の人生を生きるのよ、サイモン」おばさんは言った。「いい人を見つけたの」

俺は思わずおばさんの目を見つめた。ついつい俳優のレスリー・フィリップス式に両方の眉を吊り上げていた。どうにも焦れったくてそうしちまう。ただ、さっさと本題に入ってくれとキューを出すまでもなかった。おばさんは昔からちょっとした男たらしだった。俺の十代のころの記憶に残る悪夢の一つは、姉貴の結婚式で、ブライアン・フェリーの《スレイヴ・トゥ・ラヴ》に合わせ、ポーラおばさんとスローダンスを踊らされたことだ。おばさんの手が俺のケツをしっかり握り締めていた。

「スペインの人でね、すてきなのよ。アリカンテに家を持ってるの。あたしも見に行ってきた。向こうで一緒に暮らそうって。日光浴をしたり、久しぶりにそう、いう、ことをしたり」おばさんはそう言って両ももをぴたりとくっつけ、下唇をレッドカーペットみたいに長く伸ばしてみせた。「そういうことなのよ、サイモン。みんなこう言うの、この辺の人はみんなね」おばさんは鼻を鳴らした。おばさんの〝この辺〟には、少なくともリースの港全体が含まれるらしい。「〝ポーラ、いまはいいかもしれないがな、夢ってのは長続きしないもんだ〟って。誤解しないでちょうだい。あたしは幻想を抱いてるわけじゃない。長続きしないものは長続きしないってわかってる。だって、永遠に続くものなんてある？　でもいまは、夢を見るのもいいものじゃないかと思えるの」おばさんはそう言ってグラスの酒を飲み干すと、薄切りのレモンを口に放りこみ、義歯を使ってむしゃむしゃと嚙み、汁を一滴残らず吸ってからひしゃげた残骸を空のグラスに吐き出した。

そのレモンの惨状と、スペイン野郎の怯えてすくみ上がったチンポを重ね合わせるのに、大した想像力はいらない。

おばさんはあらゆる反論を予期していた。しかし俺は他人の夢に水を差したがる人間じゃないから、何も言わない。おばさんが俺を信じてくれているんだと思うと、ついほろりとしちまう。ロンドン歓楽街での嘘の成功話が効いたんだな。〈ポート・サンシャイン〉の経営権を譲りたいと言ってきていた。二万ポンドって大金の問題は、意外にもあっさり解決した。店の利益から分割で払ってくれればいいとおばさんのほうから提案したからだ。完済までの間、おばさんは金は出すが口は出さない共同経営者ってことになる。

ちょっと改装でもしてやれば、あのパブは金脈に化けるだろう。ウォーターフロントから高級化の波がじわじわ押し寄せてきて、不動産価格は上昇する一方だ。俺が経営者になって、あのパブを〝酔っぱらいセントラル〟から〝新生リースの一流カフェ〟に変身させたとたん、レジが景気よくちんちん鳴っているのがいまから聞こえてくるようだ。

まずは俺の名義で営業許可を取らなくちゃならない。おばさんと別れたその足で商工会議所に必要な書類をもらいに出かけた。そのあと、近くのカフェに入ってカプチーノ（スコットランドの店にしちゃ、うまかった）とオートミールのビスケットを奮発した。申請書類をざっとながめ、ハックニーのおんぼろフラットを頭に思い浮かべながら、必要事項を書きこんでいった。リースは開発の波に乗っている。おそらくハックニーより先に地下鉄が通るだろう。

そのあと、サウスサイドの実家に顔を出した。おふくろは俺の顔を見て大喜びし、肋骨が砕けそうなくらいきつく抱き締めながらおいおい泣き出した。「見てよ、デイヴィ」おふくろは親父に言った。親父はテレビに夢中で振り返りもしなかった。「あたしの息子が帰ってきた。ああ、サイモン、愛してる！」

「わかったよ、おふくろ……わかったから」少しばかり気恥ずかしい。

「早くカーロッタに会わせたいよ！　ルイーザにも！」

「実はもうじき……」

「ああ、サイモン、サイモン、サイモン……」

「おふくろ、聞けよ、こっちに戻ってくるつもりなんだ。リースで暮らすつもりなんだよ」

おふくろはわっと泣きだした。「デイヴィ！　聞いた？　この子、帰ってくるって！」

「ポーラおばさんが〈ポート・サンシャイン〉を俺に譲るって言ってくれてるんだ」

親父は椅子に座ったまま顔だけこっちに向けて、嘘こけという風に片方の眉を吊り上げた。

「何なの、その顔は！」おふくろが言った。

「〈ポート・サンシャイン〉だと？　ふん、ろくな店じゃないな。売春婦だの歌うコメディアンだのがたむろしてるだけだろう」親父は馬鹿にしたようにそう言った。疲れた顔をしている。肌は陽に焼けてかさついていた。おふくろを怒らせたら半アル中のケツを通りに放り出されかねないから、前みたいな浮気三昧はもうできないってやっとあきらめたみたいな風情だった。だいたい、こんなに衰えたじじいに熱を上げるような頭の空っぽな女なんかいないだろうし、おふくろみたいにうまいパスタを作れる女って条件をつけたら、なおさらだ。

一家そろって食事したいと言い張るおふくろに根負けし、予定を延長して一晩リースに泊まっていくことにした。妹のカーロッタが帰ってくるなりうれしそうな金切り声をあげ、俺の左右の頬にぶちゅっとキスをしたあと、携帯電話でルイーザを呼び出した。俺は姉と妹にはさまれて座った。左右からあれこれ世話を焼かれてうっとうしい。おやじはいまいましげに目を吊り上げていた。ときどきおふくろがカーロッタまたはルイーザをソファからどかしてわめく。「さあ、どいたどいた。あたしの息子をちゃんと抱き締めたいんだから。信じられない、うちの可愛い息子が帰ってきたなんて！　しかもずっとこっちにいるつもりだなんて！」

なりゆきにすっかり満足した俺は、坂を下って陽光の街リースに向かった。海風を胸いっぱいに吸いこみ、リース・ウォークを跳ねるような足取りで行く。低俗なエディンバラは背後に去り、麗しき母港が見えてきた。ポーラおばさんのパブに寄ってみた。店に入ったとたん、せっかく高揚した気分は一気にしぼんだね。バーもみすぼらしい――古びた赤いタイル敷きの床、フォーマイカのテーブル、ニコチンのたっぷり染みた壁や天井――が、何よりがっかりさせられたのは客層だ。ジョージ・A・ロメロ監督の映画に出てくるゾンビの集会かよ。欠点を何倍も強調して見せる蛍光灯の光の下で朽ちかけている。この便所穴を見たあとじゃ、ハックニーやイズリントンのクラック中毒のたまり場が宮殿に思えてくるよ。

リースか。ここから抜け出したくて、何年も何年ももがき続けた。なのにどうしてまたこんな街に戻ろうと思う？　親父とおふくろはサウスサイドに引っ越してる。リースに帰ってくる理由なんか一つもない。俺はバーでスコッチのグラスをかたむけながら、ポーラおばさんと、おばさんのクローンみたいな友達のモーラグが、歯のない口でめそめそ愚痴を言うばかりの老いぼれどもに食事を出してやっているのをながめた。ここは何だよ、貧困者向けの無料食堂か？　バーカウンターの反対側の壁際に置かれたジュークボックスから、この店には不釣り合いに派手なダンスミュージックが大音量で流れ、骸骨みたいに痩せた若い男どもが、きっと禁断症状だろうな、洟をすすり、ひくひくと体を痙攣させながら、うつろな目をこっちに向けていた。俺はいますぐ逃げ出したくなった。このパブから、ポーラおばさんから、リースから。ロンドン行きの列車が俺を手招きしている。

俺は適当な言い訳を作って抜け出し、新生リースのさらに奥へと足を踏み入れた。ロイヤル・ヨット・ブリタニア号、スコットランド省、改修のすんだドック、ワインバー、レストラン、ヤッピー向けのフラット群。これぞ未来だ。たった二ブロック先に、未来があった。

来年、いや再来年には、ほんの一ブロック先まで近づいているだろう。その次の年には、ビンゴ！　だ。

いまの俺に必要なのは、プライドを腹の底にしまいこみ、しばらくはぬくぬくと待つことだ。そうしながら陰であれこれ画策する。我が故郷の連中はどうしようもない田舎者だ。都会慣れした野心家サイモン・デヴィッド・ウィリアムソン様のペースについてこられるとは思えない。

8 ……一つだけのレンズ……

ニッキー

ラブは緊張しているみたい。指のささくれをむしっている。どうしたのと訊くと、禁煙中なんだとか、もうじき赤ん坊が生まれるんだとかいうようなことをぼそぼそつぶやいた。テリーという謎めいた人物の存在を除けば、私生活について彼が口にするのは初めてだ。人によっては学校の外にもまた別の生活があるんだと思うと、ちょっと不思議な感じがする。一つの完結した人生と、それをいくつかに仕切った断片。わたしも同じだ。いまわたしたちは、ラブの世界の隠された一部分に侵入していこうとしている。

タクシーのドアがかちりと音を立てて閉まり、信号から次の信号へと進んでいく。料金メーターは、スコットランドの夏みたいに急ぎ足だ。まもなく小さなパブの前で停まった。灰色がかった青みを帯びた舗道に薄い黄色の光があふれ、煙草で燻された喉から絞り出される大きな笑い声が漏れ出していたけれど、わたしたちは店には入らない。おしっこと砂利が敷かれた脇道を通って、裏の黒いドアの前に立つ。ラブがドアをリズミカルに叩く。たんたん、たたたん、たたたた、たたたた、たたん。

階段を駆け下りてくる大きな足音が聞こえた。それから静寂が続いた。

「ラブだ」ラブがぼそりと言い、もう一度サッカーの応援歌のリズムでノックした。差し錠がすべる音、チェーンの音。縮れ髪の頭がびっくり箱みたいにドアの陰から突き出した。飢えたような細い目がラブをちらりと確かめたあと、さりげなく熱っぽい視線でわたしの体をながめ回した。わたしは大声で警察を呼びたくなった。次の瞬間、警戒心なのか不快感なのかわからない何かは、ふいに浮かんだまばゆい笑みに熱せられたように蒸発して消えた。その笑みが彫刻家の手のようにわたしの頬をなで、そこに同じ笑みを刻みつけた。その威力は絶大だった。男の顔は、喧嘩腰の敵意むき出しの愚か者のそれから、世界の秘密を掌中に収めた野蛮な天才のそれへと一変した。左右に顔を振って路地に誰もいないことを確かめる。

「この子はニッキー」ラブが紹介した。

「入りな」男がうなずく。

ラブは〝本当にいいんだな〟と確かめるようにわたしを一瞥してから言った。「こいつがテリーだ」わたしはドアをくぐることでラブの問いに答えた。

「ジュース・テリーと呼んでくれ」縮れ毛の大柄な男は微笑みながら一歩脇へよけ、わたしを中に通した。せまい階段を上った。男は無言でついてくる。わたしのお尻をとっくりながめるためだろう。そこでわざとゆっくり上って、その程度のことで動じる女ではないことを示した。どぎまぎするのは向こうだ。

「いいケツしてんな、ニッキー。マジ、お世辞抜きで」テリーは熱意を込めて楽しげに言った。わたしはこのテリーという人が気に入り始めていた。それがわたしの弱点ね。気を許してはいけないタイプの相手に好意を持ってしまう。いつも周囲からそう指摘されてきた。両親、先生、コーチ、友達にも同じことを言われる。

「ありがとう、テリー」わたしは階段のてっぺんについたところで振り返り、落ち着いた声でそう答えた。テリーの目はぎらぎら輝いている。わたしはその目を見つめ返した。視線がぶつかり合った。彼のあの笑みがさらに大きくなった。テリーがドアのほうにうなずいてみせ、わたしは開けて中に入った。

足を踏み入れた場所の空気の違いに愕然とさせられることがある。夏が過ぎ、新学期が始まって、すべてが青と灰色と紫色に変わるとき。肺を満たす浄化作用を持った空気、その透明さ。やがてそれは冷たく変わり、英国のあらゆる都市の中心部に存在する洗練され、植民地化された社交の中心地、〈ウィザースプーンズ〉／〈ファルコン〉、〈ファーキン〉／〈オニール・バー・ワン〉／〈オニールズ〉といった、地域性とは無関係のチェーン店とは違う、ほの暗いパブで、肌を寄せ合って暖を取りたくなる。ちょっと足を伸ばせば、そういう本物の場所がある。少し歩くだけで見つかることも多いだろうし、ひょっとしたらバスで二つ三つ先の停留所のそばにあるかもしれない。でもかならず近くに存在している。ここはそういう場所の一つだ。目のくらむようなけばけばしさ、一昔前に戻ってしまったような感覚。わたしは現状確認のためにトイレに直行した。婦人用のトイレは、エジプト風の縦型の棺みたいにせまい。なんとか座れる空間があるだけだ。便座は割れていて、ペーパーはなかった。タイルは端が欠け、手を洗う洗面台はお湯が出ない。洗面台の上にはひび割れた鏡がかかっている。わたしは鏡をのぞいた。噴火しかけていたニキビ火山は鎮静に向かっていた。ほっとした。頰にできていた赤い染みのようなものも、少しずつ薄くなっている。これは赤ワインのせいだ。赤ワインは控えること。ここではそう難しいことではないはずだ。わたしはアイラインを描き足し、紫がかった赤い口紅を塗り直し、さっと髪を整えた。深呼吸を一つ。新しい世界に足を踏み出す覚悟を決めて、トイレを出た。

たくさんの目がわたしを追っていた。ぼんやりと肌に感じてはいたけれど、トイレに行くときは意識の外に追い出していた。きつい顔立ちをし、黒い髪をショートカットにした女の子があからさまに敵意のこもった視線をわたしに向けていた。テリーが眉を吊り上げてカウンターの奥の女性に何か合図するのが視界の隅に映っていた。店に客はほとんどいない。でもわたしはテリーを視界からはずさないようにしていた。

「酒を注文しろよ、ビレル」テリーはラブに言った。わたしから目を離そうとせずにいる。

「さて、ニッキー、ラブと同じ大学に通ってるんだって？　つまり……」テリーは言葉を探している様子だった。一つを選んではそれを捨て、別の言葉を拾ってを繰り返したあとこう言った。「世の中には深く考えないほうがいいこともあるな」

わたしは彼のパフォーマンスに笑った。おもしろい人だ。いまここでこの人をへこませてやることはない。そんなのいつだってできるから。「そうよ、大学に通ってる。ラブと同じ映画研究の授業を取ってるの」

「研究に値する映画を見せてやるぜ！　ほら、俺の隣に座りな」テリーは隅の椅子を指さす。学校で作ったものを見せびらかしたくてたまらない小学生みたいだ。「大学にはあんたみたいな子はもっといないのか？」テリーはそう訊いた。どうやらラブへの当てつけのつもりらしい。わたしはラブの困惑顔をテリーと一緒になって面白がっている。わたしとテリーは共犯だ。

わたしたちは部屋の隅に行き、まだ若そうな女性二人とカップルと女性バーテンダーのそばに座った。

テリーはVネックのTシャツの上に古いポール＆シャークの黒いジッパー付きフリースを着ている。下はリーバイスのジーンズとアディダスのスニーカー。ゴールドの指輪をはめ、首にはゴールドのチェーンを下げている。「あなたがかの有名なテリーなのね」わたしは反応を期待して訊いた。

「まあな」テリーは当たり前のようにそう答えた。〝有名〟であることは誰でも知っていて、いまさら議論するまでもないとでもいうみたいに。「ジュース・テリーだ。今夜上映するのは、ついこの前の晩撮影した新作だよ」

老いぼれと、そう老いぼれでもない男たちの一団が入ってきて席についた。ほとんどが椅子をテーブルから引き出してきて、スクリーンの真ん前に並べて陣取る。サッカーの試合でも観戦するみたいな雰囲気だ。挨拶とジョークが交わされ、お酒が出て、あの敵意むき出しの女の子が男たちから料金を徴収した。ずんぐりして、どこか威嚇的な女に、テリーが大きな声で言った。「おい、ジーナ、カーテンを閉めてくれ」

彼女は苦々しげな顔でテリーをにらみ、何か言いかけたものの、思い直したように口を閉じた。

上映が始まった。映像は明らかに安物のデジタルビデオカメラで撮ったものだった。カメラは一台だけ、編集なし。たった一つだけのレンズがアップで撮り、あるいは引いて撮る。三脚を使っているらしく、映像は鮮明だったけれど、大勢がただセックスをしているところをひと連なりに撮影しているだけで、作品を作ろうという意思は感じられない。解像度はまあまあで、テリーの相手はいままさにそこのバーカウンターの向こうにいるジーナだとわかった。

「この一年で少し痩せてさ」テリーがわたしにささやく。そのことをかなり自慢に思っているらしく、脇腹をそっと叩いてみせた。以前はそこにたっぷりした贅肉のひだがあったんだろう。わたしはテリーのほうを一瞥しただけだった。スクリーンから目が離せない。若い女の子が——「メラニーだよ」とテリーが小声で解説した——スクリーンに現われた。テリーがカウンターのほうにうなずいた。さっきまでカウンターにいたあの女の子か。まるで別人に見える。映像の中だとものすごくセクシーだった。ジーナがメラニーにクンニリングスを始めた。観客の誰かが何か感想を述べ、笑い声が起きて、メラニーという女の子が照れたような笑みを浮かべたが、あちこちからしいっという声がした。画面からの音声はほとんど聞こえない。息遣い、小さなつぶやき、〝来いよ〟〝いいぞ〟〝そう、その調子だ〟とささやくテリーの声がときおり聞こえるだけだった。スクリーンにブロンドの女の子が映し出された。テリーがあそこに指を出し入れし、女の子のほうはテリーのものをしゃぶっている。やがてテリーがブロンド娘を立ち上がらせてソファに手をつかせ、後ろから突き立て始めた。娘の目はまっすぐカメラを見つめている。豊かな乳房が豪快に揺れていた。やがて肩越しにテリーの顔が現われて、レンズ越しに観客に片目をつぶり、〝人生のスパイス〟というようなことを言った。「ウルスラだよ。スウェーデン人だ」テリーが芝居の独白みたいな調子でささやいた。「……デンマークだったかな……まあいいや、とにかく、グラスマーケットあたりで遊んでる留学生でさ。ヤる気満々だ」新たな出演者が映るたびに、テリーの解説がわたしの耳もとをかすめていく。「……クレイグだ……俺の親友でね。トップ男優だよ。大してでかくはねえが、セックス中毒だ……これはロニー……スコットランド一番の腰使いで……」

やがて画面は単なる乱交場面の垂れ流しになり、カメラワークはますますいいかげんになった。ピンク色のぼやけた物体が大写しになっているだけの場面もあった。かと思えば、ふいにカメラが引いて、背景でジーナという子がセックスにはもう飽きたとでも言いたげな顔をしてコカインの線を作って吸っている姿が映りこんだりした。これはどうしたって編集が必要だ。わたしはその考えをテリーに伝えようと思った。でもテリーは観客が退屈し始めたのを察したらしく、リモコンでビデオを止めた。「今夜はこんなとこで」そういってにやりと笑った。

上映のあと、わたしはバーでラブとおしゃべりしながら、この上映会はいつから続いているのと尋ねた。ラブが答えようとしたとき、テリーがにじり寄ってきて訊いた。「で、ご感想は?」

「アマチュアね」わたしは髪をかきあげながら答えた。お酒のせいか、思いがけず声高で横柄な口調になった。全身の血液が冷えたような気がした。わたしの声が聞こえたようで、ジーナって子が鋭い剃刀みたいな目でこちらをにらみつけている。

「へえ、自分ならもっとうまく撮れるってか」テリーが目を細め、眉を吊り上げた。

わたしはテリーの目を見つめ返した。「撮れるわ」

テリーはあきれたように天井を見上げ、それからコースターに電話番号を殴り書きした。

「いつでもかまわない。いつでもいいから連絡してきな」そう低い声で言う。

「わかった」わたしは答えた。ラブはいかにも不機嫌そうにしていた。

そのとき初めて、さっき見たビデオに出ていたテリー以外の男優二人もその場にいることに気づいた。クレイグとロニーだ。クレイグは痩せて神経質そうな雰囲気のチェーンスモーカーで、明るい茶色の髪をいま流行のぼさぼさな感じにしていた。ロニーは淡い色の髪をした、くつろいだ印象の人だ。映画で見たのと同じふぬけた笑いを浮かべている。実物のほうが太って見えた。

そのすぐあとから北欧系の女の子ウルスラが入ってきて、テリーがわたしたちを紹介した。

最初にちらりとわたしを見たウルスラの瞳は北極圏の冷たさだったけれど、態度は過剰なくらい温かかった。映像で見るほど美人じゃない。目や鼻や唇がでっぷりして、北欧伝説の巨人みたいだった。お酒をもらってきてあげましょうかと言われた。パーティはまだまだ続くらしかったけれど、わたしは適当な口実を残して抜け出した。何かおもしろいことが始まりそうではあった。でもテリーの目を見て、初日から手持ちのカードを全部開いてみせるのは得策じゃなさそうだと思った。彼は焦っていない。誰も焦っていない。それに、大学のレポートの締め切りも迫っていた。

家に帰ると、ローレンはまだ起きていて、今日引っ越してきたダイアンが一緒にいた。ローレンは今夜わたしが出かけたことにずいぶんとご立腹の様子だった。家に残って手伝わなかったとか、ダイアンを出迎えなかったとか、そういうことで怒っているような態度だったけど、ローレンが本当に腹を立てているのは、わたしが裏ビデオの上映会に行ったことだろう。そのくせ感想を聞きたくてうずうずしている。

「ダイアン！　ごめんね、ちょっと用事ができて」わたしは声をかけた。

ダイアンは気にしていないみたいだった。きれいですてきな子だ。年齢はわたしと同じくらい。肩に届く長さのつやつやの黒髪をしていて、いまは青いゴムで一つに結わえている。目は生き生きとよく動いて、薄い唇はちょっと意地悪そうにも見えるけれど、その唇が笑みを作ると大きな白い歯がのぞいて、顔の印象ががらりと変わる。青いスウェットシャツとジーンズとスニーカーという服装だった。「楽しい用事？」地元のアクセントでそう訊く。

「まあね。パブで裏ビデオを見てきた」

ローレンが気恥ずかしそうに頰を染めた。「そこまで詳しく報告してくれなくてもいいから、ニッキー」思春期の少女がおとなぶってみたものの、かえって子供っぽいところを露呈してしまったみたいな声だった。

「おもしろかった？」ダイアンが訊いた。まるで動じていない。ローレンが愕然とした顔でダイアンを見た。

「なかなかよかった。一緒に行った相手はローレンの友達なの」

「違うわよ！　いまはあなたの友達でもあるでしょ！」ローレンが素っ頓狂な大声で言った。そのことに自分でも気づいたのか、少し声を落として続けた。「同じ授業を取ってる人」

「とっても興味深いわ」ダイアンが言った。「じつはね、わたしの心理学の修士論文のテーマはセックスワーカーなの。売春婦、ラップダンサーやストリッパー、テレフォンクラブのオペレーター、サウナやエスコートサービスに従事する女性たちをリサーチしてるところ」

「進んでる？」

「話をしてくれる人を見つけるのが難しくて」

わたしはダイアンに微笑んだ。「わたし、役に立てるかも」

「ほんとに？」サウナの仕事に関してインタビューに応じる約束をした。次のシフトは明日の夕方から始まる。わたしはほろ酔い加減で自分の部屋に引き上げ、ワープロソフトに打ちこんでおいた、マクライモントに提出するレポートに目を通した。二ページほど読んだところで滑稽な一文に目が留まり、思わず噴き出した。〝放浪したスコットランド人が、接触を持ったすべての社会を繁栄させたとの主張は、反論から逃れられない〟。マクライモントに対する当てつけだった。スコットランド人が奴隷制や人種差別やク《K》ー・ク《K》ラックス・ク《K》ランの創設に果たした役割について触れるつもりはない。しばらく読んでいるうちにまぶたが重たくなってきた。わたしは無意識のうちにベッドにもぐりこみ、どこか暑い土地をさすらう旅に出ていた。やがてまた別の場所に移って……

……彼の体がぴたりと押しつけられる……この匂い……背景に見えている彼女の顔、ゴムでできた人形のようにバーに押さえつけられるわたし、それを見ている彼女の熱に浮かされたみたいなゆがんだ笑み……あの声、命令し、促す声……人々の中にママやパパや弟のウィルの顔が見えて、わたしは叫ぶ……お願い、やめて……お願いだから……でも三人の目にわたしは見えていないのか、わたしはまさぐられ、愛撫されて……

お酒を飲んだあと特有の、不快で、休まった気がしない眠り。ベッドの上で体を起こした。頭ががんがん痛む。猛烈な吐き気に襲われた。幸い、すぐにおさまったけれど、心臓がばくばく鳴って、額や腋の下にいやな汗が流れていた。

コンピューターも電源が入ったままうたた寝している。マウスを軽く動かすとスリープから復帰し、まるで挑戦状を叩きつけるみたいにマクライモントのレポートを画面に映し出した。とにかく仕上げないと。ダイアンとローレンはもう出かけたようだった。わたしはコーヒーを淹れ、再読して少し手を加え、語数を確認し、スペルチェックをかけたあと、〈印刷〉ボタンをクリックした。正午までに大学に提出しなくてはならない。コンピューターが必須の三千語を打ち出している間にバスルームに向かい、昨日のアルコールと汗、それに垢のように肌にこびりついた煙草の煙をシャワーの湯で洗い流した。とりわけ髪を丁寧に洗った。

顔にモイスチャライザーをつけ、軽めのお化粧をして、服を着、大きなバッグにサウナのアルバイトで必要なものを詰めた。メドウズ公園を急ぎ足で突っ切りながらレポートを読もうとすると、向かい風が紙をこちらに折り曲げてきて、そのときだけ乾いた風の冷たさを痛烈に意識した。アメリカ製のワープロソフトのスペルチェック機能は、イギリス式の綴りを残らずアメリカ流に書き換えていた。イギリスでは〝s〟と表記するところが〝z〟に置き換わっていたし、〝ou〟と綴るところでは〝u〟が落とされて〝o〟だけになっていた。これではマクライモントの神経を思いきり逆なでして、せっかくのごますりレポートの効力も半減してしまう。たとえ合格点をもらえたとしても、きっとぎりぎりになる。

午前十一時四十七分に学科の事務局にレポートを提出した。コーヒーとサンドイッチの昼食のあと図書館にこもって映画評論を読み、お茶の時間ごろにサウナに向かった。サウナは市街に入る陰気でせまい幹線道路に面している。お酒を飲んだあとこの界隈にさしかかると、近くの醸造所から漂うホップの匂いが鼻をついて、前の晩の名残を顔に浴びせかけられたみたいにうんざりさせられる。バスや貨物トラックの排気ガスで、どの店の壁もいつ見ても真っ黒だ。〈ミス・アルゼンチン・ラテン・サウナ＆マッサージ・パーラー〉も例外じゃない。ただ、店内は隅々まで清潔だ。「とにかく拭き掃除」経営者のボビー・キーツはしつこいほどそう繰り返す。店内にはマッサージオイルより液体洗剤のほうが豊富に用意されていて、必要なだけ使うようにと言われている。タオルのクリーニング代は、きっと天文学的数字だろうな。

店の中はいつも人工的な香りが漂っている。それでも、精液や汗の臭いを隠す目的で気前よく使われる石鹸やマウスウォッシュ、ローション、オイル、タルク、香水などのにおいは、不思議なことに、外の腐り切ったような空気とバランスが取れているように思えた。

従業員はスチュワーデスのような外見を保ち、そのようにふるまわなければならない。サウナのテーマに合わせ、ボビーは彼なりの基準でラテン系に見える女の子ばかりを雇ってい
た。何より求められるのはプロ意識だ。今日の最初の客は、灰色の髪をした小柄なアルフレッドという男性だった。まずはアロマセラピーマッサージと称し、大量のラベンダーオイルを使って凝りに凝った背中を丹念にもみほぐす。それが終わると、アルフレッドはおずおずした声で〝特別サービス〟を頼み、わたしはそれに応じて〝特別マッサージ〟を施す。

タオルの下でペニスを手で包みこみ、ゆっくりと愛撫した。テクニックがないことは自分でもわかっている。この仕事を続けていられるのは、ボビーに気に入られているからだ。サドの小説を思い出した。誘拐された少女たちが年配の男たちによって手淫のテクニックを叩きこまれる話。でも、わたし自身の経験を振り返ってみると、最初と次の彼氏、ジョンとリチャードを手でいかせたことがあるだけだった。その二人とファックはしていない。それ以

来、わたしの中では、手でいかせることとファックしないこととが結びついてしまい、きちんとした手順を学ぶ前に、わたしのセックスメニューからファックは抜け落ちることになった。

ときおり客から苦情が寄せられて、クビにするぞとボビーに脅される。でもしばらくこの店にいるうちに、ボビーは口ばかりで実際の行動が伴わない人だとわかった。彼はいろんな遊びに誘ってくる。パーティ、カジノ、サッカーの試合、映画のプレミアショー、ボクシングの試合、レース、ドッグレース。〝仲のよい友人が経営しているお洒落なレストラン〟に〝一杯やりに〟あるいは〝食事に〟誘われるだけのこともあった。そのたびにいつも何か適当な言い訳をして、丁重に断った。

幸運にも、アルフレッドは恍惚としていて何も気づかなかった。もちろん苦情も言わなかった。どんなに下手くそでも触ってもらえれば充分らしく、すぐに放出して、感謝の言葉とともにチップを弾んでくれた。ほかの女の子たちは、口でやったり、本番もしたりしてるのに、下手くそなわたしのほうがよほど稼いでいる。それは本当だ。わたしよりずっと前からここで働いているジェーンは、そのうちあんたも本番をやるようになるよとわかったように言う。わたしは〝絶対にやらないわよ〟と言い返すけど、ジェーンの言うとおりなのかもしれない、それは避けられない運命で、時間の問題なんだろうと思う日もある。

勤務時間が終わって、携帯電話の留守番サービスをチェックした。ローレンから伝言があった。みんなと外で飲んでいるらしい。電話をかけ直し、カウゲートのパブで落ち合うことになった。ローレンのほかにダイアンや、やはり同じ大学のリンダとコーラルも来ていた。バカルディ・ブリーザーを次から次へと飲んで、まもなくみんなまたしても酔っぱらっていた。パブの閉店時間がくると、ダイアンとローレンとわたしは並んでトールクロスのフラットに向かった。「ねえ、つきあってる人っているの、ダイアン？」わたしはチェンバーズ・ストリートを歩きながら尋ねた。

「ううん。修士論文を書き上げるまでは、それどころじゃないから」ダイアンは取り澄ました顔で言った。ローレンが賞賛するようにうなずいたのもつかの間、ダイアンはこう付け加えた。「でも論文が終わったら、コックがついてるものなら何とだってやりまくるつもり。このまま禁セックス生活を続けてたら死んじゃいそう！」わたしは忍び笑いをし、ダイアンは顔を上に向けて豪快に笑った。「コック！　特大のコック、ちっちゃなコック、太いコック、細いコック。割礼ずみのコックに割礼してないコック！　白、黒、黄色、赤。論文を提出したら、〝コック－ア－ドゥードゥル－ドゥー〟の声とともに、新しい夜明けが訪れるんだから！」ダイアンは美術館の前で足を止め、口の両わきで手を丸めると夜の空に向かって雄鳥のように時を作った。ローレンは力なく肩を丸め、わたしは笑った。ダイアンとなら楽しく暮らしていけそう。

翌朝はひどい二日酔いで、講義の間も不機嫌でぴりぴりしていた。デイヴという男子学生が不器用に話しかけてくるのも不愉快だった。ローレンは大学に来ていなかった。見た目より酔っていたらしい。わたしはラブを探した。デイヴと、もう一人別のクリスという男子学生を従えて歩いていた。ジョージ・スクエアを図書館に向けて歩く。ふいに射した陽の光がラブの横顔をくっきりと浮かび上がらせた。

「図書館には行かない。このまま家に帰る」わたしはラブに言った。

ラブはちょっぴりさみしそうな顔をした。見捨てられたような、と言ってもいいかもしれない。「そっか……」

「家に帰って一服するの。どう、来ない？」わたしは誘った。ダイアンは帰りは夜になると言っていた。ローレンも外出していることを祈った。

「いいね、行くよ」ラブはちょっとしたマリファナ好きだ。

フラットに戻り、マリファナを紙で巻いて、メイシー・グレイのCDをかけた。ラブは消音モードでテレビをつけた。会話のきっかけになりそうなものがあればあるほど落ち着くみたい。今日はクリスの誕生日だから、夜はグラスマーケットのパブでパーティがある。ただ、ラブはほかの学生と一緒に飲むのは好きじゃないらしい。うわべは愛想よくつきあっているけど、内心ではつまらない人たちだと思っていることははたから見ていてもわかる。わたしも同意見だ。ラブのパンツに潜りこみたいとは思わないけど、彼の世界はちょっとのぞいてみたいと思う。本人は知らぬ顔をしているとはいえ、かなりいろんな経験をしているだろうから。わたしのよく知らない、ラブの住んでいるその世界に行ってみたらと考えただけでぞくぞくする。ジュース・テリーのような人たちは、また別の見知らぬ世界を開く扉だ。「みんなワークショップのあとまっすぐ行くって？」わたしはラブに尋ねた。本当のところはワークショップなんて呼ぶに値しない代物、本物の映画製作にはほど遠い講義だ。しかも自由参加。ラブがいつものようにその話を滔々としたらと思うとうんざりした。

「デイヴによれば、その予定だ」ラブは深々と一服し、信じがたいほど長い時間、煙を肺にためていた。

「じゃあ、着替えておこう」わたしはそう宣言し、寝室に入ってジーンズを脱いだ。鏡に映った自分を見て、キッチンに戻ろうと決めた。リビングルームに入って彼の後ろに立った。ラブの髪には少し寝癖がついている——少なくとも一筋が突っ立っていた。朝からずっとそれが気になっていた。セックスをしたら——そういう親密な関係になったら、水で湿らせてなでつけよう。わたしは赤いノースリーブのトップと白いコットンのパンティだけの姿で、ソファのラブの隣に腰を下ろした。彼はテレビを見ている。音のないクリケットの試合。

「着替えの前に一服することにした」わたしはそう言って髪をかきあげた。

ラブはまだ無音のクリケットを見ている。

「あなたの友達、あのテリーって人、モンスターね」わたしは笑う。わざと作ったような笑い声だった。

ラブは肩をすくめた。この人はしじゅう肩をすくめているように思える。肩をすくめてやり過ごしてばかりいた。何を？　気まずさ？　居心地の悪さ？　ラブはマリファナをわたしに差し出した。わたしの脚や白いコットンのパンティに目をやらないように用心していて、かろうじてそれに成功している。冷静すぎるほど冷静にやりすごしているように見えた。彼がゲイでないことは確かだ。ガールフレンドがいるんだから。それなのにわたしを無視している……。

わたしの声は一段階高くなった。少しだけ焦りがにじんだ。「わたしやテリーのこと、汚らわしいと思ってるでしょ。わたしが乗り気になってるから。何もしなかったのは知ってるわよね。少なくともまだ何もしてない」わたしはくすくす笑った。

「いや……それはきみが決めることだ」ラブは言った。「あいつがどんなことをしてるかはあらかじめ話した。きみを巻きこもうとするだろうってことも話した。誘いに乗るか、どうするかはきみ自身が決めることだよ」

「でもあなたは反対なんでしょ。ローレンと同じで。あの子、わたしを避けてるみたい」わたしはそう言ってまた一服した。

「テリーのことなら知ってる。長いつきあいだから、あいつの考えそうなことはわかるよ。反対するくらいなら、最初からきみを紹介したりしてないさ」ラブは淡々と言っておとなの一面をさりげなく見せつけた。わたしは自分がひどく幼くて愚かに思えた。

「でも、ただのセックス、ただのお遊びよ。テリー本人を好きになったりしない」わたしはそう弁解した。いっそう馬鹿で弱くなったような気がした。

「きみは……」ラブはそう言いかけて口をつぐみ、わたしのほうを向いた。頭はまだソファに押しつけられていた。「いや、だから、誰と寝るにしても、きみが決めることだ」

わたしは彼の目を見つめ、マリファナを灰皿に置く。「わたしが決められればいいのに」

ラブは黙っている。顔をまっすぐ前に向け直してテレビを見つめる。つまらないクリケットの試合。スコットランド人はクリケット嫌いのはずよね。そこが彼らの美徳の一つだと思ってたのに。

彼はなかなか手強そうだ。「わたしが決められるならいいのにって言ったんだけど」

「どういう意味かな」ラブが言った。声が少しだけうわずっていた。

わたしは脚を彼の脚にぴたりと寄り添わせた。「わたしはいまパンティ一枚でいるの。これを脱がせてファックしてほしいのよ」

彼が凍りつくのを脚で感じた。こちらを向く。それからふいにわたしを乱暴に抱き寄せると、キスをし、愛撫をした。でもその愛撫は不器用でぎこちなく、憎しみに満ちていた。伝わってくるのは情熱ではなく、怒りだった。それもすぐに霧散して、彼の体が離れた。

わたしは目をそらし、窓の外に視線を向けた。向かいのフラットの住人が話をしているのが見えた。ああ、そういうこと？　立ち上がってブラインドを閉めた。「ブラインドのせい？」

「違うさ」ラブは嚙みつくように言った。「俺には彼女がいる。もうじき子供が生まれる」しばらく黙りこんだあと、続けた。「きみには大して意味のないことかもしれないが、俺にとっては大きなことだ」

怒りが湧き上がった。そうね、あなたの言うとおりだわと怒鳴ってやりたい衝動に駆られた。わたしにとっては〝大して意味のない〟ことだ。何の意味もない。「あなたとセックスがしたいだけよ。結婚したいわけじゃない。クリケットを観戦するほうがいいなら、それでかまわない」

ラブは何も言わなかった。けれども表情はこわばり、目はぎらりと小さな光を放っていた。わたしは立ち上がった。拒絶された痛みを感じた。自我の核の部分でそれを感じていた。

「きみを好きじゃないとか、そういうことじゃないよ、ニッキー」ラブが言った。「きみを嫌いになんかなれない。ただ……」

「着替えてくる」わたしはぴしゃりと言って寝室に向かった。ドアが開く音がした。きっとローレンが帰ってきたんだろう。

9　悪だくみ　#18,736

シック・ボーイ

ドアの下に差しこまれた朝の郵便を取りにいった。廊下には猫の小便の臭いが立ちこめているが、よい報せを受けて、俺の気分はいくぶん高揚した。正式に認められたぞ！　営業許可が正式に出た。エディンバラ出身のビジネスマン、サイモン・デヴィッド・ウィリアムソンは、エディンバラ市評議会の許可を得て、ついに、ついに、ついに生まれ故郷リースに返り咲くこととなった。俺はいつもこう主張してきた。リースこそ注目に値する街であり、俺はリース港周辺の再生に大きく貢献することだろう。

《イヴニング・ニューズ》の記事がいまから目に浮かぶ。エディンバラの新世代起業家サイモン・デヴィッド・ウィリアムソン（以下SDW）が、《イヴニング・ニューズ》の看板記者ジョン・ギブソン（以下JG）のインタビューに答えて語る。

JG：サイモン、きみやテレンス・コンラン卿に代表されるロンドンの典型的成功者がリース地域に賭けてみようと真剣に考える理由は何だろう？

SDW：そうだな、ジョン、偶然にも先日、某チャリティ昼食会でテリーとその話をして、その場で意見が一致したんだ。リースはいままさに成功の途上にある、ぼくらはそのサクセスストーリーの一部になりたいとね。ぼくは地元の出身だから、なおのこと強く心を揺り動かされる。ぼくの目標は〈ポート・サンシャイン〉を伝統的なパブとして維持していくと同時に、この地域の発展に合わせて、最終的にはレストランに生まれ変わらせることだ。一夜にしてというわけにはいかないだろう。しかし、それが故郷リースへの恩返しになると思っている。大げさな言い方に聞こえるかもしれないが、率直な気持ちだ。ぼくは港を愛している。リースはぼくに尽くしてくれた。ぼくもリースに尽くしてきたつもりでいる。

JG：すると、これがリースの進むべき道だと考えているわけだね？

SDW：ジョン、リースは愛すべき老婦人といった存在であり続けてきた。むろん、ぼくらは彼女を愛している。温かくて、母親のような女性だ。寒く暗い冬の夜に温もりをくれる豊かで柔らかな胸のような存在だよ。しかし、その老婦人をセクシーでホットな若い娘に変身させたいと思っている。セクシーな娼婦に釣り合った客を見つけてやりたいんだ。ひとことで言うなら、ビジネスだね。リースをビジネスの場にしたい。〝リース〟と聞いたら誰もが即座に〝ビジネス〟を思い浮かべるようにしたいんだ。リースの港、ビジネスの港。

俺は評議会員トム・メイソン、エディンバラ市評議会営業許可委員会長からの手紙を吟味した。

エディンバラ市
営業許可委員会

一月十七日

親愛なるミスター・ウィリアムソン

貴殿の申請を受け、厳正なる審査をいたしました結果、エディンバラEH67ED、マレー・ストリート五六番地、〈ポート・サンシャイン・アームズ〉において、同封致しました規則に同意することを条件に、酒類販売を許可する決定がなされましたことをここに通知いたします。

つきましては、二枚綴りの同意書に署名のうえ、二月八日までにご返送くださいますようお願い申し上げます。

敬具

エディンバラ市評議会員
営業許可委員会長
トム・メイソン

トムとはぜひ一席設けないとな。グレンイーグルスあたりのゴルフコースをショーンと一緒に回るとか。ショーンが次にエディンバラに里《しゃと》帰りした折にでも。一ラウンド終えたら、十九番ホールでしばしおしゃべりを楽しみ、リーシュ・ウォークの港寄りに予定している俺の二軒目のカフェ・バーのオープンについて、トムに説明《しぇつめい》する。ひょっとしたらショーンも、〝凡庸〟から何十年と抜け出せずにいた故郷の街を救《しゅく》うために、一肌脱ごうと言ってくれるかもしれない。

しょうだね、シャイモン、投資の価値は間違いなくありそうだ。しかし、きみのパブのいまの客層《しょう》を形成《しぇい》する最下《しゃい》層《しょう》階級をどうにかするのが先《しぇん》決だろうな。

しょのとおりだ、ショーン。新生リーシュにはやつらの居場所はない。

10 カウンセリング

スパッド

アヴリルに、憂鬱の原因は何だろうって訊かれてさ、ぼくは考えるわけだ。ヒブス（エディンバラを本拠とするプロサッカーチーム〈ハイバーニアン〉の愛称）と雨かな。それから考え直す。いや、違うな、ヒブスの調子がいいときでも、落ちこむときはやっぱり落ちこむじゃないか。つまり、かならずしも関係してるわけじゃないんだな。そりゃね、エメラルドグリーンのユニフォームを着た猫ちゃんたちの調子がいいに越したことはないよ。ただ、それは言い訳だ。でも雨は違う。雨の日はいつだってブルーだから。もっと若かったころなら音楽を聴けば気分も晴れた。もうその手は使えない。古いLPはみんななくなっちまった。中古レコード屋に売っちゃったんだよ。リース・ウォークの先の〈ヴィニール・ヴィレインズ〉に持ちこんだ。その売り上げはヘロインに換わって、ぼくの静脈に吸いこまれた。ザッパさえもう手もとにない。フランク・ザッパのことだよ、うちの飼い猫のザッパじゃなくてさ。ヘロインには手を出さないようにがんばってるつもりだけど、スピードは好きだし、最近はクラックがふんだんに出回ってるだろ。それが切れて苦しくなると、乗り切るために今度は上物のヘロインが喉から手が出るほど欲しくなるんだな。

グループカウンセリングのアヴリルは、ここに来てる猫たちには目標が必要だって言う。退屈を食い止める何か、単調な毎日にちょっとした土台や方向性を与えるものが必要だって。まあ、確かにそうかもしれない。人間、誰しも生き甲斐が必要だ。とにかく何かなくちゃいけない。「次回までに、何ができそうか各自考えてみてください」アヴリルは真珠みたいに真っ白な前歯をペンの頭でこつこつ叩きながらそう言った。

うわあ、まずいな、あんな歯を見ちゃうと、頭によくない考えがきりきり浮かぶ。でも、アヴリルのことをそんな目で見ちゃいけない。そういう子じゃないんだ。

でも、明るいことを考えるのは悪くない。このところぼくの頭の中は、気味の悪い黒一色に染まっていたからね。永遠にいなくなっちまおうって、そればかり考えてる。ヴィック・ゴダールがジョニー・サンダースについて歌った歌みたいに。そのことが頭から離れない。鬱が入るとなおさらだ。最初に思いついたのは、ムショで本を読んだときだ。もともと本の虫じゃないけど、そのときはロシアの老いぼれが書いた『罪と罰』って本を読んでた。なかなか話に入っていけなくて困ったよ。ロシア人ってのはみんな二つずつ名前を持ってるみたいだろ。誰が誰やらさっぱりわからない。おもしろいよね。だって、人頭税が導入されて以来、この国の住民には名前のないやつだってたくさんいる。少なくとも役所には名前が登録されていない。そう考えると、まあ、目くそ鼻くそを笑うってやつかな。

ともかく、ムショじゃ古本を読むくらいしかやることがなくて、しばらくするとちゃんと話についていけるようになった。それである計画が頭の中で形を持ち始めた。ぼくがぼくであったせいで生じた問題とでもいうのかな、それをいっぺんに解決する計画だ。そう、現代社会には自然淘汰みたいな法則があってさ、ぼくの居場所はない。ぼくみたいな猫は残らず絶滅した。環境に適応できない。だから生き残れない。サーベルタイガーみたいなものか。ただ、サーベルタイガーが絶滅した理由がぼくにはよくわからない。だって、もっと弱い猫の中にも生き残った種類がいるだろう。サーベルタイガーとふつうの猫——虎でもいい——に一対一の対決をさせるとしたら、誰だってサーベルタイガーが勝つと思うはずだ。サーベルタイガーが絶滅した理由を知ってるなら、誰か教えてくれよ。

問題はさ、年齢を重ねるにつれて、性格上の欠点がだんだん致命的になってくることだ。教師や上司、職安や税務署の職員、判事に、ぼくには欠陥があると指摘されたら、昔はこう言い返してた。〝ちょっと落ち着いてよ、ぼくらしくいるだけだよ。ただあんたたちとは違う世界に住んでるってだけで〟。でもいまは、あの猫たちの言うとおりだったかもしれないって認めるしかなさそうだ。年齢を重ねるにつれて、一撃が効いてくる。精神的な打撃が大きくなる。ボクシングのマイク・タイソンみたいなものだよ。返り咲きを狙って根性を入れ直しても、前回より何かが少しだけ欠けてるんだ。だから何度も失敗する。そうさ、ぼくは現代社会に適した人間じゃない。それだけのことだ。うまくいきそうなこともある。そうなればなったで、パニックを起こして、逆戻りだ。ぼくにはどうしようもない。

誰にだって欠点はある。ぼくの欠点は、ドラッグ、ドラッグ、ドラッグだ。たった一つの欠点と引き換えに、一人の人間が何度も何度も代償を支払わなくちゃいけないのは厳しいよ。そうだ、盗癖もあるな。でももしドラッグを完全にやめられたら、盗癖もやむかもしれない。少なくとも、回数は減るだろう。

このカウンセリングってやつ、ぼくにはあんまり役に立ってないような気がする。ここの連中と話してても、やっぱりヘロインがぼくを呼んでる気がするんだよ。その感覚が消えたことはない。理屈をつけて正面から向き合おうとしたところで、部屋を出たとたん、やっぱりヘロインを買いに行くことを考えてるんだ。グループカウンセリングのあとぼんやり歩いてたら、いつのまにかシーカーの家の前にいて玄関のドアを叩いてた。はっと気づいたときには、あの青いドアをたんたん叩いてたんだ。誰かがドアを開ける前に猛ダッシュで逃げたよ。

それでもグループカウンセリングは楽しみだ。こっちの話をちゃんと聞いてくれる相手がいるのはいい気分だからね。それにあのアヴリルはすごくいい子だ。気取ったところもない。同じ試練を乗り越えてきたのか、それともただ大学で教わっただけなのかはわからないけどね。べつに、大学の勉強を馬鹿にしてるわけじゃないよ。もしぼくがちゃんとした教育を受けてたら、こんなことにはなっていなかっただろうから。でもどんな男も女も、生きてればいつか大きな問題にぶち当たる。その不治の病から逃げることはできない。絶対に逃げられない。

ここに集まる猫たちもいろいろだ。敵意と牙をむき出しにした野生の猫ちゃんから、臆病で内気で、喉を鳴らすことさえできない猫ちゃんまでいろいろだ。ある女の子——ジュディって名の子は変わってる。ずっとひとこともしゃべらずにいたかと思うと、いきなり話し始めて止まらなくなったりする。しかも話の内容が、ぼくだったら家の外じゃ話せないような個人的なことばかりだ。

いまだってそうだ。ぼくは気まずくて、うちの息子が恥ずかしくて困ったときにするみたいに、両手で顔を隠しちまいたい気分でいる。「そのときあたしはまだバージンだったの。セックスのあと、彼がヘロインをあたしに注射したのよ。それが初めてだった……」ジュディって子は、真剣な顔でそう言った。

「ろくな男じゃねえな、そりゃ」ジョーイ・パークが言った。パーキーは、このグループでは一番仲のいい友達でさ、なかなか大したやつだよ。ブレーキがきかない。ぼくよりひどいね。ドラッグをやめるのは得意だけど、誰だってときどきやらかしちまうような些細な〝うっかり〟が許せないんだ。たとえばさ、テーブルにキャンドルがおいてあるみたいなちょっといいレストランでガールフレンドと食事をしたとき、出されたワインをたった一口でも飲もうものなら、二週間後にはパーキーはどこかのクラックハウスで現実を忘れてる。

ジュディはパーキーの発言に怒り出した。「知りもしないくせに！　あんた、彼がどんなにいい人か知りもしないくせに！　勝手なこと言わないで！」

ジュディはまあまあ美人だ。ただ、ドラッグのせいでかなり老けて見える。白い粉はね、きみに悪い魔女の魔法をかけるんだよ、お嬢さん。気の毒に。

ここを仕切ってるアヴリルは違う。ほっそりした体つきをして、艶やかな淡い色のブロンドをボブに切りそろえて、目はきらきら輝いてるけど、それはドラッグのせいじゃない。エネルギッシュだけど落ち着いてる。わかるだろ？　アヴリルは怒鳴り合いが嫌いだ。どんなトラブルだって前向きに解決できるはずだっていつも言う。考えてみればそのとおりなんだけどさ、それが当てはまるのは一部の猫だけだって気もする。だって、たとえばの話、フランコ・ベグビーやネリー・ハンターやアレック・ドイルやレクソ・セタリントンや、ムショで知り合ったチジー・ザ・ビーストやハミーやクラックト・クレギーが、〝よう、このトラブルを前向きに解決しようじゃねえか〟なんて言うわけないだろ。無理だ。絶対に無理だ。あの手の猫たちをどうこう言うつもりはないけど、やつらにはやつらの流儀ってものがある。でもアヴリルはとにかく冷静だから、ジョーイやジュディみたいな連中の扱いもうまい。

「この辺でいったん休憩にしましょうか」アヴリルは言う。「みんなはどう？」

ジュディは悲しげな顔でうなずき、ジョーイ・パークは肩をすくめた。ずんぐりしたモニカって女の子は無言で髪の先を口で吸い、爪を嚙んだ。ハムシャンクみたいな極太の腕をしてる。といっても恥ずかしがるようなことじゃないよ。ぼくはアヴリルに微笑みかける。「賛成だよ。コーヒーと煙草で一服したいところだったから。カフェインの摂取は必須だよね」

アヴリルはぼくに笑みを返す。ぼくの胸は高鳴った。かわいい女の子に微笑んでもらえたら、うれしいものだからね。だけどその天にも昇るうれしさは長続きしない。ぼくのアリソンが最後にあんなふうに微笑んだのは、ずっとずっと前だったなって思い出しちまったからだ。

11　……醜い……

ニッキー

あんたってホラー級に醜いわよね――わたしは鏡に映った自分を嗤った。わたしは全裸の自分を見、次に雑誌のモデルを見て、心の中で実物大に引き伸ばし、輪郭や曲線を自分と比較した。わたしはモデルみたいに完璧じゃない。胸が小さすぎる。わたしが雑誌に出られる日は永遠に来ない。わたしは雑誌に載るようなスタイルをしていないから。このモデルとは全然違う。

わたしはこのモデルとは似ても似つかない。

男のせりふで何よりも不愉快なのは〝きみはそそる体をしてるね〟だ。だって、わたしはすばらしい、そそられる、魅力的な、美しい体なんかほしくない。わたしがほしいのは、雑誌に載るくらい完璧な体だ。もしそういう体をしていたら、いまごろ雑誌に出ているだろうけど、そういう体をしていないから、雑誌には載っていない。マスカラが涙で黒く流れた。どうして泣くの？　わたしはいまのままでいるしかないから。

わたしは雑誌に出ていない。

なのに男たちは、わたしと寝たいから、わたしとやりたいから、いい体をしてるねと言う。だけど、もし雑誌に出ているような女の子たちから〝あなたと寝たい〟って言われたら、もうわたしになんか見向きもしないに決まっている。だからわたしはこうする。自分が何をしているかはわかっている。メディアが雨のように浴びせかけてくる完全無欠のイメージを必死で振り払おうとしながら、その悪影響しか与えないイメージにやっぱり取り憑かれている。男たちがわたしに興奮すればするほど、わたしはほかの女の子と自分を比較せずにいられなくなる。

雑誌のページを破ってくしゃくしゃに丸めた。

〈WHスミス〉で女性誌を片っ端から立ち読みして一日の半分を費やすくらいなら、図書館で勉強するか、レポートを書くかすべきってわかってはいる。でも、やめられない。《エル》、《コスモ》、《ニューウーマン》、《ヴァニティ・フェア》。男性誌も見る。《GQ》、《ローデッド》、《マキシム》。そしてそこに並んだ体を呆然と見つめる。エアブラシで完璧に仕上げられたボディラインを冷ややかな目でたどる。そうするうちに、その中の一つが、たった一つが、わたしは絶対にそういう体にはなれないというういまいましい自己嫌悪をわたしに植えつける。知的な意味では、そう、頭ではちゃんと理解している。そういう写真は合成だって知っている。作り物だ。エアブラシで修整されたものだってわかっている。モデルに化粧を施し、体をきれいに見せるライティングテクニックを駆使し、フィルムを何本も何本も使って撮った中の一枚だってことはわかっているの。そこに写っているモデルや女優や売り出し中のタレントは、わたしと同じように病的に神経質だし、うんちだってするしパンツをちょっと濡らしちゃったりもするし、ストレスがたまればニキビ火山が一斉に噴火するし、何度も胃の中身を吐くせいで慢性的な口臭に悩んでいて、プレッシャーから解放されたくてコカインをやり続けてきたおかげで鼻の粘膜がぐちゃぐちゃになっていて、毎月一度は黒い汚れた血を流していることも知っている。ちゃんとわかっている。だけど頭で理解しているだけでは足りない。〝リアル〟はもう〝事実〟ではないからだ。リアルな知識は情緒的で感覚的なもので、リアルな感覚はエアブラシで修整されたイメージ、スローガンや雑誌記事のタイトルから生まれるものだ。

わたしは負け犬じゃない。

一世紀の四分の一に当たる年月、人生最良の二十五年が過ぎようとしているのに、わたしは何も成し遂げていない。何も、何一つ……

わたしは負け犬なんかじゃない。

わたしは美しいニコラ・フラー＝スミス、健康な男ならかならず寝たいと思うような女だ。わたしの美しさが、男の抱いている自分の理想像を完成させるからだ。

そしてわたしはラブのことを考えている。琥珀色に近い薄茶色の瞳を思い浮かべている。彼が微笑むと、たまらなく彼が欲しくなる。彼のほうはわたしを少しも欲しいと思っていない。まったく何様のつもりなのよ、自分より若くてゴージャスな女があんたと寝たいって言ってるのよ、光栄に思いなさいよ……**違う、醜い、醜い、醜い女だ。胸の悪くなるような尻**

軽だ……

玄関のほうから人の気配が伝わってきた。わたしはドレッシングガウンを羽織り、リビングルームのテーブルに置きっぱなしにしていたレポートのところに戻った。鍵の回る音が聞こえた。

ローレンだった。

お馬鹿さんで華奢で美しいローレン。わたしより六歳も若いローレン。野暮ったい服と眼鏡の下に隠された純潔な女神。でも本人はそれに気づいていないし、周りのやはり見る目のない愚かな男たちも気づいていない。

六年。年取って醜くなったこのニコラ・フラー＝スミスは、彼女が――愚かで鈍感なミス・ローレンが意識することもなく無駄に過ごす六年のうち、一年でも二年でも手に入れられるのならどんなことでもする。

〝お・ば・さ・ん〟。ああ、寄らないで、わたしに近づかないで。

「ただいま、ニッキー」ローレンが朗らかに言った。「図書館ですごくいい本を見つけて……」そのとき初めてわたしの顔を見た。「どうかした？」

「マクライモントに出すレポートがちっとも進まなくて」わたしは答えた。教科書やレポート用紙が、この一週間、同じ場所から動いていないことにローレンも気づいたはずだ。テーブルの上の雑誌の山にも。

「新作映画のウェブサイトがあるの。すごく参考になるレビューも載ってる。自己満足に終わっていない分析的な記事……」ローレンはもごもごと話し始めたものの、わたしがまるで聞いていないことを察した。

「ダイアンは？」わたしは尋ねた。

ローレンは見下すような目をわたしに向けた。「最後に見たときは図書館で例の論文を書いてたけど。ものすごく集中してた」そういって猫みたいに満足げに喉を鳴らす。ローレンには新しいお姉さんができ、わたしは二人のガリ勉と一緒に一つのフラットに押しこめられた。ローレンは何か言おうとしていったん口をつぐんだあと、また思い直したように口を開いた。「マクライモントのレポート、どうして行き詰まっちゃったの？　前はあっという間に書き上げてたのに」

そこでわたしは何が問題なのかを打ち明けた。「最大の問題は、理解とか知性とかじゃない。方向性。わたしはやりたくもないことをしてる。わたしがいましたいのは雑誌の表紙に載ること」そう言って《エル》をコーヒーテーブルに放り出した。マリファナ煙草と巻き紙が床に落ちた。「十七世紀のスコットランド移民についてレポートを書いたって、ちっとも満たされない」

「でもそれは自滅ってものじゃない？」ローレンが小馬鹿にしたように言った。「雑誌の表紙に載ったとして……」

ローレンはあまりにも簡単にそう切り捨て、わたしは考える——いつ、いつ、いつ、いつ、いつ？「いつか表紙のモデルになれると思う？」ローレンは答えない。わたしが聞きたい答え、どうしても聞きたい答えをくれない。雑誌の表紙になったところでつらくてみじめで退屈になるだけだって言う。この世界で生き残っていくためにはどんな犠牲を払っても避けなければならない現実をわたしに突きつけようとしている……。「しばらくは気分がいいかもしれないけど、次の週にはあなたはもう〝古い人〟になって、表紙にはもっと若い女の子が載ることになる。そうなったとき、どう思う?」

わたしはローレンを見つめる。わたしの中を冷たいものが昆虫のようにざわざわと駆け抜けていった。こう叫びたくなった。

わたしは雑誌に載ってない。テレビにも出てない。いつか出ることがあったとしても、きっとリアリティ番組か何かで、わたしはでぶの負け犬になっていて、でぶの負け犬の夫から屈辱的な扱いを受けてるんでしょうよ。テレビの前でぽかんと口を開けてる、わたしと同じようなでぶの負け犬に消費される娯楽になるってこと。それがあなたの〝フェミニズム〟?そういうことなの? わたしや大勢の大衆にとっては、それが最良のシナリオなの。女が主導権を握らないかぎり。

その叫びはのみこみ、気を落ち着かせてから言った。「少なくとも雑誌の表紙には載ったんだから、納得がいくと思う。少なくとも何かを達成したって思えるはず。結局はそれなのよ。わたしはそういうことがしたい。演じたり、歌ったり、踊ったり。わたしが、わたしという人間がこの世に存在したっていう事実を残したいの。ニッキー・フラー＝スミスという女が生きてたってことを」

ローレンは真剣に心配しているような目でわたしを見た。〝今日は学校に行きたくない〟って言い出した子供を見る母親のような目で。「だけど、あなたはいまだってちゃんと……」

でも、もう止まらない。空疎な言葉をまくし立て続けた。ただし、そういうナンセンスにはつねに真実が隠されているものだ。「アマチュア製作の裏ビデオに出たあと、ちゃんとしたポルノ映画に出演して、そこからプロデュースか監督の道に進むの。コントロールする側になりたいのよ。わたしが。女のわたしが。だって、そうでしょ。この世でたった一つ、女がそれなりに主導権を握れる業界は、ポルノ製作くらいのものよ」

「またそんな適当なこと言って」ローレンは首を振った。

「ほんとよ」わたしは断言した。だって、ローレンがポルノ製作の何を知っているというの？　一度だって見たことさえないくせに。ポルノ映画の製作を勉強したこともなく、セックスワーカーとして働いた経験もなく、ポルノ系ウェブサイトの一つも見たことがないくせに。

「わかってないのね」そう付け加えた。

ローレンは巻き紙と煙草を拾い集めてテーブルに置いた。「あなたらしくない。例のラブの友達みたいなことばかり並べて」不機嫌そうに口をとがらせている。

「馬鹿なこと言わないでよ。それに、テリーのことを言ってるなら、彼とはまだ寝てないし」そう言ってしまったとたんに後悔した。

「〝まだ〟？」

「いつか寝るかどうかだってわからない。別にあの人が好きってわけじゃないし」ついかっとなって言い返した。しゃべりすぎだ。ローレンはわたしのことをすべて知っている。ほとんど何もかも知っている。でも、わたしはローレンのことを知らない。ローレンにはいくつも秘密がある。どうせなら興味深い秘密だといいけど。ローレンは悲しげな目でわたしを見ていた。やがて声の調子を変えて言った。「どうしてそう自分を卑下するのかわからないわ、ニッキー。あなたはわたしがこれまでに会った中で一番きれいな女の子……女性なのに」

「そう言ってやってよ。わたしに恥をかかせたばかりのあの男に」わたしは吐き捨てたけれど、内心では有頂天になりかけていた。お世辞に対するわたしの反応——鼻で笑うくせに、腹の立つことに、顔の筋肉が自然と持ち上がり、抵抗するまもなく胃の辺りがかっと熱くなったかと思うと、その熱が手や爪先まで広がる。わたしはちやほやされるのに弱い。

「それ、誰のこと、ニッキー？」ローレンは叫ぶような声で訊き、心配そうに眼鏡の縁に手をやる。

「ただの男よ。あなたにも経験あるでしょ」わたしは笑みを作った。ローレンにそういう経験がないことくらい知っている。ローレンが何かまた言いかけたとき、玄関の鍵が回る音が聞こえた。きっとダイアンだ。

12　ツァーリとハン

スパッド

グループカウンセリングはスープになった。いまやマーフィー青年が口にする主たる社交場の栄養源はグループカウンセリングだ。ベッドの上でアリソンと並んでても、ぼくが触れようとすると、アリは身を縮める。むなしい。悲しいよ。たぶん、これはアリソンの仕返しだろうな。ドラッグをやりすぎてセックスもできずにただ天井をにらみつけてるか、迫ってくる禁断症状が怖くて胎児みたいに体を丸めてシーツを汗でぐっしょり濡らしてるか、いつもそのどっちかだったぼくに対する仕返しだ。いまはぼくのほうがサーフボードみたいにベッドで固まってる。頭がこんがらかってぐるぐるして、アリソンが子供を学校に連れていくまで眠れない。

この何週間か、同じ家で別居してるみたいなものだった。いつからかな。モニーのパーティか。おもしろいものだよね、きっかけはいつだって小さなことだ。でもそれが週単位にふくらんで、同じ空間にいるのにパラレルワールドで生きてるみたいな状態になる。しかたなくぼくはグループカウンセリングに出かける。アリと息子のために、ぼくなりの努力をしてるつもりだ。

コーヒー休憩のあと、アヴリルがまた全員を呼び集めた。この部屋はあまり好きになれない。古い学校の教室でさ、人形サイズの座り心地の悪い椅子が並んでる。黒いフレームに赤いプラスチックの座面の椅子だ。クリーンなときじゃないと、とても座っていられない。ドラッグをやってそわそわしてたり、気分が悪かったりしたら無理だ。アヴリルはアルミの三脚に立てた大きなホワイトボードの前にいる。そこに青いマジックマーカーで書く。

夢

それから、夢は大切だと言った。人は夢をあっさりあきらめてしまいがちだと話した。考えてみる――たしかに。でも、宇宙飛行士の夢はどうなのかな。ガキのころ、ぼくと幼なじみのレンツは、宇宙飛行士になって火星に降り立つ最初の人類になりたいなんて話してた。真剣にそのつもりでいたわけじゃない。頭の中で宇宙行った気になるほうが簡単だ。厳しい訓練も受けずにすむしね。

レンツか。あいつはいいやつだよ。ぼくにちゃんと分け前をくれた。

アヴリルはもっと空想にふけるべきだと言った。するとジョーイ・パークが反論した。

「おいおい、そんなことしたら、ムショ行きだぜ。冗談じゃないぜ！」それからぼくのほうを向いた。「空想にふけれってさ、スパッド！」ぼくは笑った。モニカって子は、指の関節をますますきつく嚙み締めた。

アヴリルは、理想の世界があるとして、そこで何でも好きなことができるとしたら、どんな仕事をしたいかと質問した。問題はだ、ぼくは少しばかりキマっちゃってたってことだな。ふだんのグループカウンセリングのときはそんなことしないけど、家でちょっとショックなことがあって、そのことがどうやってても頭から離れなかった。何でもいいからドラッグをやりたかった。でもグループカウンセリングのことを考えて、スピードボムに少量のコカインを混ぜた。上の空でいると思われないようにね。雰囲気を壊しちゃ悪いだろ。だけどどの猫も黙ってるから、しかたなくぼくが口火を切って、代理人になりたいって言った。

「サッカー選手の代理人とか？　そうね、高いお金をもらってるものね」アヴリルが言った。

ジョーイ・パークが首を振る。「寄生虫だよ。金をかすめ取る寄生虫だ」

「違う、そうじゃなくて」ぼくは説明する。「ぼくが言ってるのは、テレビに出てるブロンドのかわいこちゃんたちの代理人、マネージャーだよ。ウルリカ・ジョンソンとか、ゾーイ・ボール、デニース・ヴァン・アウテン、ゲイル・ポーターみたいな」ちょっと考えてから付け加えた。「思うに、そういう仕事に誰より向いてるのはシック・ボーイみたいなやつだね。ちなみにシック・ボーイっていうのは古い友達だよ。世間はああいう猫たちにそういう種類の仕事をあてがう。友達を悪く言うつもりはないけど」

シック・ボーイか。あれも大した猫ちゃんだよ。

アヴリルは根気よく聞いてたけど、あまり感心していないことは顔を見ればわかる。パーキーは〝ドラッグ・ツァーリ〟になりたいと言った。すると何人かが、麻薬の売買や売人をけなし始めた。ここに来てるやつらに、けなす資格はないと思うけどね。

そこでぼくはパーキーの弁護に回る。「そうかな。ぼくはいい考えだと思うよ。一部のドラッグの質はがた落ちになってきてるだろ。国もさ、いろんなやつを刑務所に放りこむだけじゃなくて、ドラッグの質の向上のために何か手段を講じるべきだと思う。まあ、これは個人的な意見だけどね。ちょっとしたおしゃべり、ごく個人的な意見にすぎないけど」

アルフィーっていう若いやつが馬鹿っぽい笑みを浮かべてみせたあと、顔をそむけた。見ると、パーキーは笑いながら首を振ってた。アルフィーが言った。「違うよ、スパッド。勘違いしてる。パーキーが言ってるのは、ドラッグをやめさせる側になりたいって話だよ（〝ドラッグ・ツァーリ〟とは政府内で麻薬対策の指揮を執る人物。ツァーリは帝政ロシア皇帝を指すが、何かの王、権力者という意味でも使われる）」

それでぼくは考えた。なんだか気の毒になっちまうよ。だって、どんな仕事に就くか、生まれたときから決まってるってことだろ。いや、ぼくだってドラッグをなかなかやめられずにいる。似たようなやつは大勢いる。だから、誰からも感謝されない仕事だろうな。でもぼくにはよくわからない。スコットランドにだってその仕事ができる人間はいくらでもいるのに、どうしてロシア人にその仕事を押しつけなくちゃいけないんだろう。

その話は延々と続いた。このグループのメンバーの奇妙なところは、実際にドラッグをやってる時間より、ドラッグについて議論するほうによほどたくさんの時間を費やしてるってことだ。しらふのときドラッグの話をしてると、それだけでドラッグをやりたくなるときもある。それまでドラッグのことなんか考えてなかったのに、急にドラッグのことで頭がいっぱいになるっていうのかな。でもロシアのドラッグ・ツァーリの話が出たときは、ドストエフスキーの小説を連想した。そこから、生命保険のことを考えた。保険には、子供が生まれたのをきっかけに入った。そのときぼくはクリーンで、スラブを敷く仕事をしてた。でもそういう仕事が少なくなって、ぼくもクビになった。それである家に盗みに入ってムショに放りこまれた。そこでロシアの作家が書いたっていう『罪と罰』がパースの友達から回ってきた。ムショではよく回し読みされてる本だけど、それまでは読もうと思ったことはなかった。とくに本好きじゃないしね。でもその本は気に入った。あれを読んで、生命保険のことを考えるようになった。

本の主人公は嫌われ者の高利貸しの老婆を殺す。ぼくが自殺したら、保険金は下りない。だけど、たとえば殺されたとしたらどうだろう？　殺人って意味だよ。誰か他人に殺されたらってことだ。生命保険計画は実行に移すべきだと思う。アリと子供のために。前向きな考えだろう。ぼくのドラッグ依存症は、不治の病だ。そう考えたら、ぼくはいないほうがいい。あの猫ちゃんたちを死ぬほど愛してるよ。だけど現実を直視すれば、ぼくはただの大きなお荷物だ。金は稼げない、クスリはやめられない、家に持ち帰るのはトラブルだけだ。アリをじわじわ殺してるのに等しい。きっとアリにもうじき我慢の限界が来て、また麻薬に手を出すだろう。そうしたらちっちゃなアンディを取り上げられちまう。だめだ。そんなのは絶対にだめだよ。だから、生命保険だ。アリと別れる。それからぼくは死ぬ。そうすればアリ猫とアンディ猫は金の心配をせずにすむ。クイズ番組の《ファミリー・フォーチュンズ》みたいなものだ。二万ポンドの生命保険付きの暮らしがいいか。それとも、一文無しの、手に職のない、ジャンキーの役立たずの疫病神との人生を選ぶか。まともな神経の持ち主なら、迷うまでもないよね。だったらぼくは消えるべきだ。ただし、よほどうまくやらないと、思ったとおりの結果にならない。

さっき言ったショックなことっていうのは、昨日の話だ。小銭がないかなってアリの財布を探して、偶然、日記を見つけちまった。で、盗み読みをせずにはいられなかった。いや、いけないことだってのはわかってる。間違ったことだ。だけど最近アリとはほとんど口をきいてないから、いまどんな風に思ってるのかなって知りたくなった。それが大間違いだった。

〝知らないほうが幸せ〟っていうのは本当だよ。日記の内容は衝撃だった。ちっちゃなアンディに話しかけるみたいに書いてあった。

パパはどこにいるのかしらね。また期待を裏切られた気分。今回もまたママが強くならなくちゃいけない。あなたのパパは失敗できても、ママはそうはいかないのよ。誰か一人は強くなくちゃいけないもの。それに、あなたの弱くてお馬鹿さんなパパより、ママのほうがほんの少しだけ強いから。パパが本当にいやなやつだったらいいのにといつも思う。そうしたら話はもっと簡単だったわ。だけどね、パパほど優しい人はあなたただってこの先一生出会えない。そんなことはないって言う人もいるかもしれないけど、だまされちゃだめよ。だけど、ママは、パパのお母さんとあなたのお母さんの両方になるのは無理。ママはそこまで強くないから。できるものなら二人のお母さんでいたい。パパにまた裏切られるってわかってても、やっぱりそう思うの。もっと強い人間だったら、きっと二人のお母さんになってる。だけど、そこまで強くないから、あなたのママでいることを優先するしかない。あなたはまだとっても小さいから。

殴られたみたいな気分だった。一度読み、二度読んで、正直に打ち明けると、涙が出た。ぼくのためだけじゃない。あれを書いたアリ猫のためにも。間違った相手を愛してるアリ猫のために。もっと若いころ、ぼくはアリに首ったけの首ったけだった。でもこうも思ってた。いやいや、高嶺の花だろって。リーグで上位六位に入る強豪プロサッカーチームが、イースト・オブ・スコットランド・リーグのしがない三流チームを相手にするわけがないじゃないか。だけどジャンク杯ってのは徹底した平等主義で、組み合わせによっては番狂わせが起きる。あるとき、さんざんハイになったあと、一緒に家に帰って、まあ、なりゆきでそういうことになった。ぼくと暮らした八年は、アリにどんなものを残しただろう。もうアリを解放してやらなくちゃ。ぼくはこの世から消えて、アリを永遠にクビにしてやらなくちゃいけないんだ。

絶対にそうしなくちゃいけない。

グループカウンセリングが終わって、ぼくはリース・ウォークをとぼとぼ歩いてた。大股で街を闊歩してみようと試したりしながらね。でも、腹は痛くなるし、汗は出るし、手足がうまく動かなくなった。ちょっと元気を出そうとして、金髪娘のことや本のことを考えてみたりした。知的なブロンド娘。考える男が抜くネタにするような、落ち着いた声で話す知的な女の子。ロシアの小説の話だってもちろんできるような女の子だ。そう考えたとき通りの反対側に本屋が見えて、ちょっとのぞいてみようって思い立った。ところがタイミング悪く、猛スピードで走ってきた車にあやうくぶつけられそうになった。やかましいクラクションの音がした。ぼくは飛び上がった。全身の骨が体から飛び出して軽くジグを踊ったあと、元の位置に戻ったみたいな気がした。

だけど、無事だった。轢かれずにすんだ。本屋は、いかにも古い本屋って感じのかび臭いにおいをさせてる。でも、並んでる本は新しい。銀髪に眼鏡の年配の太っちょが、マーフィー青年を警戒の目で追ってた。それでもぼくは棚をゆっくりながめた。リースの歴史を書いた本が目にとまった。古い本だけど、歴史ってのはそもそも古いものだもんな！　最後のほう、現代リースについて書いた章をめくった。でも、ロイヤル・ヨット・ブリタニア号のことばかり書いてあって、ヤング・リース・チーム《ＹＬＴ》にさえ触れてない。誰かこの有名な古い港の本物の歴史を書くべきだよ。港で暮らしてた人たちの話を聞いたりしてさ。たとえば波止場や造船所や保税倉庫で働いて、飲み屋で酔っ払ったり、ＴｅｄｓやＹＬＴやＣＣＳとつきあいがあったりした年寄り猫たちから、指輪をごっそりつけたいまどきの若者たち、ぼくの友達のカーティスみたいなヒップホップ／ラップ系の若者まで、ひととおり話を聞くべきだよ。

ぼくは本を棚に戻し、店を出て、そのまま歩いてエディンバラ中心街に向かった。そのとき、道の向かいの角っこにあるＡＴＭの前に、見覚えのあるやつがいた。いとこのドード、グラスゴーのドードだ。すぐ通りを渡った。今回は車に気をつけたよ。

「ドード……」

「おう、スパッドか」ドードは一瞬とがめるみたいな目をしたけど、その目はすぐにきらりと光った。「何だよ、金欠かよ」

グラスゴーのドードはいきなりそう言った。信じられない！　ぼくはまだ何も話してないのに、いきなりそう言ったんだ！　グラスゴーのハン（サッカーのレンジャーズのサポーター）に神の祝福あれ。ほんといいやつだよ、ドードは。灰色っぽい髪をしたずんぐり小柄なやつでさ、グラスゴーがいかにすばらしい街かって話を延々と続ける。だけど自分だって、結局はずっとエディンバラに住んでるわけだ。「でも、いつ返せるかわからないし……」

「水くせえな、俺とおまえの仲じゃねえか！」ドードは自分の胸を指さし、ぼくらは通りを渡って〈オールド・ソルト〉に入った。

「たったいま暗証番号を変更したんだぜ。俺が使ってる銀行は暗証番号を自由に変えさせてくれるんだ」ドードが説明する。「自分で決めるから、覚えやすい。おまえの銀行は、向こうが勝手に決めるんだろ？」やけに自慢げだ。

ぼくは少し考えてから答えた。「そもそも銀行とは縁がないからさ。前に公団で働いたとき——スラブを敷く仕事をしてたとき、口座を作らされた。よしてよ、銀行に口座作るような柄じゃない、給料は現金払いにしてくれよって思ったけど、こう言われた。〝あいにくだな、いまどきは銀行振込なんだよ〟」

ドードはうなずいて口を開きかけた。でもぼくはさえぎった。だって、グラスゴー出身のやつがしゃべり出したらいつ終わるかわからないからね。やつらは頭の回転が速い。いったん〝よう、調子はどうだい、ところでさ〟って感じで調子に乗らせたら最後、日が暮れるまでしゃべり続ける。おしゃべりのスコットランド代表を選んだら、まず間違いなく十一人のうち八人か九人までグラスゴーの住人になるだろうな。「だからしばらくは口座を持ってた。でもクビになって給料の振込が止まったとたん、口座も閉じられちゃった。でもぼくの奥さんは銀行口座を持ってる。本当は彼女って呼ぶんだろうけど、奥さんって呼んでる。内縁の妻だからね」

「おまえも大したやつだよ、スパッド」ドードはにやりとしてぼくの肩に手を置いた。「〝Interdum stultus bene loquitur〟だな。そうだろ、スパッド？」

ドードはグラスゴー野郎のくせに頭がよくて、ラテン語のことわざをたくさん知ってる。

「そうだね、ドード……ところで、いまのはどういう意味？」

「簡単に言やあ、おまえはもっともなことを言うって意味だよ、スパッド」

そう言われるといい気分になる。エゴをくすぐられる言葉だ。ぼくはうれしくなった。それに太っ腹のドードがぼくの手にそっと滑りこませた二十ポンド札もうれしかった。そりゃそうだろ？

13　アムステルダムの娼婦　パート1

レントン

DJは優秀だ。ブースの周りに群がってプレイをながめてるトレインスポッターの数でわかる。何か起きるのをじっと待っているだけの――とっくに何か起きてることに、ほとんどの連中は気づいていないんだ――物思いに沈んだみたいな顔に取り囲まれていても、DJはリラックスした様子でいるという点も優秀さの証だ。

案の定、DJがみんなの待ち望んでいた曲をかける。フロアが爆発したようにみんなが踊り出す。その反応に驚いたDJは、三十分も前から自分が彼らをもてあそび、焦らしていたことをようやく悟る。歓声が上がり、DJはいたずらっぽくにやりとしてみせる。その笑みがダンスフロアじゅうを輝かせた。

俺のクラブのダンスフロア。アムステルダムの〝紳士の運河〟ヘーレングラハト沿いにある俺のクラブ。俺はクラブの奥の店全体を見渡せる一角で、ウォッカのコーラ割りをちびちび飲んでいる。本当ならDJに挨拶しておくべきだろうな。たとえ最低の腕だと思ったとしても、ゲストDJにはいつも友情と歓迎の握手を求める。だが、このDJに関してはマーティンにまかせておこう。俺は接点を持たないほうがいい。このDJは俺の故郷の出身で、顔見知りだからだ。同郷の連中を嫌悪しているわけではないが、この街ではあまり顔を合わせたくない。

カトリンの姿が見えた。こっちに背中を向けている。ミニ丈の紺のワンピースは、ほっそりした体にぴたりと張りついている。首に向けて細くなるデザインだ。レザーカットの金髪が頭のてっぺんに生えたとげみたいに立っていた。一緒にいるのは、ミズと、ミズがどこかで拾ってきた、なかなかセクシーな若い女だ。カトリンがどんな精神状態でいるかはわからない。薬をちゃんと飲んだのならいいが。彼女の腰に腕を回す。気分が沈んだ。俺の手が触れたとたん、彼女の体がこわばるのがわかったからだ。それでも俺は努力だけはする。「楽しんでるかい？」彼女の耳に口を近づけて声を張り上げる。

カトリンは俺のほうを向いて、陰気なドイツ訛で答えた。「うちに帰りたい……」

ミズが俺の目をとらえ、理解を伝えてきた。

俺はその場を離れてオフィスに入った。マーティンがいた。ほかにシアンと、最近よくこの二人と一緒に見かけるようになったバーミンガム出身の女もいる。三人はコカインをやっていた。パイン材のデスクをコカインの線が何本も横切っている。マーティンが丸めた五十ギルダー札を差し出す。俺は女たちの急かすような、熱を帯びた目を見つめた。「いや、やめておこう」そうマーティンに言った。

マーティンは女たちにうなずき、デスクに包みを一つ放ると、コピー取りと内緒話をするための小部屋に俺を引っ張っていった。「大丈夫か」

「まあな……カトリンが……まあ、いつものことさ」

白いものの混じり始めた茶色の髪の下で額に皺が寄り、大きな歯がぎらりと光った。「俺のアドバイスは予想がつくだろうが……」

「ああ……」

「こう言っちゃなんだが、マーク、陰気な女だよな。おまえにもその陰気なところが伝染し始めてるみたいだ」マーティンはいつもと同じことを繰り返し、オフィスのドアを指さした。「もっと人生を楽めよ。酒、女、ドラッグ。な、ミズを見てみろ」そう言って首を振る。「俺たちより年上なんだぜ。人生は一度きりだ、マーク」

マーティンと俺はクラブの共同経営者だ。共通点も多い。だが、大きく違うのは、俺はやつほど軽薄になれないところだ。誰かとつきあったら、最後までその関係にしがみつく。しがみつくものがなくなりかけていても、やはりしがみつこうとする。それでも、マーティンが俺のためを思って言ってくれているのはわかる。だから助言にはちゃんと耳を傾けてから、フロアに戻る。

そして無意識にカトリンを目で探しながら、店の表のほうへとぶらぶら歩いていた。ふと顔を上げると、エディンバラ出身のＤＪと一瞬だけ視線がぶつかった。俺たちは挨拶代わりに小さな作り笑いを交わした。俺の胸にうっすらと不安が広がった。俺はＤＪに背を向けた。バーカウンターの前にカトリンの姿が見えた。

14　悪だくみ　#18,737

シック・ボーイ

オーナーとしての初日、俺のパブには新生リースに居場所のない連中が全員集合していた。薄汚い老いぼれども、全部の指に指輪をはめたタータン・テクノやヒップホップにかぶれたアホたれども。そのうちの一人なぞは、生意気にも、この俺様をシック・ボーイと呼びやがった！　いいか、この店で流通するドラッグは、サイモン・ウィリアムソン様の承認印があるものだけなんだぞ、心得違いの馬鹿どもめ。ちなみに昨日、俺は幸運にもシーカーという旧友にばったり行き合った。その幸運のおかげで、俺のポケットはいま、錠剤や粉の包みでぱんぱんにふくれあがっている。

モーラグには辞めてもらうしかなさそうだ。昔ながらの健康優良児を地で行くようなでっぷり肥えたおばちゃんはあまりにも旧リース的で、サイモン・ウィリアムソン様が目指している体制とは相容れない。少しばかり七〇年代すぎるよ、モーラグ。スタイル警察の出動だ——パーポーパーポーパーポー……モーラグは若造の一人から注文を取っている。あるいは取ろうと努力していた。「よ、よ、四パイントの、ラ、ラ……」若造が息切れしたように言い、仲間どもが愉快そうに笑う。若造は心臓発作に襲われたふりをして顔をゆがめている。

　モーラグは対応に困って口をぽかんと開けていた。

　どうやら変革が必要なようですね。あなたのご意見は、アレックス・マクリーシュ？

〝同感だね、サイモン。ぼくが加わった時点でクラブはぼろぼろだった。ポテンシャルがあることはすぐにわかったが、投資を本格化する前にまずは戦力外の選手を手放すことから始める必要があったよ〟

　ああ、それが最良の方針でしょうね、アレックス。

　モーラグは料理の担当だ。このパブでは食事も提供していて、年金受給者一人頭九十九セントだかいくらだかで三品のコースを出す。新オーナーとしては気に入らない。原価割れもいいところじゃないか。チャリティが目的なら、給食宅配サービスでもやるさ。ここのランチはけしからんほど安価だ。俺は自腹を切ってあの老いぼれパラサイトどもを生き永らえさせているも同然ってわけだ。

　いまいましい老いぼれの一人が近づいてきた。黄色と赤の水晶じみた半透明の肌に埋めこまれた青い瞳は、どこか挑戦的な表情をしていた。年代物の人間にしては足どりが軽やかだ。だが、ひどく小便臭い。金水シャワービデオにでも出演してきたかと思うほど臭かった。老いぼれどもが集まるディケアセンターだか何だかじゃ〝ウォータースポーツ〟が流行りなのかもしれないな。「魚またはシェパーズパイ、魚またはシェパーズパイ……」老いぼれは耳障りな声で繰り返した。「今日の魚料理は衣《バター》をつけたフライか？」

「いいえ、殴ったり《バター》はしてませんよ。軽く叩いて、いい子にしてろと言い聞かせただけです」俺は口もとをゆるめて気の利いたジョークを言い、片目をつぶってみせた。ちゃめっ気のあるホスト役を演じようという俺の努力も、この死にぞこないの負け犬ぞろいの店では水の泡だ。老いぼれは俺の顔をじっと見返した。スコッチテリアみたいにくしゃっとした顔が喧嘩腰にゆがむ。「パン粉揚げかね、衣揚げかね？」

「衣揚げですよ」俺はいらだちとあきらめの心境で、駄々っ子みたいな老いぼれに答えた。

「パン粉揚げのほうが好みなんだがね」しわくちゃの顔がピエロみたいな笑みを作って、隅っこのテーブルに視線を投げた。「タムもアレックもメイベルもギンティも同意見だ。そうだろう？」やつが大声で言い、人間の残骸どもが熱心な顔で一斉にうなずく。

「衷心よりお詫び申し上げます」俺は愛想のいい店主という体裁を崩すまいとしながら、怒りをこらえて言った。

「その衣だがね、かりかりかね？　べちゃべちゃじゃないだろうね？」

　俺は最大限の忍耐を発揮して答えた。くそ、この傲慢オヤジめ。「二十ポンドの新札みたいにぱりっと揚がってますよ」

「ふむ。二十ポンドの新札には久しくお目にかかったことがないね」偏屈じじいはうなるように言った。「ところで豆は、潰してあるのかね、それとも丸のままかね？」

「丸のままじゃないなら、豆はいらないから！」飢饉に見舞われたみたいに痩せたメイベルとかいうばあさんが叫んだ。

〝船長の女房の名はメイベル、腕利きで……クルーに毎日やらせてた……厨房のテーブルの上で……〟

潰してあるか、丸のままか。起業家にとっては大問題だな。マット・コルヴィルにこの姿を見られたら、この屈辱を目撃されたら、やつの女房を五度ぐらい抱いてやらないと割に合わない。これは本日最大の緊急課題だ。豆は潰してあるのか、丸のままか。知るかよ。どっちだっていいだろ。こう怒鳴り返してやりたい気分になった――この店でかびくせえ臭いをさせてるおマメちゃんは、あんたのしみったれたパンツの中の一つだけだぜ、ばあさん。

俺は能なし《トーラグ》モーラグに視線を向けてあとをまかせた。バーカウンターに待ち行列ができかけている。おいおい、マジかよ。その列に見覚えのある顔が並んでいる。体をぶるぶる震わせていた。俺はそいつには気づかぬふりでグラスを磨き、あのサーチライトみたいにでかい目を徹底して避けた。だが、その懇願するようなサーチライトは、しつこく追いかけてくる。

〝彼は目であたしの服を脱がせたの〟とかってよく女が言うだろ？　その意味がやっと理解できた気がしたよ。この場合は〝やつは目で俺の銀行口座から金を引き出しやがった〟だろうな。

ついにそいつと目を合わせずにいられなくなった。「よう、スパッド」俺は笑みを浮かべた。「久しぶりだな。元気かよ。二年ぶりくらいか？」

「元気だよ……元気でやってる」やつはぼそぼそと答えた。目の前のミスター・マーフィーは、俺の記憶にあるミスター・マーフィーのしなびた劣化バージョンだった。前以上にしなびるなんてことがありえるとしてだが。つい最近死んで裏庭に埋められたやせっぽちの雄猫が、都会の狐に掘り返されたみたいだ。目はまるで、各種アッパーとダウナーをいっぺんにやりすぎて、脳の各パーツが現在時刻について二度と見解を一致させられなくなったみたいな、いかれた男のそれだ。薄汚いフラットかパブでドラッグをやってとりあえず気力を取り戻し、次の毒を摂取可能な似たような堕落の巣を探し求める、腐りきって朽ちかけた人間の殻といったところか。

「そりゃよかった。アリはどんな様子だ？」俺は重ねて訊いた。アリソンはまだこいつと同居しているのか。ときどき彼女のことを考えたりしていた。どうしてそう思うのか自分でもわからないが、過去のごたごたが残らず片づいたら、そのときこそ俺と彼女はくっつくことになる気がしていた。アリソンはいつだって俺の女だった。だが、俺はどの女についてもそう思っているかもしれないな。それにしても、こいつと彼女がくっつくとは。納得できない。まるで納得のいかない組み合わせだ。

まともな神経の持ち主なら、とうの昔にこいつとは別れているだろうに。しかし、質問のお返事をいただくという光栄に浴することはなかった〝どうしたわけでリースのパブのカウンターで働くことになったんだ、サイモン？〟と訊かれることもなかった。こいつのねじくれた身勝手な心は、その程度の基本的な好奇心さえ失っちまっているらしいな。まともな挨拶一つできない。「ぼくが何を頼みたいか、もうわかっちゃってるよね」やつはおずおずと言った。

「いいや、ちゃんと言ってくれなきゃわからねえな」俺はそう答え、できるだけ――この場合はかなり――冷たい見下すような笑みを返した。

マーフィーはずうずうしくも、裏切られて傷ついたみたいな表情を作った――〝そっか、そういうやつだったか〟みたいな目を俺に向けた。それから深々と息を吸いこんだ。奇妙な、ゆっくりとした気配。痩せこけて弱り果てた肺を、空気がむりやり押し広げる音。おまえの肺はどうしてそう役立たずになった？　気管支炎か、肺炎か、結核か。煙草？　クラック？　それともＡＩＤＳか？　「言いにくいんだけどさ、ものすごく具合が悪くて。究極に具合が悪いんだ」

俺はやつの全身をながめ回した。どうやら申告のとおりらしいな。次に磨いたグラスを光にかざし、汚れが残っていないかどうか確かめながら、そっけなく言った。「この店のすぐ前の通りを一キロ弱。通りの向かい側だよ」

「え？」やつは聞き返した。パブの黄色い明かりの中を泳ぐ縁日の金魚スタイルで口を開けている。

「エディンバラ市評議会の社会福祉事務所」俺は説明を加えた。「ちなみに、ここはパブだ。おまえは来る場所を間違ったらしいぞ。この店はアルコール飲料を売る許可しか取ってないものでね」俺は気取った口調でそう教えてやってから、次のグラスを手に取った。

やつの目が信じられないと言いたげに俺を見つめた。その目を見て、あやうく後悔しかけた。だが、体の苦しさが脳に浸透したんだろう、やつは打ちひしがれたように黙りこくったまま店を出ていった。幸いなことに、社会のクズをまた一人俺の人生から追い払ったという誇りと喜びがすぐに湧き上がってきて、あふれ出しかけたやましい気持ちはたちまちかき消された。

たしかに、あいつとは長いつきあいだ。だが、あのころはあのころ、いまはいまだ。

若造の小さなグループが入ってきた。その直後、スーツで決めたスコットランド省の役人グループが戸口からひょいと中をのぞいたが、鼻に皺を寄せてあわてて出ていった。俺は恐怖におののいた。せっかくちゃんと金を払える新規顧客を獲得できたかもしれないのに、小銭を握りしめた強情な老いぼれ野郎どもや、ありとあらゆるドラッグ――ただし、俺が生計を立てるためにこのパブで販売しているアルコールは除く――を過剰に摂取するしか能のない小僧どものせいで、チャンスを逃しちまった。やれやれ、初日の勤務は長く感じられそうだぞ。ポーラおばさんの生ぬるい極楽とんぼぶりを恨み、ふくらむ一方の虚脱感を抱えて、どうにか乗り切るしかない。

しかし、ついに、ようやく、待った甲斐のある客が入ってきた。見慣れた長さより短くなった巻き毛、にわかには信じがたいほど贅肉の落ちた体。最後に会ったころは、そいつはデブ地獄目指してまっしぐらに進んでいるものと見えた。ところがどうだ、やつは手遅れになる前に街道の途中で標識を目にしてバイパスにそれ、スリム天国行き専用道路をひた走ったらしい。かつてこの美しい街でもっとも名の知られた炭酸水の配達人だった男、ソートンの俊英、〝ジュース〟・テリー・ローソンだ。この界隈はテリーの縄張りから若干はみ出しているはずだが、それでも歓迎したい客であることには変わりない。テリーは俺を見て朗らかに声をかけてきた。服装もいいほうに変わっていた。高価そうなレザージャケット、クイーンズパーク・レンジャーズFCスタイルの白黒ボーダー柄のラコステのシャツ。ただし、カルヴァン・クラインと思しきジーンズとティンバーランドの靴が、せっかくのオシャレ感をいくぶんそこなっていた。俺はあとでちょっと話をしようと心のメモに書きつけた。店のおごりで酒を出してやり、思い出話で盛り上がった。テリーがいま関わってるプロジェクトの話は興味深かった……。「みんなすっかりやる気でさ。女どもがな。嘘みたいだがほんとだ。一部始終をビデオに撮って、上映する。その手の雑誌に広告を載っけて、通信販売も始めた。最初は画像もひどいもんだったが、いまはだいぶよくなってきた。俺らも進歩してるってことさ。友達の友達がニドリーのコミュニティグループにいて、デジタルビデオのちゃんとした編集スタジオを使わせてもらえることになったんだよ。まだまだこれからだぜ。ウェブサイトを作ろうって言い出してるやつもいてさ。クレジットカード会社と契約して、有料配信できるようにしようって。ネットビジネスがどうとかなんてご託はクソだね。インターネットを発展させたのはエロ動画なんだから」

「すごいじゃないか」俺はうなずき、やつのグラスに二杯目を注いだ。「こんな街に置いとくのはもったいないな、テリー」

「それに、俺が主演男優だったりもするんだ。知ってるだろ、俺は昔から女好きだし、まあまあまっとうなことして金が稼げねえかと思ってた。新しくて若い才能がいくらでも見つかる。人生のスパイスだしな」やつは熱を帯びた笑みを浮かべた。

「おまえにぴったりの仕事だな、テリー」俺はそう言って考えた。こいつはもともといつかその業界に入る運命だったんだろう。

テリーはグラスを空けた。俺はモーラグなら一人でも客をさばけるだろうと判断し、大きなグラスにブランデーとコカ・コーラをたっぷり注いだあと、バーの端のもっと話しやすい位置に移動した。テリーは俺がリースに戻ってきてうれしいよと言い、俺が業界に持っているコネを生かして一緒に何かやろうぜと持ちかけてきた。もちろん、俺は五十メートル先からでもうまい話は嗅ぎ分けられる。「ただ、一つ問題があってさ」やつは目を見開いて言った。「いま使ってる店からそろそろ追い出されそうなんだよ。で、どこか閉店後に店を貸してくれるところを探してる」

ふむ、なかなか興味深い展開になってきたな。俺は二階にある大部屋のことを考えていた。バーカウンターも設置されている部屋だが、いまのところまったく使っていない。「言ってみるもんだな、テリー」そう言ってにやりとしてみせる。

「どうかな、今夜、軽く試写といってみねえか」テリーがおずおずと訊いた。

俺は一拍だけ考えたあと、ゆっくりうなずいた。「思い立ったが吉日だな」またにやりとする。

テリーは俺の肩をぴしゃりと叩いて言った。「シック・ボーイ、おまえが帰ってきてくれて、ほんとうれしいよ。おまえは前向きなエネルギーを発散してるものな。この街にいるとさ、無気力な連中ばっかでうんざりだ。自分じゃ何にもしねえくせに、誰かが何か新しいこと始めると、陰でこそこそ言い出す。けど、おまえは違う。おまえはチャレンジ精神の塊だもんな！」やつは店のフロアで軽くツイストを踊ると、携帯電話を開いてあちこちに電話をかけ始めた。

閉店時間が来て、俺はジュークボックスにへばりついている客を引きはがして店から追い出そうとした。「**紳士淑女諸君、とっとと飲み物を片づけてくれたまえ！**」俺はカウンターから大声を張り上げた。老いぼれ客の何人かが脚を引きずって夜の街へ出ていった。テリーはまだ携帯電話でしゃべっている。やっかいなのは若い連中だった。フィリップっていう、両手の全部の指に指輪をはめた詮索好き小僧は、俺たちが何かおもしろそうなことを計画しているのを鋭く察知していた。フィリップの愚鈍そうな仲間のカーティスも面倒だ。さっきマーフィーが店を出ていく前にカーティスと何か話していた。まさしく類は友を呼ぶってやつだな。

俺は脇のドアを開け、小僧たちに向かって〝出ろ〟と顎をしゃくった。それでやつらもようやく出ていったが、フィリップが俺にこう訊いた。「居残りはなしかよ、シック・ボーイ」やつのスリットみたいに細くて小さな目と金歯がぎらついた。「ジュース・テリーと話してるのが聞こえたんだけどな。閉店後に何かあるみたいな話」フィリップは押しつけがましい調子で言って、笑みを作った。

「フリーメイソンの集会だ、おもしろくもなんともない」俺はそう言ってやつの痩せた背中を押して通りに追い出した。頭の鈍そうな仲間もおぼつかない足取りでそのあとに続く。残りの若いのも残らず出ていった。

「何だよ、閉店後もまだいさせてもらえるかと思ったのに」別のずうずうしい小僧が笑いながら言った。

俺はそいつを無視したが、やつと一緒に出ていこうとしたかわいい子ちゃんにはウィンクをしておいた。女は無表情に俺を見返したあと、一人小さな笑みを浮かべて出ていった。俺にはちょいと若すぎるか。俺はモーラグにうなずいた。モーラグがジュークボックスの電源を落とす。俺はドアを閉めてカウンターに戻ると、テリーと二人分の新しいブランデーをグラスに注いだ。数分後、ドアを叩く大きな音がしたが、放っておいた。やがて今度はサッカーの応援歌のリズムでノックする音が聞こえてきた。たんたん、たたたん、たたたた、たたん。

テリーが携帯電話を閉じた。「うちのやつらだ」

俺はドアを開けた。なんとなく見覚えのある若者がいた。すぐに小さな怒りがこみ上げた。こいつはたしかヒブスのサポーターの一人だ。だが、それを言ったら、エディンバラ在住の二十五から三十五歳の男はみんなヒブス・サポーターだな。ほかにも顔は知っているが名前を知らないやつが二人いた。それより感嘆させられたのは女たちだ。美女が三人。ややぽっちゃり気味のエロい女、それにこの店にはどうにも場違いに見える、眼鏡をかけた少女っぽい女。三人のうち、最後の一人にとくにそそられた。明るい茶色の髪、東洋人かと思うようなエキゾチックな目、細めに整えた眉、小さいがぷっくりと豊かな唇。いいね、質のよさそうな服の下の体は、しごくいい感じの曲線を描いていた。美女ナンバー2は少しだけ若くて、さほどいい服は着ていなかったが、速攻でむしゃぶりつきたくなるような女だ。もう一人はセクシーなブロンドだ。例の小僧ども、フィリップとカーティスはまだ近くでぐずぐずしていて、たったいま到着した一行を俺と同じようにながめ回していた。とくに美女ナンバー1、長い茶色の髪と、なまめかしくて押しつけがましいくらいの美貌を誇る女に見とれていた。その女は、テリーとはとてもじゃないが釣り合わない。「そこの彼女もフリーメイソンだってのか、え?」小生意気なフィリップが訊く。

「そうさ、69支部の会員だよ」俺は小声で答えたあと、やつらの鼻先に叩きつけるようにしてドアをまた閉めた。

俺は新しいゲストたちのほうを向いた。テリーがいそいそと一行を出迎えた。

「さて、会場は二階だ。そこの左側のドアからどうぞ」それからモーラグのほうに向き直った。「モー、戸締まりを頼むよ」

モーラグはいったい何が始まるのかといぶかるような目をこちらに向けたが、すぐにオフィスに消え、コートを取って戻ってきた。俺は一行のあとに続いて階段を上った。いいぞいいぞ、こいつはおもしろいことになりそうだ。

15　アムステルダムの娼婦　パート2

レントン

カトリンは俺のガールフレンドで、ハノーヴァー出身のドイツ人だ。五年ほど前、俺のクラブ〈ラクシャリー〉で知り合った。詳しい経緯は覚えていない。俺の記憶は当てにならない。ドラッグをやりすぎたせいだ。アムステルダムに落ち着いて以来、ヘロインはやめた。しかしたとえEやコカイン程度のものでも、何年もやっていれば脳のあちこちに穴があく。記憶を、過去を奪われる。しかたのないことだし、好都合なことにも思える。

俺は歳月とともにドラッグとの距離の取り方を学んだ。以前より控えめにやるようになった。十代や二十代のころは見境なくやりまくれる。自分もいつか死ぬという現実を意識することはまずないからだ。むろん、十代と二十代を無事に生き延びられるとはかぎらないが。三十代にさしかかると話はがらりと変わる。自分の命に限りがあることを急に意識し、二日酔いや禁断症状に苦しんでいるとき、ドラッグがどこまで自分の寿命を縮めるのに貢献しているか、ひしひしと実感するようになる。ドラッグは、魂の、精神の、心の活力を枯渇させ、興奮を高める一方でアンニュイを加速する。それは数式に変身し、人は変数をもてあそぶ。

摂取したドラッグの量、年齢、体力、ハイを求める欲望。出てきた答えを見て、ドラッグと縁を切るやつもいるだろう。人生とは分割払いの自殺だと割り切って、道の終わりまでそのまま突っ走るやつもいる。俺はそれまでと同じ種類の人生を選んだ。遊び、ドラッグもやる。ただし、限度をわきまえる。やがてあるとき、みじめそのものの一週間を過ごしたあと、俺はすっぱり手を切った。そしてフィットネスクラブに入会し、空手を習い始めた。

今朝は家にいられなかった。カトリンとの間の空気はいまにも切れそうなくらい張り詰めている。口論ならまだいい。俺をじわじわ侵食しているのは沈黙だ。とげの生えたような彼女の言葉は、ボクサーのジャブのように俺を少しずつ痛めつける。そこで俺は愛用のスポーツバッグを肩にかけ、こういう気分のときにいつも向かう先に出かけた。

両腕をプーリーレバーにかけ、胸の前にまっすぐ伸ばす。長く深く息を吸いこみながら、両腕を真横に開いた。今日は少し負荷を強めた。筋肉が燃えるように熱い。以前はあれほど貧弱だった筋肉は、いまは岩の塊のようにたくましい……視界に快感の赤い点々が散った……19……耳の奥で血液が沸き立つ……肺は高速道路の追い越し車線でパンクしたタイヤのように爆発した……20……

……さらに三十回繰り返したあと、休憩した。額を流れ落ちた汗が目に入って染みる。舌の先で唇をなめると、塩の味がした。まもなくもう一セット繰り返した。同じマシンを使って同じトレーニングをする。次にトレッドミルで三十分走った。時速十キロから始めて、最後は時速十四キロまで上げた。

更衣室に入り、着古した灰色のスウェットシャツとショーツとパンツを脱いで、シャワーを浴びた。最初は熱い湯、そこから温度を下げていって、最後は氷のように冷たい水に肌を打たせた。冷水を浴びていると、体じゅうに力がみなぎるのが感じ取れる。シャワーから出たとたん肺が痙攣したようになってあやうく卒倒しかけたが、気分は爽快だった。俺は生き返った。体は火照り、リラックスして、覚醒している。ゆっくりと服を着た。

ここの常連の顔が二つ三つ見えた。言葉を交わすことはない。ちゃんと通ってきていることを認めるかのように軽くうなずき合うだけだ。多忙すぎる男たち、目標を明確すぎるほど明確に持った男たち。無駄に社交辞令などに費やす時間はない。使命を帯びた男たち。誰にも代わりを果たせない男たち。かけがえのない、世界の中心にいる人間。

いや、そう思っているのは当人たちだけかもしれないな。

16 ……アダム・スミスのピン工場は忘れて……

ニッキー

その日のサウナは大繁盛だった。わたしは二人の客のマッサージをし、仕上げに手でいかせたが、労働組合指導者アーサー・スカーギル似の気色悪い男に口でやってくれと言われたときは、くそくらえと（丁重に）お断わり申し上げた。

そのあと、ボビーから呼び止められた。彼のたくましい胸に押し上げられてびろんと伸びたプリングルのジャージーセーターがわたしの視界を埋める。「ちょっといいか、ニッキー。きみはこの店の客……常連に人気がある。しかし、場合によってはもう少しサービスしてもらわないと困るんだよ。さっききみがもめてた客は、ゴードン・ジョンソンだ。この街の名士でね。この店では上得意と言ってもいい」ボビーは言った。わたしは彼の鼻の穴から奔放にはみ出した鼻毛に目を奪われていた。それに、彼には似合わないキザな煙草の持ち方が気になってしかたがない。

「要するに何が言いたいの、ボビー？」

「きみがいなくなると困るが、この商売に馴染めないなら、うちに必要な人材ではないということだよ」

わたしはかっとなった。タオルをつかんで大きなランドリーバスケットに乱暴に押しこんだ。

「聞いてるか」

わたしは振り返った。「聞いてるわよ」

「ならいい」

コートを着て、ジェーンと一緒に店を出た。この仕事がなくなったらわたしだって困る。でも、クビにならずにすませるために、どこまでやる覚悟があるだろう。風俗ビジネスの難しいところはそこね。最後にはごく根本的な問題にぶち当たる。資本主義の運用の実例を検証したいなら、アダム・スミスのピン工場は忘れて、風俗ビジネスに目を向けるべきだ。ジェーンは靴を新調するためにウェイヴァリー・マーケットに行きたがったけれど、わたしはサウスサイドのパブで待ち合わせをしている。

行くと、みんなそろっていた。ローレンがラブと一緒に来ているのを見て驚いた。だって、ダイアンと二人きりで過ごせて喜んでいるだろう、わたしがいないチャンスに、できたばかりの大好きなお姉さんと夜更かしをしてワインを楽しんだり、真夜中に冷蔵庫を開けて夜食をつまんだりするだろうと思っていたもの。わたしは頭のどうかした、できれば他人のふりをしたい、下半身のゆるみきったおばさんに格下げされたものと思っていた。ローレンがこうして来ているのは、わたしを淫蕩な暮らしから〝救済〟するという使命感からじゃないかって気がする。つまらない話よね。パブの店主から、閉店時刻には出てもらうよとはっきり通告されたけれど、テリーは別の店に心当たりがあるらしく、一足先に偵察に出かけた。しばらくして携帯電話に連絡があって、わたしたちは二台のタクシーに分乗してその店に向かった。まさかと思ったけれど、ローレンもついてきた。自分は絶対に服を脱がないし、セックスは強制じゃないとラブが請け合ったからだ。

新しい〝会場〟は、リースにある、なおもみすぼらしい雰囲気のパブだった。ここでもまた脇のドアから入ろうとしたとき、ニキビだらけの男の子たちがちょうど出てきて何か言い、ローレンが気色ばんだ。パブに入ると、タンニングマシンで肌を焼き、髪をブリルクリームで後ろになでつけた男を紹介された。吊り上がった黒々とした眉、皮肉っぽくゆがめられた唇。スティーヴン・セガールをもうちょっと冷酷にしたような外見だった。彼の案内で階段を上り、別の部屋に入った。片側の壁いっぱいにバーカウンターが設けられ、テーブルと椅子が何組か並んでいた。湿っぽくてかび臭い。しばらく誰も使っていない部屋なのかもしれない。「この天使はニッキー」テリーがわたしの背中をなでさすりながら男に紹介した。わたしがにらみつけると、テリーはあわてて弁解した。「いや、翼が生えてないか確かめただけだよ、ニッキー。ないのが信じられない……」それからローレンのほうを向いて言った。「……こっちのかわい子ちゃんはローレンだ。こいつは俺の古い友達のサイモンだよ」テリーはスティーヴン・セガール冷酷バージョンの背中を平手で叩いて言った。次に、サイモンという人をラブ、ジーナ、メル、ウルスラ、クレイグ、ロニーに紹介した。

サイモンはカウンターのシャッターの鍵を開け、わたしたちと順番に握手を交わした。彼の手は力強く、温かくて、過剰に心のこもった態度がいかにもお芝居といった印象だった。あれほど露骨なお芝居、見たことがない。「来てくれてうれしいよ。お目にかかれて本当に光栄だ。ところで、スコッチを一人でやってた。俺の悪い癖でね。よかったらつきあってもらえないか」そう言って人数分のグラスにグレンモーレンジィを注いだ。「散らかってて申し訳ない。つい最近になってこの店を譲られたばかりでね、この部屋はずっと倉庫代わりだったようだ……何を置いてたかは詳しく話さないほうがいいだろう」サイモンはテリーのほうを向いて含み笑いをした。テリーも訳知り顔でにやりと笑った。「しかし、ご覧のとおり、一掃した」

「わたしの分はけっこうです」ローレンが言った。

「なあ、一杯くらいはいけるだろ」テリーが促す。

「テリー」サイモンは大まじめに言った。「ここは軍隊じゃないんだ。イギリスの英語が俺の知らない間に変わったんでもなければ、〝ノー〟はそのまま〝ノー〟を意味する」それからローレンをじっと見つめながら、いかめしい口調で尋ねた。「代わりに何をお出ししましょうか」そして両手をぱんと打ち合わせ、肘を張って、合わせた拳を胸に押しつけるようにした。目は大きく見開かれていた。まっすぐで、不吉なくらい誠実な表情が浮かんでいる。

「何もいりません。でもありがとう」ローレンがぎこちなく応じた。それでも、口もとに小さな笑みが浮かんでいるように見えた。

お酒がふんだんにふるまわれて、まもなくわたしたちはみなおしゃべりに夢中になっていた。ジーナはまだわたしを信用してはいないみたいだけれど、視線に込められた敵意が前より和らいでいるところから察するに、わたしが場にいること自体には慣れてきているみたい。ほかの人たちはみな好意的だった。とくにメラニーは親しげに話しかけてきた。幼い息子さんの話、前の彼氏に押しつけられた多額の借金の話。そのうち、サイモン(またはシック・ボーイ。テリーがときおりそう呼ぶと、サイモンはそのたびに誰かが黒板を爪で引っかいたみたいに顔をしかめた)とラブの会話にみんながそれとなく耳をそばだてていた。二人ともウィスキーで酔ったらしくて、ポルノ映画を製作しようって話で盛り上がっている。

「プロデューサーが必要なら、俺が引き受けるよ。ロンドンの業界で経験があるからね」サイモンが言った。「ビデオにストリップクラブ。うまくやれば金になる」

ラブはなるほどというようにうなずいている。ローレンはいよいよ不機嫌になっていく。あれから気が変わったらしくて、ウォッカをダブルでがんがんあおりながら、みんなが回し飲みしているマリファナ煙草まで吸っていた。「たしかに、ポルノはたいがいデジタル撮影のほうがよく見えるよな」ラブが同意する。「少なくともハードコアポルノはそうだ。芸術のベールが剝がれる。デジタルビデオは記録するのに優れてるし、フィルムはスクリーン映えする」

「だろ」サイモンが言った。「ちゃんとしたポルノ映画を作ってみたいな。古典的なポルノ映画だ。ドラマ部分はフィルムで撮って、ハードコアな本番シーンは別にビデオで撮って挿入するんだ。《ヒューマン・トラフィック》って映画があるだろ。あれはたしか、デジタルカメラのほかに、スーパー16と32のフィルムを使って撮影してる」

ラブはウィスキーとポルノ製作プランの両方に酔っているみたいだった。「そうだな、編集でどうとでもなるものな。うまくぼかしてつなげばわからない。でも、できたら、マスネタ向けの低画質の安っぽいのじゃなくて、脚本のしっかりしたポルノ映画を製作してみたいよ。ちゃんと予算をかけてさ、音もしっかり作りこんで。ポルノ映画の古典に数えられるような作品にしたい」

ローレンがラブをきっとにらみつけた。憤慨して、表情が引き攣っていた。「ポルノの古典？　何が古典よ！　女を搾取した結果じゃない。人間の動物的な本能を……」ローレンはみんなの顔を見回し、テリーの挑発的な視線を受け止めた。「……もてあそぶだけの代物」

テリーは首を振り、スパイス・ガールズがどうとか小声で言った。わたしはちょっと酔っぱらっていたし、マリファナものすごく効いてたから、よく聞き取れなかった。みんながぐるぐる回っているように思えたし、人の顔に目の焦点を合わせるだけで一苦労だ。

ローレンにどう言われようとラブは動じず、轟くような大声で言った。「ポルノ映画にも偉大な作品はあるよ。《ディープ・スロート》、《ミス・ジョーンズの背徳》……ラス・メイヤーの作品にも傑作がいくつかあるし、たとえば、たとえば、そう……《ピアノ・レッスン》みたいな芸術ぶった映画より、よほど革新的でフェミニスト的な作品だよ！」

最後の一言は、ボクシングでベルトの下を打つような反則だった。視界がぼやけていても、ローレンが殴られたみたいな衝撃を受けたのがわかった。ローレンの体がぐらりと揺らいだように見えて、一瞬、そのまま気絶するんじゃないかと心配になった。「まさか……まさか、そんな安っぽい低俗な映画と……比べるなんて……」ローレンは懇願するような目でラブを見つめた。「……冗談じゃない……」

「映画を語ったってクソの役にも立たない。それより映画を作ろうぜ」ラブが嘲るように言った。ローレンは、ラブがウィスキーで酔っ払ってモンスターに変身し、自分を裏切ったとでもいうような目で彼を見つめている。「この二年、俺がしたことといえば戯言《たわごと》を拝聴することだけだ」ラブはそう付け加えた。「俺の彼女はもうじき子供をこの世に送り出す。なのに、俺は何をした？　俺だって何かしたいんだよ！」

気がつくとわたしは酔いの霧の奥からうなずいていた。「そうよ！」と叫びたかった。でも、テリーに先を越された。「その心意気だ、ビレル」テリーはそう大声で言ってラブの背中を思いきり叩いた。「まずはやってみなくちゃな！」それからわたしたち全員を見回し、もったいぶった態度で言った。「考えるべき問題はだな、なぜやるべきかじゃない。俺らには何がやれるかってことだ」

クレイグがぎこちなくうなずき、ウルスラとロニーは笑みを作り、サイモンは歌うような調子で同意した。「まったくそのとおりだ、テリー！」そしてテリーを指さしながら、熱を帯びた声で続けた。「こいつは天才だよ。昔からそうだった。これからもそうだ。それ以上言うことはない」そしてテリーのほうを向くと、心からの畏敬の念を込めて言った。「神だな、テリー。おまえは神だ」

もちろん、サイモンは酔っ払っている。わたしたちみんなが酔っていた。でもわたしが感じてるこの酔いは、アルコールやマリファナのせいだけではないような気がする。会話、集まった人たち、映画を作ろうっていう目標。すてき。わたしもそのプロジェクトに参加したい。周りからどう思われたってかまわない。高揚感とともに、ある考えがふっと浮かび上がってきた。わたしがエディンバラに行き着いた本当の理由はこれなんだ。これは宿命《カルマ》だ。こうなる運命だったんだ。「わたし、ポルノスターになりたい。世の男たちにマスをかかせるような女優になりたい。世界中の男たちに。そんな人が存在することさえわたしが知らないような人たちにまで！」わたしはささやくような声で言った。哀れなローレンの鼻先で。それから酔いの混じった魔女みたいな声でけらけらと笑った。

「でも、それって自分を商品にするってことでしょ。自分を品物として扱うってことよ。だめよ、ニッキー。そんなのだめに決まってる！」ローレンが金切り声で叫んだ。

「それは違うな」サイモンがローレンに言った。「ふつうの映画に出てる俳優は、ポルノ俳優よりよほど娼婦に似ていると思わないか。ポルノは、自分の肉体や、自分が作り出したイメージを他人に利用させるだけのことだろう。しかし、自分の心を他人に利用させるのは堕落した行為だ。それこそ春を売るようなものだよ。心を金に換えるような真似は絶対にしちゃいけない！」芝居がかった大げさな言葉つきだった。

ローレンはいまにも叫びだしそうな、息ができなくて苦しがっているような顔をした。胸に手を当て、嫌悪感で顔をくしゃくしゃにゆがめている。「違う。それは違うわ。だって……」

「まあ、落ち着けよ、ローレン。な、落ち着けって。みんなマリファナとウィスキーを少々やりすぎただけのことだ」ラブはローレンの腕にそっと手を置いて言った。「俺たちは映画を作ろうとしてる。その映画がたまたまポルノだってだけの話だ。深刻に考えるようなことじゃない。肝心なのは作ることそれ自体だ。映画を作って、俺たちにもやれるってことを世界に示すんだよ」

わたしはローレンを見つめる。「わたし自身のイメージをコントロールするのはわたし自身よ。男たちが心の中で想像したり構築したりするふしだらな女、わたしがスクリーンの上で演じる役柄。それはわたしが作り出す虚構であって、本物のわたしとは似ても似つかないものよ」

「でも、だめよ……」ローレンはいまにも泣きだしそうにしている。

「いいえ、わたしはやるわ」

「でも……」

「ローレン、いい子ぶらないで。それに考え方が古すぎる」

激怒したローレンはふらつきながら立ち上がると、猛然と歩いて窓の前に立ち、枠をつかんで下の通りを見下ろした。ローレンの唐突な行動に何人かが驚いたように眉を吊り上げたけれど、ほかの人たちは酔っ払っておしゃべりするのに夢中で、まるで気づいていないか、知らん顔を決めこむかしていた。ラブがローレンに近づいて話しかけた。なだめるような表情でうなずきながら何か話したあと、わたしのところに来た。「タクシーに乗せて家に帰らせるよ。一緒に行くかい？」

「ううん、もうしばらくここにいる」わたしはテリーとサイモンを見やり、困惑混じりの笑みを交わした。

「動揺してるし、さっきのマリファナでだいぶ酔ったみたいだ。吐いたりするかもしれないから、誰かついてたほうがいいだろう」ラブが言った。

テリーがラブの背中をまた乱暴に叩いた。今回は相当に力が入っていて、友情に亀裂が入る音まで聞こえたような気がした。「よう、ビレル。せっかくだ、一発やってやりゃいいだろ。そうすりゃ、あのお嬢ちゃんの気分だってほぐれるだろうよ」

ラブは鋼鉄みたいに冷たい目でテリーをにらみつけた。「俺はシャーリーンのところに帰らなくちゃいけない」

テリーはそりゃまた気の毒にというように肩をすくめた。「そういうことなら、またしても俺の出番かな」そう言ってにやりとする。「セックスセラピスト・ローソン。しかし、あいにく予約がいっぱいでね。こうしようぜ、ラブ。あの子をベッドに入れて寝かしつけといてくれ。俺はあとから行くから」テリーは笑った。

ラブはしばらくわたしの顔を見つめていたけれど、わたしとしては、後悔したくないというだけの理由で、あのかまととぶった頭の固いレズビアンじみた道徳屋と帰る気なんかなかった。わたしはこの人たちと何かしたい。生まれてこのかた探していたものをようやく見つけたんだもの。それに、人生の最初の四半世紀が過ぎようとしている。いまある美貌が失われるまで、あと何年残されてる？　世間はマドンナを見ろよと言う。でも、彼女は例外中の例外だ。いま人気があるのは、ブリトニー、ステップス、ビリーズ、アトミック・キトゥン、Sクラブ7。わたしに比べたら、みんな赤ん坊みたいに若い。わたしにはいましかない。いま行動を起こさなくちゃ手遅れになる。明日はないからだ。女に生まれて、しかも外見に恵まれているなら、価値ある資産を持っているわけではあるけど、その資産には賞味期限が設けられている。失ったら二度と取り戻せない。雑誌は、テレビは、映画は、そう叫んでいる。**あらゆるものがこう叫んでる——美は若さ。やるならいま！**「ダイアンに見ててもらえばいいわよ」わたしはラブに言う。それからほかの人たちに向き直って大きな声で宣言した。

「わたしも仲間に入れて！」

「そうこなくちゃ！」テリーは狂喜したような声で言ってわたしを抱き締めた。頭がぐるぐるしていた。サイモンはこわばった表情をしたラブと二人で、おぼつかない足取りのローレンを見送りに階段を下りていった。

クレイグが簡素なビデオカメラを三脚にセットしていた。テリーとメルがキスや愛撫を始めた。ウルスラはロニーの前に膝をつき、彼のズボンのボタンをはずしている。サイモンが二階に戻ってきたとき、わたしは自分も何かすべきだと考えていた。でも椅子から立ち上がると、胃の中のものがこみあげてきて、その場で吐きそうになった。誰かが——たぶんジーナだ——トイレに連れていってくれた。部屋がぐるぐる回っている。笑い声とうめき声が聞こえていた。それからテリーがこう言うのが聞こえた。「なんだよ、下戸かよ」そうじゃないって自分で言い返したかったけれど、ジーナが大声で言うのが聞こえた。「よしなって、テリー。気分が悪い人に向かってそういうこと言わないの」わたしの体は震えていた。最後に覚えているのは、乾杯の音頭を取るサイモンの声だ。「成功を期して乾杯だ。俺たちはかならず成功する。かならずだ！　人はそろった。資金も集まるだろう。成功を邪魔するものは何もない！」

17 出所

ベグビー

昨夜はちっとも眠れなかった。寝る気もなかったがな。寝ないで壁をながめてた。明日にはここから出られる。ドナルドの馬鹿も寝かせずにおいたよ。いろんな話を聞かせてやってさ。やつが筋の通った話を聞けるのはこれが最後だろうからな。俺が出たら、入れ違いにどっかの頭のいかれたやつがこの房に放りこまれるに決まってる。会話なんかまず成立しねえだろうよ。だから俺はドナルドの馬鹿に言ってやった。楽しめるうちに楽しんでおけよ、次は頭の鈍いやつが来るだろう、そうなりゃおまえは退屈で死ぬことになるんだぜってさ。

「だな、フランコ」あの馬鹿はそれしか言わなかった。俺は思いついたことを端から聞かせてやった。ここを出たら抱く予定の女の話、ぶちのめす予定の生意気なやつらの話。外に出たらクールにふるまうつもりだ。ここには二度と戻ってきたくねえからな。それは絶対だよ。だが、俺がシャバに戻ったと知ったら夜も眠れねえやつが何人か出るのは確かだろうな。

最後の晩は長く感じるだろうと思ってた。ところがだ、意外にもあっというまに過ぎちまった。ドナルドの馬鹿が不作法にも何度かうとうとしやがってさ、はたいて起こしてやらなくちゃならなかった。まったく運のいい野郎だぜ。出所を控えて俺の機嫌がよかったから助かったが、ほんとならはたかれる程度じゃすまなかっただろうからな。疲れてようが何だろうが、マナーってもんを心得といて損はねえ。だが、常識を心得てねえと、えらい目に遭う場合もあるんだよ。

朝飯を運んできた看守に、俺は言った。「俺の分は持って帰っていいよ。二時間後には門の向かいのカフェに入る予定だからな」

「少しは食っとけよ、フランコ」

俺はやつを見る。「いらねえ。いらねえったらいらねんだよ」

看守のマッケニーは黙って肩をすくめ、ドナルドの分だけ置いてった。

「なあ、フランコ」ドナルドが文句を垂れた。「もらっといてくれればよかったのによ。そしたら俺、二人分食えたのに」

「うるせんだよ、このデブ助が。だいたいおまえは少しくらい痩せたほうがいいんだよ」

しかし、不思議なもんでさ、ドナルドの馬鹿が食ってるのを見たら、急に腹が減ってきた。

「そのソーセージ、よこしな」俺は言った。

ドナルドの馬鹿は、誰がやるかよって目で俺を見た。俺の最後の日だってのにな。だからやつに飛びかかって、トレーからソーセージをかっさらって口に押しこんだ。

「フランコ！　やめろよ！」

「黙れ、くそデブ」俺はもう一本のソーセージと卵料理をロールパンにのっけた。「てめえが自主的に痩せられねえってんなら、誰かが強引に痩せさせるしかねえだろうが」

世の中ってのはそういうもんだ。塀の中でも、外でもな。協力する——セーフ。協力しない——顎が腫れる。というわけでドナルドの馬鹿は、よくよく叩かれた尻みたいな顔をして座ってた。

苦虫を嚙みつぶしたみたいな顔をした馬鹿を元気づけるために、俺はまたあれこれ話を聞かせてやった。サニーリースに戻ったら俺が抱く女、飲む酒。俺がいなくなったら、この哀れな馬鹿は思い知ることになるからだ。この馬鹿はムショでうまくやってく知恵がない。いいか、こいつは二度も自殺未遂をしでかしてるんだ。俺が同房になってからだけで二度だ。その前はどうだったか、想像がつくってもんだろ。

出所手続をする看守のマキルホーンが俺を呼びに来た。俺はドナルドの馬鹿にご機嫌ようと言い残し、マキルホーンは房の扉をドナルドの鼻先に叩きつけるみたいにして閉めた。この音を聞くのはこれが最後なんだな。やつは俺の私物をよこし、俺を連れて一つドアを通り、また別のドアを抜けた。俺の心臓は破れそうにどきどきしてる。通路の先、面会室の向こう、二枚のドア越しに、シャバが見えてた。俺たちは待合室のある玄関ホールに出た。年配の女がドアを開けて入ってくるのと一緒に外の新鮮な空気も流れこんできた。俺は一つ深呼吸をした。私物の受取証にサインして、ドアの外に出た。マキルホーンはずっと俺にへばりついてた。俺がこっそりムショの中に戻ろうとするんじゃないかって警戒してるみたいにな。

「さあ、行けよ、フランコ。おまえは自由だ」

俺はまっすぐ前を見た。

「房をあったかくして待ってるよ。どうせすぐ戻ってくるんだろうからな」

看守はかならずそう言い、出所する囚人はかならず肩をすくめて、二度と戻ってくるつもりはないさと答える。そして看守は、そうかい、そう思ってるのはいまだけだろうよと言いたげな苦笑を浮かべて囚人を見送る。それが世間一般の出所の風景だ。

だが、この俺様は違う。この場面のリハーサルを頭の中で重ねてきた。ついでに、俺を出所させるのがこのマキルホーンだといいなとずっと思ってた。俺は振り返ってやつを見ると、やつだけに聞こえる低い声で言った。「俺は塀の外に出た。つまり、あんたの女房と同じ側にいるってことだ。もしここに帰ってくることがあるとしたら、あんたの女房の首をちょん切った罪でだろうな。ビーチャム・クレセント一二番地。ガキが二人」

やつの顔がほんの少しだけ赤みを帯び、目が涙で潤んだ。何か言いかけたが、ゴムみたいな唇が震えただけで、声は出なかった。

俺は前に向き直って歩き出す。

外へ。

第2部　ポルノ

18

ゲイポルノ

ベグビー

いの一番にやるのは、塀の中にいた間におぞましいゲイポルノ雑誌を何度もよこしたビョーキ野郎を見つけ出すことだ。あれのおかげで、「レクソはパートナーだ」って俺が話したとき意味ありげに笑ったやつがいて、そいつをぶちのめしたのが原因で刑期が半年延びちまったんだからな。

パートナーってのはよ、店の共同経営者って意味だよ。

というわけで、出所して最初に立ち寄る先は、俺たちの店だ。何かあったに違いねえ。レクソのやつ、もうずいぶん前から面会に来てなかったからな。あるときぷつりと来なくなった。何の説明もなしにな。そこで俺はリース行きのバスに乗った。バスを降りて仰天したね。俺の店がねえじゃねえか！　いや、店はあるんだがよ、様変わりしていやがった。なんとなんと、カフェに化けてたよ。

レクソの姿が見えた。カウンターの奥で新聞を広げてる。あの巨体だ、見逃しようがねえ。あいつの体のでかさときたら、な。店はがら空きだ。年食ったばばあとぼんくら二人組が朝飯の最中だった。レクソのやつ、カフェで料理なんか給仕しやがって、巨大ななりしたウェイトレスかよ。やつが目を上げ、俺に気づいて二度見した。「よう、フランク!」

「よう」俺は小洒落た店を見回した。ちっちゃなテーブルが並んで、壁には中国語かなんかの文字と龍の絵が描いてある。「何なんだよ、これはよ」

「カフェに改装したんだよ。どれも中古の家具だから金はかかってねえ。夜はタイ《Thai》カフェになる。新生リースの流行なんだよ。学生に人気があってさ」レクソは誇らしげに笑った。

ネクタイ《Tie》カフェだと? 何だそりゃ。「あ?」

「実質的な経営者は俺のガールフレンドのティナだ。第二級調理師免許を持ってる。カフェに改装したほうが儲かるだろうと思ってさ」

「その結果がこれってわけか」俺はやつを責めるように言って店内をねめつけ、ちっとも喜んじゃいねえってことを知らしめた。

やつが肝心なことを打ち明ける覚悟を決めたのがわかった。店の奥で話そうっていうんだろう、そっちに顎をしゃくり、ようやく俺の目をまっすぐに見ると、声をひそめて言った。

「身辺の整理ってやつが必要だったんだよ。警察がやかましくなってね。実質的な経営者はティナだ」そう繰り返して、付け加えた。「もちろん、おまえの取り分はちゃんと清算する」

俺はやつをにらみつけたまま壁にもたれ、厨房のほうをのぞいた。やつがぎくりとしたのがわかった。俺がいまにも暴れ出すんじゃないかと怯えてるみたいにな。あの巨漢はうぬぼれてる。だがな、いくら両手がシャベル並みにでかかろうが、腹をナイフでひと刺しされたら、そんなものは役に立たねえんだよ。やつの目が俺の視線をたどって厨房を向く。そこで、いま何が問題になってるのか教えてやったよ。「おまえ、ここしばらく面会に来てなかったよな」

やつはいつもの薄ら笑いを作って俺を見つめた。どうせ俺にかまってる暇はねえんだろうよ。それに内心じゃどうせ、俺をリース・ウォークの端まで殴り飛ばしてやりたいと思ってるに違いねえ。

ふん、やれるもんならやってみな。「話を変えようか。前の店の半分は俺のもんだった。ってことはつまり、この店の半分は俺のもんだ」俺は自分の新しい出資物件、カフェを見回しながら言った。

やつの全身の血が沸き立つ気配が伝わってきた。それでもやつははぐらかそうとした。「おまえが紅茶だのパンだのを給仕してる姿は想像できねえよ、フランク。だが、どこかに落としどころがあるはずだ。おまえの取り分はちゃんと払うって」

「ふん」俺は鼻で笑った。「とりあえず手持ちがなくて困ってんだよ」

「お安い御用だ、フランク」やつは二十ポンド札を何枚か数えた。

わけがわからねえ。こいつが何考えてんのか、俺にはさっぱりわからねえよ。やつは現金を差し出しながら、またしてもクソったれなことを言う。「なあ、フランコ、噂で聞いたんだがな、ラリー・ワイリーはまだドニー・レインとつるんでるらしいぜ」

俺はさっと顔を上げてやつの目を見た。「ほんとか」

「ああ。やつらを引き合わせたのって、たしかおまえだったよな」レクソは無邪気な顔でにこにこ笑った。次に何やら険しい目をして俺を見つめたあと、うなずいた。やつらが俺を裏切ったとでも言いたげな顔だった。

そこで俺は頭の中で必死に考える。こいつはいったい何を言わんとしてる？　何がどうなってるんだよ？　誰が誰を裏切ったって？　考えてるうちに、やつが先を続ける。「それに、そうだよ、〈ポート・サンシャイン〉のいまのオーナーは誰だと思う？　おまえの幼なじみのあいつだよ。ほら、シック・ボーイとかって呼ばれてるやつ」

聞いたとたん、偏頭痛がひどくなった。ムショの中でさんざん苦しめられたみたいなひでえ頭痛だ……頭がいまにも爆発しそうだった。何もかもが変わっちまってる……レクソはカフェなんぞを経営してて……シック・ボーイはパブのオーナーに収まってる……ラリー・ワイリーはドニーのとこで仕事してる……外の空気に当たりたい。頭の中を整理する時間がほしい……

巨漢はまだしゃべり続けてた。「今日の午後、銀行に行ってくるよ、フランク。当面の金を渡す。もっと長期的な話がまとまるまでの生活費だ。とりあえず実家に帰るんだろ？」

「ああ……」頭ががんがんしてる。出所後に身を寄せる先なんて考えてなかったよ。「たぶんな……」

「だったら、今晩寄るよ。そのときゆっくり話をしようぜ。いいだろ？」やつは言い、俺は馬鹿みたいにただうんうんとうなずく。こめかみがうずいてた。老いぼれが入ってきてベーコンロールと紅茶を注文し、レクソの後ろからオーバーオールを着た若いねえちゃんが出てきて、レクソがそのねえちゃんにうなずくと、ねえちゃんがじいさんの相手をした。レクソはペンとメモ用紙を出して電話番号を書きつけた。それから最新式の電話——無線のやつだよ——を俺の鼻先で振り回した。

「そうか……最近じゃみんな持ってるな。俺もほしい。用意しといてくれ」

「手配してみるよ、フランク。とにかく」やつはねえちゃんのほうを見ながら言った。「話はまたあとでゆっくり」

「了解……じゃあな」俺は外に出た。新鮮な空気が気持ちよかった。店に染みついた脂の臭いで吐き気を催しかけてた。店の変わりようがまだ信じられねえ。前は家具屋だったのによ。隣の薬局に入り、女の店員からニューロフェン・プラスを買った。ボトル入りの水で頭痛薬を二錠のみ下し、リース・ウォークをしばらく歩いた。薬はよく効いた。二十分もすると頭痛は治ってたよ。おかしなもんで、名残はまだあるが、さっきほど痛くない。俺はいま来た道を戻ってカフェをのぞいた。レクソがねえちゃんと口喧嘩してた。さっきのうぬぼれた顔はどこへやらだ。そうさ、この店の半分は俺のもんだ。やつが全部自分のものにしたいってんなら、きっちり半分払ってもらうぜ。

やつが見える。いまは窓際の席に腰を下ろして、何やら思案中だ。ふん、こっちにも考えはあるんだぜ、馬鹿め。俺はリース・ウォークを闊歩する。すれ違うやつの顔をちらちら確かめて、知ってるやつを探す。それにしても何なんだ、こいつらは。ドレッドロックの薄汚ねえ格好の男が二人。白人がドレッドロック？　そいつらが我が物顔で歩いてやがる。かと思えば、ちっちゃな犬を連れた気取った野郎が店から出てきて、高級車に乗りこんだ。こいつら何なんだよ？　こんなのはリースじゃねえ。ちゃんとしたやつらはどこ行っちまったんだ？　アドレス帳を確かめて、公衆電話からラリー・ワイリーに連絡した。例の携帯電話とやらしい。レクソのやつ、とっとと俺のも用意しろよな……

「フランコ」ラリーの声は、俺から電話が来るのを待ってたみたいに落ち着き払ってた。

「何だ、ムショからかけてんのか」

「ちげえよ。リース・ウォークからかけてんだ」

やつは黙りこんだ。それから訊いた。「いつ出所した？」

「んなこたあどうだっていい。それよりいまどこだ？」

「ウェスター・ヘイルズで仕事中だよ、フランク」

俺はそれを聞いて考えた。まだおふくろの顔を見る気分じゃねえ。あれこれ祝われて頭痛がひどくなるだけだろう。「よし、三十分後に〈ヘイルズ・ホテル〉でな。いまから黒タクで行くからよ」

「あ、いや……いまドニーの仕事してんだよ、フランク。やつが……」

「そもそもおまえにやつを紹介したのは、この俺だろうが」俺は言った。「〈ヘイルズ〉で一時間後だ。おふくろんちに荷物だけ置いて、黒タクで行く」

「わかった。じゃ一時間後に」

俺は受話器を叩きつけるようにして置いた。あのろくでなし、きっと速攻でドニー・レインに電話するんだろうな。悪いニュースを伝えるメッセンジャー役を大喜びで演じてるに違いない。ふん、あいつの考えることくらいお見通しさ。俺は実家に顔を出した。おふくろは涙を流して大騒ぎした。俺が帰ってきてうれしいだの何だの。

「もういいって」俺は言った。おふくろは前よりずいぶん太ってた。ムショの面会室で会ったときは気づかなかったが、こうして家で見るとよくわかる。

「エルスペスやジョーにも連絡しなくちゃ」

「だな。何か食いもんはねえの？」

おふくろは両手を腰に当てた。「さぞお腹が空いてるんだろうよ。スープでも作ってやりたいところだけど、そろそろビンゴに出かける時間なんだ。その前に〈パーセヴィア〉でメイジーとダフネと一杯やる約束してるし……」おふくろは声を落とした。「どこかでフィッシュ・アンド・チップスでも食べておきな。まともな魚料理を食べるのは久しぶりだろうから！」

「まあな」フィッシュ・アンド・チップスくらいなら、ラリーに会いにいく途中で食えるしな。

そこで俺は家を出た。フィッシュ・アンド・チップスをテイクアウトして、黒タクシーをつかまえた。運転手は、自分の車の後部座席で客が食事してるのが気に入らねえんだろう、こっちをにらみつけたが、俺は無言でやつを見つめ返した。運転手は道路に目を戻した。〈ヘイルズ〉に行くと、ラリーが酒をおごってくれた。何人か一緒だったが、やつがひとつうなずくと、連中は隅っこの席に引っこんだ。俺はラリーと近況をやりとりした。ラリーはいい友達だ。他人が何を言おうと気にしねえ。それに少なくとも、やつはムショまで面会に来た。だが、卑劣なところもあるやつだ。そこで俺はやつがドニーと何をやってるのか聞き出そうとした。ま、敵情視察だな。酔っぱらわねえように気をつけねえと危ない。レクソからもらった現ナマがポケットでうなってるからな。ラリーの目は、俺が着てる服はちょいとばかり時代遅れだと言いたげだった。やつは酒好きだが、その前に仕事を片づけたいと言う。

何杯か飲んだあと、公団住宅の間を抜ける寂れた通りを歩いた。開通当時は次のプリンシス・ストリートなんぞともてはやされる繁華街だった。いまじゃショッピングセンターと団地を結ぶ、通りをはさんで銀行が二軒あるだけの、ただのコンクリ敷きの脇道だ。公団住宅のど真ん中に新しいプリンシス・ストリートを造るだって？　何馬鹿なこと言ってんだよ。

ラリーはあいかわらず小ずるいやつだ。団地の前をスキップしてる女の子たちをじろじろ見てる。「あと何年か待ってからもう一度来なくちゃな」やつはそう言ってにっと笑う。

子供たちは歌を歌ってた。「ミスティック・メグが言うの、あたしのボーイフレンドになる人の名前は――」そこでラリーは独り言みたいにつぶやいた。「W《ワ》-Y《イ》-L《リ》-I-E」

「このロリコンおやじ」俺は言った。

「冗談だって、フランク」やつは笑った。

「そういう種類の冗談は気に入らないんだよ」俺は言い返す。ほんとにただの冗談ならいい。ラリーは基本的に陽気な人間ではあるが、血も涙もない野郎にもなれる。少なくとも、コックのせいで面倒に巻きこまれるまではな。姉妹の一人を妊娠させて、ドイル兄弟から目をつけられた。それで、俺やドニーに尻尾を振って近づいたってわけだ。やつはこれから会いにいく女のことを話した。「ブライアン・レジャーウッドってやつがとんずらしてさ。煙みたいにきれいに消えちまった。恋人とガキに借金を押しつけてったんだよ。ギャンブルの借金だ」

「ふん、最低だな」

「まったくだ。女に同情しちまうよ。これがまたいい女でさ。しかし、ビジネスはビジネスだ。情けをかけるわけにはいかねえ。といっても、世間知らずじゃあなさそうだ。メラニーって名前で」ラリーはふぬけた声で言った。「テリー・ローソンとやってるって噂だよ。テリーは覚えてんだろ?」

「ああ……」俺はうなずいたが、名前は知ってても、顔が浮かばねえ。ラリーがドアをノックした。

メラニーって女が玄関を開けた。おお、たしかに、いい女だ。ラリーは鼻の下を伸ばしてる。髪は洗ったばかりみたいに濡れてて、ふんわりした巻き毛が肩の上で踊ってる。緑色のVネックのセーターにジーンズを穿いてるが、玄関に出てくるのにあわてて着てきたって感じだ。ブラはしてねえ。ラリーもそのことに気がついてる。あの顔からすると、もしかしてパンティも穿いてねえのかなって考えてるんだろう。「ねえ、もう何度も言ったわよね。ブライアンの借金のことで来たんなら、あたしには関係ないから」

「中に入れてもらえるかな。ゆっくり話し合いたいから」ラリーが言った。ああ、そうか、思い出したよ。テリー・ローソンな。何年も前、それこそガキのころ、遊んだことがあるよ。サッカーをしたな。

メラニーって女は腕を組んだ。「話すことなんてないし。ブライアンと話して」

「あいつの居場所がわかってりゃそうしてる」ラリーがゆるんだ笑みを見せた。

「あたしだって知らないわよ」

そのとき、メラニーと同年代の若い女が通りかかった。かなり小柄で、髪は黒い。赤ん坊を乗っけたベビーカーを押している。俺らに気づいて立ち止まった。「何かあったの、メル？」

「ブライアンの借金取り」

黒髪の小柄な女が俺のほうを向いた。「ブライアンはね、借金を押しつけていっただけじゃないの。メラニーのお金まで持って出てったのよ。メラニーだってそれきりあいつとは会ってない。ほんとよ。この子は関係ないの」

俺は肩をすくめ、俺は借金取りじゃない、さっき道でラリーとばったり会ってくっついてきただけだと説明した。小柄な女の目の下に黄色い痣ができていた。名前を訊くと、ケイトと答えた。俺たちはちょっとしたおしゃべりを始めた。ラリーはメラニーにお決まりのせりふを聞かせてる。「世の中ってのはそういう仕組みになってるんだよ。前にも聞いてるだろ。人頭税と同じでさ、契約書には書いてあるんだよ。返済の責任を負うのは個人じゃなくて、世帯だって」

メラニーって女は怒ってるが、それを顔には出さないようにしてる。ケイトがすがるような目を俺に向けた。ラリーを黙らせてくれってことだろうな。メラニーのよちよち歩きのガキが出てきておもちゃを落っことした。メラニーがかがんで拾い、顔を上げたところで、ねちっこい男の視線が自分のケツに注がれてることに気がついた。だが、大した女だよ、ラリーをものすごい形相でにらみつけた。

「何だよ、何だよ。どうしてそんな目で見る?」ラリーが言った。「俺はあんたの味方だぜ」

「ええ、ええ、そうでしょうよ」女は強気に言い返したものの、その声はどこか不安げだった。

小柄なケイトはまだ俺を見てた。この場でこの女とやっちまってもいいかもしれねえな。俺はずいぶんご無沙汰なわけだし……というわけで、いじめっ子のラリーの存在が急に邪魔になった。「なあ」俺は言った。「これじゃいつまでたっても話がつかねえぜ、ラリー」

「まあな、難しい問題だ」ラリーはこれ幸いと声をひそめ、女をなだめるような口ぶりで言った。「じゃあ、こうしよう……俺も約束はできないが、ボスと話をしてみる。あんたにもう少し時間をやってくれないかってさ」またたるんだ笑みを浮かべた。

メラニーはラリーを見つめ、無理に笑顔を作ると、しぶしぶながら礼を言った。「あんたにはどうしようもないってことはわかってるの。あんたは自分の仕事をしてるだけだってことはね……」

ラリーは女の視線を受け止めて言った。「一つ提案なんだが、軽く飲みながらゆっくり話をするってのはどうかな。今夜にでも」

「やめとく」

俺はすかさず口をはさんだ。「あんたはどうだ、ケイト？　その子はベビーシッターにまかせてさ！」

「無理」ケイトは微笑んだ。「お金ないから」

俺は片目をつぶった。「俺は古風な男でね。女には金を使わせない主義なんだよ。八時でどうだ？」

「どうしようかな……でも……」

「家はどこだ？」

「この下。すぐ下の階」

「よし、八時に迎えに来る」俺はそう言って、ラリーに向き直り、やつの腕をつかんだ。「帰るぞ」

俺たちは階段を下りた。やつは文句たらたらだ。「何だよ、フランコ。おまえが帰るなんて言わなきゃ、あの女を口説けたのに」

俺は率直に言ってやった。「あの女はおまえになんか興味ねえんだよ、馬鹿が。俺は別だ、ケイトって女のほうを口説いたぜ！」

「ああいう女は簡単なんだよ。いつも金がなくてぴいぴいしてるから、金のありそうな男を見りゃくっついてく」

「そうかもしれねえが、おまえにはくっついてかなかっただろ」俺がそう言うと、やつはおもしろくなさそうな顔をしたが、まあ、何も言い返せねえよな。起立したもんも萎えちまったことがはたから見てもわかる。それに、ドニーに何て報告すりゃいいのか、びくついてるのも丸わかりだ。

まあ、自分で考えることだな。俺はムショを出てまだ何時間もたってねえのに、もう女をゲットしたぜ。それもぴちぴちした若い女だ！　世界最速記録だろうよ。失われた時間をこれで取り戻せるってものだ！

19　旧友

スパッド

シック・ボーイはやたらに洟をすすってる。ぼくよりひどいな。鼻水の流れようときたら、ちょっとした川だ。蛇行しながら上唇まで注いでる。シック・ボーイはしょっちゅうクリネックスで拭ってるけど、まるで追いついてない。鼻水はやっぱり小川みたいに流れ続けてる。小川は流れる以外に何をする？　さらさら音を立ててるんだよ。さらさら音を立ててしゃべりまくるんだ。ぼくとしてはかまわない。いつもなら気にならないんだけど、いまはちょっと気になるかな。アリソンがシック・ボーイのおしゃべりを真剣に聞いてるからだ。ひとことも聞き漏らさないように真剣に聞いてるんだよ。シック・ボーイに会いに〈ポート・サンシャイン〉に行こうって言いだしたのはアリソンだった。ぼくじゃない。この前、ぼく一人でここに来たのは間違いだったかもしれないな。それにこの猫に少しばかり無愛想にしちまったかなって気もするし。だけどあの日は体調が最悪だった。シック・ボーイにしても、旧友が来たんだし、自分だって経験があることなんだから、少しは同情してくれてもよかったんじゃないかな。だけど、シック・ボーイは自分のことばかりしゃべってる。自分に酔ってるんだ。そのうえコカインにまで酔うゆとりがよく残ってるものだよね。さっきからずっと、映画がどうしたとか、業界がどうしたとか、よくわかんない話を延々としてる。何がいやだって、アリソンが感心して聞いてることだ。それにこの二人は昔つきあってたわけだろ、だから……

……嫉妬……無力感……ぼくはその両方を感じる。両方をだ。

それにしてもシック・ボーイってやつはちっとも変わらないな。前と変わらない。まるきり変わってない。昔と同じように、自分がお気に入りの話題を延々と続けてる。全部自分の話だ。俺、俺、俺。自分の壮大な計画とやらのことしか話さない。

パブが混んできて、年配の女性が一人じゃ客をさばききれなくなって、大きな声で呼んだ——「サイモン！」シック・ボーイは二度無視したあと、三度目でようやく立ち上がると、しぶしぶ手伝いに行った。ぼくはほっとした。シック・ボーイがいなくなると、アリソンはぼくのほうを向いて言った。「サイモンと久しぶりに会えてうれしいね」それから、昔の友達の話を始めた。ケリー、マーク、トミー。かわいそうなトミー。

「そうだね、アリ。トミーが懐かしいな」ぼくはトミーの話をしたかった。ときどき、トミーのことはみんな忘れちまったんじゃないかと思うことがある。それってひどすぎるだろ。だけど、たまにトミーの話題を持ち出すと、みんな急に不機嫌になって、陰気な話はするなってぼくを責める。だけど、責められるようなことじゃないと思う。ぼくはただトミーを思い出して話をしたいだけだ。

アリは今日、美容院に行ってきた。全体に短くしてきたけど、前髪だけは前と同じで長めに残してある。本心を言うとさ、前の髪形のほうがいいと思うんだけど、それは言わずにおく。相手が女の場合、関係がもともと不安定なときに下手なことを言うと、一気に険悪な状態になったりするからね。「たしかに」アリは煙草に火をつけた。「トミーはすてきな人だったし」それから、ぼくのほうを向いて煙を吐き出した。ぼくのアリの目は、うっすらと霜が降りたように冷たくなってた。「でも、ヘロイン中毒だったんだよ」

ぼくは黙りこむ。何も言えないよ。たぶん、トミーはそこまでひどい中毒じゃなかったと弁護するべきなんだろう。単に運が悪かっただけだって。だってそうだろう、ぼくらのほうが、そう、トミー以外のぼくら全員のほうが、よほどヘロインをやりまくってたんだから。でも、言えない。あの猫が戻ってきたからだ。酒のお代わりを持って戻ってきた。そしてまた自分語りが始まった。シック・ボーイの自分語り。

ぼくの頭の中で、またぐるぐる回りだす——**ロンドン……映画……業界……エンターテインメント……ビジネスチャンス……**

くだらない話を延々と聞かされてるのにうんざりして、つい意地悪な気分でこう言っちまった。「要するにさ、ロンドンじゃうまくいかなかったってことだよね?」シック・ボーイは背筋を伸ばして、ぼくをにらみつけた。おまえのイタリア人のママはお巡りのチンポをしゃぶってるんだぜとでも言われたみたいな目で。その目には本物の憎悪が宿ってた。でも何も言い返さずに、ただ冷たい目でぼくをにらんでた。

落ち着かない気持ちになったよ。沈黙に耐えられなくなった。「いやその、こうしてこっちに戻ってきたわけだから、その……」

シック・ボーイの顔がこわばった。シック・ボーイとぼく——昔から互いに腹が立つこともたくさんあったけど、それでも仲よくやってきた。でもいまはただ互いにいらつかせるだけだ。「一つはっきりさせておこうじゃねえか、スパ……ダニエル。俺はこの街に将来を見いだして帰ってきたんだ。映画を製作するため、パブを経営するためだよ……これは」そう言っていつもどおり見下すみたいな身ぶりで店全体を指し示した。「この店はその第一歩にすぎない」

「ぼくなら、リースの薄汚いパブでアマチュアポルノビデオを上映するのを一生に一度のチャンスだなんて思わないけどな」

「ふん、何を偉そうに言ってんだよ」シック・ボーイは首を振った。「負け犬のくせに。自分はどうなんだよ!」そう言ってアリソンに向き直った。「こいつを見てみろよ! きみには悪いが、アリ、これだけは言わせてもらうぜ」

アリは真剣な目でシック・ボーイを見つめた。「サイモン、あたしたちはみんな友達のはずだよね」

するとあいつの得意技が始まった。他人に責任を押しつけるんだ。自分を正当化して、周囲を貶めるんだよ。「いいか、アリ。せっかく故郷に戻ったと思ったら、負け組が発散する負のエネルギーばかり浴びせかけられる。やってられないよ。俺が何か言うたびに、冷や水を浴びせられるんだからな。友達だって？　友達のつもりなら、励ましの言葉があって然るべきだと思うがな」シック・ボーイはそう言って洟をすすった。それから、責任をぼくに押しつけにかかった。「この前こいつがこの店に来たときの話は聞いてるか？　久しぶりに再会したときの話を聞いたか？」

アリは首を振って、ぼくを見つめた。

「あのときは……」ぼくは弁解しようとした。でもシック・キャットにさえぎられた。

「俺がどういう歓迎を受けたと思う？　〝やあ、サイモン、元気にしてたか、久しぶりだな〟のひとことさえなしだ」傷ついたような顔をして言う。「こいつはそんなことは言いやしない。でもって、いきなり金の無心ときた。〝よう、元気だったか〟もなしに、いきなりだぜ！」

アリソンが前髪をかきあげてぼくを見た。「それほんと、ダニー？」

吐き気がしてきそうな恐ろしいシーンを、それが現実に起きる前から見てるような気分だった。まさにそんな感じだ。初期のモノクロ映画の、フレームとフレームをうまくつなげられなかったところで、妙なスピードでがくっと揺れるぎくしゃくしたシーンみたいに、ぼく自身が立ち上がる場面が見えた。ぼくの口が大きく開き、ぼくの指がシック・ボーイに突きつけられるシーンが、現実にそうなる前に見えた。次の瞬間、ぼくは本当に立ち上がってシック・ボーイに指を突きつけてた。「おまえは最初から友達なんかじゃなかった。一度だって本物の友達だったことなんてないよ。レンツと違ってさ！」

シック・ボーイの顔が嘲るような笑いを作り、〈クイック・セーヴ〉のレジの抽斗みたいに下顎が突き出した。「何言ってんだよ！　いいか、あの野郎は俺たちの金を横取りしたんだぞ！」

「ぼくは取られてない！」ぼくはそう言って自分を指さした。

シック・ボーイが黙りこんだ。死んだみたいに静止した。視線はじっとぼくに注がれてる。くそ、やっちまった。つい口をすべらしちまった。アリソンもぼくを見てた。二組の目が、二組のまん丸に見開かれた目が、この裏切り者とぼくに叫んでる。

「それはどういう意味だ？」シック・ボーイの声はかすれてた。「おまえとやつはぐるだったってわけか、え？」シック・ボーイはアリソンを見た。アリソンは床に目を落とした。アリは秘密を守るのはすばらしくうまいが、嘘をつくのは絶望的にへたなんだ。

アリソンまで責められて、黙って見てるわけにはいかない。だからぼくは本当のことを言った。「違うよ。ぼくは何も知らなかった。アリソンとアンディに懸けて誓ってもいい」

シック・キャットの目はいよいよ険しくなった。それでも、ぼくが嘘をついてないことはわかってるだろう。ただし、それだけじゃないことも見抜かれてる。

ぼくは濡れたコースターを爪でいじりながら、全部白状した。「あれからしばらくして、郵便で金が届いた。ぼくの分け前だけ。それだけだ」シック・ボーイの巨大な目がぼくに視線をぎりぎりとねじこんでくる。こうなるともう、嘘をつこうとするだけ無駄だろうな。この猫には隠し通せない。「消印はロンドンだった。届いたのは、ぼくがリースに戻ってきて三週間くらいしてからだったかな。手紙は入ってなかった。あれ以来、レンツには会っていないし、完全に音信不通だよ。でも、送ってきたのはレンツだってわかった。ほかに心当たりなんてないからね」ぼくはそう説明した。それからこう付け加えた。ちょっと自慢げな調子になっちまったかもしれない。「マークはぼくにだけは分け前をくれたんだ！」

「おまえの取り分の全額だったか？」シック・ボーイは目をひんむくようにして訊いた。

「そうさ、一ペンスの単位まできっちり」いい気味だと思いながらそう言った。それから椅子に座り直した。立っていられない。アリは責めるような目でぼくを見たけど、ぼくは黙って肩をすくめた。アリはまた下を向いた。

シック・ボーイの脳味噌が回転してるのが見えるみたいだった。頭の中は、容器の中でちっちゃなボールがぐるぐる跳ね回るあれ、宝くじや、スコットランド杯の対戦組み合わせの抽選をするときに使うあの装置みたいになってるんだろうな。心から傷ついたような顔をしてる。あれは芝居じゃないと思う。でも、しばらくすると、シック・ボーイは急ににやりと笑った。着ていたラコステのロゴマークのワニみたいだ。「へえ、なるほど、そうだったか。その金は大いに役立ったらしいな。実に有益に使ったものな。賢く投資して何倍にも増やした」

アリが顔を上げてぼくを見た。「あのお金。子供のものをそろえたお金……あれみんなマーク・レントンから送られてきたお金だったの？」

ぼくは何も答えなかった。

シック・ボーイはウィスキーのグラスを見た。それからグラスを取って酒を飲み干し、空になったグラスでテーブルをこつこつ叩きながら言った。「まあ、そうだろうよ。こいつはぼんやり座ってるだけだものな」そう言って嘲笑うようにぼくを見た。「こいつは何もしない。何一つしやしない」

ぼくは黙っていられなくなった。つい口から出ちまった。ぼくだって何もしてないわけじゃない、リースの歴史を本に書いてるんだって言っちまった。

シック・ボーイはくすくす笑い出した。「そりゃまたいかした話だな」その声はパブじゅうに響き渡って、何人かがこっちを振り向いた。

アリは馬鹿じゃないのって顔でぼくを見た。「何の話よ、ダニー？」ぼくは逃げ出したくなった。その場から逃げ出したくなった。だから立ち上がって、出口に向かった。「マイナスのエネルギーか。覚えておくよ。じゃあな」

シック・ボーイはおやおやというように両方の眉を吊り上げた。アリソンはぼくのあとを追ってきて、一緒に店の外に出た。「どこ行くつもり？」アリソンは胸を抱き締めるようにしながら訊いた。

「カウンセリングがあるんだ」ぼくは答えた。外は寒い。アリソンはいつもの紺色のカーディガンを着てるのに、震えてた。

「ダニー……」ぼくのジャケットのジッパーを人差し指と親指でもてあそびながら、アリソンは言った。「あたしは戻ってサイモンと話すから」

ぼくは信じがたい思いでアリソンを見つめた。

「サイモンは怒ってるでしょう、ダニー。お金のことを誰かにしゃべっちゃって、その話がセカンド・プライズの耳に入ったら……」アリソンは少し口ごもってから言い添えた。「……フランク・ベグビーとか……」

「いいよ、サイモンに会ってきなよ。あいつには嫌われたくないものな。そうだろ？」ぼくはぴしゃりと言い返した。でも、たしかにアリの言うとおりだ。ぼくとレンツ、シック・ボーイ、セカンド・プライズ、それにベグビーの五人でロンドンに行った。そしてレンツはぼくらを裏切った。そのあと、ぼくには金を返してくれた。どうやらシック・ボーイには返していないみたいだけど、ほかの二人はどうなのか知らない。たぶん、ベグビーには返してないだろうな。あのあとベグビーは怒り狂って、あのドネリーってやつを殺しちまって、それでムショ行きになったんだから。まあ、ドネリーってのもけっこうなワルだったんだけどさ。

「ほら、もう行かないと遅れるわよ」アリソンはぼくのおでこにキスをすると、向きを変えて店の中に戻っていった。

行っちまった。

というわけで、それがきっかけってことになるかな。ぼくの頭は興奮と不安からぐちゃぐちゃだった。そのままカウンセリングに行って、リースの歴史の件を全部話した。アヴリルはすごく喜んだ。ほんとにうれしそうだった。アヴリルの笑顔を見られただけで、話した甲斐があるってもんだよ。というわけで、事実上の宣言をしちまった。つい調子に乗って、ぼくは未来の作家だなんて言っちまった。期待の人物、優れた郷土歴史家、影響力のある名士、人気者。

だけど、ぼくには無理だ。よくテレビで古代文明について解説するあの有名な学者が、ぼくについてこんなふうに言うところなんて想像できない――〝いや、あのリースの著述家は要注意ですよ。あの新進の歴史家です。油断してると先を越されそうだ。ピラミッドを調べて、エジプト文明に関する大発見をしかねない〟。まあ、そんなことにはならないだろうって確信はある。

ただ、何事もやる前からあきらめちゃいけない。やるだけやってみなくちゃ。アリに、ダニーも意外にやるのねって見直してもらえるかもしれないだろ。そうだ、世間にもだ。

初めて会ったころのアリソンは、ちょっと風変わりな、でも最高にすてきな女の子だった。小麦色のきれいな肌やウェーブのかかった長い髪、真珠みたいに真っ白で大きな歯が魅力的だった。少し極端なところもあって、ときどき、目に見えないヴァンパイアが首に取りついてアリソンのエネルギーを吸い取ってるんじゃないかって思ったりもしたけどね。

アリはぼくなんか眼中になかった。アリソンはあいつに夢中だったしね。ところがある日、アリソンがぼくに微笑んだんだ。その瞬間、ぼくの心は木っ端みじんに弾け飛んだ。つきあい始めた当初は、どうせ一時の気まぐれだろうと思ってたし、ヘロインをやめたとたん、別れたいって言い出すんだろうと思ってたよ。でも赤ん坊ができて、アリソンはいまもぼくと一緒にいる。そうだよ、たぶんそれだよ。あの子が理由だ。アリソンがこんなに長くぼくと別れずにいるたった一つの理由は、あの子なんだ。

　だけどいま、アリソンはまたヴァンパイアにエネルギーを吸い取られたアリに戻っちまってる。いまのヴァンパイアは誰だと思う？　ぼくだ。ぼくだよ。

　グループカウンセリングが終わって、アリソンはまだ〈ポート・サンシャイン〉にいるのかなと思ったけど、シック・ボーイと顔を合わせるのは気まずい。そこで港とは反対の方角に歩き出した。そうしたら偶然、〈オールド・ソルト〉からいとこのドードが出てくるところに出くわした。そのままモンゴメリー・ストリートのドードのフラットで一服することになった。けっこういいフラットだったよ。部屋はせせこましかったけどね。広いフラットじゃなくて、ちまちました感じのところだ。でも家具や何かはいいものをそろえてた。暖炉の上に額に入って飾ってあった、ソーネス監督時代のレンジャーズのポスターはちょっと浮いてたけどね。質のよさそうな革のソファがあって、ぼくはさっそくそこに陣取った。いとこのドードは好きだよ。おしゃべりなところはどうかと思うけど。煙草を何本か吸って、ビールを一杯飲んだあと、ぼくは女性問題をドードに打ち明けた。

「悩んでもしかたねえだろ、スパッド。愛はすべてに打ち勝つ《Omnia vincit amor》だよ。愛し合ってりゃそのうちなんとかなるもんだし、愛し合ってないなら、別れる潮時だってことだろ。それだけのことだ」

　ぼくは、話はそう簡単じゃないんだと言った。「昔、すごく仲よくしてた友達がいるんだ。そのころ、そいつと彼女はつきあってるも同然だった。で、そいつがリースに帰ってきたんだ。リース社交界にカムバックしたってわけだよ。そいつが自慢話ばかりするもんだから、つい言っちまった。それを言っちゃおしまいだってことを言っちまったんだよ」

「Veritas odium parit」ドードはラテン語で言った。それからぼくにもわかるように英語で言い直した。「真実は憎しみを招く、だ」

ぼくが本を書くなんて絶対無理だよ。自分の名前も満足に書けやしないんだから。それに比べると、いとこのドードはラテン語の学者みたいだものな。グラスゴー出身なのに。グラスゴーに学校があるなんて信じられないけど、どうやらちゃんとあるらしい。しかもきっとエディンバラの学校より優秀なんだな。そこでぼくは尋ねる。「どうしてそんなに物知りなわけ、ドード？　ラテン語なんかもよく知ってるだろ」

次の煙草を巻き始めたぼくに、ドードが説明した。「ほとんど独学だよ、スパッド。おまえは俺たちプロテスタントとは違う環境で生まれ育った。別に、おまえは俺みたいにはなれないって言いたいんじゃないぞ。よけいに努力が要るだろうって話だよ、文化が違うからな。いいか、スパッド、俺たちはスコットランド・プロテスタントの労働者階級の改革派の教育を受けてきた。だから俺はエンジニアとして働いてる」

この猫の言うことがいまひとつわからない。「え、だけど、警備員をしてるんじゃなかったっけ？」

ドードはそんな違いは取るに足らないって顔で首を振った。「それはいまだけのことさ。中東に戻って次の契約をするまでのつなぎだよ。警備員をやってれば忙しくしてられる。おまえをけなすつもりはないけどよ、スパッド、これだけは言えるぜ。おまえには素質がありそうだからな。だけど、小人閑居して何とやらってやつだ。〝Otia dant vitia〟だよ。そこが起業精神にあふれたプロテスタントと、怠惰なカトリックの違いだ。俺たちはどんな仕事だってやる。勤勉に修行に励む。そうやって次のビッグチャンスが訪れるのを待つんだ。俺はな、せっかくオマーンで稼いだ金をただぼんやり食いつぶしたりは絶対にしない」

考えずにはいられないよね。この猫は〈クライズデール銀行〉の口座にいったいいくら貯めこんでるんだろうって。

20　悪だくみ　#18,738

シック・ボーイ

麗しのアリソンに再会できたのはよかった。彼女が連れてたあのじゃがいもみたいないかれた負け犬との口論はともかくな。あの骨と皮だけのヘロ中め、やけに生意気な口をききやがって。ほかのごみと一緒に外に放り出してやりゃよかった。そしたら収集・焼却されてすっきりしただろうに。

物事ってのはよくなることもあれば、悪化することもある。俺はスパッド《スパッド》の一件を振り返り、最悪の事態はもう過ぎたものと思っていた。ところがどうだ、事態はさらに悪化した。やつが店に入ってきたんだ。

「シック・ボーイ！　パブのオーナー殿！　リースでパブをやってるとはな！　ま、俺様にはわかってたぜ、おまえはじき帰ってくるだろうってな！」

やつはいまどき流行らない茶色のボマージャケットにナイキのスニーカー、リーバイスのジーンズ、それに見てるこっちが恥ずかしくなるくらい古色蒼然たるポール＆シャークのストライプシャツって出で立ちだった。全身で〝ムショ帰り！〟って叫んでるようなものだよ。

こめかみのあたりに銀色のものがちらほら出て、額に皺が二つ三つ増えていたが、それでも光り輝くように元気そうだった。ちっとも変わっていない。刑務所じゃなく、保養地にでも行ってたみたいに見える。きっと一日二十四時間、週七日、ウェイトトレーニングに励んでいたんだろう。こめかみの銀髪だって、とってつけたみたいだった。映画撮影のメイク係がやつを老けさせようとして何本か植毛したような感じだ。俺は文字どおり言葉を失った。

「こんな日が来るとはな！　俺の言ったとおりだったろ、おまえはきっと戻ってくるってさ！」やつは繰り返した。同じことを何度も言う癖は抜けていないどころか、ますますひどくなったらしい。刑務所って名前の孵化器で長くあったためられすぎたせいか。こいつと同じ房に押しこめられて暮らすなんて、想像しただけでぞっとする！　俺だったら凶暴犯の棟でもかまわないから移してくれって懇願するだろう。

俺は顎に力を込め、ゆっくりと歯ぎしりをする。言っとくが、負け犬マーフ・ザ・スマーフが顔を出す前にやったコカインのせいじゃない。俺は作り笑いをした。ようやく口がきけるようになっていた。「フランコ。よう、元気か」

やつはあいかわらずだった。自分が訊きたいことがあるときは他人《ひと》の質問を無視する。

「おめえ、どこに住んでんだ？」

「すぐ近くだ」俺は口の中で曖昧に返事をした。

やつはペンキも剝がれ落ちそうな視線を俺に向けたが、それ以上のことを教える気は俺にはなかった。やがてその視線はビールサーバーを一瞥したあと、俺に戻った。

「ラガーでいいか、フランコ？」俺は渋面で訊く。

「いつ訊いてもらえるかと思って待ってたぜ」やつはそう言い、隣に立ってた別の負け犬のほうを向いた。俺の知らない男だった。「パブのオーナー様だもんな、旧友フランコにビールの一杯くらいおごったって懐は痛まねえだろうよ。なんてったって長いつきあいだもんな。なあ、シック・ボーイ？」

「まあな……」俺はこわばった笑いを作り、グラスの口をタップに近づけた。こいつは週に何杯ただ飲みするつもりでいるんだろう。そうでなくたって生活保護を受給する条件を満たせそうな利益しか出さないこのおんぼろパブは、どれだけの痛手をこうむることになるか。俺はフランコと害のない話をしながら、いろんな情報や名前をさりげなくそこに織りこんだ。やつの病んだ頭をかき回すためだ。車輪が回転を始めたのが目に見えるようだった。車輪が回転速度を上げるにつれて、やつの頭の中の渋滞がひどくなっていく。左側の車線が急に通行止めになって、人の名前やら生煮えの計画やらが右の車線にあわてて移ろうとして右往左往しているような感じだ。もちろん、一つの名前——特定の一つだけは伏せておく。俺はフランコの再出現に狼狽と奇妙な興奮の両方を感じながら、頭の中にチャンスと不安材料のバランスシートを作ろうとしている。中立地帯からはみ出さないよう用心しつつ、とげが生えたみたいにぴりぴりした沈黙を保って、やつの話を拝聴する。ベグビーの復帰を知って、俺よりはるかに明快な態度を表明するやつがほかに大勢出てくるだろう。

もう一人、別のサイコ野郎が俺をちらちら見ていた。フランコを少々痩せさせて不健康にしたみたいな野郎だった。いったんはムショで鍛えたものの、出所してからドラッグとアルコールでまたもやなまったといったような体つきをしている。そいつのスリットみたいに細い目は、血走ったサイコ野郎のものだ。こっちの魂の内側をコウモリみたいに飛び回り、そこに善良なものが見つかれば叩きつぶし、邪悪な要素を見つければ味方につける。五分刈りのごつごつした頭は、たとえ朝から晩までパンチを浴びせていたところでこっちの指がだめになるだけだろう。「で、あんたが噂のシック・ボーイか」

俺はビールを注ぎながら、無言でそいつを見返した。顔には不遜な表情、〝だとしたら何だ？〟と先を促すような表情を浮かべたつもりだ。意地の張り合いに勝って、相手に先にもっとしゃべらせたい。しかし俺は自制心を失いかけた。やくざっぽい男はにやにや笑うだけで何も言わず、俺はコカインのハイが切れかけて、オフィスに吊り下がっている上着のポケットの包みが気になってしかたがない。

幸い、男のほうが膠着状態を打開してくれた。「ラリーだ、よろしく。ラリー・ワイリーだ」やつは俺の出方を見きわめようとするような態度で早口に言った。俺はしぶしぶ握手に応じた。こんなごろつきどもにうろうろされたら、せっかくの営業許可を下水に流すようなものだぞ。「聞くところによると、俺とあんたは〝兄弟〟らしいぜ」やつは醜い唇をゆがめ、こっちの反応をうかがうみたいないやらしい笑みを作った。

いったい何の話だ？

ラリーとやらは俺の困惑を察したんだろう、先を続けた。「ルイーズだよ。ルイーズ・マルコムソン。本人から聞いたぜ、あんた、あの女を売りに誘ったろ？」

ふむ。懐かしい話じゃないか。「へえ、そうか」俺はビールサーバーを見て、次にまたやつに目を移した。バーテンダーの仕事はいやでしかたがない。ビールをひたすら注ぎ続ける根気など持ち合わせていないからな。ごくつぶしの馬鹿の一つ覚え野郎ども、たまにはギネスでも頼んでみろってんだ。だがたしかに、そいつの顔に見覚えがあった。ドラッグを仕入れに行ったり、一服したりした部屋の隅っこで、どことなく邪悪な気配を発していた連中の中にいたような気がする。

「乾杯」やつがにやりとした。「その話を知ってるのは、俺も同じことを持ちかけたからさ」

ベグビーは俺を見、ラリーってやつを見、それからまた俺を見た。「ゲス野郎ども」ベグビーは心から軽蔑したようにそう言い捨てた。その瞬間、やつが店に現われて以来初めて、俺は昔と同じ恐怖に襲われた。俺たちは年を取った。ベグビーに会うのは何年ぶりかだ。だが、フランコはやはりフランコだ。こいつを見れば、これから先も変わらないとわかる。結婚とか家庭生活なんてものは、こいつの選択肢には入っていない。リトル・ベガー・ボーイにとっては死刑か終身刑かの二者択一だし、どうせならできるだけ大勢を巻き添えにしようとする。そうさ、この男はいまもやっぱり信じがたい野郎だ。

ラリーは軽く抗議をするみたいに掌を上に向けた。「まあ、そう言うなよ、フランコ」やつはにやりと笑ってみせてから、俺のほうに向き直った。「世の中そういう風にできてるんだから。さんざん楽しませてもらったら、あとは売りをやらせて貢いだ分を取り返すだけだ。あんたもそう思うだろ、なあ？」

この野郎、俺を自分と同類と決めつけていやがる。よしてくれ。俺――サイモン・デヴィッド・ウィリアムソン、ビジネスマンかつ起業家。おまえ――団地住まいの愚鈍な万年使い走り。俺はうなずき、思わず浮かびそうになった冷笑をしまいこむ。こんなやつ、敵に回すだけ労力の無駄だろうからだ。フランコにはぴったりのお友達、完全なる同類だ。いますぐ結婚しとけよ。これ以上理想的なお相手には二度と巡り合えないぞ。ベグビーと同じで、この男は決して頭はよくないが、ハイエナ級のずる賢さが全身の毛穴からにじみ出ているし、自分を見下す相手だけは百メートル先からでも嗅ぎ分けるだろうからな。そこで俺はフランコのほうに顔を向け、ジュークボックスのそばのテーブルを囲んでいる、だぶだぶした服を着て指輪をしこたまつけたクズ野郎どものほうに軽く顎をしゃくった。「あいつらどう思う、フランコ？」

やつの飢えた目が若者の集団にさっと向いた。その瞬間、店の中から酸素がなくなった。「あの小僧どもはここをたまり場にしてる。ドラッグの売り買いをしてんだな」フランコはそう言い、気取った口調で付け加えた。「面倒くせえやつらが来たら、俺を呼べよ。世の中にはな、ダチを忘れない男ってのもいるんだよ」

ダチか。ふん、誰と誰の話だよ？

俺はスパッドのことを考えていた。にんじん色の頭をしたこそ泥レントンからこっそり金を受け取っていたスパッド。〝フランソワは果たしてその内緒の取引を知ってるんだろうかね、ミスター・マーフィー?〟ああ、ダニー・ボーイ、バグパイプが、バグパイプの音が聞こえているような気がしないか。ほら、すぐそこで高らかに鳴っていないか。俺の耳には聞こえる気がするよ。しかもその音は、リース在住のあるジャンキーを悼む葬送曲に聞こえるぞ。そうさ、近いうちに葬式が出ることだろうよ。

いまここでこっちの手の内を必要以上に見せてやることはない。「心強いよ、フランク。ずっとロンドンに行ってたから、リースの事情にうとくなっててね」そう答えたところで、また別の小僧グループが入ってくるのが見えた。ロマンス小説を読んでいたモーラグがぎしぎしと体をきしらせながら立ち上がったが、それより先に俺がそいつらと目を合わせた。

「客だ。話はまた今度ゆっくりな、ベガー・ボーイ」俺は命令するような、懇願するような調子で言った。

「おう」フランコはラリーとかいうやつと一緒に、店の隅のスロットマシン近くのテーブルに落ち着いた。

小僧どもが酒を注文し、カウンター前に立ったまま何杯かお代わりした。話の内容が俺にも聞こえてくる。女がどうの、電話がどうの。フランコとラリーが出て行ったとたん、小僧どもがリラックスし、話し声はでかくなった。くそ、ベグビーのやつ、空いたグラスをテーブルに置きっぱなしで帰りやがった。まったく、俺にやつみたいな庶民にお仕えしろとでも?

俺はグラスを下げた。二階のオフィスの金庫にこっそりしまっておいた、シーカーから仕入れたブツのことを考える。あのコカインは誰にも分けるつもりはない。ウェイトレスみたいにグラスを重ねながら、俺は小僧どもの中で一番おしゃべりなフィリップとかいうやつに話しかけた。「調子はどうだ？」

「まずまずだよ」フィリップはうさんくさげに答える。やつよりも背が高くてがっしりしたやつ――カーティスとかいう名前だったか、いつもいじられてばかりいるやつも近づいてきた。カーティスもほかの連中と同じように、両手にずらりと金の指輪をしている。俺は小便臭い巨漢に照準を合わせ直した。「かっこいい指輪してんな」

愚鈍な小僧が答えた。「ああ、い、五つある。あ、あと、さ、三個ほしいんだけどね。そ、そ、そうしたら、お、親指以外のぜ、ぜ、全部のゆ、ゆ、ゆ……」

やつは口を大きく開け、目をぱちぱちさせながら次の言葉をどうにかして押し出そうとしている。それを待ってる間に、バーに戻ってグラスを洗っちまおうか、ジュークボックスで《ボヘミアン・ラプソディ》でもかけたら最後まで聴けそうだなと思い始めたころ、ようやく言葉が出てきた。

「……指にできるから」

「リース・ウォークを歩くとき役に立つだろうな。指がすり傷だらけにならずにすむ。ほら、関節が路面にすれちまうだろ」俺はにやりと笑ってやる。

バカちんはぽかんと口を開けて俺を見た。「えっと……そ、そうだね……」当人はまるで話についてきていないが、やつの仲間どもは、〝ゴリラみたいに拳を路面について歩くと〟という話をしていることを鋭く察して大笑いした。

「見てみろよ」フィリップが自慢げに指輪のフルセットを俺の目の前に突きつけた。俺としてはそれ以上こいつらに近づきたくない。この小僧はとことん生意気だし、やつの目の奥には悪党ならではの光が宿っている。小僧は不快なほどすぐ近くに立っていた。やつがかぶっている野球帽のひさしがいまにも俺の顔に突き刺さりそうだ。この界隈のヒップホップ小僧どもが好む、値段ばかり高くて趣味の悪い、だぶだぶした服を着ている。

俺はやつにうなずいて、ジュークボックスのある隅っこに呼び寄せた。「錠剤の売り買いなんぞしてねえだろうな」小僧に小声で訊いた。

「まさか」やつは挑戦的な顔つきで首を振った。

俺はいっそう声をひそめた。「買う気はあるか？」

「何だよ、それ冗談かよ？」やつは唇を引き結び、疑わしげに目を細めた。

「いや、冗談じゃないよ」

「そうだな……買わなくもないけど……」

「ダヴならあるぜ。一個五ポンド」

「いいね」

小僧は金を数え、俺はEを二十錠渡してやる。そのあとは祭りみたいな騒ぎになった。シーカーに電話して、追加注文しなくちゃ追いつかなかった。もちろん、シーカー本人が降臨するわけじゃない。代わりに、イタチみたいな顔をした使い走りをよこした。閉店の一時間前になって、俺はI40に切り替える。小僧どもはクラブに出かけていき、パブの客は隅でドミノに興じているいまにも死にそうなじいさん二人だけになった。そこで俺はポケットから六錠出してビニール袋に入れた。

グラスを洗い終えて、またロマンス小説を読みふけってるモーラグを見やった。「モー、三十分くらい店をまかせていいかな。ちょっと出かけてくる」

「いいわよ、サイモン」気のいいおばちゃんはロマンス小説から少しだけ顔を上げて答えた。

俺はぶらぶら歩いてリース警察署まで行く。〝リース・ポリース・ディスミセス・アス〟という早口言葉を頭の中で繰り返しながら、俺は受付に座ったずんぐりむっくりの野暮ったいおまわりに近づいた。そいつの体臭が一直線に俺の鼻に襲いかかってきた。まるでのろくさいセンターバックを振り切ってゴールに突進する俊足ストライカーだ。おまわりは腐りかけてるみたいに見えた。湿疹だらけの首筋がふるふる震えていて、脂っぽい毒の汗でどうにかつなぎ留められていなければ、そのままぼろぼろ崩壊しちまいそうだ。〝ちゃんとしたおまわりに会えて好都合だった。ケバブおまわりが渋々といった調子で用向きを尋ねた。

俺は黙ってE六錠をカウンターに置いた。

小さくて落ちくぼんだ目に光が宿った。「これは？　どこで手に入れたんです？」

「少し前に〈ポート・サンシャイン〉の経営を引き継いだ者です。うちの店には大勢の若者が飲みにくる。もちろん、それに文句はありませんよ。金を落としてくれる分にはありがたいですからね。ただ、そういう若者の中に、あやしげなそぶりをしてるのが何人かいたんで、トイレまであとをつけてみたんです。そうしたら、全員が一つの個室に入ってた。それでドアを開けてみたんです。いえ、錠が壊れてましてね、もちろん直さなきゃいけないんですが、何しろ経営を引き継いだばかりなもので。そんなわけで、その若者たちからこれを取り上げて、店から追い出しました」

「なるほど……なるほど……」ケバブおまわりはうなずき、錠剤から俺を見上げ、また錠剤を見つめた。

「俺はこういうものには詳しくないんですが、ひょっとしたらよく新聞に書かれてる幻覚剤の一種かもしれないと思いましてね」

「エクスタシーかな……」

ほほう、湿疹とエクスタシーの区別はつくらしいぞ。好都合だ。「まあ、こいつの正体が何であれ」俺はビジネスマンかつ納税者らしい忍耐を示しながら続けた。「とにかく、あの若者たちに罪がないなら、永久的に出入禁止とまではしたくない。しかし、うちのパブでドラッグの売り買いをさせるわけにはいきません。そこで、この錠剤を検査して、法律で禁じられてる薬物かどうか教えていただけたらと思いまして。違法薬物だとわかれば、同じ顔ぶれがまた店に現われたら、すぐに通報します」

ケバブおまわりは、俺の遵法意識の高さに感銘を受けたらしい。反面、面倒を押しつけられて迷惑そうでもあった。左右から二種類の力が迫ってきていて、どっちに飛んで逃げるのが得策か――その拍子にまた皮膚が剝がれ落ちるだろう――迷ってふるふる震えている。

「そうですね、えっと、おたくの連絡先などを教えていただければ、ラボで検査させますよ。見たところ、エクスタシーの錠剤のようですがね。遺憾ではありますが、近ごろの若者はたいがいがこの手のものをやっている」

俺は眉をひそめて首を振った。ドラマ《ザ・ビル》のベテラン刑事になったような気分だ。

「俺のパブでは許さない」

「しかし〈ポート・サンシャイン〉はもともとドラッグの売買ではひそかに有名な店でしたよね」おまわりはそう説明した。

「ははあ、経営権が安かったのはそういうわけか。しかし、これまで売買していた連中は、うちはもう使えないと思い知ることになりますよ！」俺は言ってやった。おまわりはその意気ですよと言いたげな顔を作ろうとはしていたが、俺の芝居は少しばかり大げさだったかもしれない。おまわりは、俺を〝悪党に立ち向かうヒーロー〟、自警団気取りかと疑い始めている。まあ、長い目で見たら、ドラッグを密売する連中より、自警団気取りの市民のほうがやっかいだからな。

「ふむ」おまわりは言った。「もし何かトラブルが起きたらすぐ通報してください。警察はそのためにあるわけですから」

俺はもっともらしい顔をして感謝のしるしにうなずき、パブへ戻った。

店に戻ると、ジュース・テリーがバーカウンターにもたれかかって何やらおもしろおかしい話をモーラグに聞かせていた。モーラグは、パンツにちびっちまいそうなくらい大笑いしている。ロバじみたその笑い声が壁という壁を震わせていて、一瞬、この建物には保険がかかってたかどうか確かめといたほうがよさそうだと思った。

ジュース・テリーは元気そうだった。俺のほうににじりよってきて小声で言う。「シック・ボーイ、いや、サイモン、ちょっと思ったんだけどさ、今週末、ラブの結婚の前祝いでダムに行くんだ、おまえも一緒に来いよ。飾り窓地区《レッドライト》でウィンドウショッピングしようぜ」

お断わりだね。「ぜひご一緒したいところだがね、テリー、店を放って行くわけにはいかない」俺は隅っこに固まったゾンビどもに、そろそろラストオーダーだよと怒鳴った。ビールを追加するもうろくじじいは一人もおらず、幽霊の隊列みたいな体で店を出ていった。まあ、どうせじきに本物の幽霊になるんだろう。

俺はいかれた集団と一緒にアムステルダムなぞには行きたかない。ルールその1：親しくつきあうのは女のみ、〝ダチ〟の集団に囲まれるのは何としても避ける、だ。店じまいにかかると、テリーが友達のDJ――Nサインとかいうやつ――がプレイしているオールドタウンのクラブに行こうとしきりに誘ってきた。Nサインはいま一番人気のあるDJの一人だ。きっとしこたま金を持っているだろうから、俺は店じまいを終えると、喜び勇んで一緒に出かけた。タクシーでオールドタウンまで行き、カウゲートのクラブの前にできた待ち行列を追い越してまっすぐ入口に向かった。テリーがバウンサーたちにうなずき、片目をつぶってみせた。バウンサーの一人、デキシーとは旧い知り合いで、しばらく立ち話をした。

ここはエリート主義のロンドンじゃない。エディンバラだ。VIPバーなんてしゃれたものはない。庶民に混じるしかなかった。Nサインは小僧どもや女たちに取り囲まれてバーにいた。テリーに気づいて、やつと俺にうなずく。俺たちはほかの何人かと一緒にクラブのオフィスに入った。オフィスではコカインのラインが待っていた。ありがたいことに、ビールも何ケースか用意してあった。テリーがひととおりの紹介をすませた。Nサインってやつはどこかで見たことがある気がする。ジュース・テリーの幼なじみらしい。ほかのやつらは、ロングストーンやらブルームハウスやらステンハウスやらどこやらの出身だった。ハーツ・ファンが優勢な地域だな。俺のヒブスへの関心は以前と比べてだいぶ薄れているが、不思議なもので、ハーツに対する嫌悪はわずかも衰えていない。

テリーはこの前の夜の話を披露していた。「シック・ボーイのパブに集まったんだけどよ。そこに大学生の女が来てた。ラブ・ビレルと同じ大学の女だ」テリーは唇をすぼめて俺のほうを向いた。「あの女、どうだったよ?」

やつの口の軽さ――とくにコカインをやったとき――はまったく迷惑だ。だがやつの楽しげなしゃべり方は伝染力が強い。「いい女だな」俺はうなずく。

「ただし、酒に弱い。まず眼鏡をかけた女がつぶれた。次に、イケてるほうの女、ニッキーって女までひっくり返った。こいつはその女を自分ちに連れて帰ってこましたんだぜ」テリーはそう言って俺にうなずいてみせる。

俺は首を振った。「こましてなんかいねえって。ジーナが便所に連れてったろ。そのあと俺のうちに連れて帰って、ベッドに寝かせた。俺は申し分ない紳士だったぜ。行儀よくしてた。少なくともニッキーに関してはな。ジーナとは寝たぜ。ジーナの家で」

「どうせ朝、自分ちに帰ってニッキーともやったんだろうが！」

「やってねえって……朝一の配達の受け取りがあったから、まっすぐパブに戻ったよ。そのあとうちに帰ったら、ニッキーはもういなかった。たとえまだいたとしても、俺は紳士を貫いたさ」

「そんな話、信じろってか」

「ああ、事実だからな、テリー」俺はにやりと笑った。「長期戦で取り組むべき女ってのもいるんだよ。だいたい、ゲロまみれの死体になんか興味ない」

「だよな、しかしもったいねえよな」テリーが悪態をついた。「女としてはやる気だったろうに」テリーはNサイン──やつはカールと呼んでいた──に向き直った。「おい、カール、今度おまえのクラブに集まった女を連れてサイモンのパブに来いよ。新顔はいつでも歓迎だ」そうからかうように言った。

DJはいいやつだった。クスリをやって少しハイになったころ、DJがあることを口にした。それを聞いた瞬間、俺の心臓は早鐘のように打ち始めた。そのひとことの効果ときたら、たったいまやったコカインなんて比べる対象にもならなかった。「先週、ダムに行ったんだよ。向こうでクラブを経営してるやつに会った。昔、あんたとつるんでたやつだよ。レントン。仲違いしたって話は聞いてるけどな。それ以来一度も連絡取り合ってないのか？」

何だって？　いま何て言った？
レントンだって？　**レントン？　レントンって言わなかったか？**
考えが変わった。アムステルダムに行くのも悪くなさそうだ。ポルノ業界の偵察だ。それだよ。ちょっとしたリサーチだ。そのついでに、本来は俺のものであるはずの金を取り返せるかもしれない！

レントン。

「とっくに仲直りしたよ」俺は嘘をついた。そしてさりげなく訊いた。「あいつのクラブ、何て言ったっけ？」

「〈ラクシャリー〉だ」カール・〝Nサイン〟・ユーアトは無邪気に答えた。俺の心臓が胸の中で跳ね回った。

「そうだった」俺はうなずいた。「それだよ。〈ラクシャリー〉な」

あの裏切り者の赤毛め、待ってろよ。俺が快楽《ラクシャリー》を存分に味わわせてやるから。

21 アムステルダムの娼婦　パート3

レントン

今日の運河は緑色を帯びて輝いている。木々の緑を映しているのか、それとも汚水のせいなのか。下に停泊したハウスボートを見ると、髭面の太っちょが上半身裸でゆったりと座って、気持ちよさげにパイプを吹かしていた。煙草会社のいい広告になりそうだ。これがロンドンなら、通りすがりの誰かに所有物を盗まれるんじゃないかとびくびくするところだろう。だが、この街ではのんきにかまえている。昔は抜け目ない集団だったはずの英国人は、いつしかヨーロッパ最大のお気楽民族に成り下がっている。

俺は部屋に向き直った。カトリンは青いレーヨン素材のミニ丈のローブ姿で茶色のレザー張りのソファに座り、やすりで爪の形を整えている。下唇を軽く突き出し、額に皺を寄せていた。以前なら、そういうカトリンの姿を何時間でも飽きずに見ていられた。彼女がただそこにいるだけでうれしかった。ところがいまは、互いの存在にいらいらするだけだ。とにかくうっとうしい。「家賃の七百ギルダーは下ろしておいてくれたね？」

カトリンは面倒くさそうにテーブルを指さした。「そこの財布に入ってる」そう言って立

ち上がると、いくぶん芝居がかった身振りでローブを脱ぎ捨ててシャワールームに入ってい
った。俺は華奢な白い裸体を戸惑いながら見送った。下腹がざわめくと同時に、嫌悪も感じ
た。

大きなオーク材のテーブルの上の財布に目を向ける。留め具が挑戦的に光を反射していた。女の財布をあさるのはどうも気が進まない。ヘロイン漬けだったころ、民家や商店に空き巣に入って金目のものを持ち出したりもしたが、そのころでもおふくろの財布は最大のタブー、心情的に何より侵入しがたい場所だった。親しい女の財布に手をつけるより、知り合ったばかりの女のあそこに指をすべりこませるほうがよほど気が楽だ。

それでも、住む場所は必要だ。俺は財布の留め具をはずして札を抜き取った。シャワーを浴びながら、カトリンが歌を歌っている。歌おうと努力していると言うべきか。ドイツ人はオランダ人と同じで――いや、大陸側の住人全員と同じで、音痴だ。いまのカトリンにできるのは、俺に頭痛を起こさせることだけだ。心ない毒舌、すさまじい口論、嵐のごとき不機嫌。カトリンは堂に入った態度でそれらをやってのける。しかしカトリンの最強のカードは、石のような沈黙からときおり顔を出す過干渉だ。運河を見下ろす俺たちの小さなフラットには、パラノイアを助長する空気がたまり始めている。

マーティンの言うとおりだ。次に進む潮時なんだろう。

22 ビッグ・ファッキン・フラット

ベグビー

ここの木を見てみろって。高層フラットの日陰になっちまってて、生きるのに必死って風情だ。栄養不良ってやつだよ。それがぴったりの表現だな。子供の栄養不良みたいなもんだ。それか、ショッピングセンターの外にたむろした若造どものグループの脇をびくびくしながら申し訳なさそうに通り過ぎるじいさんみたいな感じか。

だが、俺はもう木立の前は通り過ぎて、若造のグループにガンを飛ばしてる。話し声が一段低くなった。俺様が見てるからだ。しかしな、サメはわざわざ小魚の群れを追っかけ回したりはしねえ。腹の足しにならねえもんな。だが、小魚どものほうは恐怖の匂いをぷんぷん発散し、怯えて引き攣った顔をしてる。俺と連中のほかには誰もいないからな。

誰かを痛い目に遭わせてやらないと気が晴れねえ……頭ががんがんしてる……頼りのニューロフェンも効かねえときた……

今朝、頭痛が始まったときのことを思い出す。実家に顔を出す前だった。頭痛が始まったのはケイトのうちだった。ケイトと並んでベッドにいたときだ。隣で目を覚ましたら、あの女はすばらしくきれいに見えた。最後の二回は、適当な言い訳をこいたよ。酔っぱらってて勃たねえとか何とか言ってさ。だが、そのときは、飲んでからずいぶん時間がたってたわけだろ、だからどっかおかしいんじゃないかって目で見られたよ。どっかのビョーキ野郎がムショの俺宛てに送りつけてきた雑誌、ああいうのに載ってる男どもと同類なんじゃねえかって目でさ。

けどよ、俺が好きなのは女だ。そうさ、男じゃなくて女だよ。塀の中にいたときは、外の女を思い出しながら、ひたすら自分でしごきまくってた。ところがどうだ、こうやって外に出て、好きなはずの女を前にしたとたん……

あの気色わりいもんをしつこく送りつけてきたどこかのクソったれ。

俺は気色わりいホモなんかじゃねえんだよ……

なんでだよ、モノが勃ちゃしねえよ。

でもって、女がこう言ったとしたら——「いったいどうしちゃったの？」。もしそう言ったんだったら、ここまで気にしねえよ。だが、ケイトはこう言ったんだよ。「あたしのせい？　あたしとしたくないからなの？」しかたなく、正直に話したよ。ムショから出たばかりだってこと、出所したらいの一番に女を抱きたかったのに、いざとなったら勃たねえんだって話をさ。

そうしたらケイトは俺に体をすり寄せた。俺の体はこちこちに固まったよ。で、ケイトはまた同じ話をするわけだ。ついこないだまでつきあってた男の話だ。そいつは暴力を振るった。ケイトに初めて会ったとき見た目の下の痣はそいつのせいだ。でもって俺は考えた。いますぐここから逃げてえぞってな。頭がガンガンしてきたせいだ。だから、実家に顔を出さなくちゃならねえって言って出てきた。

ショッピングセンターに入ったとたん、呼吸が急加速した。まるで閉じこめられたみたいな気がしてくる。女とやりてえっていう切実な欲求にがんじがらめにされたみたいな。くそ、これじゃまるで中毒だ……

ここにいるのがいけないのかもしれないな。外に、塀の外に。馴染まねえっていうか、居場所がねえっていうかさ。おふくろ、兄貴のジョー、妹のエルスペス。ダチども――レクソ、ラリー、シック・ボーイ、マルキー。まあな、どいつもこいつも出所したって言えば喜ぶ。だからって、俺がずっといることには耐えられないわけだよ。すぐにどこか行っちまう。表向きは俺を歓迎してる。ただな、やつらにはいつだってほかにやることがあるんだよ。どんなことだ？　昔俺と一緒にしてたようなこと以外のことをするんだよ。だから、〝話はまたあとでゆっくり〟ってなる。そう言われるたびに、俺は内心で怒り狂う。中毒じみた衝動がいっそう強くなる。誰でもいいからぶちのめしてやらずにはいられなくなるんだよ。〝あとで〟ってのはいったいいつのことなんだよ？

それにレクソの野郎。あいつは何をたくらんでるんだ？　あの女だろ、それにチャイニーズ・レストラン兼カフェだとさ。ふん、リースで中華だと？　リースにはな、中華料理屋なんぞ腐るほどあるんだよ！　そのうえタイレストランだと？　リースの住人の誰がネクタイなんか締めて中華なんか食いにいくんだよ。しかも昼間はカフェをやってるような店にだぜ?

レクソはおふくろんちに来て、封筒を俺の手に押しつけた。二千ポンド。これっぽっちで買収しようってか。まあ、金はありがたくいただいといた。とりあえず金は必要だからな。しかし、これで俺を追い払ったつもりでいるんなら、あいつはケツでものを考えてるとしか思えねえな。この落とし前はいつかつけてやる。

だが、レクソだけじゃねえ。俺の脳味噌の中で誰よりも明るく輝いてる顔がもう一つある。レントンだ。

レントンはダチだった。一番の親友だったよ。小学校のときからのな。なのに、この俺を裏切りやがった。全部あいつのせいだよ。俺が抱えてるこの怒りは全部あいつが原因だ。恨みを晴らすまで、この怒りはおさまらねえ。俺がムショになんか行くことになったのだって、あいつのせいだ。あのドネリーのやつが気に入らなかったのは事実だよ。だが、レントンの野郎にまんまとやられてあれほど怒り狂ってなきゃ、あそこまでぶちのめしたりしなかっただろうよ。あのとき、駐車場に広がった自分の血の海で死にかけてるドネリーの手に先をとがらせたドライバーを握らせたあと、俺は立ち去った。まっすぐ家に帰って、別のドライバーで二度自分を刺した。一度は下腹、もう一度は脇腹のあたりだ。その傷に絆創膏を貼って、よろめきながら救急病院に行った。その小細工がきいて、謀殺じゃなく故殺ですんだ。もし前科がなくて、しかもムショの中で重傷害事件を二度も起こしたりしてなきゃ、もう何年も前に出所できてただろうよ。まったく冗談じゃねえぜ。あのこそ泥のレントンせいだ。何から何までな。

その場にいられなかった。ケイトから逃げなきゃならなかった。あのままいたらあとで責任を取りきれないようなことをしでかしそうだった。彼女の前の男はクソ野郎だった。DV男だった。許せねえ。世の中には、殴られてもしかたねえよなって女もいないわけじゃねえよ。げんこでふさがれるまで口を閉じねえような女とかな。けど、ケイトは違う。そういう女じゃない。ああいう女をそんな風に扱うのは横暴ってもんだよ。だがな、頭ががんがんし始めた。あのままいたら、何かしでかしちまいそうだった。だからあそこにはいられなかった。

そのあと実家に行って、昔の荷物をひっくり返した。大きな鞄二つ分あった。古い写真が出てきた。グランドナショナル競馬の会場で撮った、俺とくそレントンの写真だった。じっと見てるうちに、やつのにやにや笑いがどんどん大きくなってくような気がした。そうさ、やつの笑いは大きくなって、俺の頭のてっぺんにはアニメののろまなロバの耳がにょっきり生えてきたのが見えるような気がしたよ。こんなやつを信用するとはな……

胃酸がどばどば分泌されて胸がむかむかし、頭は低くうなり始めた。全身が痙攣を起こしかけてるみたいだった。写真をそのまま見続けるのは自殺行為だ。その写真を見てたら、頭のガスケットが吹き飛んで爆発するだろう。血が煮立って、圧力に負けた血管が破裂して、内側の圧力で体がふくれあがる。耳や鼻から血がだらだらと流れ出るだろう。だが、どうにか耐えた。やつより俺のほうが強いんだってことを証明するためにな。それでもついに気を失いかけて、写真を放り出した。ソファにどさりと腰を下ろす。息が荒かった。心臓は弾け飛びそうな勢いで打ってた。

おふくろが部屋に入ってきて、俺が頭から湯気を立ててるのに気づいて言った。「どうかした?」

俺は何も答えなかった。

するとおふくろはこう訊いた。「いつになったらジューンや子供たちの顔を見にいくの?」

「そのうちな」俺は答える。「その前に片づけたいことがあるんだよ」

おふくろはしゃべり続けてたが、その声はどこか遠くの話し声も同然だ。ほとんど独り言だからだな。そもそも返事なんか期待されてない。歌でも歌ってると思っとけばいい。初めて聞く名前がいくつか出てきたな。誰の話か、俺がわかって聞いてると思ってるらしい。

というわけで、ケイトを迎えにまたウェスターヘイルズに行った。タクシーで繁華街に向かい、とあるクラブの前でタクシーを降りて、金をケイトに渡して運賃の精算をすませるように頼んでから、先にクラブの入口に行った。昔一緒にサッカーをやってたマークの姿が見えたからだ。

入口の前でマークと立ち話をしながら何気なく振り返ると、ケイトが支払いを終えて、タクシーが走り去るところだった。そのときだ。男がケイトに近づいて声をかけた。「おまえか。何だ、売りでもやりに来たのか、このビッチ」男はヘビが威嚇するみたいな低い声で言いながら、片手を持ち上げた。ケイトがすくみ上がった。

「やめてよ、ディヴィ」ケイトは懇願するみたいに叫んだ。悲鳴みたいな声だった。その声を前にも聞いたことがあるんだろうな、男の顔に満足げな表情が浮かんだ。俺にはぴんときた。男が誰なのか。クラブの用心棒《バウンサー》のマークがすっと前に出たが、俺はやつを手で制した。それからゆっくりと男に近づいた。一歩一歩、じっくり味わいながらな。ケイトの手首をつかんでた男は、余裕のかまえで近づいてくる俺にふと目をとめた。

「何の用だよ、え？　何か用でもあるのかよ、この野郎！　こいつ……」男は俺に向かってわめいたが、だんだん心細そうになっていった。そんな脅しを聞いてびびるのはアマチュアくらいだって思い出したらしいな。やつが戦意喪失するのが目に見えるようだったぜ。こりゃやばいと悟ったんだろう。やつに手が届くところまではまだ五歩は残ってるってのに、男の闘志はきれいさっぱり消え失せてた。紙みてえに薄い首筋の皮膚を透かして、太い静脈が見えた。首にじんましんみたいな赤い点々が浮かび始めた。俺はどうかって？　こっちはどこまでも余裕さ。

男に向かってゆっくりと笑みを作り、そのままじっと見つめて、一秒か二秒、恐怖をたっぷりと味わわせてやってから、鼻を狙って頭突きを食らわせ、みじめな時間を終わらせてやった。次にパンチを叩きこんでやると、男は体を二つに折って歩道に伸びた。ケイトに見せるため、大勢集まった野次馬に見せるために、頭と顔と腰を三度、思いきり蹴飛ばしてやった。それからかがみこんで、タマなしの耳もとでこうささやいた。「また俺の前に現われてみろ、次は死ぬことになるぜ」

やつは哀願ともすすり泣きともつかない声を漏らした。

あいつは二度とおまえに暴力を振るったりしねえだろうよとケイトに請け合った。そのクラブに長居はしなかった。それより早く家に帰りたかったからな。帰るなりベッドに飛びこみ、今度は彼女がギブアップするまで一晩じゅうやりまくった。こんなの初めてだなんて言われちまったよ！　並んで横になって、ケイトのきれいな顔をながめながら考えた。俺はこの女に救われたのかもしれねえなってな。

23　悪だくみ　#18,739

シック・ボーイ

俺たちはクソが渦巻く台風の目の中心にいる。俺とやつ。サイモンとマーク。シック・ボーイとレント・ボーイ。ここ、アムステルダムで。日常から離れて。俺はNサインから〈ラクシャリー〉の場所を聞き出した。やつと俺、テリー、ラブ・ビレルと元ボクサーだっていうラブの兄貴は、着くなりほかの連中と別行動を取った。サッカーのサポーターの中には、危なっかしいのが何人かいる。たとえばベグビーの旧友のレクソだ。やつらは物事をじつに興味深くしてくれる存在だ。俺はおもにテリーにくっついている心づもりでいる。女を抱くことしか頭にないテリーは、お供に従えておいて損はない。やつのナンパのテクは洗練されているとはお世辞にもいいがたいが、根気強さにかけては折り紙つきだし、それなりの結果も出す。

レントンのクラブを見つけ、俺は入口を守ってる若い男にレントンはいるかと尋ねた。三十分ほど前に店を出たと聞いて、俺はがっかりした顔をしてみせた。するとコックニーなまりのバウンサーは、いつものようにその辺のクラブ回りをしているだろうから、〈トランス

・ブッダ〉に行ってみるといいと教えてくれた。〝あのマークのことだからね、わかるだろう？〟とでも言いたげな、いまいましいくらい親しみのこもった言葉つきだった。俺は思ったね。やつの本性ならよーく知ってるさ、おまえはまだ知らないようだがな。どうやらやつはいまだに外面だけはいいらしい。あいかわらず人の目をごまかして生きてるってわけだ。やつの落ち着きのなさを象徴するような事例だよな。クラブを開けておいて、自分は他人のクラブに遊びにいくなんて。

くそ。俺はおつきの者どもを従えてレッドライト地区に戻る。ジュース・テリーがぶつぶつ言った。「さっきのクラブの何が気に入らねえんだよ、シッキー？」

このくるくる頭のこんこんちきは、人前で俺を〝サイモン〟じゃなく〝シック・ボーイ〟と呼ぶだけでは飽き足らず、さらに一歩踏みこんで〝シッキー〟などと縮めやがった。ふざけるな。しかし腹立たしさは胸にしまいこんで、すぐに飽きてくれることを願った。ローソンみたいなやつに弱みを握られたら最後、しつこいほどちくちくつつかれるに決まっている。こいつのそういうところを俺は気に入っているのかもしれないが。

レントン。このアムステルダムのどこかにやつはいる。レントンの現在を想像してみた。あれから長い年月が過ぎた。どう変わっているだろう。自分はどんな人間か、どんな人間ではないか。それを見きわめることが人生の目的だ。世を去るとき残していくもの、持っていくものがそれだ。俺はEで決め、この先どこに行くにしろ、どんな最期を迎えようとしているにしろ、俺がこの世を去るとき持って行くものを探す。レッドライト地区で〈トランス・

ブッダ〉を見つけて入った。ダンスフロアとテーブル席とバーカウンターがそろった、どこにでもあるようなクラブで、地元の住人や観光客やイギリスからの移住者でにぎわっていた。レントンを捜すという目的はもちろん忘れていないが、テリーと俺は本能的に女陰アラートを検知し、ほかのやつらからさりげなく距離を置いた。〝Nサイン〟・ユーアトは二人の女に呼び止められて愛想をふりまき、元ボクサーの兄貴ビッグ・ビレルとその弟ラブは、Nサインのそばで手持ちぶさたにしていた。俺はオランダ人の男からエクスタシーを二つ三つ仕入れた。そいつによると、極上品らしい。へえ、そうかよ。コカインをやりたい気分じゃなかった。やれば一晩中便所にこもることになるだろう。俺は肌のきれいなオランダ人の女を見つけてホテルにお持ち帰りするつもりだった。ところがテリーのやつは、イングランド人の二人組を口説いている。俺は二人に酒をおごってやり、隅の静かな席に四人で座った。この音楽は気に入らない。安っぽいオランダのスクール・ディスコ・テクノばかりかかる。聴いてると頭が爆発しそうになった。レントンを憎む理由がまた一つ増えた。この騒音に耐えろって？

　俺はマンチェスター郊外のロッチデールから来たというキャサリン（肩くらいの長さのぱさついた金髪、顎に奇妙に目立つほくろ）の相手をしていた。キャサリンは、テクノはヘヴィすぎて好みではないそうだ。彼女の話を聞きつつ、俺は化粧の濃い目もとを観察しながら〝ロッチデール〟という地名について考えを巡らせた。空想があちこちに跳ぶ。〝サリー、サリー、我が街《アリーウェイ》の誇り〟と歌うロッチデール出身の歌姫グレイシー・フィールズ。裏通《アリーウ》り《エイ》でキャサリンとファックしてる俺。それから〝ロッチデール〟つながりで、《ロッチデール・カウボーイ》を歌うマイク・ハーディングの顔が浮かび、次にロッチデール・カウガールのキャサリンを思い浮かべ、ポルノ映画発祥の結合部がよく見える体位〝リバース・カウガール〟――後ろ向きに男にまたがって大股開きで腰を動かすキャサリンの姿を想像する。しかし声に出して言うことはこうだ。「なるほど、キャサリン。ロッチデール出身なんだね」キャサリンの友達らしき女をしっかりと脇に抱き寄せていたジュース・テリーは、その発言だけで俺の連想を完璧に読み取ったみたいな視線をよこした。たしかに、このクスリは悪くないぞ。

　こうしてテーブルでくつろいでいるほうが気分がいい。単調なテクノじゃ踊れない。ロンドン・マランソンじゃないんだからな。どん、どん、どん。ファンクはどうした？　ソウルはどこだ？　ジャンボ（ハーツ・サポーター）・ミュージックだな。だが無粋なオランダ人や観光客はこの音楽に夢中らしい。ま、蓼食う虫もってやつか。踊ってる中に、目立つやつが一人いる。女二人と別の男と一緒に奇妙なステップを繰り返していた。何か独特の雰囲気を放っている。こいつ、どこかで見たことがあるな。おかしな帽子を頭に載っけてて、目はその陰に隠れているが、あの身のこなしに見覚えがある。ＤＪのミックスに没頭しながら、ときおりフロアに視線を巡らせ、知り合いを見つけては両手を上げて合図していた。冷めたエネルギー、かったるそうな動き。音楽に夢中になっているように見えて、意識の一部をつねに自分の外に向け、周囲の様子を把握している。

そいつは何一つ見逃さない。

そいつは昔、俺が馬鹿話で盛り上がった相手だ。いつか二人でどでかいことをするはずだった。そいつは大学をドロップアウトした公営団地出身のヘロイン中毒者にすぎないのに。俺は不幸な子供時代を過ごした悲しい女の、みじめな身の上話や汗染みたコックの両方を丸呑みする愚かさにつけこんで口説き落とすような、卑劣な男なのに。

旧友のマーク。

レンツだ。

俺を裏切ったやつ、俺の金をかすめ取った男。

やつから目が離せない。離すつもりもない。キャサリンとテリーと、もう一人は——何て名前だった?——とにかくもう一人の女と一緒に、奥に引っこんだ一角に座って、影の中からダンスフロアのレントンをじっと目で追った。しばらくすると、やっと何人かが帰り支度を始めた。俺はキャサリンの手を引いてそのあとを追った。キャサリンは友達を置いていけないと抗議したが、俺はそれをキスで黙らせ、遠ざかっていくレントンの背中を目で追いかけた。テリーのほうに意味ありげな目配せをする。テリーのいやらしい笑みを見て、俺はやつに引っかかった女と彼女の肛門に同情を感じた。コートを受け取りにいき、キャサリンの体をさりげなくまさぐったところで、若くてきれいな顔立ちをしているわりに、体は重量級らしいことに初めて気づいた。黒ずくめの服を着ている時点で察するべきだったな。それにしても、ドラム缶みたいなこの太もも……

まあ、気にするな。

外に出た。レンツは通りの少し先を歩いている。ブロンドのショートヘアの痩せた女と、もう一組の別のカップルと一緒だ。《ホワイト・クリスマス》でダニー・ケイが言ってるように〝ボーイ・ガール、ボーイ・ガール〟の図だ。何と心温まる光景だろう。イズリントンの中流階級が無意味に連発する表現を借りるなら、オシャレな光景か。ワインのグラスを渡し、暖炉に火を入れて、やつらは言う。「オシャレだよね」ナイフでチャバッタを切り分けて、こうつぶやく。「これってオシャレじゃない？」

つい茶々を入れたくなる。きみらは世間を知らないな、こんなのはちっともオシャレじゃない。オシャレな生活ってのはな、ワインを注いだりパンを切ったりする、その先に存在するんだよ。きみらがオシャレだと思ってるものは、単にゆったり過ごすリラックスした時間にすぎない。

さて、運河沿いの玉石を敷き詰めた舗道を行くレントン一行を尾行しながら、キャサリンのオシャレ攻撃が始まった。ここってオシャレよねと言いながら俺の脇に体をすり寄せる。せいぜい勘違いしてくれよ、バンビーノ、このリース出身のスコットランド＝イタリアの混血児はオシャレなやつだと思ってくれ。キャサリンの目はもしかしたら、ナトリウム灯の光を受けてほのかに輝く濡れた舗石や、静かにたたずむ運河の水面にうっとりしているのかもしれないが、俺の目は、ひたすらこそ泥野郎を注視していた。もし俺の額の真ん中に第三の目があるなら、その目もこそ泥野郎を追っているだろう。

やつの声が聞こえそうで聞こえない。何を話しているだろう。この街でなら、あいつも好きなだけインテリぶった態度が取れる。「何だよ、フォート・ハウス出身のへぼジャンキー風情が」とくさす、ベグビーみたいなやつはいないからな。高慢の鼻をへし折られることはない。プライドをぺしゃんこに踏みつぶされる気遣いはない。その気持ちは理解できるような気がする。別の街に移るしかなかった心情がわかる。ネガティブなエネルギーが満ちたプールであっぷあっぷし続け、そのうち腕が疲れて、ほかの落ちぶれたやつらと一緒に底に沈んでいく運命から逃れたいなら、ああするしかなかったよな。ただし、俺を、この俺様を裏切り、しかも役立たずの負け犬マーフィーにだけ金を返すとは、ふん、どんな弁解をしたところでとうてい許せない。

キャサリンのおしゃべりは、暗いほうへとどんどん落ちていく俺の思考とちぐはぐなサウンドトラックになっている。《タクシードライバー》の映像に《サウンド・オブ・ミュージック》の音楽を重ねたみたいな具合だった。

四人組は細い橋を渡って、運河沿いの道を歩き出した。ブラウエルスフラハトという名前の通りだ。それから一七八番地の階段を上った。三階のフラットの明かりがつく。俺はキャサリンの手を引いて橋を渡り、運河の向かい側からフラットを観察した。キャサリンはまだ〝自由化〟だの〝異国情緒〟だのとしゃべり続けていた。俺はじっと窓を見上げた。暖かな室内でやつらが踊ってるのが見える。俺は肌を刺すような寒風に吹かれながら考えている。階段を上って呼び鈴を鳴らして、あいつをびっくり仰天させてやればいいじゃないか。だが、そうはしない。このストーカーじみた行為をじっくり楽しんでいるところだからだ。だから行かない。俺はあいつの居場所を知っている。向こうは俺がこの街に来ていることにさえ気づいていない。その優越感がたまらなかった。あわてることはない。じっくり考え、慎重に行動に移すことだ。それに、いざ顔を突き合わせるときは、上物のEなどやらない。超強力なコカインでキメておくさ。

借りは返してもらう。かならず返してもらうぜ。こそ泥の住所はわかった。ブラウエルスフラハト一七八番地。しかしキャサリンはまず〝SDW体験〟を求めている。

「とてもきれいだよ、キャサリン」俺はふいに、何の脈絡もなくそう言った。

思考の流れをぶった切られたキャサリンは面食らっている。「急に何を……」恥ずかしそうな声だった。

「愛を交わしたい」俺は熱くささやく。ためらったあげく思いきって口にしたといった風に。

キャサリンの目は黒くきらめく愛の水面に変わった。誰もが憧れ、焦がれ、溺れたいと強く願うような、美しい愛に満たされたプール。「優しいのね、サイモン」そう言って笑う。

「あたしに退屈してるのかと思ってた。あたしの話なんて聞いてないみたいだったから」

「いや、クスリのせいだ。きみの美しさのせいだよ……そのせいで……少し夢心地になってた。でもきみの声はちゃんと聞こえてたよ。きみのぬくもりだって感じていた。俺の心臓は暖かくて優しい春風に舞う蝶々のように羽ばたいていた……そんな風に言うと、芝居がかって聞こえるかもしれないが……」

「いいえ、とってもロマンチック……」

「……ただこのひとときを楽しんでいたかった。あまりにも完璧だったから。でもふと我に返った。それはあまりにも強欲というものだ。独り占めしてちゃいけないってね。このひとときを与えてくれた女性と分け合わなきゃって……」

「あなたってロマンチスト……」

俺は彼女の手をしっかりと握り、俺が泊まってる安宿より高級な宿であることを確かめてから、彼女のホテルの部屋に向かった。

さあ、お望みのものをくれてやるぜ、このデブ女。

翌朝、最初に覚えたのは解放感だった。年を重ねるごとに、誘惑そのものと同じくらい重要になってくる。服を着て、ただここから逃げ出したいと考える、あるいは本当に逃げ出すような、苦く張りつめた焦りとはすでに無縁になった。キャサリンは隣にいて、麻酔銃で撃たれたサファリのゾウみたいに眠りこけている。熟睡してくれる女はいい。俺が自分自身でいるための時間を与えてくれる。俺は置き手紙をしたためた。

キャサリン

昨夜は本当にすばらしかった。今夜九時に〈ストーンズ・カフェ〉でまた会えるかい？

きっと来てくれるね？

愛をこめて、サイモン　XXXX

PS：きみの寝顔があまりにすてきだったから、どうしても起こす気になれなかった。

俺は自分のホテルに戻った。テリーはいなかったが、ラブ・ビレルと友達の何人かはもう起きていた。俺はこのビレルってやつがなんとなく気に入っている。ゆうべはどこにいたのかなんて野暮なことは訊かないクールなやつだ。意味ありげなにたにた笑いを張りつけたアホ面に囲まれて人生の半分を過ごしてくると、口を閉ざしているべき時をわきまえた相手のありがたみが身に染みてわかる。

俺は朝食のビュッフェテーブルからパンとチーズとハムとコーヒーを選んで、やつらに加わった。「よう、きみたち、今朝の調子はどうだい？」

「悪くないよ」ラブはうなずき、巨漢のレクソ・セタリントンもうなずいた。こいつの前ではへたなことはしゃべらないほうがいい。ベグビーのダチだからな。ただし、おつむのほうは、いかれベグビーよりはいくぶんかましだ。世の中の動きを多少は心得てる。あのリースでタイ風カフェだとさ！

しかしまあ、いわゆる親友の間で愛が失われていないことがわかって一安心だ。「請求書と一緒に取り残されるわ、数百ポンド相当のがらくたやら薄汚れた家具やら押しつけられるわ。あのはた迷惑なやつ、殺してやりたいよ……」レクソは笑った。

俺は本心を胸に隠し、どっちつかずの返事でごまかした。「そうか……」こいつはこいつで、ベグビーと同レベルのワルだからな。

「フランコの困ったとこはよ、絶対に忘れないことだな」レクソが続けた。「あいつに恨まれるくらいなら、いっそ殺しちまったほうがましだ。あいつなら地の果てまで追っかけてきかねないだろ。問題はだ、あいつに好き勝手させたまま放っとくと、結局やつの思いどおりになるところでさ。いつか誰かが我慢しきれなくなって一思いにベグビーを片づけるだろうな。でもって、そのおかげで別の誰かが二、三千ポンド節約できることになる」レクソはにやりとした。こいつはどうやら一晩中飲み歩いていたらしいな。その証拠に、馬鹿力を込めて俺の肩をつかんだかと思うと、アルコールくせえ息を耳に吹きかけながら言った。「ま、考えるだけ無駄だ。思う存分、暴力衝動を爆発させたいなら、まずは冷酷非情にならないとな。そういうのはベグビーみたいなやつにまかせときゃいいんだ」レクソはにっと笑って俺の肩を放したものの、あいかわらず探るような目つきで俺の目の奥をのぞきこんでいた。俺はまた当たりさわりのない反応を返した。するとレクソはこう言った。「そりゃな、たまにはこう、むずむずくることもあるけどな……」

そのあと話題は変わって、フェイエノールトとユトレヒトのサポーターの優劣という、退屈にしかなりえない方向へと流れた。ラブのボクサーの兄貴ビリー・ビレルと〝Nサイン〟・ユーアトは二日酔いなのか、暴徒の遠足につきあう気はない様子だった。良識ある判断だ。誰を殺してやろうか大声で相談し合っているコカイン馬鹿どもの話にはつきあいきれない。そんなのはリースにいたって聞けるからな。そこで俺はコーヒーを飲み干して、街に出た。

探し回ったあげく、やっと貸し自転車屋を見つけて、黒い旧式の自転車をレンタルし、こそ泥のフラットの前を通り過ぎてみた。やつのフラットと運河をはさんだ反対側に、大きな窓のあるカフェをゆうべのうちに見つけておいた。自転車を止めてチェーンをかけ、茶色の床に黄色い壁の天井の高い広々したカフェの窓際の席に陣取ると、オランダ風ミルク入りコーヒーをゆっくりと味わった。並木が邪魔で、やつのフラットの窓は見えないが、建物の玄関はよく見える。ここにいればやつの出入りを見逃すことはない。

　俺はこれまで、紐で固定されていないものなら何だって盗み、奪い、くすねてきた。それに関しては、ここに来てるダチもロンドンの知り合いも似たようなものだ。俺の辞書の定義では、その程度なら泥棒の範疇じゃない。泥棒っていうのは、仲間から盗む人間を指す。俺は仲間からは盗まない。テリーだって仲間からは盗まない。さすがのマーフィーだってそれはしない……いや……断言はできないか。俺のサブーテオ（卓上サッカーゲーム）のコヴェントリー・シティ・チームを盗んだ前科があるからな。ともかくだ、レントンの野郎には、利息を加算した報いを受けてもらう。

24　アムステルダムの娼婦　パート4

レントン

俺はシャワーから出たところで足を止め、世界をながめているカトリンをながめる。フラットのリビングルームの巨大なガラスのドアを大きく開け放ち、手すりに身を乗り出すようにして、運河越しに遠くを見つめていた。カトリンが見ているものが俺にも見えた。フラットの向かいからまっすぐ伸びてヨルダーン運河を横切る細い通りだ。俺は彼女の背後に静かに近づいた。邪魔をしたくない。まるで彼女の静けさに魅了されたようだった。彼女の肩越しに、道を走り去っていく一台の自転車が見えた。自転車がスピードバンプを乗り越えて、がたんと跳ねた。乗っている人物にどことなく見覚えがあるような気がした。よくこのルートを通っているのかもしれない。俺は窓の上の出っ張りを見上げた。間口のせまい住宅に家具を搬入するための滑車を取りつけるフックだ。それがまるで向かい合って捧げ銃《つつ》をしている二列の兵隊のように見えた。

カトリンは裸足だった。外の風は冷たい。脚も冷えきっているに違いない。いま何を望んでいるのだろう。いずれにせよ、このまま長く続くとは思えない。陽射しが俺の頬を、俺たちの顔を照らす。もしかしたらこれでよかったんだろうとも思った。

話し合いの努力はした。それでも言葉を見つけるのは、砂漠で水を掘り当てようとするのに似ている。死の一本道に迷いこんだ俺たちの関係を、自然ななりゆきで人間らしい道に引き戻そうとするのは、時を追うごとに困難になっていく。コミュニケーションと呼べそうなものは、いまとなってはどうでもいいことがらを巡る口論だけになっている。彼女のほっそりした首筋にキスをした。心を傷つける罪悪感と思いやりからのキス。静かにくすぶる怒りからのキス。反応はなかった。俺は彼女のそばを離れ、寝室に行って身支度をすませた。

リビングルームに戻ると、彼女はさっきとまったく同じ場所にいた。ちょっと出かけてくると声をかけたが、さっきと同じように沈黙が返ってきた。俺はヘーレン運河沿いを歩き、ライツェ広場まで行って、フォンデル公園を横切った。ドラッグなど何もやっていないのに、なぜか神経がざわついていた。いわれのない不安にさいなまれている。マーティンはよくこんなことを言う。ドラッグをやる理由は、まったくの素面でいても、わけもなく混乱したり不安になったりすることがあるが、酒やドラッグをやっていれば、その混乱の原因に心当たりがあって、それなりに納得できるからだ。頭がおかしくなったわけじゃないと確信できる。アムステルダムで感じる不安はエディンバラで感じるそれほど強烈ではないが、それでもすれ違う全員が俺を見ているような気がする。頭のいかれた何者かに尾行されているような恐怖を振り払えない。

しばらく散歩してからクラブに向かい、オフィスを開けた。日曜日に電子メールをチェック。恋人と一つ部屋にじっとしているのが耐えられないからというだけの理由で。これほどむなしい人生はない。これならロンドンにいるほうがましだ。

ほかの仕事にも手をつけた。請求書や手紙などの書類を整理したり、電話をかけたり。やがて俺はショックを受ける。大きな大きなショックだ。デスクに座り、現金出納帳をめくり、ABN－AMROの銀行口座の取引明細を見ていた。いまだにそのページに並んだオランダ語をすんなり理解することができない。会話には不自由がなくなっても、文字になると、どうもうまく頭に入ってこない。〝ken〟は英語の〝know〟だ。オランダ語でもスコットランド方言でも。〝湖《loch》〟も同じだ。

〝Rekening nummer〟。

〝Reckoning〟か。

ドアにノックの音がして、俺は書類の下かどこかにマーティンがしまい忘れたコカインの包みがまぎれていたりしないか、あわてて確かめた。どうやら大丈夫そうだ。背後の金庫に全部ちゃんと片づけてあるようだった。立ち上がって、たぶんニルズかマーティンだろうと思いながらドアを開けたとたん、来訪者がいきなり俺を室内に押し戻した。一瞬、恐ろしい考えが頭をよぎって、反射的に体をこわばらせた――**強盗だ**……だがすぐにその考えは霧散した。俺は目の前の人物を見つめた。見慣れているのに、初めて見るような顔。

誰だかわかるまでに一、二秒かかった。目から送られた信号を脳がうまく処理できずにいるみたいな間があった。

目の前に立っているのは、シック・ボーイだった。サイモン・デヴィッド・ウィリアムソンだ。

シック・ボーイ。

「レンツ」シック・ボーイが冷たく責めるような声で言った。

「シ……サイモン……いったい……どうしてここが……」

「レントン。話がある。金を返せ」シック・ボーイが吠えた。さかりのついた雌犬を前にしたジャックラッセルテリアのタマみたいに目をまん丸にしてオフィスをながめ回している。

「俺の金はどこだ？」

俺は呆然と、ゾンビになったみたいな状態でただやつを見返していた。何を言えばいい？頭に浮かんだのは、こいつ、太ったなということだった。とはいえ、少し太ったいまの状態のほうが、シック・ボーイには不思議と似合っていた。

「俺の金はどこだよ、レントン」シック・ボーイが近づき、俺の鼻先で歯をむき出してうなった。やつの体温が伝わってきた。つばが吹きかけられるのを感じた。

「シック……いや、サイモン……金は渡す」俺は答えた。それしか言えない。

「五千ポンド」やつはそう言って俺のTシャツの胸のあたりをつかんだ。

「五千？」俺はわけがわからず聞き返し、犬のくそでも見るみたいな目で、俺の胸ぐらをつかんだやつの手を見下ろした。

その視線に気づいたか、やつは少しだけ手をゆるめてくださった。「計算して出した請求額だ。利息と、精神的苦痛に対する慰謝料」

だから何だといった風に肩をすくめた。当時は大それた計画だったが、いまとなってはちっぽけなことに思える。世間知らずのジャンキー二人組が、愚かなジャンキー・ビジネスに首を突っこんだ。あれから何年かは背後を気にしながら暮らしたが、そのあとはすっかり気がゆるんでいた。あのことはすっかり忘れていたとさえ言ってもいい。恐怖が顔をのぞかせるのは、たまにスコットランドにこっそり里帰りしたときだけになっていた。それに、俺が本気で警戒していたのはベグビー一人だった。俺の知るかぎり、やつは殺人の罪でまだ服役している。あの一件がシック・ボーイにどんな影響を与えただろうと考えたのは、直後の短期間だけだった。自分でもよくわからないことがある。スパッドに金を返したように、シック・ボーイやセカンド・プライズにも返すつもりでいたことだ。たぶん、ベグビーにも。だが、なんとなく返しそびれて、そのままになっている。あの一件がシック・ボーイにどういう影響を与えたか、あれ以来一度として考えたことがなかった。だが、どうやら本人の口からそれを聞かされる時がついに来たらしい。

シック・ボーイは俺を突き飛ばすようにして手を離すと、自分の額をぴしゃぴしゃと叩きながらオフィスをうろうろ歩き回った。「ベグビーを納得させるのにどれだけ苦労したことか！　あいつは俺とおまえがグルだと思いこんでたんだよ！　おかげで歯を一本なくした」シック・ボーイはふいに立ち止まると、象牙のような歯並びを非難がましい手つきで指さした。一本だけ金歯に差し換わっている。

「ベグビーはどうしてる？……スパッドは……セカンド・プライズは……？」

シック・ボーイは体を前後に揺すりながら吐き捨てるように言った。「連中のことなんかどうだっていい！　いまは俺の話をしてんだよ！　俺の話だ！」こぶしを固めて自分の胸をどんと叩いた。それから目を見開くと、泣くようなか細い声で言った。「俺とおまえは親友だったよな。なんでだよ、マーク？　なんでなんだよ？」

　思わず口もとがゆるんだ。こいつの過剰演技ときたら。笑わずにはいられない。ちっとも変わってないな。だが、やつはかちんときたらしく、俺に飛びかかってきた。そのまま俺たちは床に倒れこんだ。やつがのしかかってくる。**「笑ってんじゃねえよ、レントン！」**俺に鼻先を突きつけるようにしてわめきちらす。

　これは効いた。腰が悲鳴をあげている。デブちんにのしかかられて息さえできない。やれやれ、ずいぶん体重が増えたな。その体重の下で、俺は身動き一つできずにいた。シック・ボーイの目は怒りに燃えていた。こぶしを握って振りかざす。あのときの金のためだけにこいつが俺をめちゃくちゃに殴りつけると考えると、ちょっと滑稽な気がした。ありえない話じゃないが、馬鹿げている。こいつは基本的に暴力に訴えることをしない。だが、人間なんて変わるものだ。年を取ると――とくに金の恨みがからむと――自制心が働かなくなることだって少なくない。それに、これは俺の知っているシック・ボーイじゃないかもしれない。八年。九年？　長い歳月だ。暴力は何も特別なものじゃない。ほかのいろんな性癖と同じように、年齢を重ねてから身につく場合だってあるだろう。この俺だって、いわゆる暴力としてではないにしろ、四年前から空手の道場に通っている。

しかし空手を習っていなかったとしても、昔から喧嘩ではシック・ボーイに負けない自信があった。まだ学校に通っているころ、リース川沿いのファイフの貨物操車場で、こいつを負かしたことがある。喧嘩って呼ぶほど本格的な喧嘩じゃなく、へなちょこ同士のこぶしの振り回し合いだったが、俺のほうが根気と意地の悪さで勝っていた。戦に勝って戦争に負けるという言い回しがあるが、大きな勝利を得たのはいつもどおりシック・ボーイだった。それから何年も、そのときのことをネタに俺を脅し続けた。〝俺たち親友だと思ってたのに〟――何かと言えばあの大きな潤んだ目で俺を見つめ、俺は酔うと女房に手を上げるDV夫みたいな罪悪感を味わわされた。松濤館の道場に通って空手を身につけたいまなら、苦もなくやつを組み伏せる自信がある。しかし俺は抵抗しない。そして考えている。罪悪感とはいかに厳重に人の手足を縛るものだろう。正当な怒りとはいかに大きな力の源となりえることか。やつに怪我を負わせずにこの場を切り抜けたい。

やつはいまにも俺の顔にパンチを食らわせようとしていた。しかし、俺はそんなことをあれこれ考えながら笑っていた。

「何笑ってんだよ?」シック・ボーイが訊く。見るからに腹立たしげだが、それでも口もとはにやけていた。

やつの顔を見上げた。二重になりかけの顎。それでもあいかわらず整った顔立ちをしている。服装もきちんとしていた。「おまえ、太ったな」俺は言った。

「そっちこそ」シック・ボーイはむっとしたように口をとがらせた。傷ついているらしい。「俺よりおまえのほうがよほど太ったぜ」

「俺のは脂肪じゃなくて筋肉だ。おまえをデブと思ったのは初めてだよ」俺は笑った。

シック・ボーイは自分の腹を見下ろしたあと、息を大きく吸って引っこめた。「俺のだって筋肉だぜ」

こんなのは馬鹿げていると気づいてくれることを祈った。事実、馬鹿げているものな。ちゃんと話せば片がつくことだ。どこかに解決策が見つかるはずだ。衝撃はまだ完全に消えてはいなかったが、それでももう驚きはなかった。やつに再会できたことがなぜかうれしかった。またいつか会えるとずっと思っていた。「サイモン、やめようぜ。おまえは俺を殴らない。それは二人ともわかってるんだから」

シック・ボーイは俺を見つめてにやりと笑った。それからまたこぶしを握った。次の瞬間、俺の視界に火花が散った。

25　エディンバラ資料室

スパッド

中央図書館のエディンバラ資料室には、もちろん、エディンバラに関する資料がどっさり詰まってる。いや、そりゃ当然だよね、そりゃそうだ。エディンバラ資料室にハンブルクやらボストンやらの資料が並んでたら変だよ。だけど、エディンバラだけじゃなくて、リースに関する資料もそろってるんだ。山ほどね。ほんとなら、フェリー・ロードのリース公立図書館に保管されててもよさそうな資料がこっちにあるんだな。まあ、公にはリースはエディンバラの一部なんだけど、旧リース港周辺の住人は、エディンバラ市とリースは別の町のつもりでいると思う。でもその一方で、市評議会は地方分権化を推し進めてて、それに関するパンフレットだってたしか発行されてた。そう考えるとさ、ぼくみたいなリースの猫が、リースの資料を見るために、どうしてはるばるエダイナ（エディンバラのこと）まで行かなくちゃならないわけ？　フェリー・ロードまでちょっと足を伸ばすんじゃすまなくて、ジョージ四世橋まで延々歩かなくちゃならないってどういうことだよ？

でもまあ、今日みたいに暖かい三月の陽射しの中を歩くのは気持ちがいい。大通りは少し風が冷たかったけどね。この辺まで来たのは夏のフェスティバル以来だ。ショーのチラシを配ってるかわい子ちゃんたちがいないのは少しさびしいな。おもしろいのは、チラシ配りのかわい子ちゃんたちはみんな、疑問文でもないのに語尾を上げてしゃべることだ。たとえばこうだ。「フェスティバルでショーをやるんですけど？」「場所はプレゼンス・コートヤード？」「好意的な批評が載ったんです？」ついこう返したくなるよ。ちょっと待って、きれいな子猫ちゃん。肯定文を疑問文にしてしゃべりたいんだったらさ、語尾に〝ね？〟ってつければいいじゃん。ね？

　だけど、もちろん、チラシはしっかりもらうよ。大学に通って演劇を学んでるみたいな上流階級の女の子に、ぼくみたいなやつが言うことじゃないし。ね？

　昔からそれがぼくの弱点だった。自信だ。最大のジレンマは、ドラッグをやってないと、だいたい自信を持てないわけだよ。いまはそこまで自信を喪失してる状態じゃないけど、ほら、何て言うんだっけ？　不安定？　それだ、ちょっと不安定になってる。図書館の近くまで来てまず目にとまったのは、真向かいにある〈スクラフィー・マーフィー〉っていうパブだ。流行りのアイリッシュパブだね。アイルランドに現実にあるみたいなパブとは大違いの、アイリッシュ風のパブ。ビジネスマンとか、ヤッピーとか、金持ちの学生くらいしか入らない。だけどそのパブを見たら、恥ずかしくなって、体がうまく動かなくなった。あのバーを経営してる猫たちは、精神的苦痛に対する慰謝料を世のマーフィーたちに支払うのが筋ってものじゃないかな。だってそうだろう、学校のころ、いつもみすぼらしい《スクラフィー》マーフィーってからかわれてた。旧いアイルランド系の名前のせいと、不況のせいと、テネント・ストリートとプリンス・リージェント・ストリートの交差点近くに居をかまえるマーフィー家の貧しさのせいで、いつもすりきれた服を着ていたからだ。だから気分はよくない。最悪だよ。

そのパブの看板を見ちゃったものだから、ぼくはスタート前からすでに最大限のハンディを背負うことになった。ね？　意気消沈した状態で図書館に入った。何度もこう考えながらね。〝このスクラフィー・マーフィーに本なんか書けるわけがないじゃないか〟。自分が図書館に来るなんて不釣り合いな気分だった。不釣り合い。不釣り合いだった。どっちを向いても〝不釣り合い〟だ。大きな木製の扉を押し開けて中に入ると、急に鼓動が速くなった。どくん、どくん、どくん。どこかの屋敷に不法侵入したみたいな気分がした。いきなり現れた猫に硝酸アミルを鼻に突っこまれたみたいな。頭がくらくらして、失神するかと思ったよ。その場にばたんて倒れちまうんじゃないかとね。プールで水に潜ったみたいな感じ、飛行機に乗ってるみたいな感じ。そう、耳が詰まったみたいな感じだった。とにかく怖じ気づいてた。びびりまくってた。制服姿の警備員が近づいてきたときには、パニックになった。ぶん殴られるんじゃないかって不安になった。いま来たばかりで、まだ何もしてないし、だいいち何かしでかすつもりなんかない。ただ本を見にきただけなんだよ……

「どんなご用でしょう」警備員が言った。

それを聞いて思った。何も間違ったことはしてない。ただここに来ただけだ。何もしてない。何も。何もしてない。でもぼくは口ごもった。「えっと……えっと……えっと……その、その……もしよかったら……できれば……その……えっと、エディンバラの資料が置いてある部屋をちょっとのぞいてみたいんだけど……そこの、本をちょっと見たいんです」

何となくわかった。この警備員はぼくの正体を見抜いてる。泥棒、ジャンキー、団地住まい、貧しい家の子供、アイルランド移民三世、無職。とにかくわかったんだ。この警備猫はジャンボのフリーメイソンで、ロータリークラブの会員で、だって、見ればわかるだろう、制服に……ぴかぴかに磨いたボタンに……

「ああ、それなら下の階ですよ」警備員は言って、すんなり通してくれた。すんなり通してもらえたよ！　このぼくを通した！　エディンバラ資料室。中央図書館。ジョージ四世橋にあるあの中央図書館だよ！

やったね！

というわけで、大理石の広い階段を下りていくと、〝エディンバラ資料室〟って書いたプレートが見えた。有頂天になった。いっぱしの学者みたいじゃないか。だけど、中に入ると、資料室は巨大だった。巨大だったよ。机に向かって本を読んでる。小学校に戻ったみたいに小さな机に向かって本を読んでる。フォールカークみたいにしんと静まり返ってて、全員にじろじろ見られてるような気がした。あの猫たちの目に何が見えてる？　次のクスリを買う金ほしさに本をくすねようとしてるジャンキーだ。

それでぼくは考えた。違う、違う、違う。落ち着かなきゃ。疑わしきは罰せずって言うだろう。グループカウンセリングのアヴリルに言われたとおり、自信をなくしそうになったら、ちょっと立ち止まって気を静めること。ストレスを感じたら、ゆっくり5まで数える。1、2、3……あの眼鏡をかけたおばちゃんは何を見てる……？　4、5。よし、少し落ち着いた。5数えるころには、みんなぼくから目をそらしてた。

だいたい、ここには盗むようなものはないよ。コレクターにとっては価値がある本も探せばあるのかもしれないけど、〈ヴァイン・バー〉に持っていって買い手が見つかるようなものはない。主として古い台帳、たしか台帳って呼ぶんだよな、古い台帳とか、マイクロフィルムとか、そんなものがあるだけだからね。

とにかく、ぼくは本をぱらぱら見ていった。本によると、リースとエディンバラの二つの町が合併されたのは一九二〇年の住民投票の結果だった。議会への〝権限委譲にイエス〟と似たような投票だね。《スコッツマン》の記事をなんとなく覚えてる。新聞は〝ノー、だめだよ、ノーに投票しよう〟って書いたけど、住民の猫たちは、〝悪いね、きみたちが新聞に書いてることはよくわかんないから、イエスに投票しちゃう〟って言って投票した。民主主義だからね、民主主義。うまそうなウィスカスのキャットフードが目の前にあるのに、わざわざフェリックスのキャットフードを猫に食べさせようとしても無理だってことだよ。

投票の結果、リース住民は四対一で合併に反対した。四対一だよ。なのに結局は合併が実現した！　ぼくらがまだよちよち歩きのガキんちょだったころ、じいさんたちがそのことを話してたのを何となく覚えてるな。いまそのじいさんたちはもう墓の中で永遠の眠りについてる。そう考えると、その昔、お上が庶民の意思に反して、民主主義に反してやっちまったことを、いったい誰が後世に伝える？　そら一大事だ、マーフィーを呼んでこい！　もう大丈夫、じいさん猫たちもこれからはスティーヴン・キング印のペット霊園《セマタリー》で安らかに眠れるよ。だってほら、こうしてぼくが登場したわけだからね！　というわけで、そこから手をつけるのがよさそうだ。一九二〇年の壮大な裏切り行為から始めよう。

いいぞいいぞ、構成が見え始めてきた。問題は、本を書くにはペンや紙が必要だってことをすっかり忘れてたことだな。そこでぼくはすぐ隣の〈バウエルマイスター〉にひとっ走り行ってノートとペンを万引きした。もう興奮しちまって、さっき座ってた机に戻るなり真剣にメモを取り始めた。合併から現在までのリースの歴史、それだよ。一九二〇年からスタートして、いったん少し時代をさかのぼったあと、また二〇年に戻ってから先に進む。サッカー選手の伝記によくあるパターンだろ。

ね？

たとえばこうだ。第一章：〝夢心地でヨーロッパ杯を空に突き上げた。アレックス・ファーガソン猫が飛び跳ねるようにやってきた。「おまえの名は永久に人々の記憶に残るぞ」。とはいえ、勝利を決めたゴールの場面はよく覚えていない。試合そのものさえよく覚えていない。というのも、キックオフ三十分前にタクシーをつかまえてグラウンドに向かうまで、ぼくは一晩中クラック窟にこもっていたからだ……〟。まあ、そんな感じで始まる。

それから次の章で――〝しかし物語は、そこから遠く離れたミラノのサン・シーロ・スタジアムから始まった。いや、もっとずっと昔に目を向けるべきだろう。グラスゴーはゴーバル、ラット・ストリートに面した粗末な共同住宅で、ジミーとセンガのマクウィージー夫妻の十七番めの子としてこの世にデビューを飾った瞬間にさかのぼる。共同住宅の住人同士の絆は深く、ぼくはそこで……〟。ね、想像がつくだろう？

それだよ。合併から始めて時代をさかのぼる。いいぞ、乗ってきた。完全に乗ってきたよ！

資料室を探すと、当時の《スコッツマン》や《イヴニング・ニューズ》あたりの新聞のバックナンバーもあった。金持ちの保守党員が書いた記事が多いにしても、ローカルニュースだって載ってるだろうから、参考にはなる。問題は、全部マイクロフィルムになってるってことで、見せてもらうには閲覧依頼カードを書かなくちゃいけない。そのうえ、どでかい機械があって、その旧式なテレビみたいな機械にマイクロフィルムをセットして見なくちゃならないんだ。ぼくとしてはあまりうれしくない。図書館っていうのはさ、本を見たり読んだりするための場所だろう。機械を使うなんて話、誰からも聞いてないよ。

司書からマイクロフィルムを借りて、よし、やってみようぜと意気込んだのはいいけど、あの大きなテレビみたいな機械を前にしたとたん、だめだ、だめだ、だめだ、ぼくは機械オンチなんだよ、壊しちゃいそうで心配だ。司書に使い方を教えてもらえばいいんだろうけど、馬鹿と思われるのはいやだ。

だめだ。こんな機械は使えない。無理だ。だからぼくは机の上に借りたものをみんな出しっぱなしにして資料室を出た。階段を上って、図書館からも出た。その間ずっと、心臓がばくん、ばくん、ばくんとうるさく打っていた。外に出た瞬間、頭の中でいくつもの声が聞こえてきた。どの声も笑いながら、あいつは役立たずだ、頭が空っぽなんだと言っていた。しかも例の〈スクラフィー・マーフィー〉の看板が目に入って、心にぐさりと突き刺さった。その痛みをどうしても振り払えない。そこでぼくはシーカーの家に向かった。あそこに行けば何か手に入る。スクラフィー・マーフィーの気分から救ってくれるものが何かあるはずだ。

26　……セックスモンスター……

ニッキー

　あの晩、彼はわたしを自分の家に連れ帰ってベッドに寝かせた。目を覚ますと、わたしはちゃんと服を着ていて、羽毛布団にくるまっていた。頭の中でたくさんの不安が群舞を始めた。醜態をさらしてしまったことを思い出す。あのビデオカメラでテリーはどんなことをしただろう。でも、何もされていないという気がした。ジーナがきっと目を光らせていてくれたはずだ。ジーナとサイモンが。起きていってみると、フラットには誰もいなかった。こぢんまりしたフラットで、リビングルームには革張りのソファセットがあって、目留め処理をした板張りの床には高価そうなラグが敷いてある。壁紙は派手なオレンジ色のユリの模様だ。暖炉の上には、女性の裸体の上にフロイトの横顔が重ね合わされた絵が飾られている。絵にはタイトルがついていた――『男の夢想するもの』。部屋はびっくりするくらい完璧に整理整頓されていた。

　造り付けのミニキッチンをのぞくと、カウンターに置き手紙があった。

Nへ
少し酔ったみたいだったから、ジーナと一緒にここへ連れて来た。ぼくはジーナの家に泊まって、そこからまっすぐ仕事に出かける。紅茶、コーヒー、トースト、シリアル、卵などなど、ご自由にどうぞ。07779-441-007（携帯電話）に連絡をくれ。今度会おう。じゃあまた。

サイモン・ウィリアムソン

彼には電話をしてお礼を言った。でも、ラブやテリーとアムステルダムに行く予定だとかで、会う約束はしなかった。ジーナにも連絡したかったけれど、ジーナの連絡先は誰も知らないみたいだった。

できたばかりの男友達が恋しかった――ラブ、テリー。それにそう、サイモン。一緒にアムステルダムに行けばよかった。それでも、女友達とそれなりに楽しくやっている。ローレンは不埒なセックスモンスターたちがリースからいなくなって元気を取り戻していたし、ダイアンは論文で忙しそうにしていながらも、おしゃべりやお酒には喜んでつきあってくれた。セックスモンスターと言えば――火曜の午後、本物のセックスモンスターに遭遇した。季節はずれの暖かな一日で、わたしたちは三人で〈ペア・ツリー〉のテラス席でラガーを飲んでいた。そこへみすぼらしい格好をした気色悪い感じの男が来て、わたしたちと同じテーブルについた。「どうも」そいつはそう声をかけて、自分のジョッキをベンチの端に置いた。

〈ペア・ツリー〉の難点はそれ。テラス席はすぐに満員になるうえに、置いてあるベンチはどれも長い。おかげでときどき、一緒に座りたくない人物と相席するはめになる。「ここ、座ってもかまわないだろ？」そいつはがさつな声で横柄に訊いた。鋭角的でイタチみたいな顔をした男だった。痩せている。髪は赤みがかったブロンドで、ノースリーブのシャツからタトゥーだらけの腕が伸びていた。晴れの日が続いているのに、肌が死人みたいに青白く見えたということもあるだろうけれど、前にラブがバーで見かけた知り合いを指さして言ったように、その男からは〝刑務所の臭い〟がした。

「どうぞ。ここは自由の国だもの」ダイアンが投げやりに答え、男をぞんざいに一瞥したあと、わたしに向き直った。「ようやく八千語まで書けたのよ」

「すごいじゃない。ところで、何語書かなくちゃいけないんだっけ？」

「二万語。全体のアウトラインさえできちゃえば、あとはそれに従って書くだけなんだけど。二万語書いたあとになって、論旨が脱線してることに気がついて、せっかく書いた分を削る羽目になったりしたら、泣くに泣けない。構成をしっかり決めてから書かないと」ダイアンはグラスに口をつけて豪快にビールをごくりと飲んだ。

そのとき、隣からしわがれた声が聞こえた。「学生か」

わたしは男に一番近い位置に座っていた。そこで警戒しながら振り向いて答えた。「そうだけど」真向かいに座ったローレンは顔を赤くしている。緊張した面持ちだった。ダイアンはいらいらとテーブルを指先で叩いた。

「どんな勉強をしてんだ？」男は品のない声で訊いた。目は充血して、顔はアルコールのせいでむくみ、たるんでいる。

「三人とも専攻が違うの」わたしは答えた。それで満足して、あとは放っておいてくれることを願った。

もちろん、男は引き下がらなかった。わたしのアクセントに敏感に反応して言った。「あんた、どっから来た？」わたしを指さして訊く。

「レディング」

男はふんと鼻を鳴らし、わたしに向かってにやりとしてみせたあと、ほかの二人に顔を向けた。わたしは心の底から不愉快な気分になり始めていた。「そっちの二人は？　やっぱイングランドから？」

「いいえ」ダイアンは首を振った。ローレンは黙っていた。

「ところで、俺はチジーだ」男は言って、汗ばんだ大きな手を差し出した。ローレンも握手いやいやながら握手を交わした。男はわたしの手をやけに力強く握った。ローレンも握手したけれど、ダイアンはつんと鼻を上に向けて無視した。

「ありゃ、握手もしてもらえないか」チジーって男は言った。「しかし、二勝一敗なら、まあ悪くねえやな。今日はついてる。こんな美人さんたちと一緒に飲めるんだからよ」

「あなたと一緒に飲んでるわけじゃないわ」ダイアンが言った。「わたしたち三人は一緒に飲んでるけど」

でもこの変態の反応を考えたら、無視を決めこんだほうが無難だった。男は一瞬黙りこんだあと、いやらしい笑みをこっちに向けた。「あんたたち、男はいるのかよ。いるんだろう。な、カレシ、いるんだろ？」

「あなたには関係のないことだと思うけど」ローレンは断固たる態度でそう言ったものの、その声はか細くてうわずっていた。わたしは男を見、ローレンを見た。体の大きさがあまりに違う。腹の底から怒りが湧き上がった。

「おっと、そう言うってことは、いねえってわけだな！」

ダイアンが振り向いて男の目をにらみ据えた。「どっちだって関係ないでしょ。たとえ百万のコックとやりまくるとしても、あんたのコックはそこに入ってないことは確実だから安心して。ついでに、たとえ慢性的なコック不足に苦しむことがあったとしても、あんたには電話しないから、安心して」

男の目の奥で敵意の炎が小さく閃いた。頭がおかしいのだ。思わずこう念じた――ダイアン、お願いだからもう黙って。「そういう口のきき方をしてるとな、いつかいやな目に遭うぜ、お嬢さん」男は言った。そして低い声で繰り返した。「いやあな目にな」

「いいかげんにして」ダイアンがぴしゃりと言い返した。「わたしたちの前から消えて。どこかほかの席に座ればいいでしょ！」

男はダイアンをねめつけた。ダイアンの落ち着き払ったきれいな横顔。それをにらみつける、いやらしくて愚かで醜いアルコール漬けの顔。「何だよ、レズの集まりかよ」男がろれつの回らない調子で言った。これがコリンみたいな相手だったら、わたしだってダイアンと同じように一喝しているところだろうけど、この男は精神構造にかなり問題のありそうな危険人物だ。ローレンは本気で怖がっている。たぶん、わたし自身も負けないくらい怖じ気づいていた。

でもダイアンは少しも怖くないみたいだった。席から立ち上がると、男の頭上から怒鳴りつけるようにして言った。「あっち行ってってば！　いますぐ！　ほら、行きなさいよ！」

男は立ち上がったけれど、ダイアンは怒りに燃えた目で上からにらみつけている。一瞬、ダイアンが殴られちゃうんじゃないかって不安になった。でも、別のテーブルにいた人たちが大声をあげて、空いたグラスを集めていたウェイトレスが近づいてきて、どうかなさいましたかと言った。

男は冷たい笑みを作って答えた。「いや別に」それからビールを飲み干して歩きだした。

「ふん、レズのくせに！」肩越しにそうわめく。

「違うわ、わたしたちはね、色情狂なの！　男とやりたくてやりたくてしかたないのよ！　それでもね、一応のこだわりってものはあるの！」ダイアンは怒鳴り返した。「**街に野良犬がいて、農場にブタがいるかぎり、あんたのみたいな、薄汚くて垢だらけのちっぽけなコックなんてお呼びじゃないのよ！　目を覚ましたらどうなのよ！**」

男はくるりと振り返ると、怒りに燃えた視線をわたしたちにねじこんだ。それからまた向きを変え、ほかのテーブルから湧き起こった笑い声に恥じ入ったみたいに背中を丸めて立ち去った。

わたしはダイアンの度胸にすっかり感心していた。ローレンはまだ恐怖に打ち震え、いまにも泣き出しそうな顔をしていた。「いまの人、頭がどうかしてるのよ。女をレイプすることしか頭にない。どうしてみんなああなの？　どうして男ってみんなそろってああなの？」「女とやりたいだけよ、哀れな男よね」ダイアンは煙草に火をつけた。「でも、さっき言ったとおり、わたしはあんなやつ相手にしない。ほんと、世の中には、家を出る前にとりあえず一発抜いといたほうがよさそうな男がたくさんいるわよね」そう言って笑うと、安心させるようにローレンの肩を抱き寄せた。「いまの男のことは心配しないの。さてと、お代わりをもらってこようかな」

わたしたちはそろって酔っ払って家に帰った。帰り道はちょっと不安だった。さっきの男にまた出くわしたら？　ローレンも不安げだった。でもダイアンは、出くわしたら出くわしたで、またとっちめてやる気でいたと思う。その夜遅く、ローレンが寝てしまってから、わたしはダイアンの第一回目のインタビューを受けた。ダイアンは会話をテープに録音した。「今日会ったみたいな攻撃的な男って多いの？　サウナの客にああいう人はいる？」「サウナはすごく安全な職場よ」わたしは答えた。「不愉快なことは起きない。だって……」わたしは肩をすくめ、真実を打ち明けることにした。「……わたしは手でしかしないって決めてるし。街で客を誘ったことは一度もない。サウナに来る客はお金持ちが多いから、わたしたちに断われたら、ほかでやれそうな女を探すだけ。もちろん、しつこい人もいなくはない。お金払ってるんだから何してもいいって勘違いして、ノーと言ってもあきらめない人……」

ダイアンはペンの先をくわえ、小さな読書用の眼鏡越しにわたしを見つめた。「そういう客にはどう対処する？」

わたしはそれまで誰にもしたことがなかった話をダイアンに聞かせた。去年、起きたちょっとした事件。話しにくいことではあったけれど、誰かに聞いてもらってすっきりしたようなところもあった。「ある客が店の外で待ち伏せして、家までついてくるようになったの。とくに何もされなかったけど、とにかく家までついてくるのよね。サウナに来るたびにわたしを指名したし。ぼくらは一緒になる運命にあるとか、そういう薄気味悪いことを言ったりもした。ボビーに話したら、そいつを放り出して出入り禁止にしてくれた。それでも店の外ではつきまとわれた。コリンとつきあい始めたのはそのせいかもね。抑止力として利用したって感じ？」ダイアンに話しながら、そうか、そういう心理だったのかと自分でも初めて理解できた。「意外にも、その作戦が効いたみたい。決まった男性がいるってわかったら、その客はそれきり来なくなった」

翌日、思いきり朝寝をし、仕事と買い物を済ませ、あとの二人のためにキャセロールを作った。それから実家に電話をかけた。母はネズミみたいな細い声で電話に出た。何を言っているのかよく聞き取れなかった。次の瞬間、かちりと音がした。二階の受話器が持ち上がる音だ。「おお、プリンセスか！」野太い声が受話器越しに轟き渡る。また新たにかちりと音がして、母が受話器を置いたのがわかった。「スコットランド生活はどうだ？　寒いだろう？」

「それが、暑いくらいよ、パパ。ねえ、ママとちょっと話をさせてもらえない？」

「だめだよ！　それは無理な相談だ！　おまえのママはキッチンにいて、かいがいしい妻らしくパパの夕飯を作ってるところだからね、ははは……いつものことさ」父はさえずるように言った。「ママはキッチン王国で幸せに暮らしている。ところで、授業料の馬鹿高い大学の様子はどうだ？　また一年生に逆戻りだな、ははは！」

「順調よ」

「いつ顔を見せに帰ってくる？　イースターには帰省できそうか？」

「ううん、こっちのレストランでアルバイトしてて、イースターは出勤の予定なの。週末に一泊くらいなら帰れるかも……高い授業料を出してもらっちゃってごめんなさい。でも、大学生活は楽しんでるし、ちゃんと勉強もしてるから」

「ははは……気にしなさんな、大学の授業料くらい。かわいい娘のためだからね。いつかハリウッドの有名映画プロデューサーや有名監督になって返してくれればいいさ。パパを出演させてくれるのでもいいぞ。ミシェル・ファイファーの恋人役とか。それがいいな、パパ向きの役柄だ。で、ほかにはどんなことをしてる？」

サウナで男のコックをしごいてるけど……

「いつもどおりのことかな」

「さてはパパが苦労して稼いだ金で飲み歩いてるんだな！　まったく、学生ってのはいい身分だよ！」

「うん、そうね、ちょっとだけ。ウィルは元気？」

父の声はほんの少しだけぎこちなく早口になった。「元気だ、たぶん元気でいる。ただ……」

「ただ、何？」

「もう少しふつうの友達とつきあってくれたらいいんだがね。どうしたわけか、いつもろくでもない連中とつきあう。いま一緒に出歩いてる男もゲイらしくてね。気をつけないと同類と思われるぞとは言っているんだが……」

毎週の父との電話は儀式みたいなものだ。しかも、かけたのはわたしのほうだ。どれほど話し相手に飢えているか、それでわかろうというものだ。ローレンは連休を利用してスターリングの実家に帰っている。ダイアンはあいかわらず朝から晩まで図書館にこもりきりで論文を書いている。ゆうべは市内のわたしのよく知らない地域にあるダイアンの実家に招かれた。ダイアンの両親とお酒を飲んだ。とても物わかりがよくてクールな人たちだった。マリファナまで一緒に吸った。

そんなわけで今日、わたしは男の子たちがそろそろアムステルダムから帰ってくるころかと期待して、退屈しのぎに大学の周囲をうろうろした。クリスは夏のフェスティバルでお芝居をやろうとしているらしくて、一緒にやらないかと誘われた。でも、彼の本当の狙いはわかってる。悪い人じゃないの。過去にクリスみたいな男とさんざん寝たことがあるから知っている。最初の一月くらいはセックスも悪くないけど、すぐに退屈になる。もちろん、それがほかの何かにつながるなら我慢できる。たとえばステータスとか、経済的な利益、本物の愛、陰謀、ＳＭプレイ、乱交パーティとか。だからクリスには、ごめんね、興味がないの、忙しいし、と返事をした。いまは目先の変わった地元の男の子たちとつきあうのに忙しい。そのうちの何人かはいまごろ商売女とお楽しみの最中だろうな。わたしを拒んだろくでなしのラブ。世界を自分のものにしたがっていて、しかも自分のものになるのは時間の問題だと信じて疑わないらしいサイモン。それに、幸せを絵に描いたみたいなジュース・テリー。そりゃそうよね。目に入ったものすべてとファックし、好きなだけお酒を飲めるお金も持ってるんだから、幸せに決まってる。夢を追い続けてきて、その夢をすでにかなえてしまった彼は、恐るべき力も手に入れた。高潔ぶる必要もないし、もっと上を目指す必要もない。彼が望んでいるのはセックスとお酒と馬鹿話だけだもの。

テリーはいつも旧リース港の近くにいるから、わたしはダイアンやローレンに《マンスフィールド・パーク》のミスター・プライスみたいよねとよく冗談を言う。〝造船所に入るなり、ファニーとの幸せな関係を確信した〟。テリーはどんな女性も〝ファニー（《マンスフィールド・パーク》の主人公の名。女性性器を指す俗語でもある）〟と呼ぶことに気づいて以来の冗談だ。フラットにいるとき、わたしたちはお互いにファニーと呼び合ったり、ジェイン・オースティンの小説の一節を引用したりしておもしろがっている。

一人きりで爪の手入れをしていると、電話が鳴った。父が仕事に出かけている間におしゃべりをしようと母がかけ直してきたのかと思ったけれど、驚いたことに——不愉快な驚きではないけれど——アムステルダムにいるラブからだった。初め、わたしの声が恋しくなっただけじゃなく、あのときセックスしなかったことを後悔してかけてきたのかと思った。ポルノ映画製作の話が動き出して以来、ホルモンが分泌されまくって、出演者にならなかったことを悔やんでいるのかもしれない。わたしも同じだから、わたしは出演する。彼はいまになって、子供が生まれる前に、あるいは結婚式を挙げる前に、数週間、数時間、たった数分でもいいから、テリーかサイモンになり代わりたいと願っているんだろう。

わたしは平静を装い、サイモンやテリーの様子を尋ねた。

心臓が二つ打つほどの間、冷ややかな沈黙があって、ようやくラブが答えた。「あの二人の顔はほとんど見ていなくてね。テリーは昼間は売春宿で遊んでるし、夜になるとクラブに行ってナンパに励んでる。シック・ボーイもたぶん、似たようなものだろうな。女遊びと、ほかにも何かたくらんでるみたいだよ。業界のコネが何とかって話ばかりで、正直、少しうんざりしてきてる」

シック・ボーイ。虚栄心が強く、自己中心的で、無慈悲。そこが彼の魅力だ。女は露骨なまでの冷酷さに何より惹かれるものだと言ったのは、たしかオスカー・ワイルドだった。そのとおりよとうなずきたくなることがある。ラブも同じだろう。

「シック・ボーイ。すごく魅力的よね。ローレンが言ってた。いつのまにか頭の中に入りこんで居座ってるような人だって。ほんとそうね」わたしは物思いにふけっているような調子で言った。ラブと電話で話していることを忘れてはいない。でも忘れているふりを装った。

「そっか、きみはやつが好きなんだな」ラブが言った。恨みがましくて悪意のある声に聞こえた。

思わず歯を食いしばった。チャンスはあったのにあえてセックスを拒んだ男が、相手が別の男と寝てみようかと考えてるらしいと察したとたんに妙な態度を取るなんて、最低よね。

「好きだなんて言った？　魅力的って言っただけよ」

「あいつはクズだ。悪人だよ。テリーはただの馬鹿だが、シック・ボーイは腹黒いクズ野郎だ」ラブがこれほどとげのある声で話すのは初めて聞いた。それでようやくわかった。お酒に酔ってるか、ドラッグをやってるか、その両方みたい。

わけがわからない。ついこの前まで仲よさそうにしてたのに。「でも、一緒に映画を作るんでしょ、忘れた？」

「忘れるものか」ラブは鼻を鳴らした。

コリンと話してるみたいだった。所有欲と支配欲の塊で、他人のいやなところばかり見つけて、敵意を燃やす。まだわたしと寝てもいないのに！　どうしていつもこうなんだろう。わたしはどうしていつも男の最悪の一面を引き出してしまうの？　でも、ここで引き下がるつもりはない。「それに、アムステルダムには男だけのパーティに行ったんでしょ？　女でも買ったら、ラブ。パーティ気分に乗って、結婚式の前にセックスしておくといいわ。これが最後のチャンスよ」

ラブはしばらく黙りこんだあと言った。「きみはどうかしてるな」何気なく言ったつもりだろうけど、声の調子からわかる。自分がしくじったことと、みっともない言動をしたという自覚はあるのだ。彼みたいにプライドの高い人にとっては許しがたいことだろう。もうごまかしはきかない。彼はわたしと寝たがっている。でも、ちょっと手遅れみたいよ、ミスター・ビレル。

「そうだよ」彼のほうから沈黙を破った。「今日のきみはいつもと違うみたいだ。ああ、ところで、電話したのは、ローレンと話したかったからだ。代わってもらえるかな」

わたしの胸の中で何かが大きな音を立てて崩れ落ちた。ローレン。どうして？「留守よ」声がうわずった。「スターリングに帰省してる。ローレンにどんな用？」

「いや、それならいい。実家のほうに電話してみる。家で使ってるマッキントッシュからウィンドウズに移したいデータか何かがあって、コンバートソフトをうちの親父が持ってないかって訊かれてたんだ。親父に確かめたら持ってて、インストールも喜んでしてやるって言っててる。何だか急いでるらしかったから。いますぐ必要なデータがマックに入ってるとかで……もしもし、ニッキー？」

「聞いてるわよ。売春ツアーの残りを楽しんでね、ラブ」

「ありがとう。じゃ、また」ラブは電話を切った。

テリーがラブにいらいらする理由がよくわかった。ずっとどうしてだろうと思ってたけど、いまならわかる。

27 頭痛

ベグビー

頭が痛え。偏頭痛だ。俺は頭を使いすぎなんだよ。それが欠点だな。そこらのうすら馬鹿どもにはとうてい理解できない話だろう。いつも頭ん中をいろんな考えがぐるぐるしてる。脳味噌がたっぷり詰まってる人間だけの悩みだ。考えすぎるんだ。どいつとどいつをぶちのめしてやらなきゃなんねえか思案したりとかな。世の中にはその種の人間が多すぎる。どうしようもねえやつらだ。陰で人を笑っていやがる。俺にはわかるんだよ。ぴんと来るんだ。やつらはバレてねえと思ってるんだろうが、あいにくだな。わかるものはわかる。お見通しなんだよ。そうさ、ちゃんとお見通しだ。

ニューロフェンがほしいな。実家に帰ってるケイトが、あの困り顔の子供を連れて早く戻ってくるといいんだが。女とやると、頭痛がやわらぐからな。頭ん中の緊張が取れるんだよ。発射すると、脳味噌をマッサージされたみたいに楽になる。映画とかでさ、〝悪いが、頭痛がひどいんだ〟なんて言ってる男は理解できねえな。俺に言わせりゃ、頭痛のときこそセックスだよ。頭が痛かったらセックス、それで世界の問題の大部分が解決すると思うね。

玄関から物音が聞こえた。ケイトが帰ってきたかな。

いや、ちょっと待てよ。違うな、ケイトじゃねえぞ。

どっかのやつが押し入ろうとしてる……まぶしいと頭痛がひどくなるから、電気を全部消してたせいだな。誰もいねえと思ってるんだよ！　残念でした、ここに一人ご在宅だぜ！

さあ、来てみろってんだ！

ブルース・ウィリスやシュワルツェネッガーよろしくソファから床にすべり下り、匍匐前進でリビングルームのドアの陰に移動すると、壁に背中を押しつけた。手慣れた連中なら、上の階に行く前にこのリビングルームの様子を確かめにくるはずだ。玄関が勢いよく開いた。力ずくで錠前を壊したみたいだ。室内に入ってきた。何人組かはわからねえ。気配からすると、大した人数じゃなさそうだ。ま、何人で来たって問題じゃねえよ。どうせここから出られねえ運命なんだから。

いいぞ……こいつはおもしろくなったぞ……俺はドアの陰に隠れ、やつらを待つ。すると、やけに小せえ男が一人で入ってきた。野球のバットを握り締めてる。ちっぽけな男だった。拍子抜けだよ。俺はやつがリビングルームに入るのを待ってドアを閉めた。「おい、何か探し物か？」

チビ男は振り向いて俺の鼻先でバットを振り回しかけたが、すぐに縮み上がって叫んだ。

「どいてくれ。ここから出してくれ！」おいおい、どこかで見た顔じゃねえか！　パブにいた小僧だよ。シック・ボーイのパブで見た小僧だ！　やつも俺に気づいて目を丸くした。

「あんたのうちだなんて知らなかった。もう帰ろうとしてたところだよ……」

そりゃまあ、知らなかっただろうな。「よう、落ち着きなって」俺はにやりとしてみせた。それからドアを指さした。「出口はそこだ。自分で開けて出てきゃいいだろうが！」

「どいてくれ……勘弁して……」

俺はにやにや笑いを引っこめた。「おまえが何と言おうとただ勘弁してやるわけにはいかねえな。そのバットをよこしな。力ずくで取り上げてやってもいいが、おまえのためにならねえぜ。自分からよこしたほうが得策だ」

小僧はぶるぶる震えてる。いまにも涙があふれそうだ。ああ、情けねえ。やつはバットを下ろした。俺は小僧の手首を押さえておいてバットを取り上げ、もう一方の手でやつの喉をつかんだ。「何でこいつを使わなかった、え？　この臆病者！」

「だって、まさか……ここがあんたのうちだなんて……」

俺はやつを放し、両手でバットを握り直した。「よし、手本を見せてやるぜ」そう言うなりバットを振り下ろした。

小僧は頭をかばって両腕を持ち上げた。バットは手首に当たった。小僧は車に轢かれた犬みたいな悲鳴を漏らし、俺はまたバットを振り下ろした。もしケイトと子供がたまたま留守にしてなかったら、こいつはあの二人に何をしてただろう。

ケイトのカーペットに血が滴り落ちたのを見て、俺はバットを振り下ろす手を止めた。小僧は床に転がって体を丸め、赤ん坊みたいに泣き叫んでいた。「**うるせえ！**」俺は怒鳴りつける。ここんちの壁は紙みてえに薄い。近くの部屋の住人が警察に通報しねえともかぎらねえ。

俺はボロい台所用ふきんを探してきて、やつの頭の皮膚が裂けたところにあてがい、その上から野球帽をかぶり直させた。多少の止血効果はあるだろう。小僧のポケットを全部引っくり返させたあと、キッチンから掃除用具を持ってきて、床の血をきれいに拭き取らせた。こいつ、何も持ってねえな。小銭が少々と、家の鍵が何本かと、錠剤の入った小さな袋だけしかない。

「こいつはEか」

「そうだけど……」やつは怯えた顔できょろきょろしながら、床をごしごしこすっていた。

「コカインはねえのかよ」

「……ない……」

俺は玄関の錠を点検する。小僧が肩からぶつかった衝撃で、錠が丸ごとはずれてた。だが、ドア自体は無傷だ。小僧にとっては不幸中の幸いだな。俺は錠を元どおり差しこんだ。ぐらぐらしてる。こりゃ交換しなくちゃだめだな。

俺はまだカーペットをこすってる小僧のところに戻った。「完璧に掃除しといたほうが身のためだぜ。カーペットを汚したっていって俺が女にがみがみ言われたら、それ相応の礼はさせてもらうからな。次はこんなもんじゃすまねえ量の血を見ることになる」

「わかってる……わかってる……ほら、ちゃんと取れてる……」

俺は小僧の名前を聞き出した。フィリップ・ミューア。ロックエンドに住んでる。俺はカーペットを確かめた。汚れはだいたい落ちてる。「よし。一緒に来い」俺は言った。

小僧はびびって口もきけねえでやんの。俺たちは外に停めたバンのところに行った。俺は助手席のドアを開けてやつを乗せた。それから悠然と運転席側に回って乗りこんだ。小僧は完全に震え上がってるから、逃がす心配はない。「道案内しな。どこに行くかはわかってんだろ」

「え……？」

「おまえんちだよ」

俺はラジオをつけてロックエンドに向かった。バンの乗り心地は最低だ。まあ、廃車寸前だもんな。おっと、懐かしのスレイドの曲がかかった。《クレイジー・ママ》。俺はラジオに合わせて口ずさんだ。「やっぱスレイドは最高だな」

小僧の家の前で車を停めた。「おふくろさんや親父さんと一緒に住んでんのか」

「うん」

「いま誰もいねえんだな」

「いない……けど、すぐ帰ってくると思うよ」

「だったら急ぐまでだ。ほら、来な」

中に入って室内を物色した。おお、いいテレビがあるじゃねえか。液晶テレビだよ。それにビデオデッキもあった。ほらあれだ、コンパクトディスクなんだけど、音楽じゃなくて映像が入ってるあれを使う新式のやつだよ。ＶＤＵとか何とか、呼び名は忘れたがよ。真新しいステレオもある。スピーカーが何個もついてるすげえやつだ。「よし、車に積むぞ」俺は小僧に命じた。

小僧はまだびくついていた。俺は近所の住人に目を光らせる。誰かがチクったとしても、荷物を運び出したのはあくまでも小僧だ。小僧もそのことはよくわかってる。また二人でバンに乗ってケイトの家に帰った。うれしいことに、ロッド・スチュアートのベスト盤があった。俺は見つけるなり速攻でポケットに押しこんだ。

ケイトの家に戻ると、ケイトと子供は帰ってた。「フランク……玄関の錠前が……」ケイトが指さす先を見ると、錠がまた床に落っこちていた。「鍵を差しこんだだけで、抜けて落ちちゃって……」ケイトは俺の後ろに突っ立ってる小僧を見た。やつはまたぞろ震え上がってた。錠前を壊したのはこいつだからな。まあ、びくついて当然だ。

「心配いらねえ」俺は言った。いったん外に出て、小僧と協力してテレビを運び入れた。

ケイトは子供を腕に抱いてた。「玄関が……フランク、ねえ、どういうこと？　これどうしたの？」ケイトはテレビを見つめてた。

「こいつは俺の知り合いでね」俺は帰りの車の中で考えといた嘘っぱちを並べた。「よきサマリア人ってやつでさ。なあ？　不要品があるって言うから、もらったんだよ。いまあるのよりずっと高級品だぜ」

「だけど、玄関の錠が……」

「錠のことなら前にも言ったろ、ケイト。修理したほうがいいぜって。そうだ、スティーヴォに頼むか。錠前屋なんだ。あいつならすぐ直してくれる。見ろよこれ！　新しいＤＶＤだぜ！　古いビデオは中古屋に売って、ＤＶＤを買い直さねえとな！」

「すごい。ありがとう、フランク……」

「礼をならフィリップに言えって。なあ、フィリップ」

ケイトはびびりまくった小僧を見る。やつの目の周りは青くなり始めていた。「ありがとう、フィリップ……でも、その顔はどうしたの？」

俺は割りこんだ。「話せば長くなる。ともかくだ、このフィリップにはいろいろ貸しがあってな。だから、自分ちのステレオやテレビを買い替えることになって、俺に連絡してきたわけだよ。もしよかったら古いやつをもらってくれってな。初めは思ったよ。どうぜおんぼろばかりだろうよって。ところがどうだ、買ってまだ一年半くらいだって言うじゃねえか！」

「ほんとにいいの、フィリップ？　何だかすごくいいものばかりで……」

「いまどきの連中はそんなもんだ。最新流行のものじゃなくちゃいけないんだな。一年半前なんて、こいつらにとっちゃ石器時代だろうよ！　フィリップは最初に俺に声をかけた。しかし、欲の皮の突っ張ったやつがいてな、自分がもらえるもんだと思いこんじまった。そこで」俺は野球のバットを拾い上げた。「二人で話をつけてきた。なあ、フィリップ」

小僧は馬鹿みてえな薄笑いを浮かべた。

ケイトはさっそくテレビの電源コードをつないだ。「きれい！」まるでクリスマスの子供みたいだった。「ほら、見てごらん！」そう自分の子供に言った。「《ボブとはたらくブーブーズ》！　直せるかな？　直せるとも！（子供向けアニメ。大工のボブが主人公。《直せるかな？》は主題歌のタイトルで歌詞の一部）」

「最高級のテレビだぜ」

小僧は一言もしゃべらない。生きてるだけラッキーだな。この脳味噌の貧しい小僧は使い道がありそうだ。俺はやつを外に連れ出した。「もう帰っていいぞ。ただし、明日の朝十一時に、リース・ウォークの坂下の〈カフェ・デル・ソル〉に来るんだ」

「なんで？」やつはまたしてもびびりまくった顔をした。

「仕事だ。おまえみたいな若いのは、仕事がねえとなると、ろくなことをしやしねえ。小人閑居して不善を為すって言うだろ。いいか、リースに十一時。俺がいなかったら、レクソってやつを探せ。面倒は避けろよ。おまえはもう俺に雇われてんだからな。忘れるなよ、明日の朝、カフェだ」

小僧はもう震えてはいないが、困り顔をしていた。「給料は出るの？」

「当然だろ。生きていられるぞ。それが報酬だ」俺はささやくような声で言った。「ところで」小僧は全部の指に指輪をしてる。「いい指輪だな。全部はずせ」

「よしてよ、指輪は勘弁してくれよ」

「はずせ」

小僧は指輪を引っ張った。「きつくてはずれない……」

俺はナイフを取り出す。「代わりにはずしてやってもいいぞ」

どうしたものか、そのあと指輪は全部すんなりはずれた。

小僧はしょんぼりと指輪を差し出した。俺は一つだけ返してやってから残りをポケットにしまった。「今日はよくやったな。その調子でがんばれば、報酬として指輪を一個ずつ返してやる。よけいな口をきいたり失敗したりすると、死ぬことになるぞ。明日の朝、カフェだ」俺は部屋に戻ってドアを閉めた。

スティーヴォの携帯電話に連絡し、急ぎの修理を頼むと伝えた。

ケイトが言う。「このステレオもすごいよ、フランク！　信じられない。あの子のおかげ」

「ああ、あいつはいいやつだよ。これから俺と仕事をすることになった。若いやつらには目をかけてやらねえとな。暇を持て余すと、面倒を起こす。俺にも覚えがある」

「それで仕事をあげるなんてすごく親切。情に動かされやすいのね」

そう言われて複雑な気持ちになったね。うれしくないわけじゃないが、ケイトがふだんからいまみたいなことばかり言ってるとしたら、前につきあってた男が何かとぶん殴りたくなった気持ちもわかる気がした。「政治家がよく言うだろ。うまく仕事を回していきたいなら、他人を思いやれってさ。ほら、上着を着な。酒と中華料理だ」

「でも赤ちゃんが……」

「おふくろさんとこに預けりゃいいだろ。ほら、急げ。俺は一日働いたんだ。酒と中国料理だよ。ビールを飲んだりしてリラックスする権利がある。おまえは先に赤ん坊を預けに行ってろよ。俺はスティーヴォが修理に来るのを待ってるから。すぐに終わるだろうし、時間がかかるようだったら、やつにスペアキーを預けて、帰りに郵便受けに入れとけって言っとく。すぐにおふくろさんちに迎えに行くよ」

ケイトは化粧と着替えをし、ベビーカーに赤ん坊を乗せた。

俺は古いテレビをロビーに下ろしといて、新しいやつを衛星放送につないだ。スカイ・チャンネルで《インサイド・スコティッシュ・フットボール》を見た。そういえば、不思議なもんだな。ファックしたわけでもねえのに、いつのまにか頭痛は消えてた。

28　悪だくみ　#18,740

シック・ボーイ

こんな展開は予想外だった。ベグビー、スパッドに続いて、レントンまでもが俺の人生に再登場した。サイモン・デヴィッド・ウィリアムソンというタイトルの、注目すべきドラマの舞台に、過去の登場人物がふたたび顔をそろえた。最初の二人が負け犬と呼ばれるのは、世界中の同種の生き物について回る宿命だろう。しかしレントンは——なんとアムステルダムでクラブの経営者に納まっていた。あいつにそこまでの底力があるとは思ってもみなかった。

もちろん、こそ泥は俺との再会をまるで喜んではいなかった。この自己満野郎め、金を返すまでつきまとってやるからなと俺は言った。そして金はいま、俺の財布の中にある。俺たちはプリンセン運河に面したオープンカフェに腰を落ち着けていた。やつは腫れた鼻に指先でそっと触れて言った。「おまえが殴るなんて信じられないな」情けない声だった。「おまえ、暴力は負け犬のツールだっていつも言ってただろう」

俺はゆっくりと首を振った。もう一発ぶん殴ってやりたい気分だった。「それはだな、俺から金を盗んだダチなんて一人もいなかったからだよ。だいたい、そうやって他人《ひと》に罪の意識を押しつけようっていう、その厚かましさ、その厚顔無恥さこそ信じられねえな。俺から金をくすねたうえに、罪悪感まで抱かせようとする」俺は低くうなるように言った。怒りがふいにふくれあがって、思わず平手でテーブルをばんと叩いていた。隣席のアメリカ人のデブの二人客がいぶかしげに振り向いた。「しかも、スパッドには金を返したんだろ！　あのジャンキーめ、何年も口を拭ってた！　酔っぱらった勢いでぽろりとしゃべったが、そうじゃなきゃ永遠に黙ってるつもりでいたんだよ！」

レントンはエスプレッソのカップを持ち上げ、息を吹きかけてから一口すすった。「悪かったって言ってるだろ。俺だって後悔した。そう言ったところで、何の慰めにもならないだろうけどな。おまえにも返そうと思った。本当だ。けど、わかるだろ、金が手もとにあるとつい使っちまうものだ。それに、さすがのおまえももう忘れただろうと思って……」

俺はやつをねめつけた。馬鹿め、この俺様を誰だと思ってる？　いったいどこの惑星で暮らしてるんだよ？　賭けてもいい、きっとプラネット・リースだ。しかも時代は一九八〇年代から進んでいない。

「……そうだな、忘れてはいないかもしれないな……」やつは肩をすくめた。「認めるよ、たしかに少しばかり身勝手な行為だった。だが、どうしてもあの街から出たかったんだよ、サイモン。リースから逃れたかった。ジャンキーの生活から」

「俺だって同じように考えてないとでも思ったか？　え？　ああ、そうだよ。身勝手な話だよな」俺はまたテーブルを叩いた。「〝少しばかり身勝手〟か。ふん、何が少しばかりだよ」

アメリカ人だと思ってた二人組が、北欧っぽい言語で何かしゃべった。よく見ると、アメリカ人じゃない。スウェーデン人かデンマーク人のようだ。おもしろいもんだな。糊のきいた服を着こんで、デブで、おつむが軽そうで、そのまんま中年のアメリカ人にしか見えない。

レントンは野球帽を目深にかぶり直して、瞳のきらめきを隠した。やや疲れたような顔を作る。かつてドラッグに依存しきっていた男……サイモン・デヴィッド・ウィリアムソンでなければだまされただろう。だが、サイモン・デヴィッド・ウィリアムソンはそんな小細工にはだまされない。「まずはスパッドに返そうと考えた」やつはコーヒーカップをもてあそびながら言った。「シック・ボ……サイモンは世渡りに長けた起業家タイプだと思った。だから大丈夫だろう、きっと立ち直るだろうと思ったんだよ」

俺は無言を貫く。そしてわざとらしく顔をそむけ、運河を行くボートを目で追った。ボートに乗った気むずかしそうな一人が俺たちに気づいてホーンを鳴らし、手を振った。「よう、マーク！　どうだ、元気だ、元気かい？」

「元気だよ、リカルド。今日はいい天気だな」レンツは大声で答え、手を振り返した。

くそレント・ボーイ。オランダ地域社会の名士。禁断症状にあえぎ、次の一服を求めて情けない声を出す姿を俺に見られたことを忘れている。飢えた肉食獣が、腹の足しにならないとわかっていて哺乳動物を引き裂いてむさぼり食うように、盗んだ財布を震える手で開ける姿を見られたことを忘れている。

やつはこれまでの話を俺に聞かせた。興味深い話ではあったが、俺は無関心を装った。「アムステルダムに来たのは、土地勘があるのはここくらいだったからだ……」そう切り出されて、あきれたように目を回してみせると、やつは言い直した。「……ロンドンとエセックスは別としてな。おまえたちと一緒に海峡横断フェリーで働いてたから、だいたいの様子は知ってる。それでもアムステルダムに来ようと思いついたのは、船の仕事が終わったあと、よく遊びに来てたからだ。そうだったろう?」

「ああ……」ぼんやりとした記憶が蘇って、とりあえずうなずいた。街があれから様変わりしていたとしたとしても、俺は気づかないだろう。あれだけドラッグをやっていたんだ、そのころの記憶はかなり怪しい。

「不思議だよ。ここにいたら、すぐおまえたちに見つかるだろうってどこかで思ってた。誰かが休暇で来て偶然会うとかさ。いやそれ以前に、おまえたちが最初に捜すのはアムステルダムだろうと思ってたよ」やつはにやりと笑った。

自分の愚かさを呪ったよ。俺たちの誰一人としてアムステルダムを捜してみようとは考えなかった。なぜだろうな。俺の知り合いか、もしかしたら俺自身が、ロンドンかグラスゴーあたりでいつか鉢合わせして、やつの居場所がわかるんだろうと思いこんでいた。「もちろん第一の候補だったさ」俺は嘘をついた。「実際、何度か捜しに来たんだぜ。おまえは運がよかっただけだ。その運もついに尽きたようだが」

「ほかの連中にも話すんだよな」やつは言った。

「話すかよ」俺は軽蔑をこめてうなるように言った。「ベグビーみたいなやつ、誰が知るか。金が欲しけりゃ、自分で取り返せってんだ。あのサイコ野郎と俺は何の関係もないからな」

レントンは俺の返事をしばらく吟味している様子だったが、まもなく話を再開した。「偶然ってのはおもしろいよな。来た当初は、この運河を少し下ったところのホテルに身を落ち着けた」そう言ってプリンセン運河を指さす。「そのあと、ペイプに部屋を見つけた。ペイプってのは、ロンドンで言えばブリクストン地区みたいなところだ。観光エリアの南側にある。ヘロインをやめて、地元の連中とつきあうようになった。マーティンってやつと意気投合してね。ノッティンガムの音楽業界にコネがあった。で、クラブでイベントやらパーティやらを主催するようになった。初めはただのお遊びだった。俺たちはハウス好きだったが、ここじゃテクノ一辺倒だろ。大陸側の正統派信仰に殴りこみをかけようと思った。ラクシャリーって名前を冠してね。そうやってパーティを主催してたら、どんどん人が集まるようになった。そのうちニルスってやつから、自分の小さなクラブで月一回やらないかって持ちかけられた。それが二週に一度になって、毎週になった。ついにはもっと大きな会場が必要になった」

自慢話みたいになりかかっていることに自分でも気づいたんだろう、レントンは申し訳なさそうな口ぶりになった。「いや、まあ、経済的には恵まれてるけど、二、三日後には文無しになってるリスクといつも隣り合わせだ。それならそれでいい。だめなときはだめだからね。クラブをつぶさないためだけにクラブを経営するなんてのはごめんだ」

「要するにこういうことか」胸に軽蔑が広がった。「金は有り余ってるが、ダチには返さな
い。たかだか数千ポンドなのに」
レントンの反論は弱々しく、そのことがかえって罪悪感の存在を強調していた。「さっき
も話したろ。リースでの生活とは心の中で一線を引いたんだ。それに、金が有り余ってるわ
けじゃない。イベントのあと、スタッフに報酬を払って、残りをマーティンと二人で分ける。
法人名義の口座を開いたのだってほんの二、三年前のことだ。ある晩、強盗に遭ったのがき
っかけでね。土曜日にはいつも数千ポンドの現金をポケットに入れてうろうろしてたから。
しかし、まあ、裕福なほうではあるな。ブローウェルグラフトにフラットも借りてるし」最
後にはまた自慢げな口調に戻っていた。

いつだって刺激を追い求めてたレントンはどこに行ったんだ？ クラブ経営なんて退屈そ
のものだろうに。「同じクラブをこの八年間ずっとやってるってわけだな」

「同じクラブってわけじゃない。しじゅう変わってるからね。アムステルダムなら、〈ダン
ス・ヴァレー〉とか〈クイーンズ・デイ〉とか、大きなフェスティバルでもイベントをやる
し、ベルリンの〈ラブ・パレード〉にも参加する。ヨーロッパのいろんな国やアメリカ、イ
ビサ島にも行くし、マイアミのダンスフェスティバルにも出る。〈ラクシャリー〉の顔はマ
ーティンだよ。ダンスミュージック系のメディアの取材とかを受けるのはマーティンだ。俺
は表に出ない……理由は、まあ、察しがつくだろ」

「そりゃそうだ。俺にベグビーにセカンド・プライズにスパ……いや、スパッドは関係ねえ

な。あいつには金を返したんだから」俺はまた痛いところをちくりと突いてやった。マーフィーのやつには金を返して、俺には返さなかったことがまだ信じられない。

「スパッドは元気か」〝エージェント・オレンジ〟が訊く。

俺は何度かうなずいた。思いきり軽蔑した表情でやつの全身をながめ回しながらな。「いつもラリってるがな」俺は答えた。「おまえから金が送られてくるまではクリーンだったよ。しかし、届いた金を全部ヘロインに注ぎこんだ。いまはトミーやマッティと同じ運命をたどろうとしてる」

ほらほら、罪の意識を感じないか、裏切り者くん？

レンツの青ざめた肌はまだ真っ白なままだったが、目は少し悲しげになった。「陽性なのか」

「そうさ。おまえが大いに貢献したおかげでな。よくやった」俺は乾杯のしぐさをしてみせた。

「本当なんだな？」

あのダメ男の免疫システムの健康状態など俺の知ったことじゃない。まあ、陰性だとしても、いつHIVに感染したっておかしくはないだろう。「ああ、やつは陽性《ポジティブ》だ。それは確か《ポジティブ》だよ」

レンツは思案顔をしていたが、やがてぼそりとつぶやいた。「残念だ」

俺は誘惑に抗しきれず、嘘に尾ひれをつけた。「アリもだ。一緒に暮らしてるんだよ。子供も生まれたときから感染してた。イギリスの納税者一同、おまえに感謝すべきだな。無駄飯食らいを減らしたわけだから」

それを聞いてレントンはぶるったらしい。もちろんいまの話は真っ赤な嘘だが、たとえマーフィーがAIDSをすでに発症してたとしても、俺は驚かないね。だがこんなのはレントン・ボーイに支払う報復ローンの頭金にすぎない。やつはいくらか落ち着きを取り戻すと、何気ない口ぶりを必死に装って言った。「本当に残念だな。こっちにいてよかったよ」そう言って、互いを支え合う酔っぱらいみたいに傾いた周囲の建物を見回す。「リースなんかくそくらえだ。さてと、レッドライト地区に行ってビールでも飲もうぜ」

俺たちはビールを飲んで楽しい一日を過ごそうとレッドライト地区に移動する。カフェのテラス席に座っていると、俺の小さな嘘のとげがレントンの心に深々と刺さっていくのが手に取るようにわかった。それでもビールの酔いがやつの舌をまたなめらかにしていた。「できるだけ他人に迷惑をかけないように心がけてる」イングランド人のやかましい小僧どもが通り過ぎていくのを目で追いながら、やつは偉そうに言った。

へえ、そうか、そりゃ見上げた心がけだな。

「たしかに、難題だよな。他人は俺たちの最大の資源だ」俺が言うと、やつは心底困惑した目で俺を見た。そこで俺は続けた。「俺たちは野心を持った人間だ。言い換えると、守るべきは自分だけだ」

レントンは反論しかけたが、考え直したらしく、笑いながら俺の背中をぴしゃりと叩いた。

そして俺は、奇妙なことに、俺たちはいつのまにかまた友人に戻りかけているらしいと悟った。

その晩俺はホテルの狂乱には戻らず、レントンのフラットのソファに一泊するほうを選んだ。ゆうべ、ラブの旧友どもは、暴れる相手を探しまくったらしい。家に帰る日が迫っているってのに、ただマリファナを吸い、女を抱きまくっているだけで、誰かをぶちのめすのをすっかり忘れてたことを急に思い出しでもしたんだろう。今夜はユトレヒトに行って、バイオレンス集団オランダ人サポーターと一戦交える計画になっている。俺はごめんだ。レントンとアムステルダムで過ごすよ。

レントンはドイツ人のカトリンという女と一緒に暮らしている。がりがりに痩せた、おっぱいの小さい、無愛想なナチ女。レントンは昔から胸がぺたんこの女がタイプだった。ボーイッシュな女ってことだな。やつは隠れゲイなんじゃないかと俺は昔から疑っている。ただ、本当に男とやる度胸はないから、若い男に似た外見の女と寝るんだな。きっとアナルでやるんだろう。モノの小さい男でもそっちならきつくて満足できるだろうからな。だがそのカトリンという女を見ると、ベッドじゃ意外にいい相手かもしれないという気がした。あくまでも可能性として、だ。痩せていて胸や尻の貧弱な女は、たいがい淫乱だ。男が喜ぶ柔らかなクッションがない分の埋め合わせなんだろう。しかし氷のように冷たい骸骨じみたドイツ女は、ほとんど一言もしゃべらず、俺の浮ついたお世辞にもまるきり反応しない。誇り高きイタリアが第二次世界大喧嘩中、よくも偽サクソン民族と手を組んだものだよな。しかしまあ、この女は一度味見をしてみてもいい。レントンの神経を逆なでするためだけに。妙な気分だよ。あのレントンが引き締まった体つきをして、大陸ヨーロッパ人然として座ってる。あいかわらず細い体つきではあるが、貧相というわけじゃない。赤毛の下の顔はやや丸くなった印象だった。髪はほんの少し薄くなって、生え際がやや後退し始めている。赤毛の男はたいがい禿げるのが早いものだ。

目下の最善策は、こいつに話を合わせ、俺を味方と思わせることだ。そのあとどかんと仕返しを食らわせる。報復を実行するのは俺じゃないだろう。問題は金じゃなく、裏切り行為だからだ。だから俺は、またビールを飲みに出かける支度をしながら、その方針に沿ってこう話す。「ベグビーと言えば、あいつを裏切って金を持っていったって噂が広まって、おまえはリースのヒーローに祭り上げられたんだぜ」むろん、真っ赤っかな嘘っぱちだよ。ベグビーはクソ野郎だが、ペテン師を好きなやつはいない。

レントンもそれは察している。こいつは馬鹿じゃないからな。やっかいなのはそこだ。この赤毛のユダ野郎は決して馬鹿じゃない。相手の話を疑っているときや同意できないとき、まぶたを重たげになかば閉じる癖はいまも変わっていなかった。「それはどうかな」やつは言った。「ベグビーにはサイコ仲間が大勢いた。相手かまわず喧嘩を吹っかけておもしろがるような連中だよ。俺はやつらに口実を与えちまったわけだよ」

よくできました、こそ泥くん。レントンがこの街にいると知ったら、このフラットから一キロと離れていないホテルに宿泊中のベグビーの旧〝パートナー〟、巨漢のレクソ・セタリントンはどうするかな。お仲間に代わって裁きを下そうって気を起こすだろうか。もちろん、レクソは何かにつけてベグビーをこき下ろす。だがああいうやつらの場合、それに何か意味があるってわけじゃない。どれだけ控えめな予想を立てたところで、お友達のフランソワに電話くらいはかけるだろう。そしてお友達のフランソワは一番早いフライトですっ飛んでくるに決まっている。あのレクソってやつには腕白小僧っぽいところがある。レントンの住所を知ってるぜと、大喜びでベガー・ボーイに告げ口するに違いない。

その展開も魅力的に思えるが、却下だ。グッドニュースがどうせやつに伝わるなら、この俺が伝えたい。レントンはクラブを経営し、ちゃんとしたフラットに住み、恋人までいる。しかもこいつはここにいれば安全だと信じているらしいから、急に消えたりはしないだろう。

「それは言えてるかもな」俺はつっけんどんに言い、それから口調を変えて続けた。「けど、エディンバラに帰ってせめておふくろさんたちに顔を見せてやるべきじゃないのか」そういえば俺もエディンバラに帰ってから、実家にはほとんど顔を出していなかったな。

レントンは肩をすくめた。「実は何度か帰ってる。お忍びで」

「へえ、知らなかったな……」こいつがこそこそ戻ってきていたことに、まるで気づかずにいたとは。

にんじん野郎は俺の反応を見て大きな声で笑った。「おまえが俺に会いたがるとは思わなかったからな」

「いやいや、ぜひとも会いたいと思ってたぜ」俺は言った。

「そう、言いたかったのはそっちだ」レントンはうなずき、期待を込めた目をして付け加えた。「『ベグビーはまだ塀の中だって聞いた』

「そうだ。出所はまだ何年か先だよ」俺はポーカーフェースで嘘を答えた。その芝居は通用したらしい。

「そうか、それなら、行ってみてもいいな」レントンがにやりとした。

いいぞ。その調子で気を大きく持て。だんだん愉快になってきたぞ。

そのあと、俺はテリーとラブに連絡して待ち合わせをした。レントンは音楽業界やアムステルダムにコネがある。それが役に立つかもしれない。俺たちの計画を話すと、やつは大いに興味をそそられたようだった。というわけで、俺とラブ、テリー、ビリー、レンツの五人は、ワルムス通りの〈ヒル・ストリート・ブルース・カフェ〉でビールを飲み、マリファナ煙草を吹かしながら、大いに盛り上がった。テリーとビリーは、大昔にレンツと会ったことをなんとなく覚えていたらしい。ディスコ〈クラウズ〉、サッカーの試合。ただしテリーは、まだ信用できねえぞって目でレンツを見ていた。そりゃそうだろう。仲間を裏切った男を無条件に信用するやつがどこにいる？ 待ってろ、かならず痛い目に遭わせてやるからな。

(賢明にも) ユトレヒト遠足に参加しなかったラブ・ビレルは——唇が切れ、鼻が腫れ、目の周りに黒痣を作った姿で結婚記念写真に写りたくないと言い訳した——カフェで俺たちを相手にある提案をしている。ところで、理由はわからないが、ラブは俺とテリーに腹を据えかねているようだ。たぶん、アムステルダムに来てからずっとやつをサッカー仲間に押しつけて放っていたせいだろう。サッカー仲間は旧友の再会を大いに楽しみたかったが、ラブとしてはもう少し落ち着いて過ごしたかったんだろうな。しかしこのラブってやつは物知りで、ある提案を俺たちに持ちかけた。ただし、テリーはその案に乗り気じゃないようだ。「けどよ、こっちで撮影しなくちゃなんねえ理由がやっぱわからねえ」

ラブはすがるような真剣な目で俺を見ていた。「警察のことを忘れてないか？　こういう種類の映画は……」ラブは口ごもったが、テリーが何の話かわからないといったふうに唇をすぼめて両手を広げるのを見て小さく笑った。「……だから、テリー、こういうタイプの映画は、俺たちが作ろうとしてるタイプの映画はさ、ＯＰＡのもとでは違法なんだよ」

「なあ、優秀な学生さんよ」ジュース・テリーがさえぎった。「そのＯＰＡってのは何なのか、俺らにもわかるように説明してくれよ」

ラブは咳払いをし、助けを求めるみたいな目でビリーを見、次にレンツを見た。「猥褻刊行物法の略称だよ。俺らが作ろうとしてるような類のものを規制する法律だ」

レントンは黙っている。何を考えているのか、表情からは読み取れない。レントン。こいつは誰なんだ？　何なんだ？　裏切り者、密告者、クソ野郎、小悪党、自己中のうぬぼれ屋。新グローバル資本主義秩序のもと、のし上がりたい労働階級の人間ならかくあれという典型のような男だ。嫉妬を感じる。俺は心からやつをうらやましいと思う。こいつは自分以外の誰のことも気にかけずに生きているからだ。俺はこいつのようになりたいが、衝動的でワイルドで情熱的なイタリア＝スコットランドの血が俺の中で激しく煮えたぎってその邪魔をする。俺はやつを観察する。やつは他人事のような態度でなりゆきを注意深く観察している。俺は無意識のうちに、関節が白く浮くほどきつく椅子の肘かけを握り締めていた。

「とにかく、警察には用心したほうがいい」ラブはおずおずした様子で説明を締めくくった。

俺はラブのほうを向いて激しく首を振る。「警察の目を逃れる方法ならいくらでもあるさ。それに一つ忘れてねえか。お巡りなんてのはただの発育不全の世間知らずだ」

ラブは疑わしげな顔をした。レントンが口をはさむ。「シック・ボ……じゃなくて、サイモンの言うとおりだろうね。人が犯罪の何たるかを知るのは、犯罪が当たり前の環境で育つからだ。警察の人間の大部分は、アンチ犯罪から人生をスタートする。だから、犯罪者に追いつくには時間がかかる。ただし、仕事を通じて犯罪文化に長く深く接するわけだから、途中から猛烈に加速する。いまとなっては犯罪の最大の温床は警察だ。どんな犯罪なら成功して何は失敗するか、現場で学ぶわけだな」

ビレルが熱く燃えるのが目に見えるようだった。ついに同類を見つけたといった風に顔を紅潮させている。こいつについてのテリーの意見は当たっているようだな。月ってのは熟していないチーズからできてるのかっていうような、くだらない議論の代表みたいなものであろうと、仕掛ければこいつは乗ってくるだろう。そこで俺はラブが口を開き、レンツが反論を始める前にさえぎった。「議論は勘弁してくれ。とにかくだ、警察のことは俺にまかせろとしか言えない。ちゃんと手は打ってある。そろそろ結果が出るころだろう。そうだ、さっそく電話で問い合わせてみるとしようか」

俺は外に出ると、緑の携帯電話を取り出して電波をとらえようとした。この電話は大陸側でも使えるはずなのに、なんだよ、まるでだめじゃないか。頭に来て、役立たずのおもちゃを運河に投げこみかけた。寸前で思いとどまり、煙草屋に行ってテレフォンカードを買い、公衆電話を探した。そのとき急にどこからともなく押し寄せた甘くゆがんだ性衝動に降参し、まずは〈インターフローラ〉に電話をかけた。一ダースの赤いバラをニッキーに、ついでにニッキーの眼鏡のお友達ローレンにも同じ花を贈るよう手配した。あのローレンがどう反応するだろうと考えると、なおも高ぶった。「カードはメッセージなしで」俺は注文受付の女に言った。

次にリース警察にかけた。「もしもし。〈ポート・サンシャイン〉を経営していますサイモン・ウィリアムソンと申します。先日、うちの店で没収して届け出た錠剤の検査結果を教えていただきたいんですが」俺はケバブお巡りからもらった受付票をポケットから引っ張り出した。「受付番号は、0762の……」

延々と待たされたあと、申し訳なさそうな声が聞こえた。「あいにくですが、ラボの検査が立てこんでいるようで……」

「ならけっこうです」俺は行政サービスに不満を抱く納税者らしくそうぴしゃりと言って、いきなり受話器を置いた。リースに戻ってまず最初にやることはそれだな。警察署長に苦情の手紙を書くんだ。

29 ……一ダースのバラ……

ニッキー

ローレンとわたしに思いがけない贈り物が届いた。それぞれに一ダースのバラの花束。深緑色の茎に血の赤をつけたバラ。カードに書かれているのはわたしたちの名前だけで、贈り主は匿名だった。ローレンは大学の誰かからだと決めつけて、完全にパニックに陥っている。二人ともちょっと二日酔いぎみだった。ローレンがスターリングの実家から帰ったことを祝って、ゆうべ飲みにでかけたせいだ。

ダイアンが来て、二つのブーケを見て目を見開いた。「うらやましい」そう言ってから、赤ん坊みたいな泣き顔を作って、だだをこねるみたいに言った。「わたしのお花はどこ？わたしの王子様はどこなの？」

ローレンは眉根を寄せ、歯をむき出して、内側に爆弾が隠されていると疑っているみたいに花束を調べていた。「お店に問い合わせれば贈り主がわかるはずよ！　電話して訊いてみるから。だってこれ、セクハラじゃないの！」ローレンはいまにも泣き出しそうだった。

「何言ってるの」ダイアンが言った。「先週の〈ペア・ツリー〉のヘンタイ男。あれはセクハラよね。でも、これはロマンスよ！　あなたはラッキーなのよ、ローレン！」

花束のおかげでその日一日が薔薇色になった。おかげで講義の退屈さも気にならなかった。そのあといったん帰って、サウナのアルバイトのために着替えをした。ジェーンとシフトを交代したくて、ジェーンも了解してくれているのに、ボビーがどこにいるのかわからなくて、了解が取れない。きっと馴染み客と一緒にサウナに入って大汗をかいているんだろう。木曜の夜だ。なぜか木曜の客は暴力団関係者ばかりと決まっている。やや重量オーバーぎみの大きな体から流れ落ちる汗に負けない量の黄金の装飾品。おもしろいもので、月曜から水曜日の客の大多数はビジネスマン、金曜日は自分にご褒美をやろうと決めた若者たち、土曜日はサッカー選手と決まっている。木曜日は〝犯罪分子〟だ。

勤務時間の終わり近くになったころ、タオルがなくなってしまったことに気づいて、隣のマッサージ室に行った。テーブルに横たわった巨大な肉塊を、ジェーンが手刀で切るようにとんとんと叩いていた。サウナで蒸し上げられた肉塊はロブスターみたいにピンク色に火照り、スギ材の床に置かれたライムグリーンのランプの光のせいで、そのピンク色がいっそうどぎつく見えた。下から照らされたジェーンの口もとはやさしく微笑んでいるけれど、目は笑っていない。わたしはいつ見ても純白を保っているタオルの山に近づいて何枚か取った。とんとん叩かれてぷるぷる震える肉の塊がうめき声を漏らした。出る間際に、その肉塊がこうつぶやくのが聞こえた。「もっと強く……もっと強くしても平気だ……心配しないで、もっと強く……」ちょっと意気消沈した。いつもわたしを指名する客じゃないの。まあ、気にしてもしかたがない。ようやくボビーを見つけて、ジェーンとシフトを交代することを伝えた。ボビーはジミーという客と一緒だった。フルネームは知らない。ジミーはわたしを見て、エスコートの仕事をしないかと尋ねた。わたしがそれはちょっとという顔をすると、彼は続けた。「いや、ただわたしの同僚と気が合いそうだなと思っただけだよ。いい金になるぞ。ワインも飲めるし、うまい食事もできる……」そう言って微笑む。

「わたしが心配してるのは、そのあとのこと」わたしも微笑んだ。「ワインと食事の先にベッドがあるんじゃないかと思って」

ジミーはきっぱりと首を振った。「いやいや、そういう仕事じゃないよ。そいつはただ女性を連れ歩くのが好きなだけでね。美しい女性を連れてあちこち行くのが好きなだけさ。それだけの仕事だ。それ以外のことは個別に……本人と交渉してくれ。ちなみに政治家だ。外国のね」

「なぜわたしに？」

彼は口を大きく開けて笑った。歯科治療痕だらけの歯が見えた。「一つには、きみが彼の好みのタイプだからだ。もう一つは、いつもきちんとした服装をしてるからだよ。クローゼットにセクシーなドレスを何着か用意しているような女性に違いない」そう言って、今度はロバみたいな顔で微笑んだ。「とにかく考えてみてくれないか」

「わかった。考えておきます」わたしは答えた。それから家に帰った。途中で一杯やらずに帰るのはいつ以来か。自分の部屋に入り、ハードなストレッチと柔軟体操と呼吸のエクササイズをした。それからベッドにもぐりこみ、何カ月ぶりかでぐっすり眠った。

翌朝目を覚ますと、全身にエネルギーが満ちていた。珍しく、ローレンやダイアンよりも先にシャワーを浴びて、そのあとたっぷり時間をかけて今日着ていく服を選んだ。何をそわそわしてるのかって？　リースに行くから。男の子たちが帰ってきてるって聞いて、心が浮き立っていた。なぜか、ここ数日は何か足りない気分で過ごしていた。でもパブに足を踏み入れた瞬間、何が足りなかったかわかった。シック・ボーイ――いえ、サイモンと呼ぶべきなのよね――は、アムステルダムに行っていたわずかな間に、付け合わせからメインディッシュへと昇格していた。自分ではラブが本命のつもりでいたけれど、よく磨かれた黒い靴に黒いパンツ、緑色のスウェットシャツを着たサイモンの姿を目にしたとき、はたと気づいた――ちょっと待って、何か勘違いしてたみたいよ。サイモンの顔は数日分の無精ひげに覆われ、スティーヴン・セガール風にぴったりなでつけられていた髪は、軽やかな、ふわふわと言ってもいいスタイルに変わっていて、表情を柔らかに見せている。瞳はきらめき、視線は集まった全員の上を忙しく跳ね回ったけれど、わたしのところで少しだけ長居したように思えた。

彼がとてもゴージャスに見えて、本当にこの格好でよかったかしらと不安になった。長々と迷ったあげく選んだのは、白いコットンのスラックスに黒と白のスニーカー、ショート丈の青いジャケットだった。ジャケットの一番下のボタンを留めると、一段明るい青のVネックのトップからのぞく胸の谷間が強調される。

わたしはラブに目を移した。そこにいるのは、古典的なハンサムだけれど、カリスマ性に欠けた若者だった。対照的に、サイモンからはカリスマ性が滴るようだった。染みだらけの長いバーカウンターに肘をつき、掌に顎を載せて、顎の下側の無精ひげをぼんやりとなでている。見ていたら、わたしがこの指で同じことをしたくなった。

何かが以前と違っていた。サイモンは王様みたいに場に君臨している。テリーはおもしろがっているみたいな顔をしていて、ラブは物思いにふけっている。ラブの結婚式はまだ二カ月くらい先だけれど、ふつうは結婚式の直前に開く、独身最後の男だけのパーティをずいぶん前倒しにした。薬で眠らされて、ワルシャワ行きの貨物列車に乗せられるとか、そういういたずらをされたらって心配したみたい。わたしはサイモンにじっと目を注いでいる。でも彼は、自分がバラの贈り主だというそぶりはまったく示さずにいた。

少し遅れてメラニーがやってきて、わたしの隣の席に腰を下ろした。サイモンがちょっといらついたみたいに腕時計を確かめた。ラブとサイモンはずっと何か議論している。映画のことみたい。初めて耳にする名前が何度か聞こえた。アムステルダムのレンツとかいう謎の人物だ。

サイモンが降参したようにラブに向かって大げさに両手を上げてみせる。「わかった。わかったよ。どうしても撮影はアムステルダムでやらなくちゃいけないんだな。法律に引っかからないように、少なくともダムで撮ったように見せなくちゃいけない。しかし、屋内のシーンの撮影はこのパブでできる」サイモンは言った。「路面電車や運河なんかの風景を適当に撮って挿入すればいい。誰にもわかりゃしないさ」

「まあ、そうだな」ラブが譲歩した。心配がお腹に詰まって便秘になったみたいに苦しげだ。

「よし、この話はひとまずここまでだ」サイモンはもったいぶった調子で宣言した。それから視線をまっすぐわたしに向けた。彼の灯台のライトみたいな笑みに反応して、わたしの胸はとろけ、下腹はすくみ上がった。ぎこちない笑みを返す。サイモンはまた何気なく無精ひげを指でなぞった。あのひげを剃刀で剃りたい。石鹸をよく泡立てて塗り、剃刀をゆっくりと動かしながら、あの大きな黒い瞳に浮かぶ感情をのぞきこみたい……

思考がつい暴走してしまう。サイモンばかり見つめないようにするのは不可能に近かった。サイモンが口を開いた。「テリー、脚本はおまえが書くんだよな。進み具合はどうだ?」

わたしはね、あなたとファックしたいって、それればかり考えてるのよ、ミスター・サイモン・〝ジック・ボーイ〟・ウィリアムソン。あなたを包みこんで、一滴残らずわたしの中に搾り取り、あなたを利用し、消費し、疲れ果てさせて、二度とほかの女を抱きたいとは思えないようにしたい……

「順調そのものだぜ。ただし、まだ一行も書いてねえけどな。全部ここに入ってんだよ」テリーはにやりとしながら自分の頭を指先で叩き、わたしのほうを向いて微笑む。質問したのはわたしだから、わたしに答えているとでもいうみたいに。この部屋にはほかに誰もいないかのように。テリー。お世辞にもセクシーとは言えないけれど、寝てもいいかもと思わせてしまうような人。何事にも情熱的な人だというだけの理由で。ああ、もしかしたら、テリーが謎めいたバラの贈り主だったりして。「テリー、あなたの頭のなかにセックスが詰まってることはみんな知ってる。必要なのは紙に書いた脚本」

「わかってるよ、美人さん」テリーはそう言い、にやにやしながら巻き毛をかきあげた。「しかしな、俺はものを書くのが苦手なんだよ。俺がテープに録音するから、誰かタイプライターで清書してくれてもいいぜ」期待のこもった目をわたしに向けた。

「つまりまだ取りかかってもいないってことだな」ラブが責めるように言い、全員の顔を見回した。

わたしはメラニーを見た。メラニーはただ肩をすくめた。ロニーは苦笑いしている。ウルスラはポットヌードルを食べていて、クレイグは胃潰瘍でもできて痛がってるみたいな顔をしていた。そこでテリーがA4サイズの紙を二枚おずおずと差し出した。そこに並んだ手書きの文字は、クモの脚というより、サソリの行列みたいだった。

「さっきまだ一ワードも書いてないって言ったくせに」ラブは紙を受け取って目を走らせた。

「書くのは得意じゃねえんだよ、ビレル」テリーは肩をすくめた。いかにも照れくさそうにしている。ラブは首を振りながら紙をわたしに差し出した。

冒頭部分をさっと読んだだけで、滑稽なくらいの出来の悪さに驚き、思わずこう叫んでいた。「テリー、ひどすぎるわよ、これ! みんなちょっと聞いて、たとえばこう。〝男は女のケツを犯す。女はもう一人の女のあそこを舐めていかせる〟。何よこれ!」

テリーはまた肩をすくめ、くるくるした巻き毛をかき上げた。

「ミニマリストにもほどがあるね、ミスター・ローソン」ラブは冷たく笑ってわたしの手から紙を受け取ると、テリーの鼻先に突きつけた。「こいつはクソだよ、テリー。脚本じゃない。ストーリーも何もないじゃないか。単なるセックスの羅列だ」ラブは笑い、今度はサイモンに紙を差し出した。サイモンは冷めた目で文字を追った。

「セックス以外に何が要るんだよ、ビレル。だって、ポルノ映画なんだぜ」テリーが弁解がましく言った。

ラブは顔をしかめ、椅子の背に体重を預けた。「たしかにそうだ、酔っ払った観客が期待するのはそれだな。おまえのアマチュアビデオを見に集まってくる連中の目的はそれだ。けど、俺たちが作ろうとしてるのは本物の映画だろ。だいたい、映画の脚本の体裁にもなってないじゃないか」そう言って片手をひらひらさせた。

「体裁はなっちゃないかもしれねえけどよ、ビレル、脚本に命を吹きこむのは俳優だろう……ほら、ドラマの《ジェイソン・キング》の俳優みたいにさ」テリーは自分の言ったことに勇気づけられたみたいに続けた。「行間を読んでそれを表現するとでも言うのかな。活気に満ちた六〇年代風ってやつがいまのはやりだろ。そういう感じに演出する」

そのやりとりの間、ほかのメンバーは退屈そうな顔をしているばかりで何も意見を言わずにいた。サイモンはテリーの〝脚本〟を目の前のテーブルに置き、椅子の背にもたれると、肘かけを指先でリズミカルに叩いた。「業界の経験者の立場から、一つ提案させてもらいたい」気取っているのか皮肉っているのかわからない、もったいぶった口調だった。「ラブ、テリーの脚本をもとに、ストーリーをひねり出してくれないか」

「ま、ストーリーが必要なのは事実だな」ラブが言った。

「ま、このままじゃ大学の卒論にはならねえやな、ビレル」テリーが当てつけるように大声で言った。

「そのとおりだ」サイモンは猫のようにあくびと伸びをした。瞳が暗い明かりを跳ね返す。「どうやらおまえの手には負えそうにないな、テリー」それからほかのメンバーのほうに顔を向けた。「テリーの原案をもとに、ラブとニッキーが脚本の形にまとめるのがいいと思う。簡単なものでいい。シーンごと、撮影場所ごとに体裁を整えてくれるだけでいいんだ……きみらに頼むのは、映画専攻の学生だからだよ。少なくとも映画の脚本を読んだ経験があるわけだろ？」サイモンはわたしたち二人にとろけるような笑みを見せた。ラブでさえくすぐったい気持ちになったんじゃないかな。

でも、わたしが一緒に何かしたいのは、ラブじゃない。サイモン、あなたなのに。

そのときテリーが口をはさんだ。「その……悪気はねえんだけどよ、学生ばかりってのも考えもんじゃねえか。どうかな、ニッキー、俺とあんたで脚本を書くってのは？」テリーは期待に目を輝かせて続けた。「だってほら、体位を試してみたりできるじゃねえか。実際にうまくいくもんかどうかとかさ」

「あら、心配してくれなくていいわ、テリー」わたしは早口に言った。それからサイモンのほうに視線を送った。体位を試すのはあなたとわたしでもいいのよ。けれどサイモンはメルの耳もとで何かささやいていた。メルがくすりと笑う。ああ、せめてこっちを向いてくれないかな。

「ニッキーと俺で書くほうが面倒がないと思うな。どのみち大学や何かで顔を合わせるわけだから」ラブがわたしの顔を見た。

わたしとしてはサイモンのほうがよかったから、思わせぶりな態度を取ろうかという誘惑にも駆られたけれど、とりあえずうなずいた。ふとこんな考えが浮かんだからだ——花束の贈り主はラブだったりして。でも、だとしたらローレンにも届いた理由がわからない。「そうね」わたしはゆっくりと答えた。「それは言えてる」

テリーはむっとした様子で顔をそむけ、バーカウンターのほうを向いてしまった。

「よし、決まりだな。ポルノらしい要素をひととおり詰めこんでくれればそれでいい。フェラチオ、男と女、女と女、アナル、射精シーン」サイモンはそう数え上げたあと、付け加えた。「ボンデージもたっぷり。それに思いつくかぎりの革新的な演出をてんこ盛りにしてくれ」

それを聞いてテリーも機嫌を直したらしく、またこちらに注意を戻した。「最大の問題はアナルだな」サイモンはそう言ってメルとわたしのほうを振り返った。「もっと厳密に言えば、きみたち女優陣にとっての難題だ」

彼の冷たい視線とその言葉が、わたしの内臓を凍りつかせた。「わたしはやらない」

メルも首を振り、今日初めて言葉を発した。「あたしもお断わりだからね」テリーが自分を見ていることに気づいて、メルは決まり悪そうな顔をして彼の足を蹴飛ばした。「カメラの前ではやりたくないってことよ、テリー!」

サイモンが顔を曇らせた。「ふむ……この問題については話し合いが必要だな。最近じゃ必須の要素だからね。俺個人としては、あってもなくてもいい。しかし、現代はアナル社会だ」

ラブがあきれたように目を回し、テリーは勢いこんでうなずいた。

「だって、考えてもみろよ」サイモンがたたみかけるように続けた。「田舎町の住人の証言がよくあるだろう。銀河のかなたから地球にやってきた異星人に、汗まみれのケツの穴に妙な器具を押しこんで調べられたって……現代ポルノは、《ゼーン》、《ブラック》、どのシリーズを見ても三つ穴攻めを売りにしてる。ベン・ドーヴァーのビデオを見てみろよ。ぴちぴちした若い女優がかならずアナルをやる」

「傑作ぞろいだよな」テリーが取り澄ました顔で言った。

サイモンはもどかしげにうなずいた。「俺が指摘したいのは、昔のポルノ映画では、アナルをやるのは妊娠線があるような、肌のたるんだおばちゃん女優ばかりだったってことだ。尻なんかセルライトだらけで、もう引退を勧告すべきなんじゃないかって女優だった。ところが、時代は変わったんだよ。本気でスターポルノ女優になりたければ、アナルプレイが必須と言ってもいい」

「わたしはいや」わたしは小さな声で言った。サイモンにだけは聞こえていたはずなのに、彼は聞こえないふりをした。そこでわたしは大きな声で不安を訴えた。「世の中の大半の女性はアナルセックスなんてしないでしょ。女同士のセックスをする人が一部にいるくらい。わたしたちが作ろうとしてるのは、猥褻なだけの男性向けポルノ映画じゃないんでしょ？男女どっちが見ても違和感のないせりふのやりとりやテーマが盛りこまれた画期的な映画を作るはずだったわよね？その意気込みはどこに行っちゃったの？週末に男の子たちだけでアムステルダムに繰り出したら、それだけで百八十度方針が変わったってこと？」

「まさか。画期的な映画を作るって方針は変わってない」サイモンは引き下がらない。「ただ、基本はすべて押さえたほうが無難だろうって話だよ。その中にはアナルプレイも含まれる。現実とは違うんだ、ニッキー。単なる芝居だよ」

いいえ、現実《リアル》と同じよ。リアルじゃなくちゃだめでしょう。セックスはセックス以外の何ものでもないし、わたしたちの人生に残された数少ないリアルなもの、作り事ではないものがセックスなのよ。

「そうだな」ラブが言った。さっきまで対立していたのに、本人も気づかないうちにサイモンの味方についている。「本物のセックスを見せるんじゃなく、セックスを演じるんだってことを忘れちゃいけないよな。一種のフリークショーだね。だって、現実のセックスで、三つ穴攻めなんて誰がやる？」

「おまえと大学のなよなよした男どもくらいだろうな」テリーがからかった。

ラブはテリーを無視した。それから、真意を誤解されたのではと心配になったんだろう、先を続けた。「リアルなストーリーとリアルな登場人物を使って、リアルなセックスをしてるように見せる。アナルセックスは大きな問題から目をそらす道具にすぎない。女優たちがいやだと言うなら、それはそれでいいんじゃないか」

「だめだね」サイモンが首を振る。「聞けよ、ラブ。これは人間がケツの穴を何だと思ってるかって問題だ。いまの人類は、魂が肉体のどこかに宿っているとすればきっとケツの穴だろうと思ってる。この問題は突き詰めればそういう話なんだよ。筋が通ってる。だから人はアナルなジョークを言い、アナルでセックスをし、アナルな趣味を持つ……ケツの穴こそ、最後に残されたフロンティアだ——脳でもなく、宇宙でもなくて、ケツの穴だ。つまり俺たちは革命家だってことだ」

そこまで言われても、やっぱりやりたくない。だから、〝どう思う？〟って顔で眉を吊り上げてメルとウルスラに同意を求めた。「しつこいようだけど、わたしはやりたくない。実を言うと、一度だけ試したことがある。でも痛くて、もの扱いされたみたいな気分で、冷たくて、ただ不快だった。セックスは好きよ。でもサーカスの見せ物みたいに苦痛にあえぎながら、男のモノをどこまでお尻で受け入れられるか確かめてみたいとは思わない」

「一度強引に突っこまれちまえば、気に入るかもしれねえだろ。経験するとすっかりやみつきになる女だっているぜ」テリーが言う。

「自分のお尻の穴を英仏海峡トンネルみたいにしたくないだけ、テリー。場を白けさせようとしてわざと言ってるわけじゃないの」そう言うと、テリーはわたしに大きなウィンクをしてみせた。「とにかく、わたしはやりたいと思わない。その行為自体は否定しないけど、わたしはやりたくないの」

「あたしは、やるのはかまわないけど、世間に知られるのはいやだな」メラニーが言った。

「おおっぴらにしたくないものって誰にでもあるでしょ。プライバシーは必要よね」

「〝あたしはそういうヘンタイ女じゃないのよ〟ってか」テリーが笑った。

「テリー、男は何とも思わないのかもしれないけど、女にとっては一大事なの」

「そういう区別はよくねえな。このフェミニズムの時代に」テリーはラブのほうを向いた。

「いや、ポスト・フェミニズムだったか？　な、ビレル。俺だってたまにはおまえの話をちゃんと聞いてんだよ」

「うれしいね」

サイモンが手を叩いた。「バカラの歌で考えてみろよ。〝あたしは淑女なの（Sorry I'm a Lady）〟なんて歌う女はこの業界では好まれない。俺たちは〝もちろんブギを踊れるわ（Yes Sir I Can Boogie）〟が聞きたい」

「一理あるとは思うけど、サイモン」わたしは微笑んだ。「でも、引き換えにわたしたちはどんな歌を聴かせてもらえるのかしら」

「こういう歌だ」サイモンは財布を開き、分厚い札束を抜き出してみせた。それから映画のポスターを持ち上げた。「それにこういう歌だよ。俺たちはまさに最前線にいる。ちょっと考えてみようじゃないか。アナル崇拝の源はいったい何だ?」

「現代社会にはぴったりのものよね。自分のことしか眼中になくて、自分のお尻の穴にだってもぐりこみかねない社会」

「違うね、お嬢さん。源はポルノだ。ポルノ産業とは真のパイオニアなんだよ。ポルノ産業がくしゃみをすれば、ポップカルチャーはひどい風邪を引く。大衆はセックスとバイオレンス、食べ物、ペット、DIY、それに恥辱を求めてる。だったら与えてやろうじゃないか。テレビを見てみろよ。新聞や雑誌を見てみろ。階級制を見ろ。嫉妬、俺たちの文化から染み出してる憎悪を見てみろよ。英国人は、他人が辱め《ファック》を受ける姿を見たがってるんだ」通りの反対側の安アパートの隙間から一条の陽光が射しこみ、それに照らされたサイモンは、一瞬、《未知との遭遇》のエイリアンのシルエットみたいに見えた。「まあいい、この議論はまたの機会にしよう」

テリーがいたずらっぽい目をサイモンに向けた。「一つ言わせてくれ。ジーナをキャストに入れるといいぜ。アナルプレイくらい平気でこなすから」

「とんでもねえよ、テリー。あの女は、アマチュア裏ビデオくらいならごまかせても、ちゃんとした映画に出られるほどの素質はない。キャスティングは俺にまかせてくれないか。ついこの前、昔の知り合いに偶然再会してね。マイキー・フォレスターといって、サウナを経営してる。その店によさそうな女が何人かいた。キャストには困らない。ジーナは必要ないよ」サイモンはジーナの名を口にした瞬間、身震いしたように見えた。

テリーが肩をすくめた。「わかった、おまえにまかせるよ。けどジーナは、映画に出してくれないなら、おまえが使い物にならなくなるまでしごきまくってやるって言ってたぜ」彼はうれしそうににやにやしながら言った。

メラニーが同意するようにうなずいた。「そうね、あの子は敵に回さないほうが身のためよ。おそろしく気の強い子だもの。やるって言ったらやるだろうな」

サイモン――シック・ボーイは、うんざりしたように自分の額をぴしゃりと叩いた。「最高だね。デブ女にストーキングされるわ、主演のレディたちはアナルをやりたがらないわ。そのベグビーの妻にふさわしそうな女には、あきらめろって伝えておいてくれ」

「自分で言いな」テリーがにやりとした。

解散したあとも、わたしはすぐに帰らずにサイモンをつかまえた。「キャスティングのことだけど……わたし、手伝えるかも。興味がないか、友達に聞いてみる。事情に通じてる女の子たちとでも言えばいいかしら」

サイモンはゆっくりとうなずいた。

「もう帰らなくちゃ。また電話するから」わたしは言った。ラブがわたしを待っていた。彼の目に嫉妬の光が浮かんでいるように見えたのは、勘違いじゃないと思う。

30 小包

スパッド

また軽くヘロインをやってる。シーカーから仕入れた。アリからは、今度ヘロインをやったら家には帰ってこないで、ドラッグをやった姿なんかアンディに見せないでと言われた。そりゃそうだよね。だから家には帰らずにいる。今週はほとんどずっとあちこちの家のソファを渡り歩いた。モニーの家、実家、哀れなパーキーの家。パーキー自身もドラッグをやめようとしてるところだから、悪いことをしちまったなと思う。自分も苦しいのに、ぼくまで禁断症状でひくついたり体を震わせたりしてたらいやだよね。それにしても前より症状がきつくなった。出来心から悪習に逆戻りすると、そのつけは大きい。禁断症状が体にこたえる。たった一度やっただけでも、そのあとがきつい。体が過去にされた仕打ちを全部覚えてて、〝悪いが、そのまんま返してやるぜ〟って言ってるみたいだ。

何日ぶりかでこっそり家に帰った。アンディは学校に行ってるはずだし、アリはきっと外出してるだろう。いいぞ、家には誰もいない。ぼくは大きなおんぼろ肘かけ椅子に腰を下ろし、アラバマ3のテープに合わせて一緒に歌った。猫のザッパがいた。ぼくをダメなやつって決めつけない、たった一人の友達だ。このあいだ図書館で借りてきた本や、自分で取ったノートをめくってみた。図書館に入ったきっかけは雨宿りだったけど、ついでに歴史を調べてきた。リースのモットーは〝不屈の精神〟だ。ぼくも不屈の精神でがんばらないとな。テレビをつけた。音声はミュートにした。観葉植物に水をやる。ザッパがまた大きなユッカの木を掘り返したりしてないといいけど。

でも、今日はいやな一日になると決まってたみたいだ。玄関からノックの音が聞こえて、開けてみた瞬間、あんぐり口を開けちまったよ。あの野獣猫だった。目の前に立ってたのは、野獣猫だったんだよ。いったいいつ出所したんだろう。心臓が腹の底まで沈んだ。やばいぞ、シック・ボーイがチクったんだなと思った。すぐには言葉が出なかった。すると野獣猫がにやりと笑って、ぼくはようやく口がきけるようになった。「フランコ。久しぶりだね。いつ出所したんだよ？」

「二週間前だな」ベグビーはそう答えると、ぼくの脇をすり抜けてフラットに入ってきた。金属のついた靴のかかとが床に傷をつけたらと思ってどきどきした。アリが怒るだろう。この大家はものすごくうるさいんだ。「自慢じゃねえが、やることが早かったぜ。出所から数時間後には女をものにしてた。猛烈にやりまくってる」ベグビーは鼻高々だ。「おまえはどうなんだよ、調子は？」そう訊いて顔をしかめる。「まさかまたヘロインやってんのかよ？」

虎の凶暴な目と目が合っちまったときは、あんまり大胆な嘘はつかないほうが無難だ。

「いや、そんなことないって。たまにやるだけだ。しばらく前から一度もやってない」

「ならいいがよ。俺はな、ジャンキーばかりでうんざりしてんだ。ところで、コカインでもやるか？」

「えっと……えっと……」何と答えたらいいかわからなかった。こいつに何か訊かれて、確実に安全な答えが何なのか、わかったためしがない。

ベグビーは勝手にイエスと解釈して、包みを取り出した。気前よく粉を振り出す。ぼくは基本的にコカイン派じゃないけど、断るのはマナー違反だよね。エチケットとしてつきあうべきだ。それに、一ライン分やったくらいで大勢に影響はない。

フランコがラインを作り始めた。「しばらくパースにいたらしいじゃねえか」ベグビーが言った。「あのクソみたいなムショに。おまえに会いたかったな」ベグビーは小さく微笑みながら言った。なんとなくだけど、刑務所の中で会えなくて残念だったって意味じゃなく、ぼくに会えなくて残念だったって言ってるように思えた。

だけど、何と答えたらいい？「えっと、ぼくも会いたかったよ、フランコ。でも元気そうだ。ずいぶん鍛えたみたいだしさ」

ベグビーは岩みたいに固く盛り上がった腹筋を軽く叩いてみせた。「まあな、一部の連中とは違って、俺はトレーニングに励んだからな。投資の甲斐はあったぜ」ベグビーはコカインの長い長いラインを一息に吸った。「若い女ができてな。いまはウェスターヘイルズだがよ、ローン・ストリートのフラットを借りられそうなんだ。俺もそっちに引っ越す。すこぶるつきのいい女だぜ」そう言って両手で宙に砂時計の形を描いてみせる。「子持ちだけどな。前につきあってた男に因縁つけられてさ、やつの顎をぶち割ってやったよ。ま、その程度ですんで、やつも運がよかったよな。俺も最初は実家にいたんだが、もううんざりだ。エルスペスの話と、妹がつきあってる何とかいう男の話ばかり聞かされるんだから」フランコはコカインでハイになって、AK - 47アサルトライフルみたいにぱんぱん言葉を撃ちまくってる。

ぼくもコカインを吸い、鼻をこすりながら体を起こした。「で……子供たちは元気なの？」

「ああ、こないだ顔を見にいってきたとこだ。元気だった。だがよ、ジューンにはいらいらしたね。あんな女となんでつきあおうなんて思ったんだろうな。セックスがよかったわけでもねえしさ。まったく、頭がどうかしてたとしか思えねえ」

「刑務所の外には、その、もう慣れた？」

コカインでハイになったベグ猫は、ぼくの頭を食いちぎりそうな顔でこっちを見た。「そりゃいったいどういう意味だよ、え？」

「だってほら、ぼくなんか、フランコに比べたら五分くらいしかムショにいなかったようなもんだけど、それでもシャバに慣れるのにずいぶんかかったから」ぼくはそう答えたけど、ベガー・ボーイは絶好調って感じで刑務所の話を始めて、ぼくはものすごく不安になった。心の隅っこで、レント・ボーイのことや、返してもらった金のこと、シック・ボーイにうっかり話しちまったことなんかを考えてたからだ。シック・ボーイがもし、ベグビーにしゃべったら——？

フランコはまた新しいコカインのラインを作ってる。ぼくのほうは最初の一ラインがまだがんがんに効いてた。ベグビーは刑務所の中のいかれた連中の話をまだ続けてたけど、そのうちものすごく凶悪な目をしてぼくを見た。「なあ、スパッド。ムショにいる間に……小包が届いた」

そっか、レントンは金を返したんだ！「知ってるよ。ぼくにも届いたから！マークからだろ……」

ベグビーは急に動きを止めて、魂まで見透かすみたいな目でぼくの目をのぞきこんだ。「レントンから小包が届いただと？おまえ宛てにか？」

頭がぐるぐるし始めて、何て言っていいかわからなくて、しどろもどろに答えた。「その、いや、フランコ、差出人がほんとにレント・ボーイかどうかはわからない。だからその、匿名で届いたんだよ。でも、たぶんそうじゃないかなって」

フランコは怒り爆発って顔でこぶしを固めてもう一方の掌に叩きつけると、部屋の中を行ったり来たりし始めた。ぼくの頭の中では警報ベルがやかましいくらい鳴り響いてたよ。金を返してもらったんなら、どうしてこんなに怒る？「それだな、スパッド！くそ、どうして思いつかなかった？たしかに、ホモ同士がやってる写真満載のゲイポルノなんぞわざわざ送りつけてきそうなのは、あのこそ泥ジャンキー以外に考えられねえもんな！そうやって神経をよけいに逆なでしようってわけだ、スパッド！**あの野郎！**」フランコはそうわめいてテーブルを力まかせに叩いた。ガラスの灰皿がひっくり返ったけど、ありがたいことに割れずにすんだ。

ゲイポルノ……いったい何の話だよ……？　「そうだよ、それはきっとレント・ボーイの悪ふざけだ」ぼくはどうにか話を合わせようとした。金のことまで言っちまわなくてよかったよ。

「ムショん中で誰かをぶちのめすたびによ、相手はあのくそレントンなんだって自分に言い聞かせながらやってた」猛り狂う野獣猫は吐き捨てるように言った。それからまたコカインのラインを二本作った。片方を吸ってから、ベグビーは続けた。「シック・ボーイには会ったぜ。あいつ、パブのオーナーにおさまってやがんのな。〈ポート・サンシャイン〉だ。あの野郎、出世しやがって。まあな、おまえはりっぱに成功したんだな、なんて本人には口が裂けても言えねえよ。どうせあいつの頭ん中は、次のろくでもねえ計画で満杯だろうしな」

「うん、そうだね」ぼくはうなずいた。そしてかがみこんで次のラインを吸った。最初の一発のせいで心臓はまだばくばくしてたし、冷や汗も出っぱなしだったけど、それでも吸った。

「ああ、セカンド・プライズにも会ったぜ。スクラバーズ・クロースでな。ホームレスのやつらと一緒だった」

「酒はやめたって聞いたけど」ぼくは息も絶え絶えになりながら言った。コカイン二発分で、列車に衝突されたみたいな気分がしてる。

ベグビーはぼくの肘かけ椅子にどっかりと腰を下ろした。「まあな、俺がもっと分別のある生き方を教えてやるまでは禁酒してたよ。ロイヤル・マイルの〈ＥＨＩ〉にやつを引っ張っていったんだ。酒に手をつけようとしねえから、やつのレモネードにちょいとウォッカを混ぜてやった」そう言って、小さく肩を揺らしながら陰気な笑い声を漏らした。「それだけでアル中に逆戻りだ。人生には楽しみだって必要だろ。老いぼれホームレスに賛美歌を歌って聞かせるとか、聖書を勉強するとか、何言ってんだよ、くだらねえ。だから俺がな、よきサマリア人らしく振る舞って、退屈な人生からやつを救ってやったんだ。教会は人を洗脳するだけだ。俺はな、やつらにキリスト教的精神を叩きこんでやるんだよ……」

ぼくは考える。セカンド・プライズはものすごい努力をして、やっと人生を立て直したんだ。「でもあいつ、医者に言われてたんだろ、フランコ。もうアルコールは飲むなって」ぼくは手で喉をつかんで、首が絞まったみたいな音を出した。「飲んだら死ぬぞって」

「ああ、俺にもそんな話をしてたっけな。〝医者からこう言われた、医者からああ言われた〟。だが俺は率直な意見を聞かせてやった。大事なのは生活の質だろうってな。みじめな五十年より、一年だけ好きなことをして生きるほうがいい。だから言ってやったんだよ。肝臓移植でもすりゃいいだろって。〈ポート・サンシャイン〉にたむろしてる老いぼれどもみたいにゃなりたかねえだろ。まっさらで出直せるぞって」

そんな話に延々つきあわされた。やっとベガー・ボーイが帰ってくれたときはほっとしたよ。ベグビーの暴力話を聞くのはけっこうたいへんだからね。首を振るべきタイミングでうなずいちゃったりしてないか、ずっと心配してなくちゃいけないし。コカインで脳味噌が暴走しかけてたけど、どうにか気を落ち着かせて、フランコが遠く離れたころあいを見計らって小雨の降る外に飛び出すと、ジョージ四世橋の中央図書館に向かった。モットーは不屈の精神だよ、不屈の精神。

エディンバラ資料室に入ったときもまだ、頭がくらくらしてた。知らない女の子がマイクロフィルムを見てる様子をしばらくながめてから、その子に声をかけた。「あの……すいません。ちょっと教えてもらえますか。一度も使ったことがなくて」ぼくは空いてる機械を指さした。

その子はぼくの顔をちらっと見ただけですぐにうなずいた。「いいですよ」そしてフィルムのセットのしかたを教えてくれた。何だ、ものすごく簡単なことじゃないか。自分が馬鹿みたいに思えた。でもこれで使えるぞ！　まもなくぼくは、リースが住民の総意に反してエディンバラに吸収合併された一九二〇年の大いなる裏切りについて書いた新聞の記事に目を通してた。これこそいまぼくらが抱えてるあらゆる問題の根っこだな！　住民は四対一で反対した。四対一で反対したんだからね。

図書館を出て港に向かって歩き出したところで、急に天気が変わって土砂降りになった。バス賃も持ってなかったから、襟を立てて急ぎ足で歩いた。セント・ジェームズ・センターの前で若い猫たちがたむろしてて、その中にぼくの友達のカーティスもいた。「やあ、元気か？」ぼくは声をかけた。そのころにはコカインのハイはだいぶ遠ざかってた。

「よう、スパ……スパ……スパッド」こいつはうまく言葉が出ないせいで内気だけど、こっちがゆったりかまえて、急かしたりせずにのんびり待ってやれば、カーティスもそのうちリズムに乗ってくる。そうなればもう、流れるようなコミュニケーションだって可能になるんだ。しばらくしゃべったあと、ぼくは〈ジョン・ルイス百貨店〉を抜けて、ピカルディ・プレース経由でリース・ウォークに出た。雨に当たりたくないから、できるだけ建物にへばりつくようにして歩いた。

ピルリグとの町境を越えて、今日はあんまり陽光《サニー》にあふれてないサニー・リースに入ったところでシック・ボーイと行き合った。この前より機嫌がよさそうだ。無視されるだろうと思ったけど、違った。向こうから謝ってきたんだ。そうだな、あの猫としては、謝ったつもりなんだと思う。「スパッド。この前のことは……忘れてくれ」

フランコ将軍はシック・ボーイのパブには行ったみたいだけど、シック・ボーイはぼくのことを告げ口してないらしい。シック・ボーイを少し見直したよ。「ぼくこそ悪かったよ、サイモン。ところでありがとう。フランコにあのこと黙っててくれただろ」

「あんなやつ、ほっときゃいいんだよ」シック・ボーイは首を振った。「あんなやつの心配をしてやるほど暇じゃない」それからぼくを近くのパブ〈シュラブ・バー〉に誘った。「雨が上がるまでビールでも飲んでようぜ」

「いいね。でも……その、おごってもらわないと飲めない。一文無しなんだ」ぼくは正直に言った。

シック・ボーイはわざとらしく溜め息をついたけど、パブに入っていった。ぼくはついていった。店に入ったとたん、いとこのドードがバーカウンターの近くにいるのが見えた。結局ぼくらはドードの話を拝聴する羽目になった。ドードはエディンバラ在住グラスゴー出身者がみんな言いたがることを延々と繰り返した。グラスゴーのサッカーチームのほうが強いとか、公共交通機関が発達してるとか、いいパブやクラブがあるとか、タクシーの運賃が安いとか、人があったかいとか。グラスゴーのやつらはみんな同じことばかり言う。まあ、ほんとにそのとおりなんだろうけど、でもさ、この猫だっていまはエディンバラに住んでるんだぜ。

ドードが小便に行くと、シック・ボーイがドードの後ろ姿をにらみつけながら言った。

「あの馬鹿、どこのどいつだよ？」

そこでぼくはドードのことを説明して、暗証番号がわかったらいいのになって話もした。暗証番号さえわかってれば、とっくにあいつのポケットからキャッシュカードをくすねてるよ。あいつの口座には大金が入ってるんだから。〈クライズデール銀行〉じゃ暗証番号を自分で決められるんだって、それればかり自慢するんだよね」

ドードが便所から戻ってきて、次のビールを注文して席に座った。そのときだよ、信じられないことが起きたのは！　ドードがジャケットを脱いだ瞬間、シック・ボーイとぼくは顔を見合わせた。現れたんだよ、目の前に、でかでかと！　ドードの片腕には、〝Aye Ready〟って言葉を添えたライオンの入れ墨があって、反対の腕には馬にまたがったウィリアム王が彫ってあった。その馬の下の巻き物状の図柄に、絶対に忘れないようにだろう、暗証番号が彫りつけてあった――〝1690（プロテスタントの王ウィリアム三世がカトリックの王ジェームズ二世と戦って勝利を収めた年号）〟。

31　……尻を半分切り落とされ……

ニッキー

わたしたちのトールクロスのフラットは小さな工場みたいな有様だった。マリファナやコーヒーが大量に消費され続けている。ラブとわたしは脚本書きに精を出していた。そのすぐそばで論文の資料をまとめているダイアンは、並んでコンピューターのキーを打っているわたしたちの含み笑いが聞こえるたびに期待のまなざしをこちらに向けた。ときどき画面をのぞきこんでは、猫みたいに満足げに喉を鳴らしたり、当を得た助言をくれたりした。リビングルームの隅にはローレンがいて、わたしたちが恥じ入って同じように大学の勉強に戻るようしむけるつもりか、大学のレポートをせっせと書いていた。興味津々で聞き耳を立てているくせに、意地を張って、脚本をのぞきにこようとせずにいる。ラブとわたしが〝男のモノをしゃぶる〟〝肛門に出し入れする〟と小声でささやき合ってはくすくす笑うたびに、ローレンは頬を染めながらもむっとしたような顔をし、〝フェリーニ〟とか〝パウエルとプレスバーガー〟とかつぶやいた。やがてダイアンが降参したように本やノートをまとめた。「もうだめ。自分の部屋に戻ってるから」

ないわよね」ローレンが憤慨した顔を作ってわたしたちを見た。「やっぱりそう？　下品で聞いてられ

「違うわ」ダイアンが陰気な声で答えた。「シナリオをのぞくたびに、むらむらきちゃうからよ。わたしの部屋からちっちゃなモーターの音やあえぎ声が聞こえてきたら、そういうことだと思って」

ローレンは泣きそうな顔をして下唇を嚙み締めている。そんなに迷惑なら、自分だって部屋に引き上げればいいじゃない？　わたしたちが六十ページ程度の第一稿を仕上げてプリントアウトするころには、ローレンも好奇心に負けたか、こっちに来た。タイトルを見、スクロールボタンを押して文字に目を走らせながら、あきれたような、軽蔑したような表情を作った。「何これ……吐き気がしてくる……いやらしい。むらむらするどころじゃない。こんなの駄作よ！　こんな低俗で、女を搾取するような汚らわしいものが書けるなんて……」めそめそとつぶやく。「しかもこれを実際にやるわけでしょ。知らない人と。こんなことをさせる気でいるなんて信じられない！」

ほかはともかく、わたしはアナルセックスはやらないことくらい教えてあげるべきだって気もしたけれど、そうはせず、わたしは横柄な態度で胸を張ると、こういうときのために暗記しておいた引用句をとうとうと述べた。「どちらのほうが苦痛か、教えてもらえないか。海賊に百度捕まり、尻を半分切り落とされ、ブルガリアの笞刑《ちけい》を受け、異端審問で死刑を宣告されて鞭打たれ絞首刑に処され、奴隷としてガレー船のオールに鎖でつながれ――要する

に、わたしたちが経験してきた苦難を残らず体験するのと」わたしはそこでラブに視線を送
った。ラブもわたしと声を合わせて先を続けた。「ここでただ何もせずにいるのと」
ローレンは首を振った。「それ、いったい何の話よ?」
ラブが口をはさんだ。「ヴォルテールだよ。『カンディード』の引用だ。知らないなんて
意外だな、ローレン」ローレンは落ち着きをなくし、煙草に火をつけた。「カンディードは
何と答えた?」ラブがわたしに向かって人差し指を立ててみせ、わたしたちはまた声を合わ
せて言った。「それはひじょうに難問だ!」
ローレンは怒った顔をして椅子の上でまだもぞもぞしている。まるでわたしたちがわざと
意地悪をしているみたい。でも本当のところは、とりあえず脚本ができあがって舞い上がっ
ているだけのことだった。
「きれいな花だね」雰囲気を和らげようというつもりか、ラブがわたしのバラの花束を見や
って言った。「向こうにもバケツに入ったバラがあったな」そう言ってにやにやした。「誰
からもらったんだ?」
ローレンがラブに鋭い一瞥を投げた。でもわたしには、ラブは事情を何も知らずに言って
いるように聞こえた。ということは、バラの贈り主はやっぱりシック……じゃなかった、サ
イモンだってこと?　ラブは容疑者からはずしてよさそうだ。
わたしたちは街のお店が開く時間まで徹夜で脚本の手直しを続けた。二人とも疲れきって
いたし、ほかのメンバーの反応が不安でもあった。それでもローレンの感想から大きな自信

を与えられてフラットを出た。コピー店で脚本を数部コピーして綴じた。それから朝食にしようとカフェに腰を落ち着けたところで、脚本を書き上げた達成感と疲労で頭はうまく働いていなかったけれど、ローレンはひたすら動揺していたのだとようやく気づいた。急に罪悪感にとらわれて、わたしはラブに訊いた。「ねえ、いったん帰ってローレンの様子を確かめたほうがいいかな」

「いや、よけいなことはしないほうがいい。しばらく放っておこう」ラブは少し思案したあとそう答えた。

わたしにとってもそのほうが好都合だった。家に戻りたくない。こうしてラブといるのが楽しかったからだ。濃いめのブラックコーヒーとオレンジジュースとベーグルを楽しんでいたい。テーブルに完成版の脚本があるという事実に有頂天になっていた。わたしとラブが書き上げた映画の脚本。わたしたちは何かを成し遂げたのだ。力を合わせて完成させた。彼との距離がものすごく縮まった気がした。わたしは彼とこういう時間をもっと過ごしたいと感じているのかもしれない。ただ、いまの時点でその気持ちはセックスとは無関係だ。サイモンに対する強烈な気持ちとは違う。いま感じているのは男女の違いを超えた何かだ。単なる体と体の関係じゃなく、こういう親密な時間を欲している。ふと思った。「ねえ、別の女と徹夜でポルノ映画の脚本を書いてたって知ったら、あなたの婚約者は怒る？」

その瞬間、ラブは現実に立ち返ったらしい。すっと気持ちが離れるのがわかった。ラブは肩をすくめて答えをはぐらかすと、ポットからコーヒーのお代わりを注いだ。沈黙が続く。

ラブは何か言いかけてやめた。わたしたちは支払いを済ませてカフェを出ると、リース行きのバスに飛び乗った。

バスに揺られている間、わたしの心は彼を見ていた。パブに着く。彼がいた。サイモン・ウィリアムソン。ほかのメンバーもちょうど来たところだった。ウルスラは、イギリス人の女の子にはとても似合わなそうなトラックスーツをうまく着こなしている。双生児みたいなクレイグとロニーも来た。ジーナも来た。酔って介抱してもらって以来、ジーナが来たのは初めてだ。よかった、会えて。ジーナに近づいて肩に手を置いた。「この前はどうもありがとう」

「あなた、あたしの服に吐いたよね」ジーナはぶっきらぼうに言った。わたしはぎくりとした。でも、怒ったふりをしただけらしくて、ジーナはすぐに微笑んでくれた。「たかがTシャツだもの。気にしないで」

それからメラニーが来た。さばさばと親しげに、まるで久しぶりに会った古い友達同士みたいにわたしを抱き締めた。わたしは高揚した気分で脚本のコピーをみんなに配った。「忘れないでね」そう念を押した。「これはあくまでも第一稿だから。フィードバックは大歓迎」

とりあえずタイトルは気に入ってもらえたみたい。全員が表紙に目を落とすと同時に肩を震わせて笑った。

七兄弟の七体位

Seven Rides for Seven Brothers（映画《掠奪された七人の花嫁（Seven Brides for Seven Brothers）》のもじり）

ストーリーを簡単に説明した。「ざっくり言ってこんなお話。海上の石油リグに七人の労働者がいて、そのうちのジョーとトミーと賭けをするの。七人の〝兄弟〟全員が、週末の休暇に陸《おか》に戻ってる間に女を抱けるかどうか。ただし、セックスをするだけじゃなくて、それぞれ日ごろからよく話してる七つの願望を満たさなくちゃならないわけ。あいにく、七人のうちの二人は、ほかの予定があって——文化系、スポーツ系の予定ね——別の一人は童貞なの。だから、賭けはそもそもトミーに有利なわけ。でも、ジョーには強い味方がいた。メリンダとスージーよ。共同で高級売春宿を経営してて、七人の女をそろえて、七兄弟のそれぞれの願望をみごとにかなえるわけ」

サイモンは熱意を込めてうなずき、平手でももをぴしゃりと叩いた。「いいね。すばらしくいいぞ」

ほかのメンバーが脚本に目を通している間、ラブとわたしは一階に下りて、開店前の無人のパブで飲みながら待つことにした。脚本や大学の話をして三十分くらいたったころ、二階に戻った。ドアを開けた瞬間、全員が無言でわたしたちを見た。脚本を気に入ってもらえなかったらしいと思って、冷や汗が出た。でもすぐに気づいた。みんなのあの目は尊敬のまなざしだ。

ふいにメラニーの大きな笑い声が響いて、部屋の酸素が一瞬にして吹き飛ばされた。メラニーがテーブルに脚本を投げ出す。笑いを止められずにいる。「これ、ほんとにおもしろい」メラニーは手で口を覆い、含み笑いをしながら言った。「あんたたち、すごすぎ」

テリーがラブのほうを見て言った。「たしかに、まあまあおもしれえな。ただよ、ビレル、これは大学の課題じゃねえんだ。チンチンをしごいていけるような内容じゃなくちゃだめなんだよ。顎をこすって感心するんじゃなくてな。これは学校のお勉強じゃなくて現実の世界なんだからさ」

ラブはむっとした顔でテリーを見た。「ちゃんと読んでみろって、ローソン。海の上の石油リグに七人の兄弟がいるんだ。休暇の間に、七人の女に会わなくちゃならないんだぜ」

サイモンは敵意の視線をテリーに向けたあと、目を輝かせてわたしたちを見た。心から感心しているみたい。「こいつは天才の作品だよ」そう言って立ち上がると、ラブの肩に手を置いてぐいと力を込め、わたしの頬にはキスをした。それからバーに身を乗り出すと、グラスに気前よくジャックダニエルを注いだ。「全部の要素が詰まってる。ボンデージやスパンキングのシーンはとくにいいね。きわどくていいよ！」

「でしょ」彼の褒め言葉を聞いて鼻高々になったけれど、表向きはクールを装った。徹夜の疲れがどっと出た気がした。「イギリス市場をターゲットにしたの。英国らしいフェティシズムを盛りこむことを考えた。その文化的な起源はパブリックスクールや過保護国家にあるわけでしょ？」

ラブも勢いこんでうなずいた。「ソフトポルノの伝統や弾圧的側面のある検閲文化も象徴してる」急に二人とも偉そうな態度を取っていた。「ローレンは芸術性が感じられないと言ったけど、そんなことはない」

「芸術性なんてもんは必要ねえって、ビレル。俺はフェラチオに固執する男が気に入ったな」テリーはウィンクをしながら上下の唇をいやらしくこすり合わせた。

サイモンはゆっくりとうなずいていたが、内心では満足しているだろうに顔には出さないまま、処刑人のごとき冷たい熱意を示して言った。「次の問題はキャスティングだな」

「俺は七兄弟全員をやりてえな」テリーが言った。「いまの技術なら特殊効果とか編集でどうにかなるだろ。かつらとか衣装を変えてさ。眼鏡をかけるとか……」

全員が笑った。その笑い声にはあきれたような響きがあった。テリーは真剣だとみんなわかっているからだ。サイモンが首を振った。「だめだ。俺たち全員が出演する必要がある――カメラの前でやれる男は全員、だな」

「俺は問題ねえよ」テリーはご心配なくといった風に股間をそっと叩いた。それからラブを見た。「やけに静かだな、ビレル。ちっちゃな役はいらねえのか。それとも、〝ちっちゃな〟って言葉に何か心当たりがあっちまったりするのか」

「よせよ、テリー」ラブは取り澄ました笑みを浮かべた。「充分な大きさがあるからな。おまえの口のでかさに関して言えば、三十センチのモノを一ダース突っこんでもまだ余裕がありそうだが」

「夢でも見てろ、ビレル」テリーが鼻で笑った。「うっかり忘れてるのかもしれないが、頼むよ」サイモンが学校の先生みたいな態度で言った。「うっかり忘れてるのかもしれないが、レディの前だぞ。ポルノ……いや、アダルトエンターテインメント映画を製作するからといって、リアルに卑猥な口をきく必要はない。そういう話は頭の中にとどめておけ。このテーブルを囲んでる間は表に出すな」

ラブとわたしは達成感に満たされて舞い上がっていた。レポートの結果を受け取りに大学に戻ろうと帰り支度をしていると、サイモンがわたしに近づいてきて耳もとでささやいた。

「これまでずっと蜃気楼だった女が、ついに現実になって俺の前に現われた」

ああ、やっぱり。バラの贈り主は彼よ。

エディンバラに戻るバスの中で、ラブは映画一般についてあれこれ話していたけれど、わたしは全然聞いていなかった。ラブの姿は視界に映らず、声は耳に入らなかった。頭にあるのはサイモンのことだけ。〝これまでずっと蜃気楼だった女が、ついに現実になって俺の前に現われた〟

わたしは彼の現実だ。でも、わたしたちの人生は現実《リアル》じゃない。これはリアルな人生とは別のもの、エンターテインメントにすぎない。大学に行くと、マクライモントはわたしのレポートに五十五点をつけていた。褒められた評価ではないけれど、〝可〟には違いない。読みにくい文字で、講評が書いてあった。

悪くない出来だ。ただし、この国では標準ではないアメリカ式の綴りが多用されていて読みにくいことが評価を大きく下げた。色《colour》の綴りはcolorではない。優れた洞察はいくつか見られるが、スコットランド系移民の科学や医学に対する貢献を軽視してはならない——政治、哲学、教育、工学、建築以外の分野にも大いに貢献している。

〝可〟。これでこの単位のことと、あの気色悪いヘンタイ教授のことをすっかり頭から追い出せる。

32　悪だくみ　#18,741

シック・ボーイ

裏庭の芝生を見る。主婦が洗濯物を干していた。頭上に淡い青色をした美しい空が広がっているが、安アパートのすぐ上を、どんよりとした陰鬱な雲が猛烈な勢いで流れていった。主婦は落胆したように眉をひそめて空を見上げ、一雨来そうだと気づいて、八つ当たりのように洗濯物のかごを蹴飛ばした。

映画のキャスティングは簡単だった。緊縛シーンはクレイグとウルスラが担当する。主人公的な役回りのテリーは、メルとアナルプレイ。ロニーは、ニッキーとメラニーの同性愛場面をネタに一発抜くボクサー役（それで抜けるのはロニー一人じゃないだろうな）、俺は乱交プレイを夢見る男を演じる。マイキー・フォレスターには、サウナの女たちとフェラチオシーンをやってもらう。あと足りないのは男優二人だ。ノーマルのセックスシーンのほうは、ラブに出演依頼をしてみる予定でいる。レントンでもいいな。あとは童貞役の若い男が見つかれば一丁上がりだ。

この映画の最大の課題――俺たちの思いどおりに製作するに当たっての課題は、資金だ。

ありきたりの映画にする気はない。業界人としてSDWを甘く見たのは間違いだったたってことを世の中に証明してみせるつもりでいる。そのためにも安上がりにすませるわけにはいかない。そんな風に世間の期待に応えてやることはない。業界の腐った野郎どもが湯水のように使っているような資金は俺にはなかった。だがスパッドとあのおしゃべりないとこの話からインスピレーションを得て、ちょっと探りを入れてみた。もしかしたらうまいことといくかもしれない。もちろん、俺のはスパッドの低次元なペテンよりよほど手の込んだプランだし、ダニエル・マーフィーを計画に加えるつもりなどまったくない。

あなたのご意見は、アレックス・マクリーシュ？

〝勝敗を決めるのは選手層の厚さだ、サイモン。きみの組織したチームは賞賛に値するね。とくにあのニッキーという娘だ。才能にあふれている。対照的にマーフィーは、まあ、役に立たなかったわけではないが、選手としてチームに加えるにはプロ意識に欠けているね〟

ありがとう、アレックス。まったく同感だ。マーフィーとは急場しのぎに短期契約を結んだにすぎない。マーフィーの助言だけをありがたくいただき、そのあとはボスマン判決に従い、ヨーロッパ大陸全土に目を配って契約切れの新たな才能を探す。むろん、オールドファンに人気のマーク・レントンをリースに呼び戻すのは至難の業《わざ》かもしれないな。そこで俺はスカウト活動をホームタウンに近いところから始めた。俺の外出中に、リンクス・エージェンシーのポール・ケラマランダスとかいう人物から店に何度か電話があったらしい。リンクス・エージェンシーというのは、クイーン・シャーロット・ストリートにあるヤッピーな広告会社で、〝新生リース〟の旗振り役と言われている。伝言によれば、ケラマランダスは〝ドラッグと闘うリース商店会〟の設立に関心を抱いているらしい。身の引き締まる思いがすると同時に、うまい話のにおいを嗅ぎ取った俺は、口の中をよだれでいっぱいにしながら電話をかけ直した。実り多い会話になった。ケラマランダスは、ほかの起業家にもすでに接触を図っていると言い、来週、アセンブリー・ルームズで発会の集まりを持ちたいと提案した。ほかに誰か〝同じテーブルについてもらいたい〟起業家の心当たりはないかと訊かれて、この街にはまっとうな知り合いがほとんどいないという悲しい現実を突きつけられた。だって、紹介できるやつなんかいるか？　脂ぎったタイ風カフェとやらを経営するレクソか？　しみったれた淫売ぞろいのサウナを経営するマイキー・フォレスターか？　よしてくれ。これは俺に来たうまい話だ。俺だけのおいしい話だ。あまり大所帯にしないほうがいいだろうと俺はケラマランダスに言った。俺とやつと、すでに名前が挙がっている数人で充分ではないか。

「たしかに、おっしゃるとおりかもしれませんね」ケラマランダスは電話の向こうからクールにさえずった。「少なくとも会の活動が軌道に乗るまでは。〝船頭多くして〟を地で行きかねませんから」

俺は適当に相づちを打ち、電話を切ったあと暫定の日付を——正式に決まったらまた連絡が来る——予定表に書きこんだ。この男はすぐに媚びへつらいながら俺のケツの穴の中身をありがたがって食らうことになるだろう。成功に気をよくして、俺は大きなほうの計画に気持ちを切り替え、赤毛野郎の説得に取りかかった。

　まずは俺の魅力を武器に、レントンにまたもや電話をかけて、計画を――いまやつに話せる範囲で――説明した。電話だと、やつの沈黙はときに耐えがたく、拷問のように感じられる瞬間もあった。ああ、顔を見て話せたら。あのずる賢くて計算高い目、自分の本心を見破られたと察したとたん、百年に一人のボーイソプラノと言われたアレッド・ジョーンズなみの純真な瞳に変貌するあの目をまっすぐ見て話したい。「というわけだ。どう思う？」

　やつは感心したようだった。「成功の可能性はありそうだな」熱意をあまり表に出さないよう用心しているような声だった。

「だろ。きっとやつらも乗ってくる」

「言えてる。グラスゴーのやつらの反応はだいたい読めるから」レンツは言った。「ＵＫとアイルランド共和国の人口の半数は、もう何十年も前からあの六つの郡がこの世から消滅すればいいのにと思ってる。それでもやつらは、やっぱり他人の猿真似ばかりするんだろう」

「ああ、わかるよ。オリジナリティのかけらもねえやつらだものな。とくにハン（レンジャーズ・サポーター）だ。ウェストハムのサポーターグループにちなんだグループ名を名乗るわ、ミルウォールの歌をコピるわ。連中のほとんどは〈ロイヤル・バンク・オブ・スコットランド〉に勤めてると思って間違いないが、〈クライズデール銀行〉にも何人かはいるはずだ」

「で、いったい何を計画してる？」

「さっきも話したろ、オフショア口座が二つ三つ必要なだけだ。こっちに来て一緒にやろうぜ、マーク」俺は促す。それから、いろんな感情をごくりとのみ下して言った。「おまえが頼りなんだよ。貸しがあるだろ。な、頼むよ」

レンツがためらったのは、ほんの一瞬だけだった。「わかった。またこっちに来てもらえるか？　詳細を詰めよう」

「金曜日なら行ける」俺は意気込みを声に出さないようにしながら答えた。

「わかった。じゃ金曜に」

ああ、待ってろよ、レントン。このこそ泥野郎。

受話器を置いたとたん、緑の携帯電話――男友達用――が鳴り出した。フランコからだった。「携帯、買ったぜ。こりゃ便利だな。ところで今夜、カードをやる。マルキー・マッカロン、ラリーなんかが来る予定だ。ネリーがマンチェスターから帰ってきててな」

「残念だな。今夜は仕事だ」俺はがっかりしているふりを装って答えたが、内心では、ベグビーのカード講習会と連中が呼んでいる、あのサイコ御用達ロータリークラブに参加せずにすんでほっとしていた。酔っぱらいどもに金を巻きあげられるのは、俺の想定する楽しい夜の過ごし方じゃない。

しかし、レントンと話した直後にベグビーから電話がかかってくるとは、興味深い偶然ではないか。やつらは近々顔を合わせる運命にあるとしか思えない。

33　食器洗い

スパッド

アリは子供を連れて一度帰ってきたきりで、まともに話す機会がまだない。それでもぼくは元気潑剌、絶好調だ。リサーチがうまく進んでるし、ドラッグもやめたからね。アリは……その……懐疑的な態度だったたな。自分も何度も通った道だろうからね。でもアリの名誉のために言っておくと、疑わしきは罰せずのつもりでいてくれてるはずだ。もう一つうれしいことがあって、シック・ボーイとまた友達に戻れた。あとで待ち合わせをしてる。二人でちょっとした計画を温めてるところなんだ。

今日は妹のロワザンの家に寄った。ミスター・ベグビーなみに率直《フランク》に言えば、ぼくはロワザンみたいな女とは仲よくなれない。ぼくより十歳年下で、上昇志向が強くて、マーフィー家に受け継がれた伝統を昔からよく思ってないんだ。でも彼氏はいいやつで、仕事でスペインに長期出張するから、その間イースターロードのシーズンチケットをぼくに置いていってくれた。サッカー観戦なんて何年ぶりだろうな。ヒブスはがんばってる。あのアレックス・マクリーシュは、どことなくレンツに似てるような気がするよ。それと、テレビドラマの

《NYPDブルー》の俳優、何て名前だっけ？　ロビンソン・クルーソー？　違うな、でもそんなような名前の猫ちゃんにも似てる。毛の色のせいでそう思うだけかもしれないけど。いまはディフェンダーにフランス人の選手がいるし、中盤には黒猫ちゃんがいるんだ。ヒブス対ダンファームリンでも観にいこうと思ってる。退屈から逃げるためにね。退屈ってやつは最強の殺し屋だ。退屈と不安は殺し屋なんだ。退屈すると、人はスピードに頼る。不安に襲われたときは、ヘロインが本領を発揮する。

妹と会ってもやっぱり話が弾まない。同じ子宮に九ヵ月住んでた間柄なのに、そこから引っ越した先がまったく違う時代だったってことかもしれない。だからシーズンチケットを受け取って尻ポケットにしまうなり、ぼくはロワザンのうちから逃げ出した。

階段を下りようとしたら、下のほうの階から怒鳴り声と叫び声が聞こえた。一つ下の踊り場まで行くと、フランコの元ガールフレンドのジューンがいた。ベグビーの二人の子供たちを連れてて、一人はギャン泣き、上の子はジューンにひっぱたかれている。ジューンはぶち切れてた。すごい形相だったよ。「**あんた、弟をぶったでしょ！　やってないなんて言ってもだめだから！　何度言ったらわかるのよ、ショーン！**」

ベグビーの上の息子は、操り人形みたいに揺れながら無言で立ってた。叩かれたってどこ吹く風って顔だ。ぶたれた衝撃を和らげようとしてるんだろうな、ヒップホップのボディポッピングをするみたいにがくがく揺れる。小さいほうの猫ちゃんは、怯えきって、泣くのさえやめてたよ。

「おーい！」ぼくは大声で言った。「ジューンじゃないか！」

「スパッド」ジューンはそうつぶやいたかと思うと、首を振りながらわっと泣き出した。緊張の糸がぷつんと切れたみたいだった。

いきなり泣かれても困る。だって、ジューンがここに住んでることも知らなかったんだ。

「あの……大丈夫……？」ぼくはジューンの手から買い物袋を受け取った。持ち手の片方がちぎれてた。

「うん……ありがとう、スパッド。ちょっと、この子たちが」ジューンは泣き声で言い、子供たちのほうにうなずいた。

「子供なんてそんなものさ」ぼくは二人ににっこりしてみせた。小さいほうの猫はおずおずした感じの笑みを返したけど、上のミニ・ベグビーは、ぞっとするような目つきでぼくをにらみつけた。まだ子猫なのに。さすがフランコの子だよ。そうとしか言いようがない。

ジューンが鍵を回して玄関を開けた。子供たちは《スカイ・スポーツ》を見なきゃとか何とか叫びながら家の奥に走っていった。ジューンは壊し屋コンビの後ろ姿を見送ったあと、ぼくのほうを向いた。「お茶でもいかがって誘いたいところだけど、スパッド、すごく散らかってるの」

大して散らかってるようには見えなかった。ジューンはひどく疲れた顔をしてる。話し相手を欲しがってるような口ぶりだった。シック・ボーイやいとこのドードと会う予定はあるけど、ぼくもちょっとおしゃべりしたい気分だった。アリも、上の階のロワザンも——玄関まで見送りにも来なかった——ぼくとは口をきいてくれないからね。「絶対ぼくんちのほうが散らかってるから、気にしないでよ」するとジューンはぼくの顔を見て、そうかもしれないと思ったらしい。

　家の中は、たしかに服や子供のおもちゃで散らかり放題だった。キッチンの流しには、いったい何年前からたまってるんだろうってくらい皿が積み上がってる。カウンターには買い物の袋を下ろす場所さえない。

　ジューンは体を震わせてた。そこでぼくは煙草を差し出して火をつけてやった。ジューンはやかんを火にかけたはいいけど、まだ使ってないカップがなかった。一つ洗おうとして、洗剤をボトルから絞り出そうとしたけど、出てきたのはおならみたいな音だけだった。買い物袋の一つをかき回して新しいボトルを取り出した。でも手が震えて、ふたをうまく開けられずにいる。ジューンはまた泣き出した。すすり泣くなんて程度じゃなく、子供みたいにうわあんって声を上げて泣いた。「ごめんね。ちょっと落ちこんじゃって。何一つうまくいかないの……見てよ、この家……あの子たちのせい……手がかかるの……でも誰も手伝ってくれない。フランクは出所したけど、たった一度、子供たちの顔を見にきただけで、遊びに連れ出すことさえしない！　刑務所を出て十分後にはもう新しいシャツや服を着て、アクセサリーをじゃらじゃらさせてて……金ぴかの指輪とか……あたしにはもう無理、スパッド……もう無理……」

　ぼくは皿の山を見た。「ね、こうしよう。ぼくが代わりに手伝うよ。まずはこのキッチンを片づけよう。そうしたらきっと少し元気が出る。皿が片づいたら、きっと元気が出るさ。だってそうだろ、落ちこんで、エネルギー切れを起こしかけてるときに、シンクに汚れた皿が積み上がってるのなんて見たら、ますますいやな気持ちになるだろう？　最悪だよ。最悪の最悪だ。残ったエネルギーまでいっぺんに排水口に流れていっちまうような気がする。苦労は二人で背負えば半分になる。そうだろ、ジューン？」

「ううん、大丈夫だから……」

「いいじゃないか、やろうぜ！」ぼくはエプロンを着けた。「さあ、やろう。やっちまおう」

ぼくが皿を洗い始めたら、ジューンは抗議したけど、形だけだった。汚れた皿が減るにつれてジューンも少しずつ元気を取り戻した。まもなく皿はみんな片づいた。問題は消えてなくなって、視界がクリアになって何だってできそうな気になったよ。何も考えずにまずはやってみることが大事だ。とにかく始めるのが肝心なんだよ。ぼくの本みたいにさ、難しく考えずにまずはやってみること！

ぼくはいい行いをした。人の役に立つことをした。世界最強のスピードをやったみたいに気分が上向きになった。さっき階段で会ったときより、ジューンもずっと元気になってたよ。顔を見ればわかる。

ただし、シック・ボーイとの待ち合わせに遅刻した。シック・ボーイは〝楽しそう〟とは一キロか二キロは離れた顔をしてた。いとこのドードは、シック・ボーイ相手にしゃべりまくってたけど、ぼくが来たのに気づくなり、腕時計をぼくの鼻先に突きつけた。

34 悪だくみ #18,742

シック・ボーイ

リース・ウォークの肥溜めみたいなパブで、俺はおつむの弱いジャンキーがやってきてこの退屈なグラスゴー野郎から救ってくれるのを待っている。グラスゴー野郎は年齢《とし》のわりに白髪が多く、がっしりした体つきで、ふだんはゴージー農場でしかまずお目にかかれないような、びっくり仰天して攻撃的になった山羊みたいな目をしている。お帰りなさい、スコットランド、だな。このいとこのドードとかいう野郎は、見せかけだけのサクソン人、北欧系、無教養な俗物で、ラードが詰まったみたいな尻をした、ハンの退屈野郎だ。西海岸の貧民街から移住してきた、突然変異したチンパンジーは、なんと驚いたことに、ラテン語を引用しやがる。ラテン語だぜ。この俺に向かってだ。地中海人種と英国人種の血を引くルネッサンス的教養人たるこの俺に向かって。やつは俺の分も酒をもらってきて乾杯のしぐさをした。

「〝全世界に《Urbi et orbi》〟」

「乾杯。〝similia similibus curantur〟」俺は辛辣な笑みとともに返した。

いとこのドードの瞳孔は、万物を吸い寄せるブラックホールのように広がった。「いまのは知らないな。どういう意味だ？」やつはただ感心してるだけじゃなく、本心から興奮した調子で聞き返した。

俺のほうも、やつが口走ったラテン語の意味を知らなかった。だが、相手はグラスゴーのチンパンジーだ、そんなことは口が裂けても言えない。「毒をもって毒を制す」俺はそう答えて片目をつぶってみせる。「この瞬間にぴったりだろう」

いとこのドードは顔の向きをやや変えて、鋭い目つきで俺を見た。「あんた、知性派だね。波長の合いそうな相手と知り合えてうれしいよ」そう言ってから首を振り、悩ましそうな表情を作った。「それが困ったところだ。俺と波長の合う人間にはめったに出会えない」

「わかるような気がするな」俺は大まじめな顔を作ってうなずく。脳味噌の代わりにマカロンバーとスペアミント味のチューインガムが詰まったやつの頭は、俺の言葉を額面どおりにしか受け取れない。

「たとえばさ、あんたの友達のスパッドな。いい人間だが、頭が切れるとは言えねえやな。だがあんたはここが違う」やつは自分の頭を人差し指で叩く。「そうだ、スパッドから聞いてるよ。映画作ってるんだって？」

あのマーフィーくんが俺について好意的な批評をしてくれていたとはな。そのとおり、ポルノじゃない、映画だ、映画。あの手癖の悪い男に少しばかりつらく当たりすぎたかもしれないなどという感傷的な考えが頭をよぎった。「まあ、知性は必要だよ、ドード。世間でも言うだろう。〝ars longa, vita brevis〟」

「〝芸術は長し、人生は短し〟か。俺の好きな言葉の一つだよ」やつは顔が裂けそうなくらい大きな笑みを浮かべてうなずいた。

ここでようやくマーフィーの御仁が登場した。いつもどおりハイな顔をしている。グラスゴーの野郎が小便に立った隙に、俺は不快感を表明した。「どこをほっつき歩いてた？　俺はな、忙しいんだよ。なのに、あのつまんねえ野郎のつまんねえ話を延々聞かされるはめになったぞ」

ところがどうだ、マーフィーは何やら得意げな様子だった。「しかたないんだよ。ジューンにばったり会ってさ、皿洗《ウオッシュ・アップ》いを手伝ってた。手伝うしかなかったんだよ」

「ああそうかい」俺は心得顔でうなずいた。どうせそんなことだろうと思ったよ。こいつはそういう人間だ。とにかく誘惑に弱い。だが、俺だったら、よほど切羽詰まってなけりゃジューンとクラック《ウオッシュ》なんぞやろうとは思わない。ジューンがクラックなんかやるとは思わなかったしな。子供がいるんだ。しかし、いまどき誰だってドラッグの一つくらいやるし、彼女のために付け加えておくならあの女にはドラッグを買う金ほしさに商売をするくたびれた売春婦みたいな雰囲気がある。「で、ジューンは元気だったか」俺はわけもなくそう訊いた。とくに興味があるわけじゃない。

スパッドは唇をとがらせて息を吐き出し、不作法に屁みたいな音を鳴らした。あまりに大きな音だったから、ここがもう少しお上品なパブだったら、思わず振り向いてじろりと見る客もいただろうな。「それがさ、ものすごくブルーな感じだった」スパッドはそう答えた。

て応じた。

そこにいとこのドードの野郎が便所から出てきて、三人分の酒を注文した。

「だろうよ」俺はうなずく。「その理由は考えるまでもない」

ドードがラガーのグラスを持ち上げてスパッドと乾杯した。

「元気か、スパッド！　今夜は飲もうぜ！」同じ馬鹿げた手順を俺にも繰り返す。俺は親しげな作り笑いを顔に張りつけて応じた。

連れ二人から解放されたくて、若いウェイトレスに穏やかな陽光みたいな笑顔を注いだ。若かりしころには、俺がそうやって微笑むだけで女どもはとっさに髪に手をやって整えたものだ。だがいまとなっては口の端を軽く持ち上げるくらいの反応しかない。

俺たちはバーを数軒はしごしたあと、最後にエディンバラのブレア・ストリートの有名な〈シティ・カフェ〉に入った。昔は俺の行きつけだった店だ。そのころにはなかったビリヤード台が設置されていた。あんなものは置かないほうがいい。田舎者を長居させるだけの効果しかないからだ。田舎者つながりで言えば、この黙るってことを知らないいとこのドードとかいうやつにいいかげんうんざりしていた俺は、おつむは軽そうだがセクシーな娼婦を連れたマイキー・フォレスターが店に入ってきたのに気づいて、いつもなら不愉快になるところなのに、このときばかりはうれしくなった。

俺はきっと〈シティ・カフェ〉の人気者になること間違いなしだ。顧客レベルを一気に引き上げたからな。リース史上最悪のジャンキーに、グラスゴーのハン野郎、しみったれフォレスター。若い女向けかと思うようなチャラい服を着たクズ。いったい俺は何なのかと考えちまったね。突如として不潔な連中を引き寄せるマグネットにでもなったのか？　このカフェは、今夜閉店したあと、害虫駆除会社〈レントキル〉を呼ぶはめになりそうだな。

「マイキー・フォレスターだ」俺はドードに教えた。「サウナを何軒か共同経営してるやつでね、いい女をそろえてる。昔からよくある手さ。ヘロイン中毒にさせて、女がクスリ代ほしさに自らマッサージ部門から販売部門に異動するよう仕向ける。な、わかるだろう？」

ドードは振り向いてうなずき、マイキーに羨望と非難が入り交じった一瞥をくれた。

「ああ、それならさ、シーカーも同じことをやってるよね」スパッドが言った。思春期を卒業してもう二十年くらいたってるだろうに、瓶の首にくっついたクソみたいに、青臭くて馬鹿っぽいゆるんだ笑みがいまだに顔に張りついたままだ。

俺は首を振った。「シーカーの場合は、女を抱けるチャンスはそれしかないからだろ」そう言ったとたん、小さな後ろめたさにとらわれた。ポケットに手を入れればそこに、今日の午後、シーカー御自ら調達してくれたGHBの小瓶が入っているからだ。得意分野が極限まで限られているが、それなりに使い道のある男の一人だ。俺はスパッドを引き寄せて耳もとでささやいた。やつの耳は茶色い蠟みたいな垢で栓がされていた。イースト菌じみた刺激臭が鼻に突き刺さって、俺は思わず顔をしかめた。「マイキーとちょっと仕事の話をしてくる」スパッドの手に二十ポンド札を握らせた。「その間、このグラスゴー野郎の相手を頼む」

「ちょっと失礼、旧友に挨拶をしてくる」俺はドードにそう断わると、フォレスターのテーブルに近づいた。フォレスターは、誰にも本当には好かれはしないが、気づくと誰もが取引をしてるようなタイプの男だ。やつが愛想よく微笑んだ。むき出しになったやつの歯は、ビンガム地区を連想させた。最後に見たときあったおんぼろ団地は全部新築に建て替えられている。マイキーが金歯じゃなく、自然な色味の歯冠を選んだのは意外だった。タンニングマシンでこんがりさせた小麦色の肌をして、ごま塩の髪が乏しくなりかけていた頭は、ビリヤードの球みたいにきれいに剃りあげてある。銀色っぽいブルーの服は、見るからに質がよさそうだ。しかし、これも高価そうだが手入れがまったくされていない革靴と、八〇年代初め以降、世間の全息子たちがクリスマスの贈り物に母親からもらうようになったダサいセーター、それに白いパイル地の靴下が、少し前までやつがマーフィーの同類だった過去をさりげなく暴露していた。

「よう、サイモン。調子はどうだ？」

俺はやつがシック・ボーイじゃなくサイモンと呼んだことに気をよくし、その行為に釣り合った返礼をした。「上々だよ、マイケル。上々だよ」それからやつの連れに視線を向けた。

「こちらの美しい女性が、例の――？」

「そう、そのうちの一人だよ」やつはにやりとした。「ワンダ、こいつがシック……いや、サイモン・ウィリアムソンだ。この前話しただろう、俺の友達でね。ロンドンから帰ったばかりの友達だよ」

いい女だった。ほっそりとした、だが曲線の美しい体、黒髪に黒い目。いかにもラテン美女といった雰囲気だった。いとこのドードお得意のラテン、、、だ。輝くばかりの美しさは、ジャンキー売春婦の第一段階にいる証だろう。ヤクにはまって一気にやつれる前に、女はなぜかいったんものすごくきれいになるものだ。そこからはヘロインをやらなければ仕事一つできなくなり、見た目も衰える。そうなると世のマイキー・フォレスターたちは、女をサウナ嬢から通りに立つ売春婦に格下げする。さもなければクラックの巣窟行きだ。商売女の典型。こういう女のたどる道は決まりきっている。「あなたが映画を作るって人?」女は酔ったような調子で尋ねた。ヘロイン中毒者特有の、物憂げで、どことなく横柄な口調。十六歳くらいのころからこっち、俺が紹介される二人に一人はこういう連中だって気がするな。

「よろしく、スイートハート」俺は微笑み、女の手を優しく包みこんで頬にキスをした。

いいぞ、この女はいけそうだ。

さっそくマイキーとキャスティングの相談をすませた。このワンダという女は気に入った。マイキーに完全に依存していて、それゆえ完璧にマイキーの支配下にあるが、それでもやつに対する軽蔑を正直に顔に出す。だがマイキーにしてみれば、だからこそこの女への支配力をいよいよ強める過程がいっそう喜ばしく感じられるわけだ。それでもこの女にはプライドがある。ただし、外見が衰えるより前に、ヘロインはそのプライドの名残まで完全に吸い上げる。それがマイキーの錬金術というわけだ。

相談がすむと、俺はスパッドとドードのところに戻った。ドードはスパッドに女について の説教を大声で聞かせていた。「女にしてやれることはそれだけだ。愛を注ぐことだよ」ドードは酔っぱらった声で言った。「なあ、そうだろう、サイモン？　あんたからも言ってやってくれよ！」

「そうだな、一理あると思うよ、ジョージ」俺は笑った。

「愛して、勇気を持つことだ。女を愛する強さを持つことだよ。〝Fortes fortuna adjuvat〟……運命は強い者を助ける。そうだな、サイモン？　そうだろう？」

ここでスパッドが割りこんだ。おかげでこのおしゃべり野郎に情熱的に賛同してやる手間が省けた。「でもさ、場合によっては……」

いとこのドードは手を振ってスパッドを黙らせた。その手があやうく隣の客のグラスを直撃しそうになった。俺は謝罪代わりにその客にそっとうなずいた。「〝でも〟だの、〝場合によっては〟だのは言うな。女が不満を口にしたら、もっと愛をやればいい。それでもまだ不満を言うようなら、もっともっと愛してやれ」やつは耳障りな声で言った。

「そのとおりだな、ジョージ。俺は固く信じてる。愛を与える男の能力は、愛を受け入れる女の能力を上回ってる。男が世界を支配してるのは、だからだ。そういう単純な仕組みなんだよ」俺は簡潔に説明した。

ドードはあんぐりと口を開け、いままさに大当たりを出そうとしてるスロットマシンの小窓みたいに目玉をゆっくりと回しながら俺を見た。「こいつは、なあ、スパッド、こいつは天才だぞ！」

いとこのドードとやらは、ビール一杯か二杯でたちまち酔っ払うグラスゴー野郎の典型のようだ。ただし、酔いつぶれておとなしく寝てくれればまだいいが、酔っ払った状態を永遠とも思われるくらいの時間、維持しやがる。うろうろ歩き回り、退屈で妄想じみた戯言を何度でも繰り返して相手をうんざりさせる。「ありがとう、ジョージ」俺はうなずいた。「しかし、バーをはしごするのには少し飽きてきた。俺にしてみれば、仕事をしてるのとあまり変わらないからね。それに、ここはクズどものたまり場だ」俺はフォレスターのほうにうなずいた。「こういう連中とはあまり長くいたくない。持ち帰り用の酒をもらって、どこか場所を移そうぜ」

「いいね！」ドードが吠えるように言った。「二人ともうちに来いよ！　ぜひ聴かせたいテープがあるんだよ！　俺のダチがな、バンドをやってて……これがまた最高なんだよ。ほんとに最高なんだ！」

「いいね」俺は歯を食いしばって笑みを作った。「電話して友達を呼んでもかまわないかな。もちろん、女の友達だよ」俺は赤の携帯電話を振ってみせた。

「かまわないかって？　かまわないに決まってる！　おい、こいつ、最高だな！　最高だ！」ドードは店内にぎゅう詰めになった酔客に大声で知らしめた。俺のうなじの産毛は一斉に立ち上がり、恥ずかしさから勝手にバーを出て行こうとした。こういう褒め言葉を喜ぶ連中もいるだろうが、俺は違う。愚鈍な雑魚から能力と人柄についてお墨付きをもらうのは、ヒップで世の中に通じた人間からボロクソに言われるより、かえってダメージが大きいと俺は思っている。

三人で出口に向かった。先頭を行くのは俺だ。急ぎ足で人込みを縫って進む。ただし、緑色の体にぴたりと張りついたツーピースを着た美形の女――惜しむらくはみっともないマンチェスター・パーマをかけていることだ――に微笑みかける一瞬だけは速度をゆるめた。その少し先で、ダイエットは永遠に放棄し、残りの人生はウォッカとレッド・ブルとやけ食いだけで生きていこうと決意した、風船のようにぱんぱんにふくれあがった三十代の女二人組を迂回するのにも少々時間を食った。それから、金魚みたいにぱくぱく口を開け、落ち着きのない目をしてカウンターに突進していく若い男たちの一団と正面衝突を避けるべく、進路を微妙に変更した。

店の外に出たときもまだ、ドードは俺を賛美する歌をスパッドに聴かせていた。身震いが出た。寒さのせいじゃない。ドラッグのせいでもない。俺自身の虚飾の高さと深さと広さを実感したせいだ。いとこのドードの礼賛が、つい怖気を震うような、しかし実に心躍るような測定値を裏づけている。ちくしょうめ、生きるってのはまったく最高だよな。

35　へそくり

スパッド

ぼくらは酒を仕入れてドード猫のフラットに行った。シック・ボーイはアブサンもボトルで買ってた。それって利口だよ。ドードを酔いつぶすのが目的で、ぼくらが酔っ払うことはないからね。シック・ボーイは壁のレンジャーズのポスターを嫌悪感いっぱいの目で見てる。ぼくは大きな革張りのソファにどっかりと座った。やれやれ、ようやく座れたよ。

ドードはセックス子猫たちが来ると思ってうきうきしているみたいだった。正直なとこ、悪くない話だと思うよ。ただし、シック・ボーイはたぶん、ドードのうちに確実に来るために女を呼ぶって言っただけだと思うけど。

だけど、いとこのドードにはそのことは話さない。この西海岸から来た猫はそんな真相は知りたくないだろうからね。「女たちはどこだよ、サイモン？　ちゃんと来るんだろうな……」

「大丈夫、来るさ」シック・ボーイはうなずいた。「いい女ばかりだ。ポルノ映画に出てるような」バスケットの中で一番ビョーキな猫はごろごろ喉を鳴らしながらいい、ドードは疑わしげに目をぐるりと回して唇をとがらせた。シック・キャットがぼくにうなずき、手を口のそばに持っていって、どんどんしゃべれと合図してから、アブサンをグラスに注いだ。

「えっと」ぼくはドードの注意をそらそうとして話しかけた。「ねえ、ドード、みんなはどうしていいとこのドードって呼ぶんだっけ」目を動かさないようにして見ると、シック・ボーイが何気ない手つきでGHBをドードのグラスに足してた。こんなことして本当に大丈夫なのかな。GHBを過量に摂取すると、心臓が止まるって話も聞いたことがあるからさ。でもシック・ボーイは適量を心得てるみたいだ。目で慎重に分量を量ってた。

ドードはうれしそうな顔でぼくの質問に答えてその話を始めた。「由来はだな。グラスゴーにいる俺のダチに、ボビーってのがいるんだけどな、そいつは相手が誰でもいとこ《カズン》って呼ぶんだ」シック・ボーイが酒のグラスをドードに渡した。「ただの口癖なんだよ。こんなちっちゃなガキのころからのな」そう言って酒を一口あおった。「でもって、みんなで飲みに繰り出したとき、そいつが俺のことを〝いとこのドード〟って何度も呼ぶのを何も知らねえやつらが聞いて……そのまま俺の呼び名になっちまったわけだよ」ドードはグラスからちびちび飲みながら言った。

まもなくドードのまぶたが眠たげに重くなった。シック・ボーイがドードの友達のバンドのテープをデッキから出して、ケミカルブラザーズに入れ替えたことにも気づかずにいる。「ポルノ映画か……」ドードはろれつの回らない調子でそうつぶやくと、ソファにずぶずぶと沈みこみ、まぶたを閉じて、眠っちまった。

ぼくとシック・ボーイはさっそくドードのポケットを探った。それまでは、少しは後ろめたい気持ちになるだろうなと思ってた。ドードはいいやつだからね。でも全然そんなことはなかった。泥棒の遺伝子が勢いづいて、ぼくはわくわくしながらドードのポケットの中身を次々と取り出していった。だけどシック・ボーイに止められた。「よせよ。それは戻しとけ」ぼくが引っ張りだした札に顎をしゃくった。

まあ、そうだよね。分厚い束から札が何枚かなくなってたって気がつかないだろうと思ったけど、欲を張りすぎだ。シック・ボーイが探してるものはちゃんとわかってる。〈クライズデール銀行〉のキャッシュカードだ。すぐに見つかって、ぼくらはそいつをいただいた。階段を下りて、午後十一時五十七分にATMで暗証番号を打ちこんだ。すんなり通った。ぼくもシック・ボーイも驚かなかったよ。まず五百ポンド下ろした。それから午前零時一分になるのを待って、また同じ額を引き出した。「グラスゴーの連中ってのは」シック・ボーイは含み笑いをしてから、親しみを込めた口調で付け加えた。「じつに間抜けだな」

「たしかに。でも、おかげさまでってやつだよね」

「まあな」シック・ボーイは札束の半分を差し出したけど、ぼくの手に渡す前にちょっとためらった。「ヘロインには使うなよ、スパッド。女房に何か買ってやれ」

「わかってる」ぼくはうなずいた。この猫、いつから金の使い道までぼくに指示するようになったんだよ。あまり気分はよくないな。でも、うれしい気もした。昔に戻ったみたいだからね。シック・ボーイと二人でちょっとした悪さをする。仲がよかった当時のことを思い出した。一番の親友だったころだ。まあ、〝一番〟じゃなかったかもしれないけど。いとこのドードにものすごく悪い気がした。ドードは本当にいいやつだし、友達でもあるわけだから。でももうやっちまった。それにプロテスタント至上主義っぽい話をひけらかして偉そうにするドードも悪いと思う。ああやって上から目線でいると、いつか誰かに高慢の鼻をへし折られる。シック・ボーイも気をつけたほうがいいと思うな。だけど、こんなこと言うぼくもフランコみたいだな。

ドードのフラットに戻ってカードを財布に戻し、財布をポケットに返した。シック・ボーイがブラックコーヒーを入れて、少し冷ましてからドードに少しずつ飲ませた。カフェインが覚醒作用を発揮して、ドードがいきなり足をばたつかせたものだから、コーヒーテーブルにぶつかって酒がこぼれた。

「落ち着けよ、ドード。危ないよ」

「よく寝られたか、ドード？」シック・ボーイが笑った。我らがグラスゴー野郎は困惑顔で起き上がって目をこすった。

「あれ……？」ドードはつぶやいて、辺りを見回した。「さっきのアブサンが効いたみたいだ」うめくようにそうつぶやき、マントルピースの時計を確かめた。「くそ。まさに〝tempus fugit〟、光陰矢の如しだな」

「典型的グラスゴーっ子め」〝Felinus Vomitus〟、ゲロゲロ・ネコリウスが言った。シック・ボーイの新しい学名ってところかな。「無駄話は得意だが、結局のところリースっ子のペースについてこられねえ！」

ドードはふらつきながら立ち上がると、持ち帰りの酒に果敢に近づいた。「酒の飲み方の手本を見たいか？　よし、見せてやろうじゃねえか！」

ぼくとシック・ボーイはちらっと顔を見合わせた。口座が空っぽになる前にまた酔いつぶれてくれるといいな。

36　悪だくみ　#18,743

シック・ボーイ

重量のあるアルミの樽が石の床にぶつかる乾いた音。ビール配達係の互いに遠慮のない大きな話し声。また次の樽が荷台からマットの上に下ろされ、木のスロープ伝いに転がされる。樽がクッションに落ちる前に、下で待ち受けていた配達人の一人が受け止めて積み上げる。あのこんという音、威勢のいい声。

頭が痛い。夕方からおふくろの家に行く約束をしていたことを思い出してうんざりした。家族そろって食事。ひどい頭痛がしているとき、最悪なのはおふくろのはしゃいだ声か。それとも本当は息子に無関心なくせに、ときおり豹変して敵意を全開にする親父のむら気か。何年も前のあるクリスマス、親父は俺をキッチンでつかまえると、酔いにまかせて悪意をむき出しにし、低い声でささやいた。「おまえが考えてることはわかってるんだからな」俺は困惑し、不安になった。俺がいったい何をした？　親父は何を怒っている？　その答えがわかったのはずいぶんあとになってからだ。あれに意味などとくにない。親父は自己嫌悪を俺に転換しただけだ。俺を――俺の本性はわかっていると言いたかっただけだ。親父も本質は俺と変わらないからだ。だが親父は決定的な違いに気づいていない。親父は負け犬だが、俺はそうじゃない。

それにしても頭が痛い。ゆうべの酒盛りのせいだ。まったく、グラスゴー野郎からたかだか五百ポンド巻きあげるのにこれじゃ割に合わねえな。ミスター・マーフィーはもちろん臨時収入にほくほくしてるが、俺にとっちゃこんなのはテストマッチにすぎない。

スパッドはアマチュアの全国大会レベルではたしかにいいプレイを見せた。しかし、それだけでヨーロッパ・カップの代表候補に名が挙がるほどぬるい世界じゃない。あなたのご意見は、アレックス・マクリーシュ？

〝適材適所ということだろうね、サイモン。ぼくなら大陸からあのレントンという選手を招集するだろう。好不調の波があるプレイヤーだし、過去に失望させられてもいるが、その程度のリスクであれば目をつぶるべき場面もある。アレックス・ファーガソン監督もエリック・カントナに賭けて成功しただろう？　しかしマーフィーという選手に関しては、今度のチームに加えるにはやはり実力不足だと思うな。ただし、ニコラ・フラー＝スミスには期待できそうだという意見は変わっていないよ〟

まったく同感だよ、アレックス。俺たちは選手を見る目を持ってるな。

二日酔いで頭が爆発しそうだ。ビール配達の連中が朗らかに歌をがなり立て始めて俺はわななき、モーラグが俺に向かって大声を張り上げて俺はそれにもわななく。「ベックスを補充しとかなくちゃ。サイモン、持ってきて！」

これは俺が予定していた人生と違う。俺はたった一ケース抱えただけで膝を震わせながら階段を上る。もう一ケースを運び上げて、バーの冷蔵庫に整然と積み上げた。そこで降参して、オフィスで煙草に火をつけた。禁煙より禁ヘロインのほうが楽勝だな。それでも、郵便配達人が手紙という形のグッドニュースを届けにきた。差出人は――警察本部長だ！

ロジアン警察
地域社会の安全を目指して

三月十二日
あなたの照会記号：SDW
署内照会記号：RL／CC

親愛なるミスター・ウィリアムソン

〝ドラッグと闘うリース商店会〟について

当月四日付のお手紙、感謝とともに拝読いたしました。

ドラッグとの戦争に勝つためには、遵法精神にあふれた市民の協力が必要である——私は以前からそう主張してまいりました。麻薬密売の大部分がパブやクラブで行われている現状を鑑みますと、貴君のような烱眼なパブ経営者は、この戦争のまさに最前線で奮闘していらっしゃることになります。最前線で闘うみなさんが立ち上がり、ご自分の店をドラッグ追放ゾーンとして宣言してくださることは、大変喜ばしいことであり、感謝に堪えません。

敬具

ロジアン警察本部長

R・K・レスター

開店時間まではまだ余裕で一時間はある。俺はリース・ウォークの額縁屋に出向き、洒落た金縁の額に手紙を収めてもらった。それからパブに戻り、店内で一番目立つ場所、バーカウンターの奥の壁に額をかけた。この手紙は、用心怠りないおまわりがこの店をガサ入れしたりして、俺に恥をかかせることはないという保証書に等しい。今後は口出しされずにすむ。人生に必要なのはそれだけだ——他人のすることには口出しする一方で、自分は口出しされずにすませる。言い換えるなら、資本家階級の一員として正式に迎え入れられたということだ。

注文しておいたタンニングマシンがやっと届いた。牛乳瓶みたいな生っ白い体をスクリーンに並べるわけにはいかないからな。試しに三十分、寝そべってみた。

文字どおりいまにも燃え上がりそうに火照った体で通りに出て、公衆電話から《イヴニング・ニューズ》にかけ、鼻をつまんでしゃべる。「リースの、えっと、〈ポート・サンシャイン〉ってパブの主人が、えっと、〝ドラッグに断固反対しようキャンペーン〟を立ち上げようとしてるそうです。警察本部長からも激励の手紙をもらったらしいですよ」

ロジアン警察本部長の名前が出ただけで、マスコミはたちまち目の色を変える。一時間とたたないうちに、最初の客、常連のエド御一行様が本日のランチメニュー（ちなみにメインディッシュはシェパーズパイだ）を書いた黒板をチェックしながら入ってくると同時に、カメラマンを従えた吹き出物だらけのボンクラ記者が現われた。記者は何枚かスナップ写真を撮り、いくつか質問をした。俺は余裕のかまえでインタビューに応じた。ついでにモーが作るポテトシチューは、ウェザーフィールドでベティ・ターピンのホットポットが名物料理とされているように、リースでは有名なんだと宣伝してやった。記者は意外そうな顔をしていたが、取材には満足したらしい。

一日の始まりとしては悪くなかった。しかも懐には臨時収入の五百ポンドが入っている。むろん、ちゃんとした高品質なポルノ映画を製作する資金にはまだまだ足りないが、俺の頭にははるかにでかい計画がある。手始めにポルノというジャンルを選んだとはいえ、それだけで終わるつもりなどない。シオン主義者どもの鼻を明かしてやる。俺は勝ち誇った気持ちでコカインを取り出し、一ライン作った。こいつが効いた。鼻水の洪水を堰《せ》き止めるために、クリネックスを取りに走るはめになった。

スパッド・マーフィーと、どこの馬の骨とも知れぬ低能のグラスゴー・ハンがインスピレーションの源になるとは皮肉なものだ。いやはや、さっきのコカインは上物中の上物らしいな。二日酔いを一発で吹き飛ばした。電話が鳴って、バーの向こう端にいたモーラグが応じた。ラードの衣をたっぷりとまとった中年女にも千金の価値はある。そうさ、目とコックを楽しませる目的で、ぴちぴちのセクシーな女子大生――たとえばニッキー――を雇ってもいいが、安心して店をまかせるには、やっぱりモーラグみたいな年季の入ったおばちゃんが一番だ。「あなたによ、サイモン」モーラグが受話器を持ち上げてみせた。

超一流の女、たとえばニッキーからの電話であることを祈ったが、違った。スパッドからだ。クラブに繰り出して、不潔なグラスゴー野郎ドードからくすねた金をぱあっと使おうって誘いだった。まったく、いつから俺たちは大親友に戻ったんだよ。

「悪いな、いま忙しい」俺はすみやかに要点を告げた。

「そっか、じゃ木曜日は?」

「木曜もだめだ。いっそ永遠に延期ってのはどうだ? それじゃご不満か?」俺はそっけなく訊き、それからスパッドが黙りこんだのをいいことに、「じゃあまたな!」と言って一方的に電話を切った。すぐにまた受話器を持ち上げて、役に立ちそうな相手に電話をかけた。

古い友達のポッシルのスクリールだ。人捜しを依頼したい。

遠い昔、俺は、他人とは俺自身が最大の利益を享受するという目的のために駒のように適所に動かすべき存在であると定義した。また、脅しより愛嬌のほうが有効であること、暴力より愛や思いやりに力があることを学んだ。後者を投資して、あとは投資分を回収するだけでいい。あるいは返すよう脅しをかけるだけだ。むろん、そのマスタープランどおりに動こうとしない連中もいる。たいがいは友達や恋人だな。たとえば親友は俺の金を持って逃げた。レントンだ。別の例は、女房の親父だ。

どっちにもいつか代償を支払わせてやる。だがいま用があるのは、俺のグラスゴー出身の旧友だ。このへんで友情を復活させておくべきだ。俺はこうしてイングランドとスコットランドの境界の北側に永住するつもりで帰還したわけだからな。元気かと尋ね、ひととおりの軽口を叩き合ったあと、本題に入った。スクリールは俺の依頼の内容がにわかに信じられなかったらしい。「何だって、どこで働いてる女を捜せって?」

「アイブロックス・スタジアム（グラスゴーのプロサッカーチーム、レンジャーズの本拠地）のチケット売場」俺は根気強く繰り返す。「できれば内気で世間知らずで、他人を疑うことを知らない若い女がいい。社会に出たあとも実家で両親と暮らしてるような女。容姿は問わない」

最後の一言で、やつはいっそう怪しいと思ったらしい。「いったい何をたくらんでんだよ、ウィリアムソン?」

「見つけられそうか?」

「ああ、まかしときな」やつはためらいなく答えた。「ほかには？」

「実家で両親と暮らしてる眼鏡をかけた男……」

「そりゃ楽勝だ！」

「……で、〈クライズデール銀行〉のグラスゴー中心街の支店で働いてるやつ」

スクリールはまた〝何だって？〟と聞き返し、俺が依頼を繰り返すと、電話の向こうで噴き出した。「何だよ、縁結びでもしようってのか」

「まあ、言ってみればそうだな。キューピッドと呼んでくれたまえ」俺は軽やかにそう宣言して電話を切った。それからポケットに手を入れて、コカインの包みの心強い感触を確かめた。

37　……政治的に正しいファック相手……

ニッキー

ローレンはよほどわたしに腹を立てているみたいで、フラットのどこを探しても見つからない。スターリングの実家に帰ってるのかも。ただし、プラスに解釈すればわたしのことを気にかけてくれているという証拠でもある。そうよ、そう考えることにしよう。ダイアンはあまり心配していない様子で論文の執筆に専心していて、鉛筆のお尻のほうで前歯をこつこつ叩きながら言った。「発言は過激だけど、ローレンはまだ若いもの。すぐ機嫌を直すわよ」

「そうならいいけど」わたしは答える。「何だか売春婦にでもなったみたいな気持ち……」

そのキーワードが口から出た瞬間、心が真っ二つに引き裂かれたような気がした。昨日、サウナのボビーや、彼の知り合いのジミーとした約束、今夜の行き先を思い出したから。サウナの中は特別だ。手でしごいていかせるのは当然として、それ以上の特別サービスをどこまでするかは自分しだいだ。わたしは手淫までと決めている——マッサージの腕もあまり褒められたものじゃないけど、手でいかせるテクニックはもっとお粗末だ。サウナの仕事を失うわけにはいかないし、お金だってほしい。イースターの休暇を控えているいまはなおさらだ。とはいえ、サウナの外で〝同伴〟するのは——それも見知らぬ他人のホテルの部屋に行くのは——決して踏み越えないつもりでいた境界線を越える行為だ。酒と食事につきあうだけだよとジミーは言っていた。〝あとは個別に相談してくれ……本人と交渉してもらうしかない〟

赤と黒のワンピースにヴェルサーチの黒いコートで盛装した。ダイアンに見られずに家を出ようとしたけれど、やっぱり見つかってしまった。ダイアンはひゅうと口笛を鳴らした。

「さては本命とデート？」

わたしはできるだけ謎めいた笑みを返した。

「エッチでラッキーなビッチ」ダイアンはそう言って笑った。

慣れないハイヒールで階段を下りて、タクシーを拾った。ニュータウンの高級ホテルの五十メートルくらい手前で停めてもらった。待ち合わせ場所にいきなり降り立つより、そこに近づいていく期待感を楽しみたい。ホテルのエントランスは古風で優美なジョージ王朝風だけれど、内部は完全にリノベーションされていて、超モダンな雰囲気が漂っていた。ロビーには天井から床まで届く巨大な窓が並んでいた。自動ドアがすっと開き、燕尾服姿のドアマンが恭しくうなずく。大理石の床にヒールの音を響かせながら、待ち合わせ場所のバーに向かった。

一人のふりをして店に入った。待ち合わせですかと訊かれても、相手が誰なのか答えられないからだ。バスクの政治家って、どんな容貌をしているんだろう。こういう場所で涼しい顔をしていられたためしがない。このホテルのバーテンダーはわたしに見覚えがあるみたいだった。きっとサウナに客として来たことがあるのね。バーテンダーがぎこちなくうなずく。わたしは愛想よく笑みを返した。スコッチをダブルで一気飲みしたみたいに頬がかっと熱くなった。ううん、そんな程度じゃすまないかも。全裸で歩いているみたいな気分だった。それか、お尻に張りついたみたいにぴちぴちのミニスカートとサイハイブーツって出で立ちで街角に立って、声がかかるのを待ってる娼婦にでもなったみたい。でも、エスコートサービスってうまい仕組みなのかもしれない。ホテル側も、宿泊してくれる男性客の機嫌をそこねたくないだろうから、何も言わない。もしわたしがエスコートサービスから派遣されたわけじゃなく、フリーランスの娼婦だったら、いまごろは通りに放り出されて、警察官二人に事情を聞かれているだろう。

わたしのクライアントは、スコットランド議会視察を目的にエディンバラを訪問中の、スペインはバスク民族主義党の有名な政治家だ。青いスーツを着てくると聞いている。バーには青いスーツを着た男性が二人いて、二人ともわたしを見ていた。一人は銀髪に小麦色の肌、もう一人は黒髪にオリーブ色の肌。待ち合わせの相手は黒髪のほう、若いほうであることをわたしは祈った。でも、きっともう一人のほうなんだろうな。

そのとき、誰かがわたしの腕にそっと触れた。振り向くと、典型的なスペイン人らしい容貌の男性が立っていた。青いスーツ——目の色と同じ明るい水色のスーツを着ていた。年齢は五十代くらいのようだけれど、若々しい。「ニ、ニ、ニーキーですか?」期待に満ちた声。

「そうです」そう答えると、彼はわたしの左右の頬にキスをした。「セベリアーノさんですね」

「わたしたちには共通の友人がいます」彼が微笑み、金のかぶせものをした前歯が見えた。

「その友人の名前は?」わたしは尋ねた。007映画の撮影でもしてるみたい。

「ジーム。名前はジーム……」

「ええ、ジム」

すぐ部屋に上がろうと言われるんじゃないかと不安だったけれど、彼は飲み物を注文して、秘密を打ち明けるみたいな声音で言った。「美しい。あなたは美しーいスコットランドのお嬢さんだ……」

「実はイングランド出身なんです」わたしは勘違いを正した。

「あーそうでしたか」いかにもがっかりした顔だった。

そうよね、彼はバスク人だものね。わたしは政治的に正しいファック相手でなくちゃいけない。「でも、先祖にスコットランド人とアイルランド人がいます」

「たしかにあなたはケルト人らしーい骨格をしています」今度は満足げに言った。アルバイトしているサウナの名前は〈ミス・アルゼンチン〉だけど、それは不問なわけ? 軽い世間話をしながらお酒を飲み終え、それからホテルを出て、玄関で客待ちをしていたタクシーに乗りこみ、ニュータウンの反対端までの短い距離――せいぜい徒歩十五分、ハイヒールでも二十分——を走った。彼はひっきりなしに賞賛の言葉をわたしに浴びせ、わたしはサッカリンなみに甘い笑みを絶やさずにいた。「美しいニーキー……美しーい……」

最新流行のレストランで食事をした。わたしはアペタイザーに魚介の盛り合わせを選んだ。イカ、カニ、ロブスター、エビに、レモン風味の独創的なハーブソースをかけてある。メインディッシュはほうれん草と野菜の付け合わせを添えたヌーヴェルキュイジーヌ風のラムのロースト、デザートはこくのあるアイスクリームをトッピングしたオレンジのカラメルシロップ煮だった。飲み物はドンペリニヨン、フルーティだけれどかなり重いシャルドネ、それに大きなグラスに入ったブランデー二杯。食事のあと、ちょっと失礼と断わってトイレに行き、たったいま食べたものを全部吐いた。それから歯を磨き、制酸剤のミルク・オブ・マグネシアを飲み、リステリンで口をすすいだ。料理はすばらしくおいしかったけれど、午後七時以降に食べると胃がもたれてしまう。セベリアーノがタクシーを呼び、わたしたちはホテルに戻った。

わたしは少し緊張しながら部屋に上がった。お酒でほろ酔いでもあった。そこでテレビをつけて、アフリカの飢餓を伝える見飽きた映像をつなぎ合わせたニュース番組だかドキュメンタリー番組だかをながめた。セベリアーノはホテルのサービスのワインをアイスペールから取って、グラス二つに注いだ。靴を脱ぎ、ベッドに寝転がって、ふんわりふくらませた枕に頭を預け、わたしに微笑む。抱き締めたくなるような少年とスケベな中年男を足して二で割ったみたいな笑み。その笑顔を目にするだけで、過去の彼と、ごく近い未来の彼が想像できた。「こおっちに来てお座りよお、ニーキー」彼はそう言って自分の隣のスペースをそっと叩いた。

一瞬、おとなしく従いかけたけれど、頭をビジネスモードに切り替えた。「マッサージをして、手でやってあげる。できるのはそこまでなの」

彼は悲しげな顔でわたしを見つめた。ラテン系の大きな目から涙がこぼれ落ちそうだった。「しかたないなあ……」そう言ってズボンのジッパーを下ろす。遊んでもらえると思ってはしゃいでいる子犬のように、コックがぴょんと飛び出した。さあ、尻尾を振る子犬はどんなご褒美がもらえる？

わたしは手でさすり始めた。でも、いつもと同じ問題が浮上した――わたしはお世辞にも上手とは言えない。そこで目で彼を愛撫した。わたしが及ぼしている力を確かめて誇らしく思った。彼の燃えるように輝く目は、サイモンの氷のように冷たい目とは対照的だった。広告で言うような、思わず解かしてみたくなるような氷。しばらくすると、手首が疲れてしまった。反復運動のせいだ。そこからはわたしにとっては刺激的な行為でも何でもなくなった。退屈そのもの。その気持ちが伝わってしまったみたいで、彼ががっかりし、やる気をなくし、いらだってさえいるのがわかった。それでも信じがたいほど長い包皮の先から顔をのぞかせた果実は愛おしく、わたしはごちそうをじっくり味わいたくなった。目を上げて彼を見つめ、唇をなめた。「ふつうならしないんだけど……」

バスクから来た男は、特別サービスの申し出に有頂天になった。「ああ、ニーキー……ニーキー、ベエイビーーー……」

いまわたしが置かれた有利な立場を最大限に利用し、短時間の交渉で納得のいく金額を引き出すと、苦い味に備えてまず口の中に唾液をいっぱいにためてから、彼のものを口に含んだ。包皮は本当に大きかったから、最初の何口かは腐ったような味がする可能性が高かった。ところが意外にも、さわやかな刺激のある味だった。スペインタマネギが思い浮かぶ。でもそれは単なる民族的な連想にすぎないのかもしれない。わたしは手でやるのはだめだけれど、フェラチオのしかたは心得ている。子供のころから、初めてのものは何でも口に入れて確かめるタイプだった。

彼がいまにもいきそうになっているのがわかる。わたしはなかなか出て行きたがらない彼のものを吐き出した。彼はうめき声を漏らし、訴え、哀願し始めたけれど、わたしは口で受けるつもりはなかった。彼は追い詰められたような表情でわたしの腕をぐいとつかんだ。わたしは恐怖に凍りついた。レイプされるのかもしれない。一方で、どうやって自衛したらいいだろうと冷静に状況を吟味してもいた。次の瞬間、彼は犬みたいにわたしに頬をすり寄せようとしているだけだとわかった。熱い息が耳に吹きかけられ、うわごとのようなスペイン語のささやき声が聞こえたかと思うと、彼はわたしのワンピースを的《まと》にして射精した。

レイプではない。けれど合意の上の行為でもない。屈辱的だった。わたしが腹立ちまぎれに彼を押しのけると、彼は後悔の塊に変身してベッドに身を縮め、くどいほど謝った。「ニーキー、わるかったあ……許してくれえ……」そしてベッドの上で向きを変えてジャケットに手を伸ばし、何枚もの札を取り出した。わたしは鏡張りのバスルームに行き、タオルを濡らして、彼が放出したものを拭い取った。

そのあとは彼もおとなしかった。あいかわらずしつこいほど謝っていた。わたしの腹立ちも収まった。残りのワインを空けて、わたしはまたほろ酔いになった。すると彼は、ブラとパンティ姿のわたしのポラロイド写真を撮りたいと言い出した。そこでまた苦学生らしいせりふをいくつか並べると、彼もまた現金を差し出した。彼がカメラの用意をしている間に、わたしはワンピースを脱いで備え付けのドライヤーで水の染みを乾かした。

彼がわたしにポーズをつけ、二枚ほど写真を撮った。ワンダーブラをしていてよかったと思った。最初の一枚に写ったわたしは冷酷で不機嫌そうな顔をしていたから、二枚目では大げさなくらいの笑顔を作ってみた。膝小僧が目立つんじゃないかと心配だったし、お腹に贅肉がつき始めているのも気になった。彼の熱意と、進行する一方のわたし自身のパラノイアについ乗せられて、わたしはワンマンショーを始め、柔軟体操をするみたいにいろいろなポーズをとった。それが大きな間違いだった。セベリアーノがまた発情してしまい、ベッドから飛び下りてわたしにキスしようとした。今度こそ本気で不安になった。わたしは半裸でいる。つまり、さっきよりずっと無防備な状態だ。それでも、一歩後ろに下がり、片方の手を持ち上げて氷のように冷たい目で見つめると、彼の熱意も冷めたようだった。「許してくれえ、ニーキー」情けない声で言った。「わたしはブタだ……」

わたしはワンピースを着て、もらったお金をハンドバッグに入れ、冷ややかだけれど甘い声でさよならを言うと、部屋を出た。

エレベーターホールに向かう。胸の中では、屈辱感と高揚感が奇妙に混じり合っていた。二種類の感情が互いに優位を争っている。わたしはもらったお金のことだけを考えようとした。楽な仕事だったじゃないの。そう思うと、少し心が軽くなった。

エレベーターが来た。肌荒れのひどいポーターが荷物を満載したカートを押して乗っていた。ポーターがそっけなくうなずき、わたしは体をねじこむようにして隙間に乗りこんだ。ポーターの顔の赤みは顎のライン沿いに広がっていた。でも、ニキビではない。顔の片側しかないからだ。喧嘩でもしたか、泥酔して壁か舗道に顔をこすりつけたのか。エレベーターが降下を始め、ポーターはやましそうな笑みを見せた。わたしもたぶん同じような笑みを返した。エレベーターの扉が開いて、わたしは降りた。頭はまだ空回りしていた。混乱していた。とにかくこのホテルから出たかった。〝犯罪現場〟から遠ざかりたかった。

ロビーを横切って出口に向かう。ガラスのドア越しに、雨で濡れた歩道が街灯の光を反射しているのが見えた。次の瞬間、ドアが開いて入ってきた人物の顔を見て、その場から消えたくなった。大学の講師のマクライモントだった。わたしのほうにまっすぐ歩いてくる。彼の顔は、すでにわたしに気づいて笑みを作りかけていた。

最悪。

くしゃくしゃに丸めた新聞みたいなあの顔、いやらしい軽蔑を浮かべたあの目。「ミス・フラー＝スミス……」あの声、耳障りだけれど柔らかく、神経を逆なでする声。

最悪だ。心臓の鼓動が速くなり、自分の靴のヒールが床にぶつかる音が聴覚を占領した。心が押しつぶされそうだった――ロビーに居合わせた全員がマクライモントとわたしに注目しているような気がした。写真の被写体として構図のど真ん中に据えられたような。「こんばんは、あの……」わたしは言いかけた。けれどマクライモントがわたしを見る目はどこか奇妙だった。まるでわたしの魂が隠している秘密をすべて見抜いているかのように。わたしを上から下まで遠慮なく見た。いかにもスケベな大学講師の目に、鋼のように冷たい色が浮かんでいる。「一杯いかがかな」そう言ってバーのほうに顎をしゃくった。誘うというより、命令に聞こえた。

何と言っていいのかわからない。「でもあの……その……」

マクライモントはゆっくりと首を振った。「つきあってくれないとしたら、大いに失望するよ、ニコラ」目をぎょろりと回しながらそう言った。それで真意はしっかり伝わってきた。最後のレポートは提出済みなのに、頭のどこかから、ここは従っておくべきだという声が聞こえた。わたしの講義の出席率はよくない。マクライモントはそれを理由に〝不可〟をつけようと思えばまだできる。留年でもしようものなら、父は仕送りを止めると宣言するだろう。そうなったらおしまいだ。わたしは屈辱のUターンをした。どうにか気持ちを落ち着かせ、マクライモントの後ろからバーに入った。バーテンダーの冷ややかなまなざしがわたしに注がれた。

というわけでわたしはいやらしい中年男と並んでカウンター席に座るはめになった。何の用でいらしたんですかとこちらから訊いて先手を取ろうとしかけたとき、マクライモントに先を越された。「ボーイフレンドを待ってたんですけど」わたしは答え、スコッチのグラスに口をつけた。ウィスキーを選んだのは、サイモンの影響だった。マクライモントはわたしのお酒の選択を好ましく思っているみたい。「でもさっき、遅くなりそうだって携帯に連絡が来て」

「おや、それは不運だね」マクライモントが言った。

「先生は？　ここにはよくいらっしゃるんですか」わたしは尋ねた。

マクライモントの表情が少し険しくなった。わたしが教え子だからか、女だからか、年下だからか、その三つすべてに該当するからか、質問をするのは自分であるべきだと考えている。「カレドニアン・ソサエティの会議に出席した帰り道でね」マクライモントはもったいぶった口調で言った。「にわか雨が降り出したから、ここで一杯やっていこうと思いついただけだよ。ところで、住まいはこの近くなのかな」

「いえ、トールクロスです。その……その……」そのとき、バスクのセベリアーノの姿がちらりと見えた。スーツ姿の連れとバーに入ってくる。わたしはとっさに顔を隠したけれど、スーツを着たほうの一人、セベリアーノではないほうがまっすぐこちらに歩いてきた。「アンガス！」そう大きな声で呼びかける。マクライモントが振り向いて、きっと知り合いなのだろう、頬をゆるめた。スーツの男性は、わたしに気づいて眉を吊り上げた。「おや、こちらの美しいお嬢さんは？」

「ミス・ニコラ・フラー＝スミスだ、ローリー。うちの大学の学生でね。ニコラ、こちらはスコットランド議会議員のローリー・マクマスターだ」

わたしはラグビー選手みたいにたくましい四十代なかばの男性と握手を交わした。

「どうかな、一緒に」マクマスターがバスク人のほうを指さした。セベリアーノはわたしを見て困ったような笑みを作った。

わたしは断ろうとした。マクライモントは勝手に二人分のグラスを手に取ると、テーブル席へ運んでいった。わたしは〝ごめんなさいね〟の意味の引き攣った笑顔をバスク人に向けた。セベリアーノはわたしをにらんでいる。罠にはめたなとでも言いたげな目つきだった。わたしはワンピースの丈が許すかぎり慎みのある姿勢で腰を下ろした。無力感ともの扱いされたむなしさを感じた。デジタルビデオカメラのレンズの前で見知らぬ他人と本番をするより、よほど屈辱的だ。「こちらはセニョール・エンリコ・ダシルバ。ビルバオのバスク地方議会議員だ」マクマスターが紹介した。「こちらはアンガス・マクライモントと、ニコラ……えっと、フラー＝スミス、でよかったかな？」

「はい」わたしは弱々しく微笑んだ。そのまま縮んで椅子に吸収されてしまいそう。エンリコ——セベリアーノじゃなかったわけ？　彼が切実な視線を送ってくる。黙っていてくれということだろう。「こちらの若いレーイディはあなたの恋人でーすかあ」おそるおそるといった様子でマクライモントに尋ねる。

マクライモントは少し顔を赤らめ、それから顔をしわくちゃにして微笑んでから、笑った。

「いえいえ、ミス・フラー＝スミスはわたしの教え子ですよ」

「専攻は何ですかあ」エンリコだかセベリアーノだか、とにかくバスク人は訊いた。

胸に何かの感情がせりあがってきた。ああ、ほんともう最悪。わたしは話に割りこんだ。

「専攻は映画です。でも、選択科目としてスコットランド研究の講義にも出ています。とても興味深い内容です」つい数分前まで自分はこの男のペニスを口でしごいていたのだと思い、切ない笑みを作った。

それから失礼と断わってトイレに向かった。わたしのお尻に三人の視線が集まっていること、三人でわたしの批評をしているだろうってわかっていたけれど、どうしても我慢できなかった。一人で考える時間が必要だ。自分ではもうどうにもできない。携帯電話を取り出して、誰に連絡しようかと考えた。コリンの自宅にかけてみようかとまで思った。それほど崖っぷちに追いやられて、自制心を失いかけていた。考えたあげく、サイモンに助けを求めることにした。「大ピンチなの、サイモン。ニュータウンの〈ロイヤル・スチュワート・ホテル〉。お願い、助けて」

サイモンは冷ややかで、いらだっているようだった。しばらく沈黙が続いた。ようやく彼の声が聞こえた。「少しの間ならモーラグ一人でも大丈夫だろう。ほどなく行く」

ほどなく？ 変な言い方。わたしは化粧直しをして髪を整え、トイレを出た。

テーブルに戻る。三人の間には好色な共謀関係が築かれていた。わたしの噂をしていたに違いない。とりわけマクライモントはかなり酔った様子だった。何かについて長々と演説していたところらしい。きっと英連邦内におけるスコットランドの優位性でも説いていたんだろう。締めくくりの部分だけが聞こえた。「……ところがイングランド人の同胞はその点を考慮に入れようとしないんですな」

わたしをむっとさせたのは、彼のコメントではなく、わたしに向けられた意地の悪い視線だった。「それはどういう意味でしょう。民族主義の立場からのお話ですか。それとも統一主義の立場から？」

「一般的な立場からだよ」マクライモントは目尻に皺を寄せた。

わたしはスコッチのグラスに手を伸ばした。「おもしろいものですよね。〝ノース・ブリトン（スコットランド人のこと）〟という表現は、スコットランドの民族主義者が皮肉や当てこすりとして使うものだと思ってたんですけど、実際には連合王国の一部になりたいと願っている統一主義者が使い始めた言葉なんですって」わたしは、愛しのバスク人とスコットランド議会議員に視線を向けた。「つまり、願望のこもった表現ということです。イングランド人は過去にも、おそらくこれからも、自分たちを〝サウス・ブリトン〟とは呼ばないでしょうから。同じように、《ブリタニアよ、統治せよ（英国の愛国歌）》を作曲したのもスコットランド人なんですね。かなわぬ統一を嘆願する歌ということです」わたしは悲しげに首を振った。

「まさしくそのとおり」スコットランド議会議員が言った。「だからこそ我々は……」

わたしはマクライモントに目を注いだまま政治家の言葉をさえぎった。「その一方で、スコットランドが英連邦からの独立をいまだ実現できないのはちょっぴり残念なことですよね。

もう長い歳月が流れたのに。だって、アイルランドは目標を達成したわけでしょう」

マクライモントは腹立たしげな顔をして何か言いかけたけれど、そのとき、サイモンがホテルのロビーに入ってきたのが見えて、わたしは手を振った。カジュアルなジャケットとクルーネックのトップという出で立ちの彼は、とてもお洒落に見えた。この前よりも肌が浅黒くなっている。きっとタンニングマシンで焼いたのね。「ああ、ニッキー、ベイビー……遅くなってごめんよ、ダーリン」サイモンはそう言って腰をかがめ、わたしにキスをした。「さっそく踊りにいこうか」そう訊いたところで、初めてほかの男たちに視線を向けた。その表情は、人間の食べ残しを出されて不満げな、甘やかされた猫みたいだった。悪意を秘めた、外科用メスのように鋭い視線。それから一人ひとりとそっけなく握手を交わした。尊大そのものの態度で、完全にこの場を支配している。「サイモン・ウィリアムソンです」唐突に、吐き出すような調子でそう名乗ったあと、少し柔らかな声でこう訊いた。「ぼくのガールフレンドは品位ある方々と過ごしていたというわけですね」

ほかの二人がバスク人のほうを見やり、うしろめたそうで弱々しい笑みを浮かべた。サイモンを前にして居心地悪そうにしていた。三人ともすっかり畏縮している。わたしは嫌悪と屈辱を感じていた。こんな気持ちはいつ以来だろう。初めて手淫をして以来かな。売春婦になったみたいな気分だった。サイモンがわたしにコートを着せてくれた。わたしはその場を離れられてほっとした。

車に乗りこんでから、自分が泣いていたことに気づいた。でも、お金のために卑しい行為をしたという感覚は一時《いっとき》のものにすぎず、早くも遠ざかろうとしていた。この涙は偽りだと自分でもわかっていた。サイモンに家まで送ってもらいたい、ベッドに誘ってほしいがための涙だ。本当はわたしのほうが彼を求めているのに――いますぐ彼が欲しいのに――彼がわたしの弱みにつけこんだと彼には思わせたかった。「で、何がどうしたんだ？」サイモンはロジアン・ロードに向けて車をゆっくりと走らせながら、平板な声で訊いた。

「出口のない状況に巻きこまれちゃって、どうしていいかわからなくなった」わたしは答えた。

サイモンはしばらく考えてから、疲れたように言った。「まあ、よくあることだ」でも、声の調子からすると、彼にはよくあることではないみたい。わたしのフラットの前で車は停まった。二人で夜空を見上げた。雲一つなくて、無数の星がきらめいている。エディンバラ市内でこんなにたくさんの星を見たのは初めてだった。一度、コリンが東海岸のコールディンガム近くのコテージに連れていってくれたことがある。そこでは満天の星が見えた。サイモンは星空を見上げてつぶやいた。「わが上なる星きらめく天空とわが内なる道徳律とを」

「カントね……」わたしは驚き、感心した。ただ、いまなぜ道徳律についての引用など持ち出すんだろう。わたしが何をしていたか、知っているから？　でも彼はわたしのほうに顔を向けただけだった。侮辱されてむっとしたみたいな表情をしていた。無言でいたけれど、その目には先を促すような色が浮かんでいた。「いまのはわたしの一番好きな哲学者の、一番好きな言葉だから」わたしは説明した。「カントの」

「ああ……俺の一番好きな一節でもある」サイモンはそう言って微笑んだ。

「哲学を勉強したことがあるの？　カントを読んだの？」

「少しだけ。スコットランドの青少年の伝統だよ。スミスからヒューム、それからカントを始めとする大陸の哲学者の著作を読む。それがスコットランド人《ジョック》の王道さ」

　そのどことなく気取った口ぶりがマクライモントを連想させ、わたしはちょっぴりいやな気持ちになった。彼をそんな風には絶対に思いたくないのに。そこでわたしは勇気を出して切り出した。「上がってコーヒーでも飲んでいかない？　ワインでもいいけど」

　サイモンは腕時計にちらりと目を落とした。「コーヒーくらいなら」

　階段を上りながら、助けにきてくれたことにもう一度お礼を言った。何があったのか訊いてくれるだろうと思ったのに、彼は興味なさげに受け流した。玄関を入ったところで、リビングルームのドアの下から光が漏れているのに気づいて、心臓が止まりかけた。「ダイアンかローレンがまだ起きて勉強してるみたい」わたしはささやき、自分の部屋に彼を案内した。サイモンはいったん椅子に座ったものの、CDラックに目を留めて立ち上がると、何を考えているのかよくわからない表情でコレクションを一とおり確かめた。

　わたしはキッチンでコーヒーを淹れ、湯気の立つマグを二つ持って寝室に戻った。サイモンはベッドに座って現代スコットランド詩集を読んでいた。マクライモントの授業で使った教科書の一つだ。わたしはカーペットの上にマグを置いて、彼の隣に座った。彼は本を下ろして微笑んだ。

彼をむさぼりたかった。でも、彼の目には御影石《みかげいし》のように冷たい表情があって、わたしを拒んでいた。その二つの目がわたしを見ている。心を見透かそうとするように見つめていた。次の瞬間、それまでの冷たさが信じられないほど温かな何かがそこに宿った。それが放つ輝きは強烈で、思わず吸いこまれそうになった。わたしは形を、大きさを、重さを失った。意識にあるのは、彼への渇望だけだった。外国の言葉で何かささやいたあと、両手でわたしの頰を優しく包んだ。一瞬のためらい。潤んだ漆黒の瞳がわたしを見つめた。それから、彼はキスをした。まずは額に、次に左右の頰に。どのキスも強く柔らかく、的確で、いまや輪郭を失ったわたしの核にぞくぞくするようなデータを送りこんだ。

自分の肉体と心が分離していくのがわかる。すぐそばにあるセントラルヒーティングのラジエーターが鳴らすリズムと呼応するように、その力が体の奥を騒がせるのがわかる。彼の手が背中をそっとなでている。わたしは深紅のバラを思い浮かべた。ゆっくりと開いていくつぼみ。わたしはベッドに崩れ落ちるように横たわった。その瞬間、強い意思の力が侵入してきて、わたしは考える。彼はわたしを変えようとしている。わたしも彼を変えなくてはならない。腕を持ち上げて彼の頭を抱き寄せた。唇を開く。わたしの手は彼のうなじをしっかりと抱き寄せていた。前歯がぶつかり合うほど情熱的なキスをした。それから彼のまぶたに、鼻にキスをし、舌の先で。鼻腔から上唇に続く塩辛い道をたどる。そこから唇で彼の頰をなぞり、また唇に戻った。両手は彼の頭を離れ、背中へと這い下りて、彼のトップを脱がせようとしていた。けれど彼は両腕を上げて協力する代わりに、わたしのワンピースを肩から滑り落とそうとしていた。でもわたしも動かない。わたしの爪はもう、彼のたくましい背中に食いこんでいるからだ。デッドロック。彼もわたしのワンピースを脱がせることができない。ところがそのとき、まるでスリの名人のように、彼の手がワンピース越しにブラの背中のホックをはずした。その手は次にわたしの体の前へと移動して、ドレスとブラを乱暴に引っ張った。わたしは反射的に彼の背中を放していた。そうしないと、ワンピースのストラップがちぎれてしまう。彼の手がわたしの乳房を解放した。そこからはすべてがスローモーションで進んだ。彼の手は、細心の注意と畏敬を込めてわたしの乳房を愛撫した。まるで毛に覆われた柔らかなペットの手入れをまかされた幼い子供のように。

彼の目はふたたびわたしの目の奥をのぞきこんでいた。そして真剣な、悲しみさえ帯びた失望の表情とともに、ささやいた。「いまでなくてはいけないらしい」

それから立ち上がると、トップを脱いだ。わたしもベッドから足を下ろして立ち上がり、ワンピースとパンティを脱いだ。脚の間で熱いものが脈打っていた。恥毛がいまにも燃え上がるのではないかと思うほど熱い。目を上げると、サイモンはパンツを脱ぎ、白いカルバン・クラインの下着を脱いだところだった。一瞬、愕然とした。ペニスがないように見えたからだ。消えてる！　彼は去勢されているのだととっさに思った。だからセックスをしたがらなかったんだ。そんな馬鹿な考えが頭をよぎった。だって、ペニスがない！　次の瞬間、わかった。ちゃんとついている。ちゃんとあった。彼のコックはまるで発射準備の整った銃のようにまっすぐこちらを向いていて、わたしのアングルから見えなかっただけのことだ。ああ、すぐにでも欲しい。すぐにでも入れてほしかった。〝愛を交わす〟のはあとでもできると、言葉にしなくてもわかってもらいたい。しゃぶるのはあとでもできる。なめてもらうのはあとでもできる。指を入れて愛撫するのも、わたしの体を心ゆくまで探索するのも、あと回しでいい。お願いだからそういう手順は省いて、いますぐわたしをファックして。いますぐ。火がついてしまいそうだから。彼はわたしの目を見つめたあと、無言でうなずいた。わたしにうなずいた。まるでわたしの心を読んだみたいに。そして彼はわたしにのしかかると、入ってきた。わたしを満たし、押し広げ、わたしの中心を突き上げた。わたしは息を呑み、それからゆっくりと受け入れた。彼はいよいよ固くなっていく。わたしが上になった。わたしたちはねじれ、からみ合い、激しくぶつかり合う一つの塊になった。どちらがブレーキをかけたんだろう。いつのまにか、わたしたちはまたゆっくりと互いを味わっていた。やがて愛は一気に加速した。一対一の闘いなのに、すべてを巻きこんでいるようにも思われるセックス戦争で互いを攻撃し合った。つかのま、わたしは自分と彼の両方を負かしたと思った。もっともっと欲しい。彼には応えられないほど、誰にもとうてい応えられないほど。わたしの奥底から何かがふくれあがってするりと這い出したかと思うと、わたしを道連れにして走り出した。クライマックスが訪れた。爆発のような、激しく破裂するような、クライマックス。オーガズムが鎮まるころになって気づいた。無意識のうちに大きな叫び声をあげていたみたい。ローレンやダイアンに、わざとらしい、滑稽なお芝居だと思われていなければいいけど。サイモンは自分を解放する許可と受け止め、わたしの髪をかきあげて顔を近づけると、目をじっとのぞきこむようにしながら激しくいった。彼のオーガズムがわたしのオーガズムを長引かせた。それから彼はわたしを胸に抱き寄せた。その一瞬、彼の目に涙が浮かんでいるのが見えたような気がする。彼に動きを封じられて、確かめることはできなかった。いずれにせよ、わたしは疲れきっていた。わたしたちは、二人分の汗を吸ったベッドにまるで抜け殻のように横たわった。鼻腔に残る彼の汗と香りとわたしたちのセックスの饐《す》えたような匂いを感じながら眠りに落ちる瞬間、わたしはただ、ちゃんとしたセックスのすばらしさを実感していた。

38 悪だくみ #18,744

シック・ボーイ

うれしい驚きだった。白の携帯への電話はたいがいそうだが。もちろん、ニッキーとのセックスはすばらしかった。しかし初セックス症候群から逃れることはできない——どんなにいいセックスにも使い古された要素はかならず含まれていて、そこに嫌悪を抱かずにはいられない。帰り支度を始めたとき、これは心理ゲームなのと訊かれた。重たい口調ではなく、からかっているような口ぶりではあった。いや、あの軽さはひょっとしたら、もっと深刻な何かを隠しつつ暗に伝えるための演出だったのかもしれない。まあ、どっちだっていいさ。スポーツに置き換えてみればわかる。誰より才能にあふれた選手は、競争相手ではなく自分のゲーム運びに全神経を注ぐべきことを知っている。そこで俺は謎めいた笑みを作っただけで答えずにおいた。リベラル派の論者は、関係をうまく維持するためには〝正直であれ〟と説く。クソ食らえだ。何でも正直に話していたら、退屈なだけじゃないか。恋愛とは一種の権力闘争だ。この時点では、冷めた姿勢を示すべきだろう。そして彼女が先に降参するのを待つ。焦《じ》らせば降参することはわかりきっている。その瞬間、俺は甘い勝利に酔うことだろう。携帯の番号を変えたと言って、赤の携帯電話の番号を彼女に教える。白の携帯電話から番号を削除して、赤に入力し直す瞬間の達成感といったら。

彼女のフラットの前で星空をながめていることに気づかれたあの一件はおかしかったな。ニック・ケイヴの歌の一節がつい口から出た。それを聞いた彼女からスケベ野郎《カント》と呼ばれたと思った。哲学者のカントのことだなんてとっさにわからなかったよ。あとでレントンに電話して確かめた。ケイヴはカントの本の一節をそのまま歌詞にしたんだとレントンも言った。お気に入りのソングライターが盗作していたとわかって、がっかりだよ。いったい世の中はどうなっちまってるんだ？

セックスはすばらしくよかった。あの引き締まった体、力強さ、しなやかさ。俺も太らないように気をつけたほうがよさそうだし、ジム通いも続けなくちゃいけないな。しかし、セックスの快感なんて、リース・ウォークの坂上にある〈バー新聞店〉に寄って《イヴニング・ニューズ》の早版を手に入れたあのときの痛快な気持ちにはまるで及ばない。記事は第六面に載っていた。小生の写真と、警察本部長ロイ・レスターの写真が並べられていた。警察本部長は意外に若そうな男で、口髭を蓄えている。ヴィレッジ・ピープルにまぎれて踊っていてもバレないだろう。俺は隣の〈マックス・バー〉に入り、ベックスビールを飲みながら、はやる気持ちを抑えて記事に目を走らせた。

ドラッグと闘うリースのパブ経営者

バリー・デイ

エクスタシー、スピード、マリファナ、ヘロインなどの〝キラードラッグ〟の闇市場に対し、エディンバラのあるパブ経営者が宣戦布告した。当地出身で、リースのパブ〈ポート・サンシャイン〉の経営権を最近になって引き継いだというサイモン・ウィリアムソン氏は、自分のパブで二人組の若者が錠剤形のドラッグを摂取しているのを見て怒りを感じたと話す。

「世の中はひととおり見たつもりでいましたが、その一件は衝撃でした。何よりも、その若者たちに悪びれた様子がないこと、そして大胆に驚かされました。ドラッグカルチャーが蔓延し始めています。誰かが食い止めなければなりません。過去にも違法なドラッグが人々の人生を崩壊させるのを目撃してきました。私が提案しているのは、ただのアンチ・ドラッグ運動ではありません。これは撲滅のための戦争です。私たちビジネスマンはいま、口先だけでない、具体的な行動を求められているのです」

ウィリアムソン氏は、一時期をロンドンで過ごしたあと、出身地リースに戻ったばかりだ。「ええ、現代の若者の多くが裏社会以外に居場所を見つけられずにいることはとても残念に思います。私は無力な一市民にすぎません。しかし、もうこんなことはたくさんだと宣言し、本腰を入れて改革を始めるべき時が来たのです。暗い部屋にぼんやりと座って自分を哀れんでいるだけでは何も……」

サイモン・デヴィッド・ウィリアムソン氏にとって願ってもない記事だった。厳しい顔つきをしてバーに身を乗り出すウィリアムソン氏の写真の下に、キャプションがあった——〝ドラッグの脅威：エディンバラの青少年の将来を憂えるサイモン・ウィリアムソン氏〟。

しかし何より最高なのは社説だ。

リース市民は、信念を持った地元ビジネスマン、サイモン・ウィリアムソン氏を誇りとすべきだろう。氏が先陣を切って声をあげたことによって、私たちのコミュニティを侵しつつある害悪との草の根戦争の幕が切って落とされた。ドラッグの問題に悩む国は多く、何もエディンバラに限ったものではないとはいえ、ドラッグを根絶するためには市民一人ひとりが自覚的にその闘いに参加することが肝要だ。ウィリアムソン氏は新生リースを象徴している。進取の気性に富み、進歩的であり、だが同時に〝同胞〟ことに不道徳なドラッグディーラーのターゲットになりがちな若者に対する責任を意識している。ドラッグディーラーの唯一の目的は、若者たちの人生を崩壊させ、破壊することだ。しかし忘れてはならない。リースのモットーは〝不屈の精神〟であり、サイモン・ウィリアムソン氏はまさにそれを体現している。《イヴニング・ニューズ》は、確固たる信念をもって、氏の運動を支援していく所存である。

ああ、最高じゃないか。俺はビールを気分よく飲み、フラットに戻り、太いラインを切って祝った。俺の始めた運動。世間は不利な状況に立ち向かう人物を愛する。俺はセックスピストルズとマネージャーのマルコム・マクラーレンのことを考えた。マルコム、手垢のついたあんたの売り出し戦略はアップデートされようとしているらしいぞ。

俺はタクシーを拾って実家に向かった。おふくろは有頂天だった。「おまえは自慢の息子だよ！　あたしのサイモン！　《イヴニング・ニューズ》に載るなんて！　ドラッグをやめろって言い続けた甲斐があったってものだね！」

「恩返しの時が来たってことさ、おふくろ」俺は言う。「これまで俺はろくなことをしてこなかったが、償う時が来たんだよ」

親父のほうに何度もちらちら視線をやりながら、おふくろは記事を読み上げた。「若者のため！　あたしにはわかってたよ、この子はいつか世の中の役に立つってね！　あたしにはわかってた！」おふくろは親父に向かって勝ち誇ったように言った。親父は平然とテレビの競馬中継に目を向けたまま、おふくろの熱狂ぶりにもまるで動じていなかった。親父は日がな一日競馬をながめているが、最近じゃ馬券を買ったことなど一度もない。

そこで俺は思いきり当てこすってやる。「実は新しいガールフレンドもできたんだよ、おふくろ。今度の子はちょっと特別なんだ」するとおふくろはまた俺を抱き締めた。「ああ、サイモン……ねえ、聞いた、ディヴィ？」

「ふむ」不届き親父は疑わしげな目をこっちに向けた。年中、二股どころじゃない、三股、四股かけているような男だ、同類をすぐに見抜くだろう。だが、いまさら対抗心を燃やしても無駄だぞ、親父よ。サイモン・デヴィッド・ウィリアムソンはいまもまだポールポジションにいる。対照的に、あんた、デヴィッド・ジョン・ウイリアムソンは、善良で聖人じみた女に長年苦労を強いてきただけの、人生の盛りを過ぎた、ひがみ根性だけは一人前の負け犬にすぎないんだからな。

子供のころのことを思い出す。幼い俺は親父を尊敬していた。公正を期すために言っておけば、親父は子煩悩だった。俺をどこへでも連れ歩いた。浮気相手の家にまで連れていったよ。おふくろには黙っておけと買収までされたっけ。あのころの親父はいつも優しかった。ほかの子供によく言われたさ。「うちの親もおまえんちの父ちゃんみたいならよかったのにな」ところが俺が思春期を迎え、女に興味を示すようになると、事情は一変した。俺はライバルになったんだ。ひたすら遠ざけ、ことあるごとに卑劣な手段で攻撃する対象と見なされた。だがそんなことをしても何の意味もなかった。そのころには俺はモテ街道を邁進していたからな。「買ったつもりの馬券は一つでも当たったのかよ、親父？」

「まあな」親父はしぶしぶ答えた。珍しくそうやってまともに受け答えするのは、おふくろが同じ部屋にいるからだ。もし俺たちだけなら、新聞を叩きつけるようにして膝に下ろし、俺をにらみつけて、うなるような声で聞き返すだろう。「何だ、何か言いたいことがあるならはっきり言え」たまに息子が顔を見せたところで、この親はその程度の歓迎ぶりなんだ。

おふくろはまだ俺の〝ちょっと特別な〟ガールフレンドのことであれこれ騒いでいた。俺はふと悟る。どの女のことを言っているつもりか、自分でもよくわからない。わかっているのは、俺の人生には特別な女が必要だという事実だけだ。ゆうべのアバンチュールの直後だから、ニッキーのつもりで話しているのか。それともうちのパブで働くことになったアリソンのことか。はたまた例のぽっちゃり体型のグラスゴー在住の世間知らずの娘のことか。そうかもしれない。俺の頭はあのプランのことでいっぱいだ。今度の計画が成功したら、俺は天才だな。誰が俺の新しい女になるにしろ、うちのおふくろに苦労させられることになるだろう。「あたしの息子の面倒をちゃんと見てくれる人ならどんな子だっていい。息子《バンビーノ》をあたしから取ろうなんて考えなければね」おふくろはまだ見ぬ〝息子を盗んだ嫁〟をいまから脅すように満足げに言う。

実家に長居はしなかった。何と言っても、パブの経営で忙しい身だからな。実家の玄関を出たところで、緑の携帯電話が鳴った。スクリールからだった。情報が集まったらしい。

「おまえに頼まれたあれ、調べといたぜ」

俺は何度も感謝の気持ちを伝え、次に速攻で店に電話をかけ、パブ経営者の集まりがあったのを忘れていたとか何とかと言い訳をして、新顔の従業員アリソンの指導は頼むとモーラグに指示したあと、ウェイヴァリー駅に直行してグラスゴー行きの列車に飛び乗った。持ってきた脚本を開き、シーンの撮影順を検討する。ファックシーンを先に撮影する予定でいた。とにかく撮りまくる。乱交の場面から始めて、脚本の後ろから前へと進める。グラスゴーに着くころには勃起していたが、プラットフォームで待っているスクリールの姿が目に入った瞬間（ありがたいことに）即座に萎えた。やつはいかにもヘロインでやつれた人間の顔つきをしていた。これからもずっと、あの心に深い傷を負ったみたいな血走った目をして生きていくんだろう。労働者階級の元ヘロイン中毒者と中流階級の元ヘロイン中毒者には一つ大きな違いがある。やつれ方が段違いだということだ。ヘロインと貧困の文化と、それ以外の物事の経験——あるいはほかの物事への期待——が欠如しているからだ。誤解しないでくれ。スクリールは、どんなに楽観的な人間でも予見できなかったほどりっぱに立ち直った。ダチのガルボが上物のヘロインを打ち過ぎて死んだ悲劇を経て、やつは別人のように心を入れ替えた。いまのスクリールは、グラスゴーの住民としてはクリーンな部類だ。スクリールはレントンのやつは元気かと尋ねた。俺はたちまちいやな気分になる。次に東海岸のあの小悪党の様子も尋ねた。「スパッドはどうだ？ あいつはどうしてる？」

俺は首を振り、かつては友人と呼べる間柄だったが、いまでは単なる知人程度まで距離を置いた男としてネガティブな評価を伝える。いや、〝知人〟は正確じゃないな。あいつは俺の敵だ。マーフィーはグラスゴーに移住するべきだろう。どう見たって居場所を失ったグラスゴー野郎だからな。「あいかわらずだよ、スクリール。馬を水辺に連れていくことはできても、無理に水を飲ませることはできないってことわざがあるだろう？ 俺は何年も前から手を差し伸べ続けてきた」俺は自分のその嘘に一瞬つまずいたが、まあ、俺なりに手を差し伸べたうちだろうと思い直し、もっともらしい顔で続けた。「俺たちみんなが手を差し伸べた」

スクリールの髪は伸びて、タクシーの開けっ放しのドアみたいにばたつく大きな耳を隠している。脂っぽいまばらな山羊ひげの陰で喉仏が上下していた。「そりゃ残念だな。あいつはほんとにいいやつだから」

「スパッドはスパッドさ」俺はあいつの社会的な死を思ってほくそ笑む。そして俺とアリソンの……いや、いまのは取り消そう。レスリー。胸の奥で何かがねじれるような感覚があって、訊かずにはいられなくなった。「レスリー……レスリーは元気か」

スクリールは曖昧な表情を作った。「ああ。だが、レスリーのことは放っておけよ」

まだ生きてはいるらしい。そのことに驚いた。最後にレスリーに会ったのはエディンバラでだ。ちっちゃなドーンが死んですぐのことだった。そのあとレスリーはグラスゴーに移って、スクリールやガルボとつるんでいると聞いた。やがて、過量摂取したらしいって噂が流れた。だから、ガルボと同じ運命をたどったものと思いこんでいた。「まだヘロインをやってんのか」

「いや。いいからもう関わるなって。レスリーはクリーンだ。あれから立ち直って、結婚して子供もいる」

「また会いたいな。懐かしいから」

「どこに住んでるかだって知らねえんだよ。ブキャナン・センターで一度会ったきりだしな。いまはクリーンなんだよ。立ち直ってるんだ」スクリールはそう繰り返した。俺をどうしてもレスリーに近づけたくないらしい。まあいいだろう。もっと重要な懸案はほかにある。

スクリールはＳＤＷから託された任務を立派にこなしていた。二人で〈クライズデール銀行〉に行った。スクリールが指さしたカウンターの奥の男は、おお、完璧だ。でっぷりと太った体、無気力な態度、死んだ魚みたいな目、エルヴィス・コステロ風の眼鏡。我らがセクシー女王がいざ近づいたら、あの男の血液は脳味噌を見捨てて股間に集結するだろう。あいつは女王様の忠実な僕《しもべ》となるに違いない。ニッキーの望みとあらば、あの男は熱に浮かれたみたいな戯言を口走りながら、自分の歯ブラシでニッキーの便器を嬉々として磨き上げるだろう。いいぞ、こいつこそ俺のカモだ。いや、ニッキーのと言うべきか。

ニッキーには、ゆうべスーツを着こんだ三人組から救い出してやった貸しがある。連中ときたら、あの場で彼女に襲いかかりそうな目つきをしていた。あのときのニッキーは狼狽しきっていた。クールで、優雅で、セクシーなニッキー。この役割には度胸が必要だ。ニッキーが俺の思っているとおりの女であることを祈るしかない。

俺はといえば、夢の女を口説きにかかるのが楽しみでしかたがない。大洋航路船のデッキで金持ちの未亡人と並んで海風に吹かれるテリー・トーマスの気分だ。俺は思わず鼻の下に手をやって、テリー・トーマスみたいな口ひげが生えていないことを確かめた。俺の計画、俺の映画、俺の見せ場。

39 ……おっぱいの問題……

ニッキー

ローレンがスターリングから帰ってきた。実家でいったい何があったのかと思うほど、〝わたしはわたし、他人《ひと》は他人〟精神を取り戻していた。もちろん、わたしのしていることは間違ってるって考えに変わりはないみたいだけど、邪魔しようとしたことについて謝罪めいた言葉さえ口にしかけた。ありがたいことにちょうど電話が鳴った。テリーからだった。昼食がてら一杯飲まないかという誘いだった。行きたい。二日後には撮影でセックスをする相手なのだ。彼の内面をもう少しよく知っておいたほうがいい。でもローレンはなかなかうんと言わなかった。午後の講義の前に、マリファナをやったり、テレビのニュース番組を見て冗談を言い合ったりしてわたしとの友情の再生を祝いたかったみたい。でもついに口説き落とし、しかもアイライナーと口紅までつけさせて、二人でダウンタウンに繰り出すことになった。

フラットを出ようとしたところで、また電話が鳴った。今度は父だった。この前の晩のホテルでの一件を後ろめたく思い出しながら、弟のウィルについてあれこれ話す父の声にしばしつきあった。父は自分の息子は同性愛者らしいという現実をいまもかたくなに拒もうとしている。娘と息子のどこが違うというの？ 二人とも男のコックをしゃぶる点では同じだ。ただし娘のほうは、お金のためにやる。可及的速やかに電話を終えて玄関を出た。

〈ビジネス・バー〉は、DJブースとデッキが隅っこにしつらえてある、クラブとパブの中間みたいな店で、ほぼ満員だった。NサインがDJプレイをするという噂が口コミで広まっていたせいね。Nサインとラブのお兄さんのビリーやジュース・テリーとは、古くからの友達らしい。テリーがわたしとローレンをビリーに紹介した。ビリーはとてもセクシーな人だった。そのあとラブを見たら、ラブはお兄さんを水で薄めたみたいだと思っちゃったくらい。ビリーはにこやかにわたしたちと握手を交わした。紳士らしい、どこか古風な物腰だったけれど、わざとらしい感じはなかった。引き締まった体つきで、すごく清潔感があって、率直に打ち明ければ、わたしのホルモンはたちまち反応してしまったけれど、ビリーはすぐにカウンターの奥に戻ってしまった。女の子とたわむれている暇はないみたい。

テリーは、ひどく居心地が悪そうにしているローレンにちょっかいを出していた。まもなく我慢の限界を超えたのか、ローレンは、悪いけどそうやってべたべた触らないでもらえるとテリーに言った。「おっと悪《わり》い、可愛い子ちゃん《ドール》」テリーは降参のしぐさで両手を上げた。「もともと人の体についつい触っちまう癖があってさ」

ローレンは顔をしかめたあと、気分を立て直そうというつもりか、トイレに行くと言ってその場を離れた。テリーはわたしの耳もとでささやいた。「な、あんたからちょっと話してみてくんねえか。あの子は、何だ、お堅いのか？　リラックスの必要がありそうなら、いつでもその役を買って出るぜ」

「さっきまではリラックスしてたのよ。あなたがちょっかいを出すまでは」わたしはからかうように言った。でも、テリーにも一理あった。もしローレンにセックスの相手ができたら、わたしだって楽になる。うるさいことを言われずにすむようになるから。ローレンには時間がありすぎるのよ。だからかえって欲求不満になるし、不安ばかり募って、よけいなことばかり考える。そして他人に口出しをする。

「なあ、あの隅のテーブルにいるの、マティアス・ジャックじゃないか？」ラブがテリーに言った。

「そうだよ、そのとおり！　ビリーが言ってたよ。先週、ラッセル・ラタピーとドワイト・ヨークが来てたらしいぜ。サッカー選手のいるところ、女ありだ」テリーはにやりとした。

「しかしこの二人を見ろよ、絶世の美女じゃねえか、ラブ？」そう言ってわたしのウェストに腕を回し、ちょうど戻ってきたローレンを抱き寄せようともう一方の腕を伸ばした。でもローレンはテリーの手の届かない距離を保って時計を見上げた。「そろそろ帰るね。講義があるから」

ラブとわたしも帰り支度をした。お酒の残りを飲み干して、カウンターでビリーと一緒にがぶ飲みしているテリーを置いて店を出る。出がけにわたしはテリーに微笑んだ。「じゃ、木曜にね」

「おう、待ちきれねえぜ」テリーは乾杯するみたいにグラスを持ち上げた。

「あいつのこと、俺が代わりに謝るよ」新しい〈スコッツマン・ホテル〉の前を通り過ぎ、ノース・ブリッジに向かって歩いていると、ラブが言った。

空はきれいに晴れているのに、強い風が渦を巻いて、わたしの髪を好き放題にもてあそんでいる。「やめて、楽しかったんだから。友達の分まで謝るのはやめてよ、ラブ。テリーがどんな人か、わたしだってもうわかってる。すごくいい人だと思ってるのよ」わたしは髪を押さえつけ、耳の後ろにかけようと奮闘しながら言った。ローレンのほうを見ると、大きなキットカットを頬張っていた。強風に吹かれて首をすくめ、顔をしかめている。埃が目に入ったのか、悪態をつきながらぱちぱちとまばたきを繰り返す。今日の講義はバーグマンのゼミだと思い出したとたん、わたしはこのままサボりたくなった。出席しなくてももう単位が取れることはわかっている。それでも結局、出席はした。ラブとローレンが熱心に講義を聴いているのを見て、自分だけ退屈しきっていることが後ろめたくなった。講義のあとはまっすぐ家に帰りたかった。ラブは何か用事があると言って帰っていき、ローレンとわたしはフラットに帰った。ダイアンがパスタを作って待っていた。

おいしかった。すごくおいしかった。でも喉が詰まったみたいになって、あまり食べられなかった。あの女がテレビに出ていたせい。〝英国が誇るオリンピック・ヒロイン〟――司会のスー・ベイカーがそう呼んでいる体操選手、キャロリン・パヴィットだ。キャロリンは真っ白な前歯を見せつけようとしているみたいに大きな笑みを浮かべていた。脱色した金髪は前より少し伸びている。スポーツ選手らしいたくましさは隠しきれないのに、やけにかわい子ぶったふるまいをしていて、スヌーカー選手のジョン・パロットやゲストの何とかいうサッカー選手はいまにもよだれを垂らしそうな顔をしていた。アリー・マコイスト・チームが、おっぱいまで筋肉でできているみたいな女をこてんぱんにやっつけて、ただのお馬鹿さんだってことを全国民に証明してみせてくれることを祈った。《クエスチョン・オブ・スポート（スポーツの問題）》？　あの女がスポーツについて何を知ってるっていうの？　この番組、〝おっぱいの問題〟にタイトルを変えるべきじゃない？　だって、あんたのおっぱいはいったいどこにあるのよ？

ふと画面に目を戻した。え？　おっぱいがある！　わたしは愕然としてキャロリンを見直した。わかった。豊胸手術を受けたのよ！　英国が誇るオリンピックメダリスト、ドーピングに絶対反対の立場を表明している胸の真っ平らな女子体操選手は、髪を金色に染め、歯をホワイトニングし、豊胸手術までして、芸能界での新しいキャリアに備えたというわけね。猫かぶりの馬鹿女。あんたの正体はバレてるんだからね……

夜、ダイアンは実家に行った。ローレンとわたしはフラットに残ってずっとテレビを見ていた。ローレンは、日本で若い女性の作家が人気を集めている現状について識者が討論するアート番組に腹を立てている。番組では、本のカバーに印刷された著者近影を並べて映していた。きれいな若い女の子たちの写真はどれもまるでソフトポルノみたいだった。「しかし、作品の出来のほうはいかがなんでしょうかね」識者の一人が疑問を呈した。ポップカルチャー専門の教授を名乗る男が、大まじめな顔でもどかしげに叫んだ。「本の中身は問題ではないと思いますよ」

ローレンの怒ること、怒ること！　わたしたちはマリファナを吸い、夜食を用意した。わたしはパスタをもう一皿食べ、ローレンは赤ワインの栓を抜いた。軽めによそったつもりだったけれど、胃がもたれてきて、しかもセベリアーノ＝エンリコが撮ったポラロイド写真のことまで思い出してしまい、トイレに行って食べたものを吐き、歯を磨いて、胃壁をなだめるためにミルク・オブ・マグネシアをのんだ。

リビングルームに戻り、ローレンの旺盛な食欲を恨めしく思った。あの細い体で本当によく食べる。世界中の女性が全員憧れるような体質。モデルや女優はみんな、自分は拒食症どころか、馬みたいに大食いなんだと表向きは言う。そういう発言はまず嘘だと思っていい。でもローレンの場合は本当だ。いつ見ても何かもぐもぐ食べている。ワインのボトルはすぐに空になって、次は白ワインを開けた。以前に戻ったみたいなくつろいだ夜だった。わたしとローレンの二人きり、女の子だけで家でまったり過ごす夜。そのとき玄関からノックの音が聞こえて、ローレンが文字どおり飛び上がった。それから腹立たしげに眉間に皺を寄せた。

「居留守使おう」わたしはかまわないけどと肩をすくめた。でも、ノックの音はしつこかった。

わたしは立ち上がった。

「お願いだから、ニッキー、放っておこうってば……」ローレンがすがるように言った。

「でも、ダイアンかもしれないじゃない？　鍵をなくしたとか」わたしはドアを開けた。立っていたのはもちろんダイアンではなく、サイモンだった。満面の笑み。くらくらするほどセクシーだった。むしゃぶりつきたいくらい。そこにつけこまれているのだとわかっていたけれど、追い返すなんてできない。彼がリビングに入ってきたのを見て、ローレンはがっかりしたような顔をした。「このいい香りはきっとパスタだろうと思ったよ」サイモンはにこやかに笑い、ほとんど空になったローレンの皿を見つめた。「イタリアの血が騒ぐな」

「よかったら食べる？　まだたくさん残ってるの」わたしは言った。ローレンは目をそらした。

「ありがとう。でも夕飯はすませてきたから」サイモンはおなかを軽く叩きながらローレンに視線を向けた。「そのトップ、いいね。どこで買った？」

ローレンはサイモンを見つめた。一瞬、〝あなたには関係ないでしょ〟と言い返すかと思ったけど、ローレンは小さな声で答えた「〈ネクスト〉」それから立ち上がって、自分の皿をキッチンに運ぶと、まっすぐ自分の部屋に戻ってしまった。サイモンはこれを狙ってあんな質問をしたのかもしれない。

そのとおりと認めるみたいにサイモンは眉を吊り上げると、声をひそめて言った。「あの子にはイメージチェンジが必要だね」低くてもどかしげな、秘密を打ち明けるみたいな声だった。「せっかくきれいな子なのに。服の趣味はいまひとつだが、顔立ちもスタイルもいい。レズビアンかな？」

「違うと思うけど」わたしは笑い出しそうになりながら答えた。

「そりゃ残念」サイモンは考えこむような顔でつぶやいた。本当に残念そうな口調だった。

今度こそわたしは笑い出した。それでも彼が黙っているのを見て、わたしは言ってみた。

「ローレンを見てるとね、ジョージ・エリオットの『ミドルマーチ』の冒頭の章が浮かんでくる」

「どんな描写だったかな」サイモンはそう言ったあと、付け加えた。「本は読んでるほうだが、引用できるほどではないものだから」

「〝ミス・ブローディの美しさは、質素な服を着たときにこそ引き立つ種類のものであり、飾りのない衣服によってより大きな威厳を与えられるように思えた〟」

サイモンはしばし考えていたけれど、結局あまり感心しなかったらしい。わたしはがっかりした。がっかりしている自分に嫌気がさす。本当なら、帰ってって言ってやるべきなのに。だって、このどこの誰だかわからないような男からどう思われようと、関係ないはずでしょ？

「なあ、ニッキー、一つ相談があるんだが」サイモンがいかめしい声で切り出した。

わたしの頭はぐるぐる回り始めた。相談って何？　わたしは軽く受け流そうとした。「相談の内容は想像がつく。今日、テリーと一緒に飲んだの。お昼に。木曜まで待ちきれないって様子だった」

「ああ、今度の木曜は大事な一日になる」サイモンは言葉を選ぶようにしながら続けた。

「しかし、その件じゃないんだ。そういう相談じゃない。きみの協力を仰ぎたい事案がある。その、資金集めの面で。あくまでもビジネスの話だ」

あくまでもビジネス？　この前の夜のことはなかったみたいに？　いったい何を言いたいの？　彼は奇妙なプランの説明を始めた。意外におもしろそうな計画だった。興味をそそられた。協力すると答えずにはいられなかった。

この人、たしかにビョーキ野郎《シック・ボーイ》ね。

わたしと心理ゲームをしているのはわかっている。花束のことだってゲームのうちだろう。でもわたしも彼に似たようなことをしてるわけじゃない？　この間の夜の親密さ、優しさは消えていた。いまのわたしは単なるビジネスパートナー、ポルノ映画の出演者だ。わたしは地雷原に足を踏み入れようとしている。そうわかっていても、自分を止められない。受けて立つわよ、シック・ボーイ。あなたが降参するまでこのゲームを続けようじゃないの。「今日、ラブのお兄さんのビリーに会ったわ。とてもすてきな人ね」わたしは彼の表情の変化を観察しながら言った。

サイモンは意外そうに眉を吊り上げた。「〝ビジネス・ビレル〟か。実はこの前アムステルダムに一緒に行くまで、あの二人が兄弟だとは知らなかったんだ。そう言われてみればそっくりなのに。何年も前にビリーとちょっとした喧嘩をしてね。やつがあの〈ビジネス・バー〉をオープンした直後だった。俺は仕事用のオーバーオールを着たテリーと一緒に飲みにいった。ちょっと酔っ払っちまってね。その勢いで、俺はビリーに言った。〝ボクシングか。

ブルジョワなスポーツだよな〟。軽い冗談のつもりだったが、ビリーは本気で怒っちまった。俺たちは二人とも出入り禁止を言い渡されたよ」サイモンは肩を揺らして笑った。ラブのお兄さんが妬ましいというより、軽蔑しているみたいだった。

「いいお店だと思ったけど」わたしはわざとそう言った。

「いい店だよ。だがあいつはあの店の表の顔にすぎない。〈ビジネス・バー〉の実際の所有者は、ビリー・ビレルの背後に隠れてるパトロンだ」彼は苦々しげに言った。「ビリーは経営者として過大評価されてる。嘘だと思うならテリーに訊いてみるといい」

サイモンはビリーを妬んではいないとしても、あの店がうらやましいみたい。そうね、たしかに〈ポート・サンシャイン〉よりは高級なパブだもの。

「なあ、ニッキー……この前の晩のことだが……今度きちんとデートしたいと思ってる。今度の金曜はアムステルダムに行く予定だ。幼なじみのレントンと資金の相談をする約束でね。木曜は撮影だ。そのあとは飲みに行くことになるだろう。というわけで、明日の夜は空いてるかな」

「空いてる」即答しすぎたかもしれない。〝予定に入ってるとすれば、あなたと寝ることくらい〟と付け加えたい衝動に駆られたものの、どうにか思いとどまった。そうよ、クールにいかなくちゃ。「ほんとは……市営プールに行こうと思ってたんだけどね。サウナのシフトが終わったあと」

「いいね！　あそこは俺も気に入ってる。フィットネスセンターをよく利用してるんだ。わかった、あそこで待ち合わせて、そのあと食事に行こう。どうかな」

いいも何も、大歓迎よ。鼓動が速くなった。彼を手に入れた。彼はわたしのものだ。ということはつまり……つまり、どういう意味だろう。わたしの映画で、わたしの仲間で、わたしのお金だということ――そう、すべてって意味だ。

そのあとすぐにサイモンは帰っていった。ローレンがほっとした様子で部屋から出てきた。

「何の用だったの?」

「映画のこと。詳しい話をしにきたの」わたしがそう答えると、ローレンは不愉快そうな顔をした。

「サイモンって、自分が恋人みたいな人よね」

「ええ、それはもう。マスをかきたいときは、まずホテルの部屋を取るんですって」

久しぶりにローレンと一緒に大笑いした。

わたしはまだサイモンという人を本当には知らないのかもしれない。けれど、サイモン本人はあの肥大した自尊心が問題だと思ったことは一度としてないんじゃないかと思う。ただ、これからは彼とわたしの問題になる。それは避けられない事実、誰の目にも明らかな事実だ。

〔下巻に続く〕

本書は、二〇〇三年九月にアーティストハウスパブリッシャーズより刊行された『トレインスポッティング ポルノ』を改題・改稿し文庫化したものです。

トレインスポッティング

Trainspotting

アーヴィン・ウェルシュ
池田真紀子訳

不況にあえぐエディンバラで、ドラッグとアルコールと暴力とセックスに明け暮れる若者たち。マーク・レントンは仲間とともに麻薬の取引に関わり、人生を変える賭けに出る。彼が選んだ道の行く先は？　世界中の若者を魅了した青春小説の傑作、待望の復刊！　解説／佐々木敦

早川書房の単行本

トレインスポッティング0 スキャグボーイズ

Skagboys

アーヴィン・ウェルシュ
池田真紀子訳
四六判並製

マーク・レントンは青春を謳歌していた。大学の勉強に励み、仲間と楽しい毎日を過ごす。しかし、史上最悪レベルの不景気が彼から未来を奪った。この閉塞感から抜ける出口は、ドラッグだけに見えた。『トレインスポッティング』メンバーの若き日を描く前日譚。

ファイト・クラブ〈新版〉

Fight Club

チャック・パラニューク

池田真紀子訳

タイラー・ダーデンとの出会いは、平凡な会社員として生きてきたぼくの生活を一変させた。週末の深夜、密かに素手の殴り合いを楽しむうち、ふたりで作ったファイト・クラブはみるみるその過激さを増していく。ブラッド・ピット主演、デヴィッド・フィンチャー監督による映画化で全世界を熱狂させた衝撃の物語！

ティンカー、テイラー、ソルジャー、スパイ〔新訳版〕

Tinker, Tailor, Soldier, Spy

ジョン・ル・カレ
村上博基訳

英国情報部の中枢に潜むソ連のスパイを探せ。引退生活から呼び戻された元情報部員スマイリーは、かつての仇敵、ソ連情報部のカーラが操る裏切者を暴くべく調査を始める。二人の宿命の対決を描き、スパイ小説の頂点を極めた三部作の第一弾。著者の序文を新たに付す。映画化名『裏切りのサーカス』解説／池上冬樹

訳者略歴　英米文学翻訳家，上智大学法学部国際関係法学科卒　訳書『フィフティ・シェイズ・ダーカー』ジェイムズ，『トレインスポッティング０　スキャグボーイズ』ウェルシュ（以上早川書房刊），『ガール・オン・ザ・トレイン』ホーキンズ，『煽動者』ディーヴァー，『邪悪』コーンウェル他

HM=Hayakawa Mystery
SF=Science Fiction
JA=Japanese Author
NV=Novel
NF=Nonfiction
FT=Fantasy

Ｔ２ トレインスポッティング
〔上〕

〈NV1406〉

二〇一七年三月十日　印刷
二〇一七年三月十五日　発行
（定価はカバーに表示してあります）

著者　アーヴィン・ウェルシュ
訳者　池《いけ》田《だ》真《ま》紀《き》子《こ》
発行者　早川浩
発行所　株式会社早川書房
郵便番号　一〇一‐〇〇四六
東京都千代田区神田多町二ノ二
電話　〇三‐三二五二‐三一一一（大代表）
振替　〇〇一六〇‐三‐四七七九九
http://www.hayakawa-online.co.jp

乱丁・落丁本は小社制作部宛お送り下さい。
送料小社負担にてお取りかえいたします。

印刷・三松堂株式会社　製本・株式会社明光社
Printed and bound in Japan
ISBN978-4-15-041406-1 C0197

本書は活字が大きく読みやすい〈トールサイズ〉です。